ハヤカワ・ミステリ

VASEEM KHAN

帝国の亡霊、そして殺人

MIDNIGHT AT MALABAR HOUSE

ヴァシーム・カーン
田村義進訳

TOKYO
HAYAKAWA
BOOKS

A HAYAKAWA
POCKET MYSTERY BOOK

MIDNIGHT AT MALABAR HOUSE
by
VASEEM KHAN

Translated by
YOSHINOBU TAMURA
First published 2023 in Japan by
HAYAKAWA PUBLISHING, INC.
This book is published in Japan by
arrangement with
A M HEATH & CO LTD
through THE ENGLISH AGENCY (JAPAN) LTD.

装幀／水戸部 功

歴史に名を残すことなく、一途さと意志の力と不屈の
精神をもって、世界を変えてきた女性の先駆者たちに。

分離独立後のインドとその周辺（1947年）

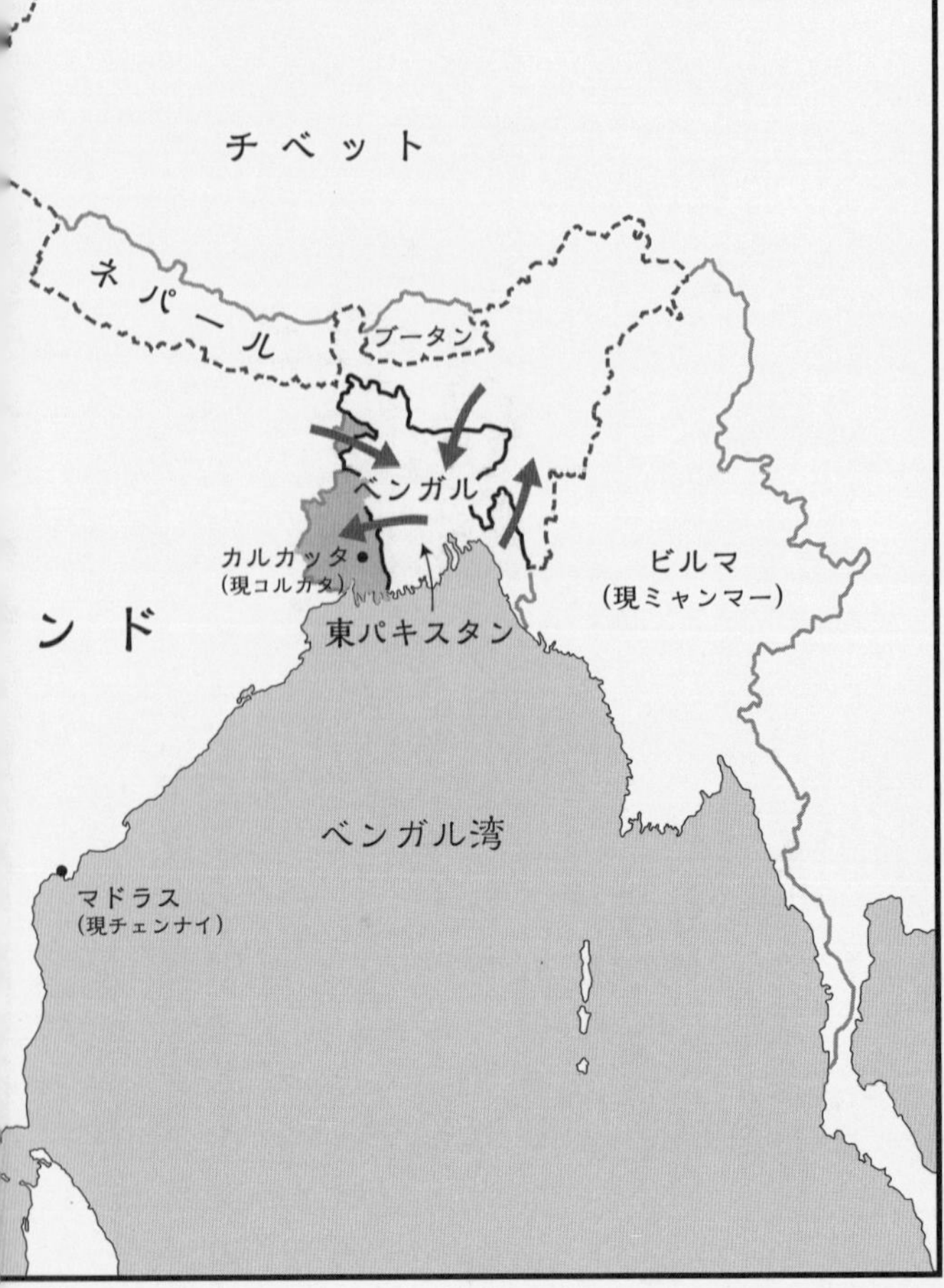

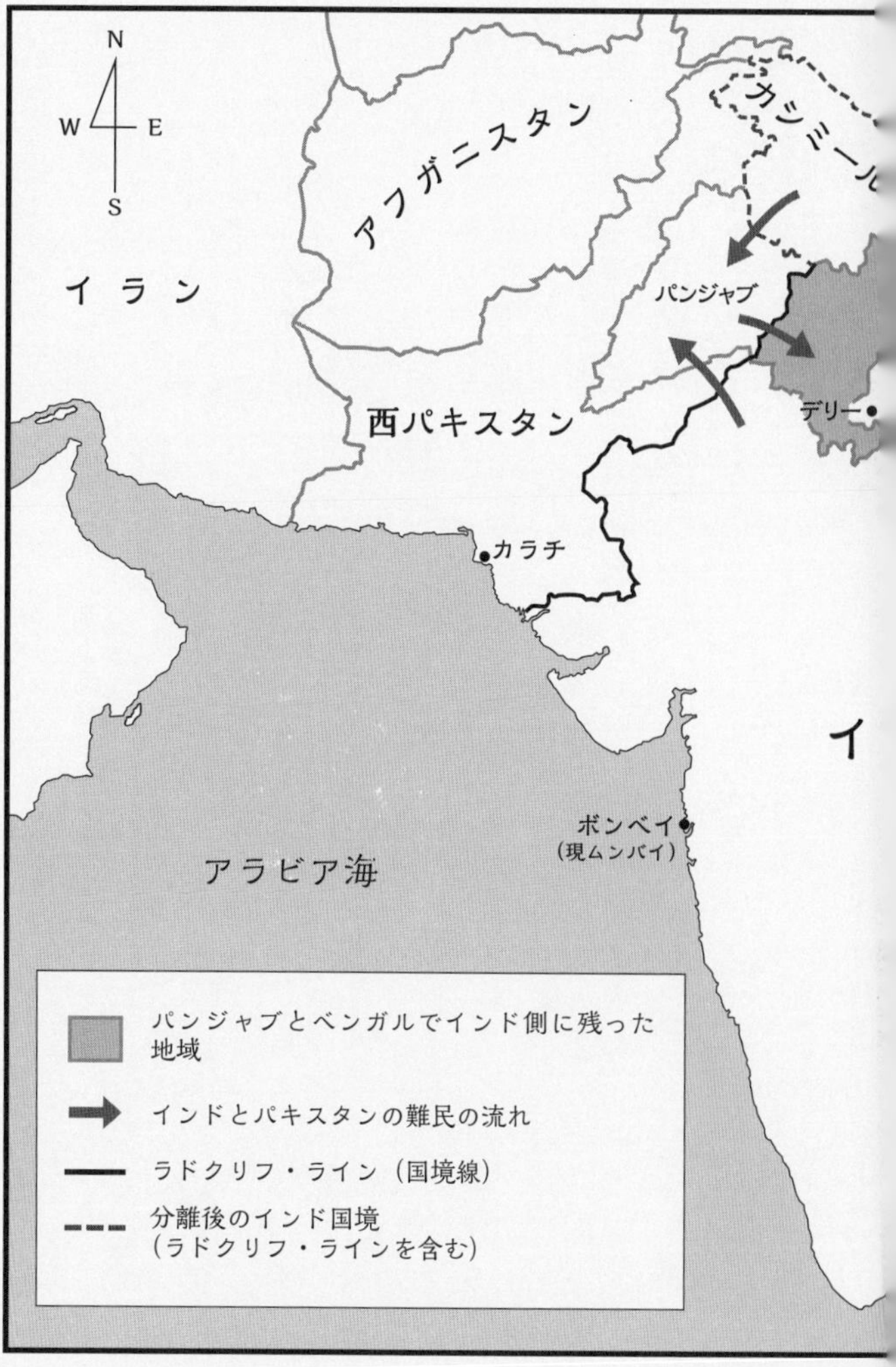
N
W
E
S
アフガニスタン
カシミー
イラン
パンジャブ
デリー
西パキスタン
カラチ
イ
ボンベイ
(現ムンバイ)
アラビア海
パンジャブとベンガルでインド側に残った地域
インドとパキスタンの難民の流れ
ラドクリフ・ライン（国境線）
分離後のインド国境
（ラドクリフ・ラインを含む）

帝国の亡霊、そして殺人

登場人物

ペルシス・ワディア……………………犯罪捜査部マラバール署警部

アルキメデス（アーチー）・ブラックフィンチ………ロンドン警視庁付き犯罪学者。犯罪捜査部顧問

サム・ワディア…………………………ペルシスの父。〈ワディア書舗〉経営者

ヌッシー…………………………………ペルシスの叔母。母の妹

ダリウス・カームバータ………………ペルシスの従兄。ヌッシーの息子

アウグストゥス・シルヴァ……………軍事史家。ボンベイ大学教授。サムの友人

ジェームズ・ヘリオット卿……………ラバーナム館の主

マダン・ラル……………………………ジェームズ卿の側近

マーン・シン……………………………ラバーナム館の運転手。シク教徒

ラリータ・グプタ………………………ラバーナム館の家政婦

ロバート・キャンベル…………………ジェームズ卿の友人

エリザベス・キャンベル………………ロバートの娘

ヴィシャール・ミストリー……………宝石商

アディ・シャンカール…………………グルモハール・クラブ経営者。ジェームズ卿の友人

ミーナクシ・ライ………………………シャンカールの婚約者

エドモンド・デフリース………………ジェームズ卿の資産管理人

ローシャン・セト………………………警視。ペルシスの直属の上司

アミット・シュクラ……………………ボンベイ警察副本部長

ラヴィ・パトナガル……………………警視。犯罪捜査部部長

ヘマント・オベロイ……………………警部

ジョルジュ・フェルナンデス
プラディープ・ビルラ
カリム・ハク
……警部補

1

一九四九年十二月三十一日

深夜とつぜん電話が鳴り、けたたましい呼びだし音が地下室の静寂を切り裂いた。ペルシスは身をこわばらせた。手に持ったペンは、一時間前から埋めようとしていた当直日誌の白いページの上でとまっている。報告すべきことは特にない。

刑事部屋にはほかに誰もおらず、聞こえるのは天井の扇風機《せんぷうき》がゆっくりまわる音と、一匹のネズミが乱雑に並べられた机や傷だらけの金属製のキャビネットの下を走りまわる音だけ。ときおり上のほうからドーンというくぐもった音が伝わってくる。大晦日《おおみそか》の夜の花火がまだ続いているのだ。街中が浮かれ騒ぎ、通りには酔いどれがあふれ、この国の歴史上もっとも騒然とした十年の終わりを祝っている。なのに、いや、だからこそ、今夜の当直を引き受けたのだ。どんちゃん騒ぎを楽しむタイプではない。ひとからは服装も態度も堅苦しすぎるとよく言われる。

それは母親なしで育ったせいかもしれない。

母サナーズ・ワディア（旧姓プーナワラ）が亡くなったのはペルシスが七歳のときで、それを限りに、すでに薄れかけていた慈悲深き神への信仰心はきれいに消えてしまった。父サム・ワディアは再婚せず、悲嘆にくれながらもひとりで娘を育てた。ヌッシー叔母さんは父のためにいくつもの縁談を持ってきたが、頑《がん》として応じることはなかった。

もしかしたら、電話は父からかもしれない。年があけて一時間ほどたち、娘が無事でいるかどうかたしかめたくなったのだろう。

ペルシスはストロンバーグ・カールソン社製の黒電話の受話器を取った。「犯罪捜査部マラバール署ワディア警部です」

一瞬の間があり、回線の向こうから戸惑いが伝わってきた。

こういったことははじめてではない。

七カ月前に警部に就任したことは、遠く離れた街のカルカッタ・ガゼットやカルナータカ・ヘラルドといった新聞の紙面でも大きな物議をかもした。ここボンベイでは、インディアン・クロニクル紙がとりわけ辛《しん》辣《らつ》だった。〝女性を要職に登用する本部長の試みは、巣立ったばかりの我が国の開明性を誇示するものかもしれない。だが、ひとつ忘れていることがある。気質においても、知性においても、また道徳心においても、女性は男性より劣っており、それは永遠に変わらないということだ〟

その記事の切り抜きはガラスのフレームにおさめられ、机の上からいまも自分を見つめている。それは警告であり、並大抵の努力では認めてもらえないぞといういましめなのだ。

電話の主は気を取りなおすような口調で言った。

「上席の方とかわってもらえますか」

ペルシスは受話器をフックに叩きつけたい衝動を抑えた。「あいにく今夜はわたしより上席の者はいません」

かすかなため息。「それなら、ミス・ワディア、あなたにお願いします。マリン・ドライブのラバーナム館まで来てください。ジェームズ・ヘリオット卿の屋敷です」

「警部です」

「えっ？」

「ワディア警部です。ミスではなく」

しばしの沈黙。「失礼しました、警部。急いでいただけるとありがたいのですが」

「何があったのかお聞かせねがえますか」

「もちろん」男はさらりと言った。「ジェームズ卿が殺されたのです」

2

ラバーナム館——二階建ての豪壮なキュビズムの邸宅で、大英帝国カラーともいえる臙脂《えんじ》とベージュの塗装が施され、建物全体がアール・デコ調の装飾で覆われている。海に面した正面ゲートで異彩を放つ一対《つい》の象の頭もそのひとつだ。

使用人が玄関で待ちかまえていた。おどおどしていて、着飾った苦力《クーリー》のように見える。すぐにペルシスを連れて、白い大理石張りのきらびやかな玄関ホールへ向かう。床の中央にはプロメテウスのブロンズ像。このギリシア神の頭にはおふざけでターバンが巻かれ、聖性にいかがわしさを与えている。

応接室に入ると、先ほど電話をかけてきた男が、黄褐色の革張りのチェスターフィールド・ソファーから立ちあがって挨拶《あいさつ》をした。

名前はマダン・ラル。ジェームズ・ヘリオット卿の側近で、ほっそりとした身体に、ヘリンボーンのツイードを格好よく着こなしている。ハイウェストのズボンが似あうほどの背丈はないが、そのたたずまいは自信を滲《にじ》みださせている。

ラルは手をさしだした。「急にお呼びたてして申しわけありません、警部」

手入れの行き届いた爪。丁寧に髭《ひげ》をあたった頰《ほお》。オイルで後ろへ撫《な》でつけた黒い髪。V字型の額の生《は》え際。メタルフレームの丸眼鏡のせいで、会計士か保険仲立人のように見える。見てくれを重視する者にとっては、魅力的な男であるのは間違いない。

洗練されているという点では、いまどきの公務員然としている。いかにも時代の申し子といった感じだ。独立から二年以上たった一九四九年末、依然として続く社会的および政治的混乱のなかで、インドはいま新しい国家像を模索しつつある。古い封建制度の解体によって、社会は左傾化し、階級格差は是正《ぜせい》されようとしている。それに相対しているのが、数千年にわたる惰性《だせい》であり、古いインドの支配構造だ。大地主《ザミンダール》や豪族は新しい楽園での自分たちの居場所を確保するために必死になっている。独立によって彼らの鼻っ柱はへし折られたが、このままおとなしく引きさがるはずはない。少なくとも、父はそう考えている。

ペルシスは注意を元に戻した。「さっそくですが、ミスター・ヘリオットの殺害の状況について説明していただけるでしょうか」余計なおしゃべりは得意とするところではない。

「爵位がついています」

「えっ？」

「ミスター・ヘリオットではなく、ジェームズ卿です」口もとには薄笑いが浮かんでいる。「誰だって肩書きにはこだわるものです」

先ほどの電話でのやりとりを揶揄《やゆ》しているのだ。顔が熱くなるのがわかった。

「わたしの場合は、軍隊にいたので、ラル少佐ということになります。第五十空挺《くうてい》旅団の一員としてビルマに赴《おもむ》いていたんです。でも、そんなことはどうだっていい。どうぞこちらへ」

ラルに案内されて、ペルシスは豪華なしつらえの邸内を進み、チーク材の手すりがついた階段をのぼり、何度か廊下を曲がって屋敷の奥へ向かった。

ラルは黒い漆《うるし》塗りのドアの前で足をとめた。「こんなことを言うのはどうかと思いますが、あなたにはちょっと刺激が強すぎるのではないかと……」

ペルシスは意に介さず、ラルの脇を抜けて部屋に入った。

そこは豪奢《ごうしゃ》な書斎だった。白い漆喰《しっくい》塗りの天井からはクリスタルのシャンデリアがさがっている。調度はビルマ産のチークに象牙《ぞうげ》がはめこまれたり、紫檀《したん》に手彫り細工が施《ほどこ》されたりした、趣味のいい選《よ》りすぐりのものばかりだ。壁の一面には、赤と黒の陶板のタイルで、ハンニバルが象の背に乗ってアルプスを越えようとしている場面が描かれている。ほかの壁には書棚が並び、一度もページをめくられたことがないと思われる、似たような体裁の大型本がぎっしり詰まっている。

夜遅くまで読書にふけるための場所というより、見栄を張るための場所のようだ。

正面には、大きな机がある。その向こうの革の張り地を鋲《びょう》でとめた肘《ひじ》かけ椅子に沈みこんでいるのが——ジェームズ・ヘリオット卿だ。

頭を胸にうずめ、腕をだらりと両脇に垂らしている。

ペルシスは死体をもっとよく見るために机の向こうにまわった。

年のころは五十代後半。頭はいかにもイギリス人らしく見事に禿《は》げあがりつつあり、頭頂部にいくつもの緋色《ひいろ》の染みが浮きでている。赤いケープに、赤いチュニックという格好。チュニックのボタンは臍《へそ》まではずれていて、無毛の生白い胸がむきだしになっている。腹は股間の上に大きくせりだしている。部屋に入ったときにはわからなかったが、下半身には何も身につけていない。

思わず目をそらしたが、すぐに自分に言い聞かせた。刑事なら犯行現場にあるものは何ひとつ見逃してはならない。

さらに詳しく見ていこうとしたとき、ドアがあいて、白人の男がつかつかと部屋のなかに入ってきた。長身、引き締まった体軀《たいく》、豊かな黒髪、類《たぐ》いまれな端整な顔立ち。医者が持ち歩いているような黒革の角ばったかばんを手に持っている。肘のところが擦《す》り切れた、身体より一回り大きいクリーム色のリネンのスーツ。すべすべの肌の首もとに緩《ゆる》く結んだよれよれのネクタイ。黒い眉の下できらめいている緑の瞳。黒縁の眼鏡をかけ、きれいに髭を剃《そ》った頰には汗がうっすらと浮かんでいる。

「アーチー、よく来てくれたね」ラルはやってきた男と親しげに握手をし、それからペルシスのほうを向いた。「警部、こちらはアルキメデス・ブラックフィンチ。いまは犯罪捜査部の顧問をしています」

「アーチーと呼んでください」男は言って、骨張った手をさしだした。

ペルシスは手榴弾《しゅりゅうだん》をさしだされたみたいにその手を見つめた。「顧問？」

男は手を引っこめた。「ロンドン警視庁付きの犯罪学者です」

ラルがあとを引き継いだ。「ご存じのとおり、政府はわれわれの手に取り戻した行政機関に新しい息吹《いぶき》を吹きこもうと躍起になっています。新生インドが法の支配を揺るぎないものにするためには、警察がその名に値する役割を果たさなければなりません。そのためには、アーチーのような専門家の助力がどうしても必要になります」

　ペルシスは眉をひそめた。まるで選挙演説だ。「あなたがたはお知りあいだってことですね」

「旧知の間柄です。アーチーの能力はわたしが保証します」

「でも、ここでは捜査権限を有していません」

　ラルの笑みがこわばった。「厳密にいえばそうかもしれない。でも、そこは曲げて。本部長も同意してくれると思いますよ」

　ペルシスは反論を呑みこんだ。要するに、ラルはお偉方にねじこみにいける立場にいるということだ。

　それで、死体に視線を戻して言った。「どうしてこんな格好をしているんでしょう」

「先に説明しておくべきでした。今夜は毎年恒例の年越しパーティーがここで開かれていたんです。出席者はみな仮装してくることになっていました」

「ジェームズ卿は誰の仮装を？」

「メフィストフェレスです。メフィストフェレスというのは――」

「ファウストが魂《たましい》を売った悪魔ですね」

　ラルはうなずいた。「ええ、そうです」

　その顔には驚きの色があった。本と花瓶の横でおすましをしている女性は知っていても、実際に本を読む女性は知らないということだろう。

「それで……下半分の衣装は？」

「ズボンはまだ見つかっていません。なんとも不思議な話です」

　不思議な話ですまされることではない。ズボンはなぜなくなったのか。犯人が持ち去ったのか。だとしたら、なんのために？

「では、ちょっと失礼するよ」と、ブラックフィンチが言った。

　そして、かばんを床に置き、そこから手袋を取りだして、両手にはめた。それを見ながら、ペルシスは思った。自分が現場検証の基本を学んだのはマウント・アーブーの警察学校で、そこで過ごした二年間は決して愉快なものではなかった。女性はひとりだけで、まわりにいる男たちの多くは、女にはそこにいる権利も資格もないと信じて疑っていなかった。指紋による個人の識別法を開発したのはふたりのインド人の警察官であることを知ったのも、そこでだった。同システムはいまやインドだけでなく、スコットランド・ヤードでも採用されている。ただ、その功績はふたりのインド人ではなく、彼らの上司であるイギリス人のものになっている。イギリス人がインドから追いだされたいまも、〝ヘンリー式指紋識別システム〟という名称が変わることはないだろう。

　ブラックフィンチは前に進みでると、ヘリオットの頭に両手をあてがって、そっと持ちあげた。喉もとに血がべったりとこびりついている。白い腹と腿《もも》には、乾いた血が何本もの筋をつくっている。

　ブラックフィンチはしばらく手袋ごしに指先で血のなかをまさぐり、探していたものを見つけだした。

「法医学者に確認してもらわなきゃならないが、おそらく犯人は鋭利な刃物を咽頭《いんとう》のすぐ近くに深く突き刺し、引き抜いたときに頸動脈《けいどうみゃく》と頸静脈を掻《か》き切ったと思われる。即死だったにちがいない」

　それから、机の下の何かに目をとめ、腰をかがめて手をのばした。腰をのばしたとき、手には丸められたハンカチがあった。その臭《にお》いを嗅《か》いで、鼻の頭に皺《しわ》を寄せると、かばんから蠟《ろう》引きの紙の保管袋を取りだして、そこにハンカチを入れた。そして、なんの説明もせずに作業に戻った。

　ペルシスはラルのほうを向いた。「ジェームズ卿はここで何をしていたんでしょう」

「わたしもそのことを考えていました。パーティーの喧騒《けんそう》からしばし逃れたかったのかもしれません。こういった集まりはけっこう疲れるものですから」

ペルシスは机にふたたび目をやった。チーク材の両袖机で、ワックスで磨かれ、まぶしいほどの艶《つや》が出ている。天板に暗緑色の大理石がはめこまれ、縁は赤みがかった金箔《きんぱく》張り。引出しは各袖に四つずつ。それぞれに真鍮《しんちゅう》の大きな取っ手がついている。そして、机の上のものは端のほうに並んでいる。空《から》のウィスキー・グラス。葉巻の吸いさしが一本ぽつんと置かれた灰皿。ベージュの地球儀。イギリスの植民地は赤く塗りわけられていて、インドもまだ赤い。ルーペ。真鍮のインクスタンドと蓋《ふた》つきのインク壺《つぼ》。それに電話機。

その並び方には、なんとなく引っかかるものがあったが、それが何かはわからない。

机の片側へ行って、いちばん上の引出しに手をのばす。

そのとき、ふたりの男の口からぎょっとするほど大きな声があがった。

「触るまえに手袋を」と、ブラックフィンチ。

ペルシスは赤面し、うっかりしていた自分を呪った。無能な刑事呼ばわりされるのは、職務執行中に襲われたり殺されたりといった、ヌッシー叔母さんが日頃から心配しているような目にあうよりずっと悔《くや》しい。

ラルの一言は予測可能なものだった。「ジェームズ卿のプライバシーは尊重されなければなりません」

「いまはもうプライバシーを気にしていないと思いますけど」

「あなたはわかっていない。ジェームズ卿は慎重に扱わねばならない政府の種々の案件にかかわっていました。引出しのなかには秘密文書が入っているかもしれません」

「ご安心ください。わたしは口が固いことで知られています」ペルシスは言って、ブラックフィンチから渡された手袋を素早くはめ、いちばん上の引出しをあけた。鍵はかかっていない。

ラルは目を丸くしている。この事なかれ主義者はいまにも心臓発作を起こすかもしれない。

引出しのなかには、種々の書類や手紙やメモなどが入っていたが、今回の事件に関連するようなものは何もなさそうだった。

傷だらけの革表紙のノートに、タイムズ・オブ・インディア紙の切り抜きがはさまっていた。記事には四人の人物がうつった写真が添えられている。腕を絡《から》めあわせたインド人の男女と、その両脇にタキシード姿の白人の男。日付は二カ月前で、ボンベイのナイトクラブのオープニング・パーティーの模様が報じられている。

ペルシスは写真の人物に目をこらした。

ふたりの白人に目立った特徴はない。おそらくビジネスマンか公務員だろう。インド人のほうは美男美女のカップルで、見るからに華《はな》やいでいる。女性のほうはサリーを身にまとい、片手を男の腕にまわし、もう一方の手を自分の首もとに持っていっている。そこには、いやでも人目をひくゴージャスなネックレスがかかっている。

記事によると、インド人の男性はナイトクラブのオーナーで、名前はアディ・シャンカール。その隣の女性は〝社交界の華、ミーナクシ・ライ〟と紹介されている。この切り抜き以外、ノートには何もはさまっていない。ヘリオットはなぜこの切り抜きをとっていたのだろう。ちょっと気になったので、それも証拠品のひとつに加えることにした。

ほかの引出しもざっと調べたが、中身はごくありふれたものばかりだった。数枚の紙きれ、なんの気なしに入れてそのまま忘れていたにちがいない雑多な日用品、葉巻のケース等々。ラルの心配はどうやら無用だったようだ。

いちばん下の引出しをあける。

そこにリボルバーが入っていた。銃身を持って、ふたりの男に見せる。

「ちょっといいかな」ブラックフィンチは言って、拳銃を受けとり、臭いを嗅いだ。「少なくともここしばらくのあいだは使われていない」次にシリンダーをチェックする。「全弾装塡《そうてん》されている」

　ペルシスはラルのほうを向いて訊いた。「拳銃を所持していたことをあなたはご存じでしたか」

「ええ。そこに保管していたことも知っていました。ウェブリー・マークⅣ。大戦末期までイギリス兵軍の標準装備になっていた拳銃です」

「ジェームズ卿は従軍していたんですか」

「戦場へは行っていません。政治的な配慮から名誉大佐の称号を授与され、そのときに拳銃を支給されたのです。記念にとっておいたのでしょう」

「射撃の腕前は？」ブラックフィンチが訊いた。

「なかなかのものだったんじゃないかな。よく自慢していた」

「としたら、こんなふうに考えられる。この部屋に入ってきた者が、身の危険を感じさせるようなことをしたら、ジェームズ卿はとっさに拳銃を手に取ったはずだ」ブラックフィンチはそこで一呼吸おき、それから付け加えた。「でも、そうはしていない」

　どうやらこのイギリス人には、わかりきったことを訳知り顔に話す癖があるようだ。わざとではあるまいが、困ったものだ。さらに困ったことに、本人はそのことをまったく自覚していない。

　ブラックフィンチはさらに付け加えた。「検死の必要がある」

「検死？」ラルは思いもしなかったことのように顔を歪《ゆが》めた。

「邸内を調べる必要もある」と、ペルシスは付け加えた。「パーティーの参加者は何人くらいです」

「招待客のリストに載っているのは四十八人です。そこに屋敷の使用人、今夜のために雇った給仕、ジャズバンドのメンバー、そしてわたしの都合十九人が加わります」

　驚くほどの正確さだ。おそらく、この質問を予期していたのだろう。「その人たちはまだここにいますか」

「ええ、誰も帰っていません。みないらだちを募らせています」

「事件のことを伝えたんですか」

「いいえ。体調がおもわしくないので先に休ませてもらっていると言ってあります」

　ペルシスは死体に目をやった。たしかに体調はこの上なく思わしくない。どんなチンキ剤を服《の》ませても、起きあがらせて、ダンスフロアに戻らせることはできないだろう。

「みんなから話を聞く必要があります。全員をひとところに集めてもらえますか」

　ラルは首を振った。「事情聴取をするということですか。あなたはそれがどういうことかわかっていない。招待客のリストには、この街きっての——もしかしたらこの国きっての富豪や有力者が何人も含まれているんです。殺人事件の容疑者扱いすることは許されません」

「でも、容疑者でないとは言いきれません」

「まさか。これはどこかのごろつきの仕業です。たまたまこの屋敷に盗みにはいり、書斎でジェームズ卿と鉢あわせしてパニックになったんです」

　ペルシスはその言い分に思案をめぐらせた。「このお屋敷のゲートには警備員が常駐していますね」

「ええ。でも、大晦日の夜です。警備員も浮かれた気分になっていたはずです。警備の隙をつくのはそんなにむずかしくないはずです」

　ブラックフィンチが割ってはいった。「犯人はジェームズ卿の顔見知りの者だよ」

　ラルは眉を寄せた。「どうしてそう言いきれるんだい」

「殺され方からすると、ふたりはすぐ近くにいたにちがいない。だから、ジェームズ卿は拳銃を取ろうとしなかった。見知らぬ者に襲われたのなら、身を守るためになんらかの行動を起こしたはずだ。なのに、争った形跡もなければ、防御創もない。犯人はジェームズ卿に近づいて、こんなふうに片手を頭にまわした」ブラックフィンチは自分の手で犯行の瞬間を再現しながら話した。「そして、もう一方の手でナイフを首に突き刺した。その素早さと正確さからいって、手慣れた者の仕業としか思えない」

「要するに何が言いたいんだい」

「しかるべき心得のない者の仕業だとすれば、あちこちに刺し傷やかすり傷ができていたはずだ。素人《しろうと》だと、鮭《さけ》でも一刺しでは殺せない。つまり、これは素人の犯行じゃないということだ」

ラルの顔は少し青ざめている。「犯人は軍人だというのかい」

「そうは言っていない。ひとの殺し方をよく知っている者だと言っているだけだよ」

「邸内にいる者のリストを用意してもらえないでしょうか」と、ペルシスは言った。

ラルはいらだたしげに口を開いたり閉じたりし、それからしぶしぶといった感じで小さくうなずいた。

「ご家族はどこにいるんです」

「ジェームズ卿は独身です。結婚歴はありません。子供もいません」

ペルシスはひとしきり間をおき、何か見落としていることはないかどうか思案をめぐらせた。「なくなったものはありませんか。この部屋から、あるいはジェームズ卿が身につけていたものから」

「貴重品のことを言っているのなら、答えはノーです」

その口調にはためらいの色があった。思案顔でラルを見つめていたときに、ブラックフィンチの声が聞こえた。

見ると、机の後ろに並ぶ書棚のあいだにかかっている絵を調べている。それはヘリオットの肖像画だった。お世辞にもハンサムとは言えず、軍服に身を包んだ姿は長さ六フィートのソーセージのように見える。背景には白い館が描かれている。イギリス人が好む避暑地のシムラーかどこかだろう。そこにはイギリスの植民地支配のすべてが表現されている。気高さ、洗練、慈悲。そして高慢。

「壁に引っかき傷がついている。どうやら、この絵は頻繁《ひんぱん》にかけたり、はずしたりされていたようだ。後ろに何かあるかもしれない」

ラルの許可を待たず、ブラックフィンチは手をのばして、板壁から肖像画を取りはずした。だが、絵は大きく、額縁は重く、身のこなしのぎこちなさのせいもあって、次の瞬間には身体が後ろに傾いていた。ラルが声をあげたが、時すでに遅し。ブラックフィンチはよろめき、後ろ向きに倒れ、絵は机の角にぶつかった。静かな室内で、キャンバスの裂ける音が恐ろしいほど大きく響く。

ブラックフィンチはすぐに起きあがると、埃《ほこり》をはたきながら小さな声で謝罪の言葉を口にしただけで、何事もなかったかのように壁の前に戻った。

ラルはまだ苦々しげに破れた肖像画を見つめていた。ヘリオットの顔は机の角によって無残に切り裂かれている。

ブラックフィンチが壁の前に戻ったのは、そこにマホガニーのキャビネットが埋めこまれていたからだった。そのなかに〝モーリス・アイルランド社〟という文字が刻まれた青灰色の金庫が置かれていた。

「錠はかかっていない」ブラックフィンチは言いながら、金庫のつまみをまわして鋳鉄《ちゅうてつ》製の扉をあけ、なかを覗《のぞ》きこんだ。

ペルシスは前に進みでて、彼の肩ごしに同じように覗きこんだ。

ブラックフィンチは手をのばして、金庫のなかからふたつの真鍮の鍵がついたキーリングを取りだした。それから、鍵に刻まれた文字を見て言った。「この金庫の鍵だ」

「ほかには？」ペルシスは訊いた。

ブラックフィンチはふたたび手をのばし、このときは何も持たずに手を出した。「ほかには何もない」

ペルシスはラルのほうを向いた。「ここには何が入っていたんでしょう」

「なんであれ、ジェームズ卿の個人的なものです」

「ここに金庫を隠していたのは、なかを空にしておくためではないはずです」

「としたら、これはやはり物盗《と》りの仕業なのではないでしょうか」

「そう言いきることはできない」ブラックフィンチは言った。「でも、金庫の錠があいていたということは、夜のうちに何かが盗まれたという可能性はあるだろうね」

ペルシスは室内を見まわした。最初はかたちだけの飾りものと思っていた暖炉は本物だった。炉床には灰の大きな山ができている。

そこへ行き、しゃがんで手をのばす。まだ温かい。誰かがここで大量の紙を燃やしたようだ。そんなにまえのことではない。火かき棒を取って、黒焦げになったものを突ついたが、燃やしたのがどういった類《たぐい》の紙かはわからなかった。

これも引っかかる。

「死体を見つけたのは？」

「ここの使用人です。マーン・シンといいます。お客さまのひとりに声をかけられ、帰るまえにジェームズ卿に挨拶をしたいが見つからないと言われたので、探しにいき、ここで死体を見つけ、それでわたしに知らせたのです」

「生きている姿が最後に目撃されたのはいつのことです」

「むずかしい質問ですね。わたし自身は、裏庭の芝地で招待客といっしょに〝久しき昔〟を歌っているのを見たのが最後でした。ちょうど日付が変わったときのことです」

「死体が見つかった時間は?」

「一時十分くらいです」

魔女が横行すると言われている時間に、ヘリオットは姿を消し、永遠に帰らぬひととなったのだ。

「その使用人に会わせてください」

マーン・シンは身長六フィート六インチのエヴェレストなみの大男だった。先のふたつの大戦で勇名を馳《は》せたシク教徒のひとりで、戦車のように頑丈そうな身体つきをしている。第一次世界大戦で、シク教徒が塹《ざん》壕《ごう》で身を縮《ちぢ》こまらせていることを拒み、死を顧《かえり》みず砲弾の嵐のなかを突進していったという武勇伝の数々はいまも人々の語り草になっている。

ペルシスはやってきた男に訊いた。「あなたが死体を見つけたんですね」

シンは肩をいからせ、身をそびやかせて、鋭い視線をまっすぐ前方に向けた。いや、前方にというよりラルに向けたと言ったほうがいいかもしれない。ペルシスは心のなかでため息をついた。シク教が生まれたインド北西部のはずれは、女性の社会進出に好意的でないことで知られている。その外観やそぶりは、ヌッシー叔母さんが言っていた粗暴なパンジャブ人の特徴にぴたりとあてはまる。理由は定かでないが、叔母はあの地方出身の軍人にただならぬ敵意を抱いている。深紅のロングコート、サッシュ・ベルト、クリーム色のターバンというお仕着せ姿。ブルー・ナイル、マンダリン、アリババといった高級ホテルや人気のナイトクラブのドアマンでも通る。そういったところでシク教徒が多く雇われるのは、招かれざる客を追い払うのに、その図体の大きさがものを言うからだろう。

「答えろ」と、ラルが言った。

「はい、そうです」シンは答えたが、まだ振り向こうとしない。

「どうしてこっちを向いて答えないの」ペルシスは自分を抑えることができず、思った以上に強い口調で言った。

シンはようやく振り向いた。幅の広い顔、整った目鼻立ち、高い頬骨、鋭い目つき、丁寧に整えられた顎《あご》ひげ。

「死体を見つけた時間は？」

「一時十分ごろです」

「見つけて最初にしたことは？」

「死んでいるかどうかをたしかめたんです」

「そのとき身体を触ったか」ブラックフィンチが訊いた。

「手首を持って脈を調べました。それだけです。死んでいました」クリケットの試合で打者がアウトになったことを告げているような冷ややかな口調だった。

「あなたはいつからここで働いているの」ペルシスは訊いた。

「一カ月ほどまえからです」

「それで、どう思っていたの」

額《ひたい》に皺が寄る。「どういう意味でしょう」

「ジェームズ卿のことよ。どんなふうに思っていたの」

「雇い主です。どんなふうにも思っていません」

「いいひとだと思っていた？」

「好き嫌いを云々《うんぬん》できる立場にありません。わたしはただ言われたことをやっていただけです」

「じゃ、どんなことを言われていたの？　あなたのここでの役割は？」

「下働きです」

「本当に？ それだけとは思えないけど」

シンの目がきらりと光る。「どういう意味でしょう」

「あなたのような体格のひとなら……」この男が紅茶をサーブしたり、白鳥のかたちをした銀のトレーに香水つきの手紙を載せて持ってくるところを想像することはできない。

シンはうなずいた。「ジェームズ卿の運転手と身辺警護をしていました」顔が歪む。「でも、お守りすることはできませんでした。義務を果たせなかったのです。残念です」

「きみのせいじゃないよ、シン」と、ラルは言ったが、それで多少なりとも心がなごんだとは思えない。

「あなたはこの部屋から何か持ちだしてない？」

シンの顔つきが険しくなった。「わたしが何か盗んだと思っているんですか」

「いいえ。ただジェームズ卿のズボンが見あたらないから。それに金庫のなかのものもなくなっているかもしれない」

「金庫のことは何も知りません」その視線は馬を押し倒せそうなくらい強く鋭かった。誇り高いシク教徒に盗みの疑いをかけるのは最大級の侮辱《ぶじょく》なのだ。スカートをはいてカンカン踊りをしろと言うほうが、まだ許せるにちがいない。

「最後にもうひとつ。死体を見つけたとき、暖炉の火はまだ燃えていた？」

シンは眉根を寄せ、ペルシスの視線を追って暖炉のほうを向いた。「いいえ。消えていました」

「いいでしょう。行っていいわ」

シンは大股で部屋から出ていき、ドアをばたんと閉めた。

「すみません」と、ラル。「ちょっと偏屈な男でして」

ペルシスはブラックフィンチのほうを向いた。指紋検出用の粉を振りかけるのに集中していて、ほかのことはいっさい目に入っていないようだ。少しまえには、かばんからカメラを出して、三脚にセットし、犯行現場を撮影する準備をしていた。州警察の鑑識班を呼ぶことも考えたが、このイギリス人は何をどうしたらいいのかよくわかっている。ひとりのほうが何かとやりやすいにちがいない。

それで、またラルのほうを向いて言った。「ほかの使用人と招待客からも話を聞かなければなりません」

ラルはうなずいた。「ついてきてください」

階下の両側にはいくつもの応接室や広間があり、あちこちにパーティーの招待客がいた。ほとんどがいかにも裕福そうに見えるカップルだ。独り者は一握りで、所在なげに煙草をふかしたり酒を飲んだりしている。みな何食わぬ顔をしているが、そこには奇妙に張りつめた空気が漂っている。秘密はもう秘密でなく、ヘリオットが死んだという話はすでにみんなに伝わっているということだろう。今夜のどんちゃん騒ぎの幕切れは、後味の悪い、そしていつまでも記憶に残るものになるにちがいない。

ペルシスは招待客を舞踏室に集めた。そこで、今夜の宴席のホストが亡くなったことを簡潔に伝え、これからひとりひとりに話を聞くつもりだと告げると、不満げなざわめきが起こった。容疑者扱いするのかというわけで、いかにも富と権力を享受《きょうじゅ》している者らしい反応だ。嫌味、脅《おど》し、罵《ののし》り、抗議。それを黙って聞いたあと、ペルシスは顔を真っ赤にしながら、これは情報収集のためであって、記憶が薄れるまえに話を聞きたいだけなのだと言って聞かせた。

事情聴取は控えの間で二時間にわたって行なわれた。弁護士、銀行家、高級官僚、実業家、中堅どころの政治家、そして人形のような妻たち。それぞれにボディチェックをすると、ふたたび強い抗議の声があがった。

けれども、ペルシスはひるまなかった。凶器はこの屋敷内のどこかにあるはずなのだ。

招待客の半分ほどの聴取がすんだとき、ラルはペルシスを部屋の隅に引っぱっていった。「時間がかかりすぎです。待っている人たちを家に帰してやらないと、暴動が起きかねません」

「駄目です。これは警察の捜査なんです」

「無理を言わないでください。ここにいる者の大半は本部長とファーストネームで呼びあう仲なんですよ」

ペルシスは怒りを呑みこんだ。ラルの言うことはよくわかる。どんな脅し文句を並べても、連中を無理やりにここに押しとどめておくことはできないだろう。

「わかりました。でも、そのためにはふたつの条件があります。ひとつはいまここでボディチェックを受けること。もうひとつは後日事情聴取に応じること」

ラルはうなずき、そのことを伝えにいった。

結局、話を聞くことができたのは四十八人中二十二人だけだった。しかも得られたのは、ほとんどなんの価値もないとすぐにわかることばかりだった。

ヘリオットについては、〝とてもいいひと〟とみなが口を揃《そろ》えた。悪く言う者はひとりもいなかった。パーティーの席上では全員がヘリオットと言葉を交わしていた。上機嫌だったとみな言っているが、二階へあがっていったことを覚えている者はいなかった。

招待客の聴取が途中で打ち切りになると、次は使用人とジャズバンドのメンバーの聞きとりに移った。

やはりたいした収穫はなかった。常雇いの使用人は別にして、それ以外の者はそもそもヘリオットを知らないので、その夜の彼の動静についての新しい情報が得られるわけはなかった。

使用人のなかでヘリオットの死にもっともショックを受けているように見えたのは、ラリータ・グプタという家政婦だった。小豆《あずき》色のサリーを身にまとった、控えめで、品のいい女性で、雇い主のとつぜんの死に茫然《ぼうぜん》自失のていだった。年のころは三十代なかばで、未亡人だという。黒い髪に白いものが混じりはじめている。英語は流暢《りゅうちょう》で、その物言いは柔らかい。四年前からここで働いていて、一階の部屋で寝起きしているという。その日ヘリオットは朝からずっと出かけていて、午後遅くに帰ってきてからパーティー会場をチェックしていた。いつもとちがう様子はなかったらしい。

最後に、正面ゲートの警備員を呼んだ。

警備員のひとりは数杯のビールを飲んだことを認めたが、もうひとりは敬虔《けいけん》なイスラム教徒で、修道女なみに素面《しらふ》だった。ふたりとも、夜のあいだに招かれざる客がゲートを通りぬけたことは神かけてないと明言した。

事情聴取と並行して、ペルシスは今夜すませておく必要のあるもうひとつの仕事の準備にとりかかっていた。邸内の捜索だ。応援が必要なので、近隣のマリン・ドライブ署に連絡をしたのだが、そこでは頭の固い当直官と押し問答になった。なんとか要請に応じてもらえはしたものの、やってきた巡査たちは女性刑事に命令されることはおろか、その存在さえ認められないような連中ばかりで、言うことをきかせるのは大変だった。ペルシスが指示を出すたびに、ブラックフィンチを見て、目で了承をとるのだから、たまったものではない。

邸内の寝室のワードローブを調べていたとき、切符の半券が見つかった。丈の短いギャバジンの上着のポケットに入っていたもので、通し番号は７７１８３、分類コードは12。〝本券をなくさないでください〟と記されている。それは急行列車の切符の半券で、残りの半分は改札員にちぎりとられたのだろう。日付や乗車駅や降車駅はそっちのほうに記されていたにちがいない。上着のもうひとつのポケットからは、紙きれが出てきた。メモ帳か何かから破りとったもので、上端に〝ネクタルの池のほとり、六十八の聖地〟という文字が印刷されている。

その下には〝バクシー〟という名前が走り書きされ、さらにその下にアルファベットと数字が並んでいる。

PLT41／85ACRG11。

しばらく見つめていたが、意味はとれない。

部屋の捜索は終わったが、手間がかかった割りに収穫はほとんどなかった。凶器も、ヘリオットのズボンも見つからなかった。ペルシスはラルを部屋の隅に連れていった。

そこで、さっき見つけたメモについて訊いてみたが、バクシーという人物に心当たりはないという。アルファベットと数字についても同様だった。

「ジェームズ卿が過去数週間に会った人物のリストを用意してください。生前の行動履歴を確認したいんです」

「わかりました」

「それからもうひとつ。ジェームズ卿はなぜ殺されたと思います？」

「どういう意味でしょう」

「動機です。犯人の動機について、何か思いあたることはありませんか」

ラルはため息をついた。「わたしもそれを考えていました。ジェームズ卿は社交家で、誰からも好かれ、尊敬されていました。必要とあらば声を荒らげることもありましたが、そこは外交官です。インドとイギリスのあいだの政治の荒波のなかを巧《たく》みに泳ぐすべを身につけていました。そういえば、数年前にわれわれはガンジーに会ったことがあります。暗殺されるのはそれよりずっと先のことで、イギリスが白旗をあげる一年前の話です。ジェームズ卿はガンジーをひとのいないところへ連れていって、こう言いました。あなたの勝ちです。イギリス政府はすでに戦意を喪失しています。あなたのような人間があまりにも増えすぎたからです。あなたたちはパニックを起こしたスズメバチの群れのように厄介きわまりない。ガンジーは話を聞いて笑っていましたよ」口もとには思いだし笑いのようなものがある。

「あなたはジェームズ卿の死にさほど動揺しているようには見えませんね」

ラルは顔をこわばらせた。如才《じょさい》のなさはペルシスの得意とするところではない。ヌッシー叔母さんからは歯に衣《きぬ》着せぬ物言いをいつも注意されている。女性はつねに控えめで、愛想よく、礼儀正しくあらねばならないというわけだ。けれども、そういった資質はどれひとつとして自分に備わっていない。

「ジェームズ卿はわたしの雇用主というだけじゃありません、警部。友人でもありました。もう何年もまえの話になりますが、出会ったのはユニバーシティ・カレッジ・ロンドンでです。ええ。両親に学費を出してもらって留学していたんです。ジェームズ卿はそこの理事で、その年の〝ディズレーリ・レクチャー〟を担当していました。インドにすでに十年近く滞在していたということもあり、当時のインド情勢についての分析には際立ったものがありました。その時点ですでにインドの自治を確信し、その旨《むね》を公言する勇気があった数少ないイギリス人のひとりでした。だからこそ、独立後もこの国にとどまるよう懇願されたのです」ラルはため息をついた。「わたしは戦争中にいやというほど多くの死を見てきました。そのせいで慣れっこになったとは言いませんが、ある種の耐性が身についたのはたしかです。わたしはわたしなりにジェームズ卿の死を悼《いた》んでいるつもりです」

その夜のペルシスの最後の仕事は、死体を安置所《モルグ》に移送する手配をすることだった。

しばらくして救急車が到着すると、ヘリオットの死体は担架に載せられ、白い布をかぶせられて階下におろされ、夜の闇のなかに運びだされていった。

夜明けまであと一時間というころ、帰宅途中の車のなかで、ペルシスの頭にはひとつの疑問が浮かびあがっていた。街にはいくつもの警察署があるのに、なぜラルはマラバール署に通報してきたのか。上層部がおおやけに認めることはないが、マラバール署は並みの警察署ではない。そこに配属されているのは、なんの役にも立たない能なしと見なされた者ばかりなのだ。

　そんなことを考えていたので、ベッドに入ってからもなかなか寝つけなかった。

3

一九五〇年一月一日

　三時間後に目を覚ますと、横にいたアクバルがつぶらな緑色の瞳でじっと見つめていた。その瞳に一目惚《ぼ》れしたのだ。なれなれしげに顔を近づけてくる。ペルシスはしかめ面をし、手をあげて拒んだ。「駄目よ」

　アクバルは気分を害したようで、冷ややかな一瞥《いちべつ》をよこすと、背中を向けて、柔らかいマットレスに沈みこんだ。

　ペルシスは身体を起こし、伸びをして、グレーの太った雄猫をふて寝させたまま、バスルームへ向かった。石炭ストーブはまた故障していた。シャワーは身を切るように冷たい。腕に鳥肌が立つ。急いでカーキ色の制服に着替えると、長い黒髪をいつもの勤務日のように後ろでひっつめ、ひさしのついた制帽を小脇にはさみ、リボルバーをチェックしたあとホルスターに戻し、それから居間へ足を向けた。

台所ではヌッシー叔母さんが忙しそうに立ちまわっていた。

「すわっててちょうだい。もうすぐできるから」

父親のサム・ワディアは顔をあげもしなかった。腎臓病専門の高名な医師シャウカート・アジズとのチェスの試合に夢中になっている。

「ウィスキーの飲みすぎだよ」と、アジズは言った。「量を減らさないと、そのうち肝臓が風船みたいに膨《ふく》らんじまうぞ」

「望むところさ」父はルークを取り、強気に駒を進めた。「膨らんだ分だけ余計にウィスキーが入る」

「時間の無駄よ、おじさん」ペルシスは言って、父親の頬に軽くキスをした。「新年おめでとう」

「おじさんと呼ぶのはやめろと何度言ったらわかるんだ。わたしの人生はいまが旬《しゅん》なんだ。モテてモテて困ってるんだ」

ヌッシーが湯気のあがる皿をテーブルに並べはじめた。香辛料たっぷりの米と豆料理《ケジャリー》だ。ペルシスは口のなかが唾《つば》でいっぱいになるのを感じた。最後に食事をとったのはいつだったろう。

「こんなことをしなくていいのに、ヌッシー叔母さん」

「新しい年のはじめに可愛《かわい》い姪《めい》っ子のために朝食をつくるより大切なことはないわよ」

「うちの朝食は毎日手作りだよ」と、父がひとりごちるように言う。「いつもクリシュナがつくってくれる。この家で」

これはずいぶんまえから気づいていたことだが、母の妹である叔母と父とのあいだにはつねに静かな敵意が横たわっている。その理由がわかったのは、母が亡くなった直後のことだった。

　ペルシスの母とヌッシーは裕福なパールシーの家庭の出だった。ふたりの父のズービン・プーナワラは有力な海運業者で、ほかに子供がいなかったということもあり、娘たちを溺愛《できあい》していた。サム・ワディアも同じくパールシーだが、こちらはごく平凡な家庭の出だ。〈ワディア書舗〉なる書店を営み、それなりの収入はあったが、富や権力とは無縁の存在だった。学生時代は法律を学んでいたが、インドの独立運動のために進路が変わった。この国の幾千幾万の若者たちと同様、すべてを投げうって闘いの渦中に身を投じたのだ。それはネルーやガンジーの教導によるものであり、みずからの意識の覚醒《かくせい》の結果であった。

　イギリスの支配の終焉《しゅうえん》は驚くほど速かった。これまで何世紀にもわたって、インド社会の指導者たちはイギリスの植民地政策のお先棒をかつぐことによって、みずからが国の支配者であるという見せかけを取り繕《つくろ》ってもらっていた。不正や特権の乱用、そしてピラミッドの底辺にいる人々への無慈悲な仕打ちには目をつむりつづけてきた。だが、それまでの温和な抗議運動が熾烈《しれつ》な革命闘争に変わると、あとはもう時間の問題だった。父も目から鱗《うろこ》が落ちた多くの知的な若者のひとりだった。かつてのイギリスは崇拝の対象であり、すべてのインド人がめざすべきゴールだと思っていた。それが三百年にわたる植民地支配によって植えつけられた自己嫌悪の念のせいであることがわかったのは、さらにその後数年たってからのことだった。

「顔を見せてちょうだい」ヌッシーは言って、ペルシスの顔を両手で包んだ。ペルシスは子供のころからそうされるのが好きではなかった。「きれいだわ。お母さんにそっくり」

　一応はそのとおりだ。

　母の顔は写真で知っている。たしかによく似ている。

父の心をとらえた薄幸の美女。漆黒《しっこく》の髪、深い茶色の瞳、ぽってりとした唇、高い鼻。見た目の美しさがどれほど大きな意味を持つかはよくわかっている。警察学校でもそうだった。そこで過ごした時間の半分を、興味のない相手から言い寄られるのを避けるために費やしたくらいだ。恋愛に興味がなかったわけではない。そのとき自分を衝《つ》き動かすものが恋愛ではなかっただけだ。自分が白馬の王子様に求婚されることを夢見る娘に育たなかったのは父のおかげといっていい。父が教えてくれたのは、精神と思想の自由、そして夢を大事にすることだった。それだけで、父を死のときまで愛することができるようになった。

けれども、酒量を抑えなければ、そのときはさほど遠くない時期に訪れる。

ペルシスはグラスを取りあげ、ウィスキーを台所のシンクに流した。

「何をするんだ。いくらすると思ってるんだ」

「朝食にウィスキー？　気はたしか？」一年前に発布されたボンベイ禁酒法も酒量を減らす助けにはならなかった。医者に一筆書いてもらいさえすれば、健康上の理由ということで酒は簡単に入手できる。正式に営業許可を受けたバーやナイトクラブも、商売のためには密造酒をこっそり出さざるをえない。

「それだけ父親を心配してるってことなんだよ」と、アジズが言った。

父は友人に険のある視線を投げた。「今日は何時に起きたんだ」

「わたしのことか？　いつもどおり夜明けとともに」

「本当に？　だからなんだな、二日酔いの顔をしていないのは」

「わたしはドイツ人じゃない。もともとむずかしい顔はしていないさ」

ふたりが睨《にら》みあっているあいだに、ヌッシーが昨夜の出来事についてペルシスに尋ねた。「素敵なパーティーだったのに、出られなくて残念だったわ。ほんとよ。大晦日に仕事をする馬鹿がいったいどこにいるの」

「みんな義理で顔を出してるんだよ」父は小声で言った。

「未婚の娘の場合は、その限りじゃないわ」

　ペルシスが大晦日の地下室での勤務を引き受けた理由のひとつがそこにある。ヌッシー叔母さんの家で開かれるパーティーに行かずにすむには、そうするしかなかった。行けば、ヌッシーから自分の馬鹿息子を押しつけられるのは目に見えている。いとこ同士の結婚は昔から寿《ことほ》ぐべきこととしてパールシーの社会に受けいれられているが、ペルシスに言わせれば、それは家系の断絶につながる悪しき習わしだ。しかもダリウス・カームバータは単なる従兄《いとこ》というだけではない。ピカピカに磨きあげられた革靴、身体にあわない三つ揃えのスーツ、大きな卵を小さな穴に入れようとしているような表情。そういったものを見るたびに、永遠に結婚はすまいという気になる。

　警察官になることを決めたのは、周囲の人間に対して何かを証明したかったからではないかと思うことがある。学生時代は、結婚し出産するという選択肢以外は考えられなかった。でも、ある日の真夜中に、何をどうしたいかという思いが煙のように現われ、すっかり包みこまれてしまった。

　警察を選んだのは、自分の倫理観に合致していると感じられたからであり、富と権力があれば殺人を犯しても逃げおおせる国に公平な尺度をもたらしたいという強い思いがあったからだ。いろいろな意味で少しでも母に近づきたいという思いもあった。記憶にはほとんどないが、いまも母の影を強く感じる。誰の話でも、サナーズ・ワディアは信念を曲げない女性だった。

　食事をしながら、気がついたときには、昨夜の事件のあらましを話していた。どうせすぐに新聞に出るのだ。隠さなければならない理由はない。権力の回廊では、数万のインド人が殺されても、わずかに眉が吊りあがる程度にしかならないが、殺されたのがたとえひとりでも、それがイギリス人であれば、そこにいる者たちは大騒ぎをし神の名を呼ぶ。

　おかしな話だ。

　イギリスはインドから撤退したが、新しい十年が始まろうとしているいまも、この国にはまだ多くのイギリス人が残っている。最新の情報によれば、総数六万。帝国の残骸のなかで余生をまっとうするために残った者もいれば、事業の継続もしくは縮小のために残った者もいる。ほかにも、アーチー・ブラックフィンチのようにインドの自立を助けるのが目的で滞在している者もいる。新生共和国は大きく、それゆえ扱いが容易ではない。国を支配するのと国を機能させるのは、まったく別のことだ。

　父は顔を曇らせ、フォークを置いて、皿を前に押しやった。

「いったいどういうことなんだ」けんもほろろだった。湾に面した窓からさす陽の光が、父の禿げ頭を照らしている。口が歪み、胡麻《ごま》塩《しお》の髭が揺れている。「なんでイギリス人の殺害事件の捜査をしなきゃいけないんだ。母さんに申しわけないと思わないのか」

「お母さんを殺したのはイギリス人じゃないわ」ペルシスは負けていなかった。「あんな集会に連れていかなきゃよかったのよ」

　言った途端、言わなければよかったと思った。

　父は身をこわばらせ、かすかに身体を震わせた。そして一言も発せず車椅子を回転させ、自分の部屋に向かった。とつぜんの沈黙のなかに、車椅子の右側の車輪がきしむ音が響く。

　ドアが閉まる音がし、ヌッシーが口を開いた。「あんなこと言っちゃ駄目じゃない、ペルシス」

　叔母さんだって同じようなことをあちこちで言って

るでしょ、と指摘するのをペルシスはなんとかこらえた。なぜ自分は父親を怒らせるようなことを言ってしまったのだろう。昨夜は自分がこの事件にかかわったことに対して父がどんな反応をするか長いこと考えていた。父はイギリス人を多くの点で許している。だが、妻の死についてだけは決して許そうとしない。

背後でドアが開き、父の運転手兼下働きのクリシュナが部屋に入ってきた。

南インド出身の六十歳の男で、腹は大きくせりだし、肌はオニキスのように黒光りしている。ワディア家に仕えて二十年近くになり、ある意味ではペルシスの育ての親でもある。六人の子供の父親で、ケララ州の僻《へき》地《ち》の集落に妻子を残して出稼《でかせ》ぎにきていて、家族への毎月の仕送りを欠かすことはない。ペルシスの知るかぎり、車の運転はお世辞にも上手とはいえない。それでも、父は馘《くび》にすることなどまったく考えていない。兵と将としてのように、ふたりは多くを分かちあっている。

クリシュナはペルシスのほうを向いて、息を切らしながら言った。「下にお客さまが見えています。あなたに会いたいそうです」

ペルシスは階段を降りて、裏口から店内に入った。

そこの匂いはいつ嗅いでもうっとりする。書から漂う麝香《ムスク》のような古く、それでいて新鮮な匂い。書棚は本の重みでたわんでいる。架台式のテーブルの上には、八フィートの高さに本が積みあげられ、よほどの愛書家でなければ足を踏みいれるのをためらう迷宮を形づくっている。何年ものあいだ、ペルシスは何度もこの無秩序に秩序をもたらそうと試みたが、そのたびに徒労に終わった。父は娘の奮闘を冷ややかな目で見ていた。この店の混乱をなんとかできると考えるのが大きな間違いだと思っているのはあきらかだった。

「でも、どうやって必要な本を見つけだすの」と、一度尋ねたことがある。

　父はにやっと笑って、自分のこめかみを軽く叩いた。

「すべてここに入っているのさ」

　ワディア書舗はボンベイ南端のナリマン・ポイント地区のはずれの、酒屋と衣料品店にはさまれたところに立地している。いまも商売を続けていられるのは、戦前からの常連客のおかげだ。実際のところ、反英運動が始まったばかりのとき、祖父のダストール・ワディアは親英派であることを公言していたが、その際も本人の人柄のせいで店の評判は落ちず、商売への影響はほとんどなかった。のちに運動が勇ましい言葉だけのものから流血を伴う激烈なものに変わっていったとき、ふたりは選択を迫られた。既得権益をなんとか守るために無体な法律を乱発する者の側につくか、同胞の側につくか。

　それは真実に向きあうことを求められたときでもあった。

　ふたりは革命家たちと運命を共にするという決断を下した。祖父は地下活動家の一員となり、店内でアジびらを印刷したり、秘密の会合を開いたりした。ふたりとも遅れを取り戻すのに必死だった。

　ペルシスには祖父の記憶がほとんどなく、祖母の記憶はまったくない。父と祖父の共通点は、早くに妻を亡くしたことだ。祖父自身はモンスーンの嵐の夜、ペルシスの十一歳の誕生日の直後に心臓麻痺《まひ》で死亡した。それがわかったのは翌朝のことで、店の奥の古いソファーにうずくまり、手にボードレールの『悪の華』を持っていた。後年の祖父は困難な政治状況と衰えゆく肉体を憂《うれ》い、眠れなくなった夜には、心の平穏を得るためひとり店におりていくのを常としていたのだ。

　祖父の習慣はペルシスに受け継がれた。

　子供のころは、暗がりのなかで本と本が会話する空想にふけっていた。紙のささやきは悩み多き少女に安らぎを与えた。店は避難所だった。野暮ったい眼鏡をかけて、書棚のあいだにすわり、知識をどんどん吸いこんでいった。ペルシスという人間をつくりあげたのはまさしくこの書店である。彼女が警察官になったのは実在のヒロインたちの物語に自分を重ねたからだ。女性飛行士のアメリア・エアハート、アルジェリアで現地住民にとけこむため男装で通したスイスの探検家イザベル・エーベルハルト。イギリスの婦人参政権論者エメリン・パンクハースト。もちろんインドにもいる。イギリスに反旗を翻《ひるがえ》したラクシュミー・バーイー。アウラングゼーブ率いるムガール帝国軍を撃退したカルナータカの〝胡椒《こしょう》の女王〟ケラディ・チェンナンマ。そういった女性たちに、むずかしい十代という年頃の同伴者として寄り添われ、導かれてきたのだ。

　本当の友人はほとんどいなかった。気の強さや協調性の欠如のせいで問題児と見なされていた。学校では仲間はずれにされ、いじめにあった。数人の級友に取り囲まれ、罵《ば》詈《り》雑言《ぞうごん》を浴びせられたこともある。負けじと言いかえすと、押さえつけられ、おさげを切り落とされた。翌日、父の鬨《とき》の声を耳にとどめながら学校へ行くと、いじめっ子たちのリーダーを待ちぶせし、こてんぱんにやっつけてやった。その結果、みんなから距離を置かれるようになった。そして、孤独のなんたるかを知るようになった。要するに、個人主義は高くつくということだ。

　高くついても、払う価値はある。

　店の前にきちんとした身なりの使いの者が立っていた。ヘリオットの屋敷で玄関のドアをあけてくれた男だ。

　男は封筒をさしだした。「ラル様からです、マダム」

　ペルシスは受けとり、封を切った。

　本人と同様、几帳面《きちょうめん》な筆跡だ。クリーム色のボンド紙に丸っこい文字が踊っている。

ワディア警部

昨夜はありがとうございました。

あなたの素晴らしい仕事ぶりには目を見張らされました。引きつづき捜査の指揮をとっていただければ幸甚《こうじん》です。本部長にも今朝その旨を伝えておきました。あなたのご要望どおり、最近ジェームズ卿と会う約束をとっていた人物のリストも作成してあります。下記をごらんになってください。ほかにも何かありましたら、いつでもどうぞ。遠慮は無用です。

敬具　　マダン・ラル

ラルの名前に敬称はついていない。もしかしたら、思っていたほどの石頭ではないのかもしれない。

リストに目を通し、調べる価値がありそうな人物を拾いだしにかかる。ヘリオットの面会予定の記録は過去三カ月間にわたっている。何度となく遠出しているようだが、訪問先の記載はない。

最近の面会予定者のうちふたりの名前が目にとまった。

ひとりはロバート・キャンベル。会ったのは事件当日の朝で、場所はボンベイ・ジムカーナというスポーツクラブ。その日、面会の予定があった唯一の人間だ。もうひとりはアディ・シャンカール。こちらは事件の二日前の十二月二十九日。この名前に目がとまったのは、シャンカールのナイトクラブがオープンしたことを報じる新聞の切り抜きが、ヘリオットの机の引出しに入っていたことを思いだしたからだ。ふたりともラバーナム館での事情聴取はできていない。

文末には追伸が記されていた。

PS　あなたがK・P・ティラク内務副大臣に面会できるように段取りを整えておきました。副大臣はいま新年の祝賀会に出席しています。午後一時ちょうどにサウス・コートのマラバール・ヒルで、ジェームズ卿のインドにおける役割についての説明を受けてください。念のために言っておきますが、副大臣は珍しく時間厳守を重んじる政治家です。

ペルシスは腕時計に目をやった。九時ちょっとまえだ。署に立ち寄って、昨夜の一件の報告をすませてからマラバール・ヒルに向かうだけの時間の余裕は充分にある。

長い一日になりそうだ。

4

自宅から署までは、車だといくらの時間もかからない。ペルシスは朝の往来にジープを駆った。輪タクが二階建てのバスや路面電車のあいだを縫って走り、命知らずの荷車の車夫たちは独立後急速に増えた自動車と競争している。街中が腕まくりをし、未来と正面から向きあおうとしている。

戦争中にボンベイの人口は減少したが、独立後は出稼ぎ労働者が大量に流れこんできて、さまざまな軋轢《あつれき》を生じさせている。それでもボンベイはつねに国内随一のメトロポリスであり、もっとも魅力的な街であるというイメージを保持しつづけている。ジャズと古き良き時代の街。ナイトクラブと植民地時代の享楽《きょうらく》の街。

何千という外国人がいまも旧来どおりの生活を送っているが、それを支える基盤は崩壊しつつある。社会不安、抗議活動、ネルーが唱《とな》える社会主義政策。現在の成功者は新しい秩序に適応しえた者だ。大多数はどっちつかずだが、共感する者も少なくはない。アメリカ人やヨーロッパ人、ときとしてイギリス人も、新しい現実のなかでの権益を確保するためにやっきになっている。ポルトガルのルーツとイギリスの建築物と現地の文化が混じりあう街。かつて知っていたボンベイはいま大きく変わろうとしている。それが望ましい変化であるかどうかはまだわからない。

ペルシスは賑《にぎ》やかな大通りに車をとめ、マラバール館へ向かって歩きながら、この半年ほどを過ごした建物を首をのばして見つめた。

それはエドワード様式の四階建ての建物で、外見においても精神性においても新古典主義を見事に具現化している。設計者はかのインド門を手がけたスコットランド人のジョージ・ウィテット。建物の正面は赤いマラド石造りで、そこに水平に溝が切られ、両開きの窓が取りつけられている。いくつかの窓の前には手すりつきのバルコニーがあり、エアコンの後ろ側が通りに突きだしていて、こればかりは見場が悪い。屋根の上にはいくつものガーゴイル像が据えつけられ、通りの往来を見おろしている。それは雨樋《あまどい》の役割を果たしていて、開いた口から水が落ちるようになっているので、その部分の赤い石は褪色《たいしょく》し、醜《みにく》く黄ばんでいる。一階の正面玄関には〝マラバール館〞の文字が刻まれ、制服姿の警備員が立っている。

この建物にはマラバール・ヒル地区で唯一の警察署が入っている。そこはバック湾に面した高級住宅地で、旧ボンベイ要塞が取り壊された二十年ほどまえに、イギリス人の居住区となったところだ。現在は富と権力を象徴するアクロポリスとして、歴史の渦《うず》に呑みこまれることを免《まぬが》れた者たちの居住地となっている。

ペルシスが玄関に足を踏みいれると、警備員は額に手を当てて敬礼をした。

ロビーは白い大理石と人造石《テラゾー》と漆塗りの板壁に覆われ、天井では扇風機が休みなくまわっている。片隅で、三匹の犬が首をあげ、だがすぐまた元どおり床にへたりこんだ。ある日ふらりとここにやってきて、いついてしまったのだ。いまはマラバール館の非公式のマスコットになっている。

ここに通いはじめて半年たったいまでも、犬がこの場所のリズムにたやすくなじめたことに驚きを禁じえない。彼らは回転している車輪にさした棒や、動いているエンジンにかませたガスケットのようなものだ。建物は比較的静かなジョン・アダムズ通りに面していて、いまはインド有数の企業の本部が置かれている。じつを言うと、その企業の厚意で、マラバール署はこの地下室を使わせてもらっている。過重労働と人手不足のために、従来の犯罪捜査部だけでは仕事をこなせなくなり、新たな署をつくる必要に迫られたので、そこに仮のオフィスをかまえることになったのだ。

少なくとも、そのように聞かされている。

もちろん、みな本当のことを知っている。自分たちがここへ送りこまれたのは、ほかに行くところがなかったからだ。ある新聞が評したところによると、〝はみだし者たちの寄りあい所帯〟ということになる。誰にも必要とされず、なんの期待もされていない。そのようなレッテル張りはもちろん愉快なものではないが、ペルシスはできるだけ不快感を表に出さないようにしている。インドの警察史上はじめての女性刑事という立場が偏見という試練の場になるのは、最初からわかっていたことだ。

フォート地区で人事部の面接を受けたときのことがふと頭に浮かんだ。受付の男は驚き、はじめのうちは笑っていたが、ペルシスが真剣であるとわかると、奥の狭いオフィスへ通してくれた。そこで何時間も待たされて、ようやく面接官がやってきた。自己紹介を黙って聞き、それからパイプに火をつけて言った。「ここに来た女性はきみがはじめてじゃない。たいていはどんな難儀が待ちかまえているかを知って逃げかえる。きみはなぜ自分がこの仕事に向いていると思うんだね」

ペルシスはアピールポイントを列挙した。学歴、体力、そして強い正義感。担当者は微笑んだ。それはひとを小馬鹿にするような微笑みではなかった。

「きみの熱意を疑うつもりはない。だが、実際問題として、インド警察に女性刑事はひとりもいない。どうやってそのような環境と折りあいをつけることができると思うんだね」

ペルシスは顎の筋肉をこわばらせた。「インド警察がどうやってわたしと折りあいをつけるべきかを本当は問うべきじゃありませんか」

面接官はまじまじとペルシスを見つめ、それから大笑いをした。

三カ月後、ペルシスは採用試験を受け、全体の上位一パーセントに入る成績をおさめた。体力面でもまったく問題はなかった。数年前から父親の友人がやっている武術の道場に通っていたし、自宅のそばにあるブリーチ・キャンディ・クラブのプールで毎朝百メートル泳いでいたから。

二年間の研修期間は、ほかの同じ立場の者なら経験したであろうと思われるほど過酷なものではなかった。それまでに培《つちか》ってきた自立心と極端なまでの頑固さが支えになった。あからさまな敵意はおおむね無視することができた。

地下へ続く大理石の階段をおり、刑事部屋に入ると、そこで急に足がとまった。同僚たちはすでに机に向かっている。ペルシスは腕時計に目をやった。

ありえない。

「いったいどういう風の吹きまわしなの」自分が一番

乗りでないのは珍しい。朝からみんなこんなにピリピリしているのはもっと珍しい。

「わかってるはずだよ」カリム・ハク警部補が机から顔をあげた。鼻のすぐ下にはサモサの皿がある。朝のいつもの光景だ。腹回りがこんなふうになるのは仕方がない。最近ではカーキ色のシャツのボタンがちぎれそうになっている。「警視に呼びだされたんだ。きみにもお達しが出ている。いますぐ警視のオフィスに行ったほうがいい」

ペルシスは机のあいだを縫って進み、奥の部屋のドアをノックした。

「入れ」

部屋に入り、ドアを閉める。

ローシャン・セト警視は机の上に広げたマニラ紙のフォルダーから顔をあげ、どんよりと淀《よど》んだ目をペルシスに向けた。

「おはようございます」言ってから、思いだした。「新年おめでとうございます」

セトは顔をしかめた。「大きな声を出さんでくれ」

そして、身体を起こし、水の入ったグラスを取り、そこに錠剤を落として、いかにもまずそうに泡立つ液体を飲みほした。

ここで二日酔いの上司を見るのはこれがはじめてではない。ペルシスは黙っていたが、その直立不動の姿勢からは譴責《けんせき》の念が滲《にじ》みでている。

ローシャン・セトは謎の人物だ。これまでいっしょに仕事をしてきて、その能力の高さはよくわかっている。ブリハンムンバイ警察でひときわまばゆい輝きを放っていたのは、それほどまえのことではない。インドの独立のための闘いがはじまったとき、同胞たちの大義より警察官としての職務を優先し、イギリス人の側に立って、催涙ガスや警棒による弾圧の采配《さいはい》を振ったために、その地位を追われたのだ。対敵協力者という烙印《らくいん》を押されたわけではなかったが、イギリス人から譲りうけた地位に居すわっていると見なされるのは避けられなかった。地すべりが始まり、行きついた先がマラバール署だった。かつては警察の精鋭を率いていたが、いまでは誰からも相手にされないような落ちこぼれの部下しかいない。酒に溺《おぼ》れるまでに時間はかからなかった。

しばらくしてようやく口を開いた。「きみのおかげで困ったことになってしまった」

ペルシスは身をこわばらせた。「どういう意味でしょう」

「ジェームズ・ヘリオット卿の件だ。今朝、電話があった。自宅に。アミット・シュクラ副本部長から。われわれが捜査を担当する運びになったことに祝意を伝えたかったらしい。お手並み拝見というわけだ。状況は予断を許さないとご親切に忠告してくれた。この事件には政治という地雷が埋まっている。電話を切ったあとも、高笑いが聞こえていたよ」

「どういうことかよくわかりません」

セトはじっとペルシスを見据えた。右手の指が机をこつこつと叩きはじめる。「いいや、わかっているはずだ。これは通り一遍《いっぺん》の殺人事件じゃない、ペルシス。新聞の大見出しになるような事件なんだ。ひとつ間違えば、首が飛ぶ。かろうじてつながっている首が」

「ご心配には及びません」

「本当に？」その目には険しいものがある。「どうしてわれわれにお鉢がまわってきたかわかるか。教えてやろう。ヘリオットが政府のどんな仕事をしていたかは知らんが、それがおおっぴらにできるようなものでないのはたしかだ。今朝、電話で探りを入れてみた。いまでも友人は何人かいるんでな。だが、ヘリオットが何をしていたかを知る者はひとりもなかった。どういう意味かわかるか」

「いいえ」

「それは極秘事項だってことだ。ごく一部の者しか知らず、決して表沙汰《おもてざた》にはできないことといっていい。きみの友人のラルは、誰にでも第一報を入れることができたはずだ。本部長を叩き起こして、パトナガル直属の精鋭を呼びつけることだってできただろう」ラヴィ・パトナガルというのは犯罪捜査部の部長であり、セトのかつての友、そして現在の敵だ。「なのにそうしなかった。ここに連絡をとってきた。変だと思わないか」

「どうすればよかったとおっしゃるんですか。うちは手いっぱいだから、ほかをあたってくれと言えばよかったんですか」

セトは唇をすぼめた。「ガンジーが暗殺された日のことを覚えているか。その知らせを聞いたとき、隣にいたイスラム教徒の同僚はいきなり気を失って倒れてしまった。当然のことながら、暗殺者はイスラム教徒にちがいないと考えたからだ。抑えがきかなくなった恐怖とはどんなものか想像できるか。でもしばらくして、暗殺者がじつはヒンドゥー教徒らしいという噂が流れてきた。すると今度はヒンドゥー教徒たちのあいだでパニックが起きた。他人ごとじゃないとわかったからだ。もしかしたら同じカースト、同じ部族、同じ地域社会の人間かもしれない。この国には百万の異なる集団があり、それぞれがことあるごとに角《つの》突きあわせている」ため息が漏れる。「なにしろこのご時世だ、ペルシス。不安定な社会は人々を不安にさせる。厄介ごとを背負いこみたいと思う者は誰もいない。なのに、きみはそれをここに持ちこんだ」

ペルシスはことさらに堅苦しい口調で言った。「ひとつうかがいます。わたしはこういったときのために種々の訓練を受けてきたんです。なのに、あなたは手をこまねいていろとおっしゃるんですか」

「きみには野心がある。だが、野心は国に混乱をもたらすものでもある」

ペルシスは目を尖《とが》らせた。「野心は男性にとっては美徳で、女性にとっては悪徳だということでしょうか」

セトの目から険がとれる。「そうは言ってない。わたしには三人の娘がいる。この国は変わりつつある。だが、それが間違いだと言われても、とりわけ女性の口からそう言われても、おいそれとは受けいれられないんだよ」

それ以上言い募る自信はない。

沈黙が垂れこめ、セトは立ちあがった。

「みんなをここに集めてくれ。朝から呼びだしをかけたわけを説明する」

すぐにひとり、またひとりと部屋に入ってきた。同輩の警部ヘマント・オベロイ。三人の警部補、ジョルジュ・フェルナンデス、プラディープ・ビルラ、カリム・ハク。ふたりの巡査、スレーシュ・スブラマニウム、ラビンドラナート・レイ。みな黙っていたが、好奇心と不安の色を隠すことはできていない。

ペルシスはセトが話しはじめるのを待った。だが、セトは脇へ寄った。「きみのほうからあらましを説明してくれ、警部」

ペルシスは大きく息を吸い、それから事件の概要を手短かに説明した。

説明が終わると、全員が一斉にセトのほうを向いた。ペルシスはまたちょっと気分を害した。

フェルナンデスが眉間《みけん》に皺を寄せて訊く。「これは政治絡みの事件です。被害者は上級の人士です。なぜそんな事件がわれわれのところにまわってきたんです」

「その理由を探りあてるのは、われわれの仕事じゃない」と、セトはにべもない。

ビルラが暗い声で言う。「一応言っておきますが、ろくなことにはならないと思いますよ」

「ところで、なぜズボンを持ち去ったんでしょう」ハクが訊いた。はじめてのまともな発言だ。

消えたズボンについて新たにわかったことは何もない。

これまで沈黙を守っていたオベロイがここでセトのほうを向いて言った。「ペルシス警部に捜査の指揮をとらせるのはどうかと思います」

ペルシスは目を細めた。

ヘマント・オベロイは警察の負の部分を体現する人物だ。男尊女卑、無教養、身体全体に染みこんだ特権意識。バラモンの裕福な家庭の出で、王家の末裔《まつえい》であるという噂もある。噂どおり、バルカンの亡命貴族が絶海の孤島に流され、晴れて故国に凱旋《がいせん》する日が来るのを待ちわびているかのように見える。長身で、アイドル・スターのような顔つき、ヘアスプレーで固めた髪、しゃれた口ひげ。マラバール署送りになったのは、身から出た錆《さび》というもので、政府高官の妹との密通が発覚して大騒ぎになったからだ。その結果、有力な資産家の息子として約束されていた将来は潰《つい》え、募る恨《うら》みだけが残ることになった。

「電話を受けたのはペルシスだ」セトは言った。「これはペルシスの事件だ」

「そのペルシスはここにいます」ペルシスは冷ややかに言った。「言いたいことがあるなら直接わたしに言ってください」

オベロイはペルシスのほうを向いた。「きみの手に負える事件じゃない」

「あなたの手には負えるの？」

「きみよりは経験がある」

「牛が一日じゅう草を食《は》んでいても哲学者にはなれません」

ハクがくすっと笑う。オベロイの顔に怒りが満ちる。セトの口もとは緩んでいる。

「ほかにはどんな事件が入ってきているんです」フェルナンデスが場をとりなそうとして言った。

セトは眉を吊りあげた。「ほかの事件って、どんな事件なんだ」

藪蛇《やぶへび》だった。実際のところ、マラバール署はこの街のすべての警察組織のなかでもっとも役立たずの集まりなのだ。新聞の大見出しになるような事件がまわってくることなどありえない。

もっとも、ジョルジュ・フェルナンデスに限ってはかならずしも無能というわけではない。なのにマラバール署勤務になったのは、どんな警察官にでも起こりうる悲劇的なミスのせいだ。

誤射。

密輸人の隠れ家に踏みこんだあとの追跡劇の最中だった。フェルナンデスは密輸人のあとを追いかけ、コラバの路地で発砲した。だが、撃たれたのは通りすがりの一般市民だった。フェルナンデスが拳銃を持って走っているのを見て逃げだしたのだ。そしてそのとき、フェルナンデスは密輸人を見失っていた。それで、間違えてしまったのだ。その日、密輸人と撃たれた男は同じ赤いシャツを着ていた。誰にも防ぐことのできない、天文学的な偶然の結果だった。

「ヘリオット殺害の動機はなんでしょう」と、ビルラは訊いていた。

ここにいる者のうちで、もっとも理解しにくいのがプラディープ・ビルラだ。物静かで、信仰心が篤《あつ》く、朝は地下室の片隅につくった祭壇にいちばんに向かい、部屋に白檀《びゃくだん》の香りを充満させて、そこに居並ぶ神々の像にうやうやしく手をあわせる。香の匂いと祈りの声は、カリム・ハクにとってはいらだちの種でしかない。ある意味で、このふたりは新しい国の水面下で生じている敵対関係を映しだす鏡のようなものだ。ヒンドゥー教徒とイスラム教徒は表向き対等とされているが、インドとパキスタンの分離独立は何百万という人々の心にいまも暗い影を落としている。

ビルラの質問がきっかけとなって、それぞれが真剣に本題に向きあいはじめた。

「敵はいたんだろうか」と、フェルナンデス。

「そのような話は誰からも出なかったわ」ペルシスは答えた。

「簡単な話だ」オベロイは見下すような視線を向けた。

ペルシスは自分のてのひらに爪を食いこませた。「ヘリオットはイギリス人だ。イギリス人は一九四七年に全員この地から追いだすべきだったと考えている者はいまも大勢いる。なかには、ヘリオットのような男にナイフを突き刺すのをためらわない者もいるだろう。そんなことをするのは間違っていると断言できる者はいない」

「きみの家族はイギリス人の下でずいぶんいい思いをしていたはずだが」ハクがつぶやいた。

「何が言いたいんだ」

　ふたりは睨みあった。だが、ハクはそれ以上何も言わなかった。このふたりは根っから反《そ》りがあわない。そもそもオベロイは誰とも反りがあわない。

　ペルシスは思案をめぐらせた。イギリス人への恨みを募らせている者がヘリオットのような男をはたして標的に選ぶだろうか。

　事件の説明が終わると、ヘリオット邸でのパーティーに招かれた者のうち事情聴取の終わっていない者を訪ねる仕事の割りふりが始まった。ペルシスは住所氏名と質問事項を記した用紙をそれぞれに配り、大事なのは粘り強さだと強調した。「お金持ちの有力者ばかりだから、すんなりとは受けいれてもらえないと思うので」

　じつのところ、事情聴取を他人にまかせるのは望むところではない。ただ、あまりにも人数が多すぎる。自分ひとりで街中を駆けまわるわけにはいかない。彼らが今後もしばらくボンベイにいるという保証もない。ヘリオットの友人たちは国中に資産や家屋敷を所有している特権層に属す者ばかりだ。多くのひとが食べるものにも困っているときに、彼らはシムラーで夏を過ごし、パリで買い物をしている。

オベロイは予想どおりの拒否反応を示した。「わたしがきみの使い走りになると思ったら大きな間違いだぞ」

ペルシスは表情を変えなかった。セトに諌《いさ》めてもらうことはもとより期待していない。オベロイは自分が法だと思っている。女性の下で働くことに同意する可能性はほぼない。

ペルシスは自分の席に戻った。まもなく十時になる。内務副大臣との面会時刻まであと三時間。気持ちを切りかえ、これからすべきことに意を用いたほうがいい。

副大臣から話を聞いたら、ヘリオットがかかわっていた仕事の内容と同時に、その人物像ももう少しはっきりするにちがいない。そのあとは、事件当日の朝にヘリオットと会っているロバート・キャンベルから話を聞ければ聞きたい。検死は明日の十二時にグラント医科大学で行なわれることになっている。そのことをラルの友人アーチー・ブラックフィンチに伝えなければならないと思うと、気が重い。有能なことは認めるが、遠慮というものがなさすぎる。同僚たちと折りあっていくことだけでも大変なのに、わかりきったことを訳知り顔に話す鈍《どん》臭いイギリス人まで相手にしなければならないなんて。

手帳を取りだし、ページを繰りながら、これまでにわかっていることを頭のなかで反芻《はんすう》する。

ジェームズ・ヘリオットは自宅で殺害された。みんなから好かれていて、富と権力を謳歌《おうか》していた。その暮らしぶりを推《お》しはかるのはむずかしくない。だが、その死にざまときたら……

些《さ》細《さい》なことが気になって仕方がない。切符の半券。そして上着のなかに入っていた紙きれに記されたアルファベットと数字。

その紙きれを保管袋から取りだして、机の上に置く。

〝バクシー〟というのは、どこにでもあるごく普通の人名だ。その下に記されているのが〝PLT41／85A CRG11〟。バクシーとは何者か。アルファベットと数字の意味は？

何も思いつかない。

紙きれの上端には、〝ネクタルの池のほとり、六十八の聖地〟と印刷されている。

それはメモ帳から破りとられたものだろう。破りとられたところに、印刷された文字の下の部分がいくつか読みとれる。複数の〝E〟、そして前から順に〝G〟と〝L〟と〝O〟がそれぞれひとつずつ。単語の数はたぶん四つ。おそらくすべての用紙に同じ文字が印刷されているのだろう。とすると、〝ネクタルの池のほとり、六十八の聖地〟というのは、そのメモ帳をつくった組織か団体にかかわりのある何かと考えられる。モットーか添え書きのようなものだろう。その組織か団体の名前がわかれば、ヘリオットの行動を跡づけることができるかもしれない。〝PLT41／85A CRG11〟の意味もわかるかもしれない。

読みとれたと思える文字を書きだし、紙が破れていて読めない文字のところに★印を入れてみる。

★★E　G★★★E★　★E★★L★　★O★
★★

ああでもない、こうでもないと、しばらくのあいだ考えあぐねる。最初の単語はおそらく〝THE〟だろう。でも、そこから先へは進めない。そんなものはヘリオットの死となんの関係もないという可能性も否定できない。

次に、空の金庫と持ち去られたズボンについて考えてみる。それが物盗りの仕業で、最初から金庫のなかのものを盗むつもりだったということは充分に考えられる。が、だとしたら、なぜズボンを持ち去ったのか。

どうやってラバーナム館から持ちだしたのか。凶器についても同じことが言える。ナイフとズボンはふいに消えてしまったかのように思える。

思案は堂々めぐりを繰りかえすばかりだ。

5

マラバール館を出たとき、通りはごったがえしていた。車道は自動車や二輪馬車《タンガ》や黒煙を撒き散らすトラックで埋まり、歩道には物売りや歩行者や本の露店や手押し車があふれている。

その混乱にさらに拍車をかけているのが、ウェリントン噴水を囲む環状交差点をふさいでいるヤギの群れと、反国民会議のスローガンを叫びながら拳《こぶし》を突きあげているストライキ中の工場労働者の一団だ。独立以来、労働争議は疫病のように国中に広がりつつある。千年にわたってさまざまな王や征服者による支配と分断の爪痕《つめあと》が残る社会は、ネルーがかかげる社会主義の理想と派手に火花を散らしている。先週も、新政府に幻滅した製鉄所の労働者が首都デリーに押しかけて騒ぎを起こしたという記事を読んだばかりだ。国会議事堂前で四人の労働者が灯油をかぶって自分の身体に火をつけたという話もある。焼身自殺というおぞましい抗議行動はもはや珍しいものではなくなっている。

　マダム・カマ通りで遅れを取り戻し、マリン・ドライブに入る。それは全長三マイルの湾岸道路で、通りぞいにはオシアナ、シャリマール、マリン・シャトーといったアール・デコ様式の建物が立ち並んでいる。財界人や映画スター、それに最近パキスタンからやってきた裕福なヒンドゥー教徒などが、戦後本国へ戻っていったヨーロッパ人から居住権を譲りうけて住まっているらしい。

　子供のころは、日曜日ごとに父に連れられて、通りのはずれの波打ち際へ行き、そこの大きなスクリーンに映しだされる映画を観たものだ。そのころのことを思うと、ほっこりとした気分になる。海から吹いてくる微風のなかに、亡くなった母の顔が浮かんできそうな気さえする。

　アレクサンダー・グレアム・ベル通りに車をとめて、サウス・コートまで歩いていく。

　その建物は〝パキスタンの父〟ムハンマド・アリ・ジンナーが建てたもので、〝ジンナー・ハウス〟という名で通っている。ジンナーは優秀な弁護士であると同時に、インド国民会議の指導者のひとりだったが、ガンジーが非暴力抵抗運動《サティヤーグラハ》――言葉どおりの意味は〝真理の堅持〟――を主導するようになると、その理念を〝政治不穏当〟としてしりぞけ、彼らと一線を画すようになった。その結果、一九四〇年代までにインドのイスラム教徒はみずからの国を持つべきだと確信し、一九四〇年にはみずからが議長を務める全インド・イスラム連盟で分離独立を求めるラホール決議を採択。六年後の一九四六年八月には〝直接行動の日〟を定め、イスラム国家の実現のためのゼネストを呼びかけた。それから三日間にわたって各地で暴動が発生。事態が収束するまでに、犠牲者はカルカッタだけで五千人に達した。これほどの規模の宗教対立が今後も続くという予想に、さすがのイギリス人も重い腰をあげざるをえなくなった。それがインドとパキスタンの分離独立の確定した瞬間だった。

アーチ形のゲートの前で、ペルシスはプラサードと名乗るダークスーツ姿の役人に迎えられた。礼儀正しい挨拶のあと、ペチュニアの花壇とマンゴーの木のあいだを抜け、かつてマウントバッテン総督がインド帝国の解体について思案をめぐらせながら歩いたであろう中庭を横切って屋敷に入った。

内務副大臣はダイニングルームにいた。磨きこまれた細長いテーブルの端の席で、書類に目を通している。テーブルの上には、書類の山が土嚢《どのう》のようにいくつも積みあげられている。
手招きして隣の席を勧める。

ペルシスはそこに腰をおろした。このときふと思いだしたのだが、K・P・ティラクは独立運動によって経歴を損なわれることのなかった要人のひとりだ。小さな身体。穏やかな物腰。上衣は白い無地のクルタ、その下には細いチュリダールといういでたち。新しい統治機構のなかでのみずからの地位は、きっと居心地のいいものにちがいない。

「ようこそ、警部。紅茶はいかが」副大臣は言って、手もとに置かれた磁器のティー・セットを指さした。「遠慮は無用。イギリス人の嗜好品《しこうひん》にしては珍しく、紅茶は自分ひとりで楽しむものじゃない」

どう答えたらいいかわからず、ペルシスは言われたとおりに香り高いダージリンをカップに注いだ。

副大臣は目尻に皺を寄せて微笑み、紅茶を一口飲んだ。「きみとは前々から会ってみたいと思っていたんだよ。わが国初の女性警部だからね。人々は将来きみのことを歴史の本のなかで知るようになる。わたしのような者の名前はすぐに忘れられるが、ペルシス、きみの名前は永遠に残る。先駆《せんく》者《しゃ》というのはそういうものだ」

　これにもどう答えたらいいかわからず、ペルシスは赤くなった顔をティーカップで隠した。この男に人たらしの噂《うわさ》があるのもむべなるかなである。

「しかしながら、きみはいま運命の分かれ道に立っている。控えめに言っても、気が休まるときはないはずだ」

　この謎めいた言葉のあと、一瞬の沈黙があり、副大臣は壁を見あげた。そこには、ガンジーと、その横にジンナーの写真がかかっていた。なぜここにジンナーの写真があるのだろうと首をかしげたとき、思いだした。この建物はいまもイギリスの管理下に置かれている。そうでなかったら、ジンナーに関連するものはすべて撤去されていたはずだ。

「ジェームズ卿はジンナーを知っていた。というか、ふたりは知りあいだった。何年ものあいだ議論を戦わせてきた仲だ。ジンナーは打ちとけない男でね。誰に対しても心を開くということがない。だが、ジェームズ卿はひとを動かすものを持っていた。それは何かわかるかね」

　ペルシスはカップを置いた。「いいえ」

「情熱だよ、警部。情熱が相手に伝われば、誰でも意のままに動かすことができる。一方のジンナーは知性に訴えようとしている。たしかに、たいていの人間は目先のことしか考えていない。それでも、自分たちの魂を取りもどすために立ちあがれという呼びかけは有効だ。そこに情熱があれば、人々は帝国を滅ぼしさえする」口もとに苦々しげな笑みが浮かぶ。「インドはひとつの夢だ、ペルシス。みんなの力で実現しようと誓った夢だ。だが、夢は目覚めたら消える。内務副大臣がこんな話をするのは変かもしれないが、実際問題、新しい共和国のもとで国民全員が一致団結するのは不可能といっていい。最近の一連の出来事のせいで、分断はより深まり、対立はより激化し、みなバラバラになってしまっている。それでも、われわれは全力を尽くさなきゃならない。そうする以外に進む道はない」

「すみません。そのようなお話は事件とどう関係しているんでしょう」

　副大臣はまた微笑んだ。「聞いていたとおり、きみはずいぶんせっかちな性格のようだね」と言って、カップを置くと、その表情は真剣なものになった。「インドは一月二十六日に正式に共和国になる。あと二十五日だ。それまでに、きみはこの事件を解決しなければならない。それはなぜか。ジェームズ卿は政府、ひいてはわが国にとってひじょうに重要な問題に取り組んでいた。未来へ進むには、まず過去を清算しなければならない。ジェームズ卿が担《にな》っていたのはそういった類の仕事だったんだ」

「どういうことかよくわかりません」

「四カ月前、われわれはジェームズ卿に秘密の任務を託した。分離独立の際に起きた数々の残虐行為の調査だ。通報があった事件を精査し、可能であれば、法廷で裁かれるべき犯罪行為をおかした者を特定するところまでやってもらうことになっていた。強姦、殺人、殺人教唆《きょうさ》。そういった非人道的な犯罪が対象だ。実際のところ、警部、新生インドで力を得た者のなかには、血でみずからの魂を汚した者が少なからずいる。つまり、この国の財界や政界の中枢には病根が潜んでいるということだ」

　ペルシスは黙って話を聞いていた。ようやく霧のなかにおぼろげなかたちが見えてきた。ジェームズ・ヘリオット卿は引き受けた仕事の性質ゆえに、みずからの罪を隠しおおそうとする者とのあいだに軋轢《あつれき》を生じさせることになったのかもしれない。

「ジェームズ卿のことはよくご存じだったんですか」

「ああ、よく知っていた。独立運動の過程で出会ったんだ。彼はインドの内政自治への支持を公言してはばからなかった」

「おかしなひとじゃなかったということですね。あなたの目から見て」

　予想外の質問だったみたいだった。「わたしの目に狂いがなければ、良いことをしようという気持ちはあったと思う。それが結果的に自分のためになれば何よりというわけだ」副大臣は言って、ガンジーの写真に顎をしゃくった。「もちろんマハトマというわけじゃない」

　マハトマ――〝偉大なる魂《マハーン・アートマ》〟。

「では、どんな人物だったんでしょう」

「知性派。社交家。なんにつけても一流志向。愛国者――国を愛しているからというより、国から受けている恩恵ゆえに。重要人物。政治的には、手強い交渉相手。狙った獲物は逃さない。それで分離独立時の犯罪調査委員会のメンバーに選ばれたんだ」

「そのような任務について知っているひとはどれくらいいるんでしょう」

「政府のなかでもほんのひと握りだ。おおやけになれば大騒ぎになるだけでなく、逃亡をはかる者や暴走行為に及ぶ者が出てくる恐れがある。通報者が危険にさらされることも考えられる」

「ジェームズ卿自身は？　秘密を誰かに漏らすようなことはなかったでしょうか」

「そのようなことはなかったと思う。だが、これほど大がかりな調査となれば、多少の波風が立つのを避けることはできない。その点については、きみも早晩思い知ることになるだろう」

「事件の調査結果を記した報告書を見せていただけるでしょうか」

「それはできかねる」

　ペルシスは眉根を寄せた。「捜査を進めるためには、お持ちの情報はすべて開示していただく必要があります」

「勘違いするな。ジェームズ卿はまだ報告書を提出していなかったんだ。調査資料は自宅に保管されていた。が、わたしが聞いた話だと、その書類はすべて失われた可能性がある」

6

ボンベイ・ジムカーナ――ボンベイの富裕層のあいだで広く知られた、街でもっとも由緒あるスポーツクラブだ。元々はイギリスの紳士諸兄がひとつところに集まって、アーチェリーやポロ、テニスや射撃などのスポーツを楽しむための施設で、そこの会員であることは成功の証《あか》しとされてきた。いまでは入会のための招待状を受けとるまでの待ち時間は数年になっているかもしれない。一部のボンベイっ子には、それだけでも抗しがたい魅力だろう。そういった場所でペルシスはロバート・キャンベルから話を聞くことになっていた。昨日三十一日の朝、ヘリオットが会っていたとされる男だ。

サウス・コートからの車中では、先ほどのティラク内務副大臣とのやりとりがずっと頭から離れなかった。ペルシスをゲートまで送っていく途中、副大臣は言った。「ジェームズ卿はイギリス政府内に多くの友人を持っていた。彼らは成果を必要としている。どういうことかわかるね」

もちろんわかる。事件を解決できなければ厄介なことになる、と遠まわしに警告したのだ。

そのときに、ヘリオットに渡した資料の写しがほしいと頼んだ。調査対象となる残虐《ざんぎゃく》行為の詳細が記されたものだ。それはデリーに保管されているので、すぐに送り届けさせるという返事がかえってきた。

ペルシスは一瞬のためらいのあと訊いた。「最後にもうひとつ教えてください。どうしてマラバール署なんでしょう。もっと大きな部署に捜査を引き継がせることもできたはずです」

副大臣はさらりと言った。「マダン・ラルはきみを高く買っている。彼はジェームズ卿の右腕だった人物だ。その男がきみに全幅《ぜんぷく》の信頼を寄せているとしたら、誰も何も言うことはできない」

ペルシスは駐車場にジープをとめて、ボンベイ・ジムカーナの正面玄関に向かい、そこからクラブのブレザー姿の係員に案内されて、オークの羽目板と大理石のロビーを抜け、紫煙が渦を巻くビリヤード場を横切り、建物の裏手のテニスコートに出た。

いちばん手前のコートで、五十がらみの大柄な白人の男が、ネットの向こうにボールを打ちこんだところだった。対戦相手は、真っ白なテニスウェア姿の赤毛の娘で、長い脚で軽くステップを踏み、鋭くボールを打ちかえした。男は三本脚のヌーのようにのっしのっしとコートの端まで走っていって、ラケットを振ったが、ボールにはかすりもせず、悪態と唾《つば》を吐きながら地面にへたりこんだ。

「ゲームセットよ」娘は声高らかに言い、男のコートに走っていった。汗で光る高い頬骨、涼しげな青い瞳。はっとするような美しさだ。

娘は手をさしのべたが、男はその手をラケットで振り払い、なんとかひとりで立ちあがった。悔《くや》しさで顔が真っ赤になっている。

「いまのはアウトだ」

「嘘ばっかり。わたしの勝ちよ、パパ」

男は顔をしかめた。それがおそらくロバート・キャンベルだろう。熊のように大きな身体、広い肩、白髪《しらが》まじりのごわごわの髪、頑丈そうな顎、厳《いか》めしい仏頂《ぶっちょう》面《づら》。瞳は娘と同じで青い。

男が言いかえそうとしたとき、ペルシスは前へ進みでた。

男は訝《いぶか》しげな顔をしたが、すぐに会う約束をしていたことを思いだしたようだった。

「よかろう」キャンベルは言った。「バーで話そう。酒があったほうがいい」

五分後、キャンベルはテニスウェアのまま革張りのソファーに身を沈め、片方の手でビールを飲み、もう一方の手で冷湿布を右膝に当てがっていた。娘のエリザベスは手に柘榴《ざくろ》のジュースのグラスを持って、その後ろに立っている。ペルシスにはどちらも飲み物を勧めていない。

バーには同じような椅子があちこちに置かれていて、男たちはそこにすわって、おしゃべりや煙草や酒を楽しんでいる。大半が年配のインド人だが、彼らに連れられてやってきたイギリス人やアメリカ人の姿もある。好奇の目がちらちらとペルシスに向けられるのは、警察官の制服のせいだろう。

「本当にひどい話だ。自宅ですら安全でないなんて」キャンベルは小さな声で言った。長いインド暮らしのせいでそんなに目立たなくなっているが、そこにはわずかなスコットランド訛《なま》りがまじっている。

「ジェームズ卿とは親しかったんですか」

「知りあってかれこれ二十年になる。ビジネス・パートナーだ。仲間たちの多くは三年前に帰国したが、わたしはまだここになんとか踏みとどまっている」

「どういった仕事をなさっているんでしょう」

「建設業だ。わたしは会社を経営し、ジェームズには顧問になってもらっていた」

「顧問といいますと?」

「仕事の契約をとってくるんだよ。わたしは技術屋で、ものづくりにしか興味はない。愛想を振りまき、甘言《かんげん》を並べたてて、客に必要のないものを買わせるのは性にあわない。ジェームズに言わせれば、わたしは頑固おやじということになる。わたしの故郷では、実直という言葉になるんだがね」

「立ちいったことをお訊きするようですが、あなたはどこのお生まれなんですか」

キャンベルは鼻を鳴らし、口先だけで笑った。「きみと同じだよ、警部。ここボンベイで生を受けた。ブリーチ・キャンディ病院だ。そう、父もインドにいたんだよ。そして、会社をおこした。元々は王立歩兵連隊に帯同してここに来て、鉄道建設の事業に携わっていたんだがね。わたしは世紀が変わるちょっとまえに生まれた。そのころには父もインドの現実を知り、一人息子を異教徒のなかで育てたくないと思うようになっていた。それで、わたしを子供のうちに故国に送りかえしたんだ。父の故郷のグラスゴーに。きみはそこへ行ったことがあるかね」

さりげない差別的言辞を無視して、ペルシスは首を振った。

「だろうな。きみたちインド人は国外へ出るのを好まない。いいか、スコットランドとここはきみが思っている以上のちがいがある。天と地ほどの差といってもいい。スコットランドは詩人ロバート・バーンズ言うところの〝勇者の生まれし土地、賢者の国〟だ。わたしはそこで育った。スコットランド人であることの意味はよくわかっているつもりだ」

「それはどういう意味でしょう」

キャンベルは身を乗りだし、青い目でペルシスを見据えた。「愚か者は容赦しない、ということだよ」そして、椅子の背にもたれかかった。言いたいことを言って気がすんだのだろう。

「娘さんはどうなんです」

「どうなんですって何が？」

ペルシスはエリザベスのほうを向いた。「あなたもインドで生まれたんですか」

キャンベルがむっとしたような口調で言う。「話を聞いてわからなかったのかね」

「わたしはグラスゴーの生まれよ」エリザベスは答えた。「でも、十一歳になると、イングランドの私立学校に入れられた。父は乗り気じゃなかったみたいだけど。そこでスコットランド訛りを矯正《きょうせい》させられたのよ」

「矯正する必要があったとは思わない。母さんがどうしてもって言うから。でなきゃ……」

気まずい間があった。

「あなたたちは昨夜ヘリオット邸にいらしてましたね。おふたりで、あのパーティーに」

「いかにも」

「でも、早々にお帰りになった。それで、そのときにはお話をうかがうことができませんでした」

「聴取の順番がまわってくるのを馬鹿みたいに一晩中待つなんてことができるわけがなかろう」

「パーティーの参加者のリストには、奥さまの名前が載っていませんでしたが」

「それがどうしたというんだ」

エリザベスが父親の肩を押さえつける。キャンベルは諫められて、グラスをきっと睨みつけた。

「母は体調が思わしくないの。肺の病《やまい》よ。それで、二年ほどまえに治療のためにスコットランドに帰ったんです。そこで療養したほうがいいということで。空気もちがうし」

最後の一言には、あてつけるような響きがあった。

先ほどから気になっていたのだが、ふたりのあいだには、あきらかにきしみがある。刺々《とげとげ》しさが口調や態度の節々《ふしぶし》に表われている。

「お父さんといっしょにパーティーへ行くことはよくあるんですか」

「ときどき。そういったところには、若い独身男性が大勢いるから。父はわたしを嫁がせようと必死なのよ。言うまでもなく、人品卑《いや》しからぬお相手のところに」

「おいおい、よさないか」小声で言ったつもりだろうが、キャンベルの声はまわりの何人かの頭を振りかえさせるくらいには大きかった。膝の上に載っかっていた冷湿布が床に滑り落ちる。

ペルシスは前かがみになり、冷湿布を拾いあげて渡した。キャンベルは渋い顔でそれをひったくるように手に取り、ふたたび膝に押しつけた。

「事件当日の朝、あなたはジェームズ卿とお会いになっていますね。要件はなんだったんでしょう」

「ああ、あれか。仕事の打ちあわせだよ。なにも特別なものじゃない」

「どんな話をされたんです」

「話はしていない。ここで十時に会うことになっていたんだが、ジェームズは来なかった」

「来なかった理由は?」

キャンベルは顔をしかめた。「なにしろ身勝手な男だからね。でも、待ちあわせをすっぽかされたくらいで大騒ぎをすることはない。どのみち、夜にはパーティーで顔をあわせることになっていたわけだし」

ペルシスは一呼吸おき、それから言った。「ジェームズ卿というのはどんな人物だったんでしょう」

キャンベルは椅子の上で小さく身体を動かした。「利口な男だ。ほしいものを手にいれるすべを心得ていた」

「聞こえてくるのは、誰からも好かれていたとか、敵はいなかったという話ばかりです」

キャンベルは鼻で笑った。「あれほどの有力者に敵がいなかったなんて戯言《たわごと》を信じるほど、きみは馬鹿じゃあるまい、警部」

「思いあたる人物がいるということでしょうか」

「訊く相手がちがっている」

「では、誰に訊けばいいんでしょう」

「側近のラル。ジェームズはあの男と秘密を共有していた」

「ラルからはすでに話を聞いています」

キャンベルはまた顔をしかめた。「あの男をどう思った？」

「おっしゃる意味かよくわかりません。とても有能なひとのようでした」

「だまされちゃいかん、警部。ひとは見かけによらないものだ。戦争中の話を聞いたか」

「ビルマに行っていたとのことでした」

キャンベルの目にはいわくありげな光が宿っている。「そのとき、軍法会議にかけられたという話は出たか。ジェームズがいなかったら、いまも営倉暮らしをしているはずだという話は？」

ペルシスは答えなかった。なんと答えていいかわからない。

「あのような男を評価する際、面倒なのは本性が心のどこに隠されているかわからないってことだ。イギリスをインドから追っぱらったのはガンジーじゃない。ラルのような男だ。普段は虫も殺さないような顔をしているが、ここぞというときには、剣を取って、ところかまわず血の雨を降らす。上に立つ者はたまったもんじゃない」

キャンベルはゆっくりと立ちあがった。強烈な汗の臭いがする。目の前に立たれると、その威圧感をあらためて思い知らされる。盛りあがった前腕の筋肉、太い指、丸太のような太腿。そして怒り。はっきりそれと感じられる怒気。

「次の約束があるので、わたしはこれで失礼させてもらうよ」

ペルシスは立ちあがった。「お時間をとっていただきありがとうございました」

キャンベルはぎこちない足取りで歩き去りかけたが、途中でつと足をとめて振りかえった。「ひとつだけ言っておく。この国はジェームズに対してもう少し敬意を払ってもよかった。インドはいまや主権国家だ。ジェームズはその実現のためにこれまで心血を注いできた」そして、周囲に手を振りまわしながら続けた。「なのに、われわれからこのクラブを受け継いだ者たちは、自分が何をしているかまったくわかっていない」

「だったら、イギリス人はわかっていたんですか」思わず言葉が口をついて出た。意図はしていないが、怒気をはらんだ口調だ。

「多少の落ち度はあったにせよ、警部、われわれはこの国を変えた。より良い方向に向かわせた」

「イギリスは三百年にわたってインドを食いものにしてきました。多くのひとが死に、それ以上に多くのひとが飢《う》えに苦しんできました。この国の分断はあなたたちが思っているよりずっと深くなった。あなたはそれをより良い方向とおっしゃるんですか」

キャンベルは頬から耳まで真っ赤になっている。

「少なくとも経済は成長した。われわれはきみたちのために産業をおこし、港や道路や鉄道をつくってやった。きみたちを泥のなかから救いあげ、世界の仲間入りさせてやったんだ」

顔がかっと熱くなる。そういった言い草を耳にするのはこれがはじめてではない。キャンベルのようにあからさまに悪たれ口を叩くイギリス人は多い。まわりの席にいる者はおしゃべりをやめて、あきらかに聞き耳を立てている。どうして誰も立ちあがって反論しないのか。こんなことをおおっぴらに言う者にどうして出入りを許しているのか。

とはいえ、ボンベイ・ジムカーナのような施設はそもそもイギリス人の偏狭さを守る砦《とりで》としてつくられたものだ。当時インド人はその敷地に足を踏みいれることすら許されていなかった。犬と同様に。困ったことに、キャンベルのような人間はみずからの世界の見方のどこが間違っているかわかっていない。イギリス人は優秀であるというだけでなく、ほかの者にとって何がいちばんいいのかも知っているという植民地神話にどっぷり浸かり、それ以外のことには考えが及ばないのだ。

このときふと思った。キャンベルの考えは公然とインドの独立を支持していたヘリオットとのあいだになんらかの軋轢を生んだのではないか。

気がついたときには、こう言っていた。「男として守りきれなかったら、女のように泣きなさい」

額に深い皺が寄る。「えっ？　なんだそれは」

「七百年にわたるイスラムの支配が終わり、ボアブディル王がグラナダを去るときに母親からかけられた言葉です」

理解するまでに少し時間がかかった。キャンベルはいまにも飛びかからんばかりにかかとを浮かしている。顔はビートの根のような色になっている。だが、結局は後ろを向いて、足早に部屋から出ていった。

「やるじゃない」耳もとで小さな声が聞こえた。

振りかえると、エリザベスがすぐそばで微笑んでいる。

「父をやりこめるのはそんなに簡単なことじゃないのよ。本当に」

それだけ言うと、エリザベスは父のあとを追って部屋を出た。と同時に、どよめきとせせら笑いが起きて、若い女性刑事を包んだ。

7

署に戻ったのは午後遅くになってからで、そのころにはシャツが背中にへばりついていた。自分の席で居眠りをしていたレイ巡査が、気まずげに笑いながら言った。「すみません。ゆうべはほとんど寝てないもので」

レイはこの街に九十三ある警察署に設けられた苦情受付係――イギリス統治時代から使われている役職名で言うなら〝スティック・ハヴィルダール〟で、つい先日五番目の子供が生まれたばかりだった。家のなかはどんなふうになっているのだろうとペルシスは考えずにはいられなかった。女を子供を産む道具と見なし、養育費に事欠く家庭であったとしても、とにかく産めよ増やせよとする社会的風潮には、たしかに看過できない問題があると思う。父なら、無教養のせいだと一刀両断にするだろう。でも、それがすべてだとは思わない。インド亜大陸の生きとし生けるものの根幹にある何かが、子孫を残したいという闇雲な衝動につながっているような気がする。性欲とかいったことでは説明がつかないし、もちろん経済的な必要性からでもない。それはインド人の多くがかかっている伝染性の狂気のようなものなのだ。

ペルシスは自分の机に向かい、そこに制帽を置くと、雑用係のゴパールにライムジュースを持ってくるように頼み、それから手帳に書きつけたメモをまとめる作業にとりかかった。

今日はまずまずの一日だった。多くのことがわかったが、なかでも特筆すべきは生前のジェームズ・ヘリオット卿の日々が思っていたほど単純なものではなかったことだ。国家的な重要案件の調査をしていたとのことで、それが殺害の動機になった可能性もある。さらには、ロバート・キャンベルとの関係もある。表向きは親しい友人のようだが、そこにはさらに調べてみる価値のある何かが隠されているような気がしてならない。

あとは、マダン・ラルは信用できないとキャンベルがほのめかしていたことだ。

捜査を始めてまだ一日もたっていないのに、いろいろなことがタマネギをむくように次々にあきらかになっていく。

同僚の刑事たちがひとり、またひとりと帰ってきて、ペルシスに聞きとりの結果を報告した。

ラルが用意してくれたパーティーの参加者全員のリストに、自分がこの日聞いたことと、同僚たちから新たにもたらされた情報を書き加えていく。だが、手がかりになりそうなものはゼロに等しい。容疑者や有益な情報源になりそうな人物が頭のなかからひとりずつ消えていく。

ただ、自分であらためて話を聞いてみようと思って名前をメモに控えた者はいた。

気になった話はふたつ。

ひとつはハク警部補によってもたらされたものだ。ペルシスの横の椅子にどさりとすわって、自分の手帳を覗きこみ、ほぼ判読不能の走り書きを見ながら言った。「ジェニファー・メイシー。アメリカの女性で、ジェームズ卿と側近のマダン・ラルが言い争っているところを見ている。部屋の奥まったところで激しくやりあっていたらしい。何を言ってるかはわからなかったが、そのあとラルは尻尾《しっぽ》に火がついた犬みたいな顔をして歩き去ったという」

この新たな事実に、ペルシスは戸惑いを覚えた。ラルはそのような口論について一言も触れなかった。ちょっとした行きちがいがあっただけで、捜査にはなんの関係もないと考えたからかもしれない。これまでラルに対してはなんの疑いも持っていなかった。捜査には協力的だし、ヘリオットを殺した犯人を突きとめたいという思いにも嘘偽りはないみたいだった。その一方で、ロバート・キャンベルはラルには隠された過去があると言っていた。それに、分離独立時の犯罪の調査資料のこともある。ティラク内務副大臣の話だと、それはすべて失われたかもしれないとのことだった。ヘリオット邸の書斎の暖炉には紙の燃えかすが残っていた。そこで調査資料を燃やしたということだろうか。ラルから話を聞いたのでなければ、ティラクがそのことを知っているはずはない。

ラルに電話をかけると、家政婦のミセス・グプタが出て、いまはいないと答えた。翌日の午後ならオフィスで会えるとのことだった。

気になったもうひとつの情報をもたらしたのはジョルジュ・フェルナンデス警部補だった。そのときはカーキ色のシャツに大きな汗じみをつけ、自分の机の端に腰かけていた。感心なことに、聞きとりは注意深く、細かいところにまで神経が行き届いていた。いかつい顔をした髭もじゃの男から事情聴取を受けた者は、身の縮む思いだったにちがいない。

「クロード・デリダ。ユダヤ系のフランス人で、職業は建築家。書斎でヘリオットはヴィシャール・ミストリーという男と話をしていたと言っていた。それがその男の名前だとわかったのは、机の上に名刺が置かれていたからだ。そこには名刺以外にも何かが置かれていたが、ヘリオットはあわててその上にハンカチをかぶせたらしい。ちゃんとは見えなかったが、光り輝いていたような気がするとのことだった」

「デリダというひとが書斎に行ったってこと？」

「早く着いたし、訊きたいこともあったからと言っていた。春にイギリスに行く予定なので、向こうで贔屓《ひいき》にしている仕立て屋の名前を教えてもらいたかったらしい」フェルナンデスは言いながら首を振った。「金を無駄にするなと言ってやったよ。最高の仕立て屋はここボンベイにいる。入るときは物乞いでも、出てくるときは王子になっている。仕立て代も格安だ」

　ペルシスは思案をめぐらせた。それ自体としてはたいしたことではないように思える。だが、デリダは何かを見た。そして、ヘリオットはその何かをあわてて隠そうとした。もしかしたら、高価なものだったのかもしれない。だとすれば、それはいまどこにあるのか。犯人が金庫から持ち去ったのか。疑問の数は増えるばかりだ。

「ヴィシャール・ミストリーというのは誰かわかる？」

「いいや。きみからもらったリストにその名前はなかった」

　ペルシスは眉根を寄せ、念のために自分が持っているリストを確認した。パーティーの招待客とスタッフのどちらのリストにも名前はない。おかしい。昨夜、ミストリーという男がヘリオット邸にいたのは間違いないのだ。

　帰宅するまえに、ペルシスは警視のオフィスに顔を出した。

　長い待ち時間のあと、セトはようやく電話を終えた。受話器を置くと、深いため息をつき、机の上のボトルを手に取って酒をグラスに注いだ。

「きみはまだ飲んでいないのか」

「飲んでいません」

「あと二、三日待ったほうがいい」セトはウィスキーをあおり、そして顔をしかめた。「さっきの電話はインディアン・クロニクル紙のアラム・チャンナからだ。きみにインタビューをしたいと言ってきた。もちろん、きっぱりとお断わりしておいたよ。おめでとう、ペルシス。お望みどおり、きみは有名人だ。が、願いが叶《かな》ったからといって手放しで喜ばんほうがいいぞ」


　日が暮れかけたころ、ペルシスは自宅の裏手にジープをとめた。車を降りて建物の正面へ向かい、そこで一瞬足をとめて、店の外観に目をやった。

　すぐにでも修繕が必要なことはわかっている。窓ガラスの前に並ぶドリス様式の砂岩の柱は、毎年モンスーンの猛攻を受け、その上、夜ごとに酔っぱらいに小便をひっかけられて、小さな穴だらけになり、ところどころ崩れかけている。窓ガラスには本のポスターがべたべたと貼りつけられ、残りの部分は父が関係している種々の政治団体のビラで埋めつくされている。そのなかには近々予定されている国民会議の集会を告知するものもある。玄関の上部には、店名とともにゾロアスター教の神話のモチーフが刻まれている。伝説の鳥、白馬、山のいただきで聖火に包まれた預言者ゾロアスター。その両端から突きだした台には、二羽の石のハゲワシがとまっていて、鋭い目つきで通行人を見おろしている。物心がつくようになってからは、こんなふうにパールシーの証しをこれみよがしに表示するのはどうかと思うようになった。自分の人生のなかで信仰が重要な意味を持ったことはこれまで一度もない。それでも宗教がいまも人々に大きな影響力を持っていることは認めざるをえない。インドとパキスタンの分離独立時に、誤った信仰心が引き起こした混乱は、幾度となくこの目で見ている。

奇妙なことに、独立したインドはかつての統治者たちの社会をさまざまな面でなぞっているような気がしないでもない。

一九四二年、まだあまり世間というものを知らなかった二十歳のとき、反英闘争を訴えるガンジーの感動的な演説を聞いたことを覚えている。チャーチルは次の戦争でも引きつづきインドの協力を得たいという思惑から、インドの政治上の地位の変更について話しあうためスタッフォード・クリップス卿を送りこんだ。だが、イギリス側が提示した条件がその場しのぎの空《から》約束であるのは明白であり、ガンジーにもジンナーにも受けいれられなかった。ボンベイで開かれた国民会議の大会でガンジーが発した言葉は鬨《とき》の声となった。

〝あなたたちに短いが重要な言葉《マントラ》を贈りたい。それを心に刻み、呼吸するたびに唱えてほしい。その言葉とは〝行動か死か〟だ。インドを解放するか、その途上で死ぬか。生きながらえて、いつまでも隷属《れいぞく》を続けるようなことはしない〟

ペルシスは独立運動に身を挺《てい》した。集会に参加し、大学で議論を戦わせた。ガンジーが投獄されたときには、釈放を求めて多くの人々といっしょにデモの隊列を組んだ。

けれども、いまは遠い昔の記憶のような気がする。団結の精神は瓦解《がかい》し、かつての分断がふたたび現実のものとなりつつある。カースト差別、宗教対立、貧富の差。裕福な者は財産を守ることに汲々《きゅうきゅう》とし、貧しい者はみずからの無知の犠牲者でありつづけ、やり場のない怒りを募らせるばかりだ。

　ガンジーは泣いているにちがいない。

　店の入口にはいつもどおり鍵がかかっていなかった。そのことに対する父の言い分は決まっている。どうしても読みたい本を買う金がないのなら、盗んでもらって大いにけっこう。そうではなくて、単なる物盗りだったとしたら、街をうろつく盗《ぬす》っ人《と》には多少なりとも教養をつけてもらったほうがいい。

　明かりはついておらず、店内は薄闇に包まれている。勘定台には誰もいない。店の開店や閉店の時間は父の気分次第で、日によってまちまちだ。それでも店の評判は悪くない。世評は口コミで伝わる。父は本をよく知っている。自分で読んで、それを理解している。客に本を押しつけることもあれば、客から本をひったくることもある。

　この本はあんた向きじゃない。こっちにしておけ。

不思議なことに、そのアドバイスが間違っていたためしはない。

　そんな評判がたつと、各界の著名人も店にやってくるようになった。ジャワハルラル・ネルー首相もそのひとりだ。いまはデリーを離れることはあまりないが、以前はしばしばボンベイに来ていて、そのときにはよく店に立ち寄ってくれた。ある日の夜、白いアンバサダーが店の前にとまり、痩身長軀《そうしんちょうく》のネルーが護衛官を従えて店に入ってきたときのことは、いまもはっきりと覚えている。父が十七歳の娘を紹介すると、ネルーは微笑みながら手を握り、いまどんな本を読んでいるのかと尋ねた。ペルシスは照れながら、その週ずっと持ち歩いていた本を見せた。『ドクトル・ジバゴ』だ。父から聞いた話だと、著者の母国ロシアでは、発禁になっているらしい。

　ネルーはその場でその本を一ダース買った。

　店の奥へ進んでいくと、〝歴史／考古学〟のコーナーの後ろにあるソファーで父親が眠っているのが見えた。萎《な》えた足をクッションにもたせかけ、頭をのけぞらせ、口の端からよだれを垂らしている。軽くいびきをかき、胸が不規則に上下に動いている。このときばかりは車椅子のお世話にならなくていい。乗り降りするのは慣れたものだが、たまに脚をもつれさせて床に倒れ、悪態をつくこともある。

罪悪感でちくりと胸が痛んだ。

父に対してあんなにきついことを言う必要が本当にあっただろうか。じつのところ、母の死が誰のせいかはわからない。もちろん、父のせいかどうかもわからない。真実は父の胸の奥底にしまいこまれたままで、どんなに頼んでも、教えてくれない。独立闘争の集会で死んだという話は聞いているが、それ以外にも何か事情があったはずだ。けれども、探りを入れようとすると、父の目は陰り、口は固く引き結ばれる。心のドアは閉ざされ、父はその奥に閉じこもり、何時間も、ときには何日も出てこない。

父と母のサナーズが出会ったのはダンスパーティーの席上だった。父は友人に連れられてパーティー会場へ行き、そこのダンスフロアで未来の妻に遭遇《そうぐう》した。話によると、一目惚れだったらしい。でも、競争相手は数多《あまた》いる。並みのアプローチでは勝てない。そう思って、父はステージにあがり、バンドに金を握らせ、お気にいりのラグタイムを演奏させた。ダンスは父の得意とするところだった。作戦は功を奏し、ふたりは愛しあうようになった。だが、サナーズの父にとっては悪夢でしかなく、頑として結婚を認めようとしなかった。ふたりは思いを遂《と》げるために駆け落ちをした。即座にサナーズは父親の遺産の相続人からはずされた。

サナーズが死ぬと、父親のプーナワラは急に体調を崩し、娘のあとを追うようにして鬼籍に入った。

そのころのことを知らないのは残念でならない。母の心をつかんだ父のダンスを一度でいいから見てみたい。車椅子暮らしを余儀なくされているいまの父の姿は悲しすぎる。

　起こそうかと思ったが、やめた。店で眠るのはこれがはじめてではない。自分自身と同様、父にとってもここは安息の場所なのだ。父が娘と分かちあいたいとずっと思っていたのが、本への愛情であり、もっと言うなら、母の本への愛情だった。祖父の死後、書店の経営に乗り気でなかった父をその気にさせ、店を継がせたのは、母であり、その熱意だった。母は活字を愛し、作家をめざしていた。作品を世に出せるほど長生きはしなかったが、それでもそんな夢を持っていたというだけで、母がどういう人間だったのかという謎は深まるばかりだった。

　母が書いたものはないのかと父に尋ねたことがある。父は言葉を濁した。おそらく自分だけのものにしておきたいのだろう。子供のころは妬《ねた》ましく思うこともあったが、いまは父の気持ちがよくわかる。母を生きかえらせることができるなら、父はいまの不自由な身体を喜んで身代わりにするだろう。悲しみは壊疽《えそ》のように父をさいなんでいる。けれども、楽になるために閉ざされた心を開くことはできない。そこには母が琥珀《こはく》のなかの虫のように閉じこめられている。

　前かがみになって、父の額にそっと唇を押しつける。まぶたがぴくっと動いて、何かつぶやいたが、目を覚ましはしなかった。明かりとりの小窓からさしこむ月の光が禿げあがった頭頂部にあたり、長い歳月のうちに髪が抜け落ちてむきだしになった小さな網目状の傷あとを照らしだしている。奇妙な悲しみで胸がいっぱいになる。父は夢のなかでしか本来の自分になれない。夜という幻《まぼろし》の海へ漕《こ》ぎだしているあいだだけ、愛し失ったただひとりの女性とふたたび共に過ごすことができるのだ。

8

一九五〇年一月二日

朝食の席で、父がむずかしい顔をして、だが何も言わずに新聞をテーブルに置いたのが始まりだった。マラバール館に着いたときには、その記事の話で持ちきりになっていた。セトが言ったとおりだ。事件は一面のトップ記事になっていた。それで、ふと思ったのだが、これを機に上層部の意向が変わりはしないだろうか。マラバール署はこのまま捜査を続けることができるだろうか。胸のうちに強い思いが湧きあがってくる。これはわたしの事件だ。そう簡単には他人に渡せない。

タイムズ・オブ・インディア紙の一面には、ラバーナム館の写真が出ていた。演台でスピーチをしているジェームズ・ヘリオット卿の写真も添えられている。見出しは——

イギリス外交官トップ
大晦日のパーティーで殺害される

記事にざっと目を通す。これといったことは何も書かれていない。故人の経歴と事件のあらましを淡々と報じているだけだ。幸いなことに、分離独立時の犯罪の調査についての言及はない。記事の最後には、本件はマラバール署の担当で、ペルシス・ワディア警部が捜査の指揮をとっている、と記されている。

インディアン・クロニクル紙のほうはそれほど慎み深くなかった。

イギリスの外交官　マリン・ドライブの自宅で

惨殺される
ボンベイの上流人士が集う舞踏会のさなか

同紙の記者アラム・チャンナは、犯行の動機について勝手な憶測をまじえながら、事件をことさらに煽情《せんじょう》的に描きだしていた。匿名《とくめい》の目撃者の話として、〝あたりは血の海で、被害者は裸だった〟とある。ジェームズ卿のかしこまった写真の横には、〝捜査責任者の女性刑事　ペルシス・ワディア警部〟と記された小さい写真が添えられている。このような大事件の捜査を経験の浅い刑事にゆだねるのはいかがなものかという一文もある。はっきり性差別をしているわけではないが、言わんとしていることはあきらかだ。

　ペルシスは新聞を丸めて、屑《くず》かごに投げ捨てた。

　午前中はときおり新聞記者の取材の電話が入るだけで、あとは静かに過ぎた。なかには、マラバール署まで押しかけてくる者も何人かいたが、とりあわずにいると、みなしばらくしておとなしく帰っていった。だが、きっとまた戻ってくる。ハゲワシが死骸を諦《あきら》めないように。パールシーなら、そのことはほかの者以上によくわかる。

　手帳を見ながら、さらに検討が必要と思われる情報を選《よ》りだしていく。

　まずはヘリオットの上着から見つかった奇妙な紙きれから。そこには、〝バクシー〟という名前と〝PLT41／85ACRG11〟という文字列が記されている。紙きれ自体はレターヘッドつきのメモ帳から破りとったもののようだ。

　上端の印字に目をこらす。〝ネクタルの池のほとり、六十八の聖地〟

　このときふと思ったのだが、どこかで見たか聞いたかしたような気がする。

　ペルシスはプラディープ・ビルラを呼んで、紙きれをさしだした。ビルラは額に皺を寄せて思案した。

「ちんぷんかんぷんだ。ただ六十八の聖地というと……われわれヒンドゥー教徒、少なくとも敬虔《けいけん》なヒンドゥー教徒のあいだでは、主要な巡礼の地が全国に六十八カ所あり、そこを訪ねるとそれぞれちがった恩恵にあずかれると言われている。たとえば、アヨーディヤにお参りすれば罪が許されるとか、ヴァラナシのパンチャガンガ川で沐浴《もくよく》すれば輪廻《りんね》から脱けだせるとか……」

「つまり、ヘリオットはその六十八の巡礼の地を訪ねたってこと？」

「いや、そうじゃない。いくらヒンドゥー教徒でも、すべてをまわることはできない」

　ありがたいことに、ビルラは本気で力になろうとしてくれている。

　マラバール署のなかで、仲間として接してくれる唯一の人物であり、味方といえる存在に近い。ほかの者は、ペルシスの赴任に対して、怒りや反感をあらわにし、当惑の色を隠そうとしなかった。女性と席を同じくすることにより、自分たちの威信が地に落ちたように感じられたのかもしれない。ビルラだけは意に介さなかった。「マラバール署で脛《すね》に傷を持っていないのはあんただけだ。貴重な存在といっていい」

　五十歳まで、ビルラのキャリアはまずまず順調だった。独立までの激動の数年間もなんとか無事に乗りきった。だが、ある出来事が上司の覚えを悪くしてしまった。「うちの娘がその男に求婚されたんだよ。娘はロバと結婚したほうがましだと答えたらしい。そりゃ、上司は怒るわな」

　決して無能というわけではない。むしろ逆だ。几帳面に職務をこなし、それなりに成果をあげている。充分な時間を与えられたら、たいていの仕事はそつなくこなすことができる。ただし想像力を働かせるのは苦手のようだ。信心が判断基準に影響を及ぼしているのかもしれない。

生まれたのはマハラシュトラの僻地で、子供のころボンベイへ引っ越してきた。家庭は貧しく、まともな教育を受けていないせいもあって、いまだに野暮ったさは抜けていない。それでも、ここにいてくれて本当によかったと思っている。ひとつは、上司としてそれなりに敬意を払ってくれるから。もうひとつは、どことはなしに自分の娘のように思ってくれているようだから。

　ふと気がつくと、あらためてビルラの顔かたちを見つめていた。小さな身体、あばただらけの浅黒い顔、太い眉、絨毯《じゅうたん》を切りとって貼りつけたような口ひげ、白髪まじりの短い髪。ヒンドゥー教の説話にめっぽう詳しく、しばしばヴェーダの経典を引きあいに出して話をする。さすがにこの癖《へき》にはいささか辟易《へきえき》している。

　一時間後、ペルシスはマラバール館を出てバイカラ地区へ向かった。ヘリオットの遺体とお昼のデートをするために。

　グラント医科大学は市内最古の医療機関のひとつで、威風あたりを払うといった雰囲気《ふんいき》をかもしだしていて、来るたびに圧倒される。一八四五年に、ボンベイのインド人に西洋医学の理論と実践《じっせん》を学ばせるために設立され、インドに古くから伝わる療法が時代錯誤の無意味なものであることを世に知らしめる存在になっている。

　法医学者のラジ・ブーミ医師は二階の解剖室の隣の部屋にいた。このときは、真新しいベークライト・ラジオでオール・インディア局の放送を聴きながら、ステンレスの皿に盛った昼食をかきこんでいた。

　ずんぐりむっくりの身体、もじゃもじゃの髭、団子鼻に半円形の眼鏡。ペルシスの姿に気づいて立ちあがったとき、トレーが膝から滑《すべ》り落ち、米粒やレンズ豆が白いタイル張りの床に飛び散った。「おっと失礼」と、明るい声で言うと、どっこいしょと腰をかがめ、食べ物を手ですくって皿に戻しはじめる。その姿を見ていると、前任者のゴールト医師がいてくれたらとつい思ってしまう。

ジョン・ゴールト医師は法医学者かくたるべしといった感じの人物だった。がりがりに痩《や》せたイギリス人で、つねに会計士のような正確さと後任者には欠けている真摯《しんし》さをもって検死に臨んでいた。会ったのは一度だけだが、逃げだしたサーカスの象に踏みつぶされた男の事件を捜査していたときのことはいまも強く印象に残っている。でも、もうこの世にはいない。その後任として主任法医学者の座についたのがブーミだ。この若さでこの地位につけたということは、あまりとっつきやすいとは思えないこのような職域にまで縁故主義がはびこっているということだろう。

ブーミはトレーをラジオの横に置いた。そこからは赤子がぐずっているような甲高い雑音しか聞こえてこない。「どうも調子が悪くてね」ラジオを叩きながら、「ボンベイ対バローダのクリケット選手権の中継を聴いていたんだけど……」

ペルシスは身を乗りだして、ラジオを切った。「やるべきことを先にやってしまいましょ」

ブーミはえっという顔で振り向き、ペルシスの厳しい表情を見ると、苦々しげに眼鏡を鼻の上に押しあげた。「はいはい、わかってますよ」

ブーミは振り向いて、ペルシスといっしょに奥の部屋に向かった。そこには金属製の解剖台があり、その上にジェームズ・ヘリオット卿が横たわっていた。身体は白い布で覆われているが、顔はむきだしになっていて、いまは安らかに眠っているように見える。

医師が手を洗うあいだ、ペルシスは黙って待っていた。

部屋にはホルムアルデヒドの刺激臭が充満している。鼻がむずむずする。死体を見たり死臭を嗅ぐのは平気だが、解剖室にはそういったものとはちがう独特の疎《うと》ましさがある。もし魂というものが存在するとしたら、ここほど途方にくれる場所はないにちがいない。かつて宿っていた肉体とつながっているようで、つながっていない。魂は住み慣れた家から追いだされ、ゲートの前でなかに入れてくれと頼んでいるが、やがて振り向いて闇の世界へ向かうしかないと少しずつ悟《さと》りはじめる。

背後でドアが開いた。

振りかえったとき、アーチー・ブラックフィンチが部屋に入ってきた。はじめて会った夜と同じスーツ姿で、ネクタイはやはり緩く結ばれている。顔は汗で光り、艶のある黒い髪は乱れ、一部は額にかかっている。

「遅刻よ」

「申しわけない」ブラックフィンチは手で髪を掻きあげながら言った。「運転手のせいだ。バスに追突してしまってね。人力車《リキシャ》を拾わなきゃならなかった」

「アーチー！」ブーミが振り向いて言った。すでに深緑色のエプロンと手袋をつけている。

「どうだい。元気にしてるかい、ラジ」ブラックフィンチは言って、手をさしだした。

ブーミはその手を握って、井戸からポンプで水を汲みあげるように激しく上下に動かした。「大忙しでまいっているよ。ボンベイの死人の数は尋常じゃない」

「死亡率が高いってことだね。ドクター・ゴールトの検死の結果はどうだった」

ブーミはにんまり笑った。「簡単だったよ。死んだのは慣れない運動のせいだ。夜中の二時にマダム・ガボールから呼びだされたときから、そんなところじゃないかと思っていたんだがね。あの年で、よくやるよ。座位で奮闘している最中に――」

ブラックフィンチは咳払いをしてペルシスのほうに目をやった。

ブーミははたと気がついて、言葉を途切らせた。

「おっと、失礼。ご婦人の前だ。申しわけない。いずれにせよ、前任者の検死を手がけた法医学者なんて、そうはいない。しばらくのあいだは食事の席での話題に困らないよ」それからヘリオットの遺体のほうを向いて、「聞いたところによると、なかなかのやり手だったらしいね」

ブラックフィンチが撮影機材の準備を整えるのを待って、ブーミは解剖台に近づいた。遺体を覆っている白い布をつかむと、ペルシスをちらっと見てから、手品師のような手つきでさっとはぎとる。ブラックフィンチはまず正面からの写真を撮り、ブーミが助手の手を借りて遺体をうつぶせにすると、今度は背面からの写真を撮った。

ふたたび遺体が引っくりかえされたとき、その太い両腕が金属の解剖台にぶつかった。ペルシスは思わず顔をしかめそうになった。ヘリオットと面識があったわけではないが、目の前で遺体がこんなふうにぞんざいに扱われるのを見ると、いまさらながらに命のはかなさを思わずにはいられない。好むと好まざるとにかかわらず、自分はいまヘリオットにすべてを託されている。いまヘリオットの過去と自分の未来は、ほどくことができないほど緊密に絡まりあっている。

そのどちらのためにも正義をまっとうしなければならない。

ブーミは遺体の基本的な身体的特徴を列挙し、各部位の寸法を測定したあと、肌に指を走らせたり、顔を近づけたりして、どこかに異常がないかどうか調べた。助手が革表紙のノートに告げられたことを書きこんでいく。ブラックフィンチは写真撮影を続けていて、天井の低い部屋にフラッシュが閃《ひらめ》くたびに目がくらみそうになる。最後に致命傷となった顎の下のナイフの刺し傷の念入りなチェック。

それが終わると、ブーミは身体を起こして所見を述べた。「ナイフによる致命傷を除いて、切り傷も打ち傷も擦り傷もない。どちらの手にも防御創はない」

事件当夜の自分の見立てと一致している、とペルシスは思った。

ブーミは解剖用の器具が並んだ台に向かい、のこぎりを手に取ると、芝居がかった仕草で刃をビーンと弾《はじ》いてみせた。そして、それを台に戻してから、メスを取って解剖にとりかかった。

ペルシスはブラックフィンチにちらっと目をやった。動じている様子はない。このときふと思いだしたのだが、警察学校での最初の解剖実習の際には、多くの同期生が青い顔をし、なかには解剖医の靴の上に吐いてしまう者や、気絶して死体の上に倒れこむ者までいた。ペルシスは解剖の生々しさにたじろぐことも、屍肉《しにく》に吐き気をもよおすこともなかった。話は少しずれるかもしれないが、遺体を見て考えさせられるのは、死者を葬《ほうむ》るために人間が考えだした儀式についてだ。土葬、火葬、そして自分たちの場合は鳥葬。ボンベイの〝沈黙の塔〟は遺体をハゲワシについばませていることで知られている。そのような儀式を頑《かたく》なに守りつづけるのは、人間の無知をさらすものとしか思えない。だが、ここでそういったことをおおっぴらに口にすると、まわりの者から鬼畜《きちく》扱いされかねない。

ブーミは遺体から臓器を取りだし、ひとつずつ計量器に載せて、重量を助手に伝えている。その作業がすみ、臓器を詳細な分析のために容器に入れると、遺体の頭の下に台を置き、片方の耳の後ろから頭部を半周してもう一方の耳の後ろまでメスを入れ、頭皮をめくった。次にのこぎりを使って頭蓋骨《ずがいこつ》を切断する。頭頂部がはずれ、脳が露出すると、それを取りだして、計量し、金属トレーの上に置く。ふたたび器具置き場に行って、別のメスを手に取り、慎重に脳を切り刻んでいく。

それがすむと、後ろにさがって袖で額を拭《ぬぐ》い、振り向いて、シンクのほうへ歩いていく。手袋の血を洗い流しながら肩ごしに尋ねる。「この事件には政治が絡んでいるらしいね」

「控えめに言うと、そういうことになる」ブラックフィンチは撮影機材を片づけながら答えた。「今朝の新聞を読んだってことだね」

ブーミがふたりのほうに戻ってきたときには、手袋をはずし、シャツの袖を下におろしていた。「そう。検死調書は明日までに渡せると思う。内容はさっき言ったことと基本的には変わらない。死因は失血死。頸動脈と頸静脈を切断されている。首の傷の形状からして、凶器の刃渡りは約七インチ。刃はわずかに湾曲している」

「刃が湾曲している？」ペルシスは訊きかえした。

「そう。あまり見かけないが、特別珍しいというわけでもない。まえにも同じようなのを見たことがある。彫刻刀とか、ムガール人の狩猟用ナイフとか、ペルシアの儀式用短剣とか」

ふたりはブーミに礼を言い、ペルシスがジープをとめている前庭に向かった。

陽の下に出たとき、ブラックフィンチは言った。

「車で送ってもらえるとありがたいんだが」

ペルシスはためらった。「どこまで？」

「じつをいうと、腹がへったので、どこかでお昼にしようと思っている。よかったらいっしょに」

ペルシスは目をパチクリさせた。「ええっと、仕事があるので……」

「でも、食べないわけにはいかないだろ。それに、事件についていくつか確認したいこともあるし」

考えてみれば、たしかに空腹だし、事件について話しあわなければならないこともある。「わかったわ」

三十分後、ふたりはブリタニア＆カンパニーというパールシーの郷土料理レストランにいた。ペルシスが父といっしょによく行くスプロット通りの小さな店で、イラン人のゾロアスター教徒が経営している。開業したのは一九二〇年代。店の前には柳の木が枝を垂らし、開け放たれたドアの向こうに、赤いチェックのクロスがかかったテーブルが並んでいて、店内の雰囲気は昔と少しも変わっていない。壁にはガンジーとジョージ六世の肖像画がかけられ、緑と白とサフラン色のインド国旗の上にイギリス国旗が掲げられている。ふたつの国旗の並置は、イギリスの統治時代を懐かしむ者がいまも少なからずいることの証しだろう。

ブラックフィンチはウェイターを呼んで、食事のまえに冷たいビールを注文した。ペルシスはライムウォーター。ブラックフィンチは上着を脱ぎ、丁寧に椅子の背にかけると、眼鏡をはずして、それをテーブルクロスで拭いた。席の真上には扇風機があるが、額には玉の汗が浮かんでいる。

それからのブラックフィンチの仕草には笑いを誘うものがあった。フォークとナイフとスプーンを手に取り、それをひとつひとつ驚くほどの几帳面さでまっすぐに並べなおしていく。次に薬味の容器を練兵場の兵隊のように一直線に並べ、それから塩壺《つぼ》を時計まわりに三回まわし、胡椒壺も同じようにする。

「何をしているの？」

ペルシスが好奇の目で見ていたことに気づかなかったみたいで、ブラックフィンチはあわあわしながら言った。「い、いや、なんでもない」

「どんなことでもきちんとしていないと気がすまないのね」

「そうかもしれない」ブラックフィンチは目をあわさず、小さな声で答えた。あきらかにうろたえている。そんなことを気にする必要はないのに。自分のまわりには、父親を含めて、けっこう雑な人間が多い。自分自身は神経質で几帳面なほうだと思っているから、基本的には似た者どうしということになり、悪い感じはしない。

それでも、塩と胡椒壺の扱いに関しては、さすがにちょっとやりすぎかなと思う。

　ふたりのまわりでは、客の話し声がときおりカトラリーやグラスの音を混じえて波のように寄せたり引いたりしている。

　意外なことに、ペルシスはぎこちなさを感じていた。

　男性とのランチはいままで何度も経験している。ディナーだってそうだ。自分で相手を選んだこともあれば、ヌッシー叔母さんをはじめとするお節介焼きに無理やり押しつけられたこともある。最初はいいなと思ったひとも何人かいたけど、気がついたら終わっていた。みなどこかに我慢できないところがあった。自惚《うぬぼ》れが強すぎたり、退屈だったり、なんとなく物足りなかったり。気にいらない理由すらわからず、ヌッシー叔母さんを怒らせたこともある。

　例外はひとりだけ。三年前、警察官になろうと決意する直前のことだ。同じパールシーで、政府高官の御《おん》曹司《ぞうし》だが、親の言いなりにはならないと胸を張っていた。背が高いわけでも、体格がいいわけでもなく、とりたててハンサムというわけでもなかったが、どこかにカリスマ性を感じさせるものがあった。身なりはつねに一分《いちぶ》の隙もなく、軍人風の口ひげをたくわえ、高価なウッドバインの細い葉巻を愛好していた。文学好きで、ドストエフスキー、ジョイス、ヘミングウェイ、ブロンテ姉妹、タゴールなどのお気にいりの作品を披《ひ》露《ろう》しあい、夜遅くまで語りあった。十歳年上ということもあって、とても利口そうに見えた。

　ある夜、身体を許した。

　三週間後、その男は姿を消した。そして、その一カ月後に、別の女性とデリーで結婚式をあげるという報《しら》せと招待状が届いた。

「あなたの名前、ちょっと変わってるわね」と、ペルシスはあたりさわりのない話題から切りだした。

「きみの名前も」

「そうでもないわ。パールシーの社会ではよくある名前よ」ペルシスは説明した。自分の名前には〝ペルシアから〟という意味があり、その昔、イスラムの支配がイランやその周辺地域にまで及んでいて、パールシーが先祖代々の土地を追われたという歴史的事実を想起させるものらしい。頭の片隅には、そんな歴史を背負っているという思いがたしかにある。自分自身はボンベイ生まれ。年は二十世紀の折りかえし点で二十七歳。愛国心にかけては誰にも負けないつもりだ。そのことはこれまで何度となく試されてきたし、ここ数年は特に考えさせられることが多かった。

　ブラックフィンチは微笑んだ。目尻に皺が寄り、端整な顔が明るくなる。「親父が化学者でね。アルキメデスという名前は偉人に敬意を表してつけたらしい。兄はピタゴラス。ぼく以上に苦労している。ぼくはアーチーで通るけど、ピタゴラスだとそうはいかないからね。しょっちゅう友だちにからかわれていた」

　しばらく家族や生《お》いたちについての話が続いた。ペルシスは父親の話をした。

「いまもいっしょに住んでるのかい」

　この質問にペルシスは顔を曇らせた。ほかにどうすればいいのか。自分が家を出たら、誰が父の面倒をみるのか。もしかしたら、結婚が現実味を帯びなかったのは、心の奥にこのような思いが潜んでいたからかもしれない。父がひとりで暮らすなんてことは考えられない。父をひとりにしておけるとも思わない。それは自分を犠牲にするということか。いいや、そんなことはない。たしかに自分は自立した女性でありたいと思っている。だからといって、それを証明するために親もとを離れなければならないという法はない。

　話しているうちに、ブラックフィンチが従軍していたことがわかった。「でも、前線で戦っていたわけじゃない。ホワイトホールの事務方で、国防省の科学技術部にいたんだ。ぼくの専門は父と同じ化学でね。いわゆる〝近代兵器〟の開発チームの一員として、秘密の任務についていた。戦争が終わり、軍籍を離れると、警察に入り、現場検証の専門家としての訓練を受けた。それで、しばらくその仕事を続けていたんだけど、二年前に国防省からまたお呼びがかかってね。たっての要望とのことで、断われなかった。任地はかつてヨーロッパの戦場で大量虐殺があったとされる場所だ。そこで、法医学者や弾道学の専門家といっしょに戦争犯罪の証拠を集めていた」言葉が途切れ、緑の瞳が過去に向けられる。「あんなひどい経験をしたことはない。よくあんな仕事を引き受けたものだと思うくらいだ。墓のなかに、赤ん坊を抱いた女性の遺体が見つかったこともある」

どう反応していいかわからない。

そのあと、子供のころのことを尋ねられた。そういった類の質問にはいつも戸惑いを覚える。子供のころは決して楽しかったとは言えず、親しい友だちができたのは十代後半になってからだった。彼女たちとの友情は大人になってからも続いている。ただ、ジャヤは結婚して一児の母になり、いまは第二子を妊娠中。ディナズは仕事でカルカッタに行き、スンダルバンス国立公園で森林管理の仕事をしている。そして、エミリーは一九四六年に家族とともにイギリスに帰った。この三人とはいまも連絡をとりあい、ときおり手紙のやりとりをしている。ジャヤとはおたがいに空《あ》いた時間を見つけてコーヒーを飲みにいったりする。反英運動の高揚期《こうようき》には、エミリーも加わって、ともに闘った。それがいまは散り散りばらばらになり、寂しさを禁じえない。

一度エミリーにこんなふうに言われたことを覚えている。「あなたにはちょっと近寄りがたいところがある、ペルシス。ひとりで生きていくタイプね」もちろんそこに悪意は含まれていなかったが、聞いたときはちょっと悲しかった。

ウェイターがやってきて、大判のメニューをさしだした。ブラックフィンチはそれを見ながら言った。

「注文はきみにまかせるよ」

それで、マトンのダンサックと店の名物料理のチキンとベリーのピラフを注文した。

そのあと捜査のことを尋ねられたので、かいつまんで説明した。

「ずいぶん進んだね」

「期待したほどじゃないわ。殺害の動機もまだわかっていない」

このとき、ほかの客の意味ありげな視線に気づいた。じっとこっちを見ていて、目があうと、すぐに横を向く。もしかしたら、ふたりで食事に来たのはまずかったのかもしれない。パールシーのコミュニティは狭く、噂は口づてに光速で広がる。ヌッシー叔母さんの耳に入ったらどうなることか。表向きは開明派だが、実際は保守的な人間なのだ。イギリス人と仲むつまじく語らっているなんて、想像だにできないだろう。実際は仲むつまじく語らっているわけではないのだが。父なら、このことをどんなふうに……

「いままでわかったことを確認してみよう」ブラックフィンチは言い、右手の指を折って数えはじめた。

きれいな手だ。ピアニストの手といっても通用するだろう。でも、いまはそんなことを考えている場合じゃない。まったくどうかしている。

「その一。殺害時刻は夜中の十二時から一時前後のあいだ。死体が見つかったのは一時十分。その二。凶器は曲がり刃のナイフ。調べたかぎり、ヘリオット邸の敷地内にはなかった。その三。犯人はその夜屋敷にいた六十七人のなかのひとり。その四。書斎で被害者と使用人以外の指紋は見つかっていない。犯人はよほどの注意を払っていたか、でなければ手袋をつけていたかのどちらかだ。みんな仮装していたってことを考えると、手袋をつけていても不審に思われることはない」口もとに笑みが浮かぶ。「その五。ヘリオットは政府から分離独立時の犯罪についての調査を依頼されていた。その六。金庫のなかに何かあったとすれば、盗まれた可能性が高い。あくまでも推測にすぎないが、貴重品か、でなければ調査資料と思われる。後者だとすれば、それはその場で処分された可能性がある」それで終わりのようだった。その視線はグラスの縁にとまったハエに向けられている。

ペルシスは付け足した。「その七。事件当夜、被害者はヴィシャール・ミストリーという人物に会っている。その名前は招待客のリストに載っていない」

すべてを網羅《もうら》しきれていなかったことで、ブラックフィンチの顔には照れくさそうな表情が浮かんでいる。

「ああ、そうだったね。それで、その男は何者なんだい」

「わからない。いま調べているところよ。その八。事件当夜、ラルとヘリオットが言い争っていたところを見た者がいる。その九。意味のあるものかどうかわからないけど……」

「なんだい？」

ペルシスは切符の半券とメモ帳から破りとられた紙きれのことを話した。それから、自分の手帳を取りだして、〝バクシー〟という名前と〝PLT41／85ACRG11〟という不可解な文字列が記されたページを見せた。

ひとしきり思案したあと、ブラックフィンチは言った。「なんのことかまったくわからない。これがなぜヘリオットの死と関係していると思うんだい」

「残念ながらわからない」

ブラックフィンチは微笑んだ。「たしかに残念だ」

「ほかにもある。その十……」

「何？」

「ヘリオットが殺された夜、あなたは書斎に落ちていたハンカチを持っていったわね」

ブラックフィンチはフォークを置いた。「ああ。いまそのことを言おうとしていたところなんだ」そして、咳払いをした。頬が少し赤くなっている。

　このひとは何歳なのだろうと、ペルシスはあらためて思った。顔に皺がないせいで若く見えるが、実年齢は思ったより上かもしれない。

「ハンカチに何かが付着していた。それで、検査のために持ってかえったんだ」

「その時点で、それが何かおおよその見当はついてたってことね」

「ああ」

「それで？」

　ブラックフィンチは目をそらした。「ちょっとこの場では……」

「なにももったいぶることはないでしょ」

　そう言われて、ブラックフィンチは口ごもりながら答えた。「わかったよ。ハンカチに付着していたのは男性の……」

「精液？　だったら、そう言えばいいでしょ」思わず声が大きくなり、ほかの客が見ていることに気づいた。デザートのメニューを持ってきたウェイターは口をぽかんとあけている。ペルシスはいらだちを抑えて言った。「いいこと。捜査に協力してくれるのはありがたいけど、なんの説明もなく犯行現場から証拠物を持ちだすのは今回かぎりにしてちょうだい」

　ブラックフィンチは顔をこわばらせてうなずいた。

「わかった」

　それで、ふたりは食事に戻った。ウェイターはメニューをさしだし、デザートの注文をとると、そそくさと歩き去った。

「さっきの話だけど、つまり、その夜ヘリオットは女性といたってことね」

「そうだ。過リン酸塩を使った検査で、ええっと……精液とともに膣《ちつ》の分泌液が検出された」

　ペルシスは皿に視線を落とした。先ほどの威勢のいい言葉にもかかわらず、いまは頬が赤らんでいる。ランチの相手が〝膣〟なんて言葉を口にすることはめったにない。「としたら、そのときのお相手は誰だったのか」

「それ以上に大事なのは、それがヘリオットの死とどんな関係があるのかってことだ」

「つまり、殺される直前にあの部屋にいっしょにいたってことね」

ペルシスは書斎の机に置かれていたもののことを思いだした。頭の片隅に引っかかっていた疑問が、いまようやく解けた。机の上のものはみな片側に寄せられ、それ以外の場所には何も置かれていなかった。「机を使ったってことね」

「えっ？」

「セックスのために。ふたりは机の上でことに及んだのよ」

これ以上の説明が必要であるとは思えない。ウェイターがコーヒーを持ってきた。

しばらくしてブラックフィンチはだしぬけに訊いた。

「ところで、ミスター・ワディアは？」

「父なら健在よ。サムっていうの」

「そういう意味じゃなくて」

ペルシスはコーヒーを一口飲んだ。「そういう意味じゃないとしたら、答えはノーよ。夫はいないわ」

短い沈黙があった。

「あなたはどうなの？　ミセス・ブラックフィンチは？」

「いまはいない」ブラックフィンチは言って、カップごしにペルシスを見つめた。眼鏡に光が反射している。

「ごめんなさい。知らなかったわ」

「どうして謝るんだい」

「だって、奥さんに先立たれたんでしょ」

「先立たれた？　だとしたら、悪魔に同情するね。地獄の居心地はこれまでにも増して悪くなるにちがいない」

「じゃ、死別したってことじゃないのね」

「そんなことはひとことも言ってないよ」口もとには屈託のない笑みが浮かんでいる。「若いときに結婚したんだが、結局うまくいかなかった。みじめな結婚生活が六年続いて、ある日、妻に男がいることがわかった。それで、妻は一枚のメモを残して出ていった。そこには〝これ以上おたがいの人生を無駄にするのはやめましょ〟とだけ書かれていた」

「賢明な判断だったかも」

「ひどい話さ。ひとことで言えば、毒婦ってことになる」

「あなたの立場からするとってことでしょ。わたしの経験では、男のひとのそういう言い草はあまりあてにならない」

「それだけ多くのことを経験してるってことかい」

　ペルシスは答えなかった。顔は赤く染まっている。

「お子さんは？」

　ブラックフィンチは首を振った。「いない。それがせめてもの救いかもしれない」そこで少し間があった。「それより、どんな感じなんだろう。インド初の女性刑事というのは」

「考えたこともないわ。仕事をさせてもらえればいいと思ってるだけ」

「それは簡単なことじゃないかも」そう言って、にやっと笑う。「女性刑事はいっときイギリスにもいた。一度会ったことがある。ずいぶんな切れ者で、肝《きも》もすわっていた」

　ペルシスはまたコーヒーカップを手に取った。「あなたはどうしてインドに来ることになったの？」

「さあ、自分でもよくわからない。七カ月間、戦争犯罪の調査をしたあと、ロンドンに戻ったはいいが、どうもなじめなくてね。まわりも自分も変わっていたから。結局スコットランド・ヤードに舞い戻って、新しくできた法医学者の養成学校で半年ほど教えていた。そんなある日、戦争犯罪の調査チームでいっしょだった男からとつぜん電話がかかってきた。これから仕事でインドに行くことになっているという。ぼくのような専門技能の持ち主なら仕事はいくらでもあるので、新天地で心機一転をはかったらどうかとのことだった。それで、警察の上司に相談すると、しばらくそういったところで過ごすのも悪くないという返事がかえってきた」

「ここの暮らしは楽しい？」

「楽しいという言葉を使っていいかどうかはわからない。ぼくが言いたいのは、とにかく何もかもちがってるってことだ。気温も、言葉も、蚊の数も。いままであたりまえだと思ってきたことが、ここではそうじゃない」

「たとえば？」

「たとえば……そうだね。まずは衛生面」ペルシスの顔色が変わるのを見て、ブラックフィンチはあわてて取り繕った。「それがいやだとは言ってない。ただ……」

「イギリスとはちがう？」

　食事はぎくしゃくしたまま終わった。いつもこんなふうになってしまうのは誰のせいなのか。ヌッシー叔母さんに言わせれば、それは相手のせいではない。

　こっちのせいらしい。

　昼食のあと、ペルシスはマリン・ドライブに車を駆り、ラバーナム館にマダン・ラルを訪ねた。ブラックフィンチは仕事がたてこんでいると言って同行しなかった。ボンベイ警察の要請で、若くて熱心な検査助手の指導や法医学の専門家の育成の任にあたっているらしい。

　ラバーナム館に足を踏みいれるのはこの二日間で二度目だが、前回とはずいぶん様子がちがっていた。大晦日のパーティーの賑わいはとうに消えている。屋敷はその大きさゆえに余計に閑散《かんさん》としているように感じられる。こんな大邸宅に住むのはどんな気分なんだろう。父の言うとおりかもしれない。手をのばしてほかの誰かに触れることができなければ、それは住まいではない。

案内された一階のオフィスで、マダン・ラルは机に向かって新聞を読んでいた。上着を脱ぎ、アイロンのかかった白いシャツとネクタイ姿で、固い背もたれの木の椅子にすわっている。手振りで向かいの椅子を勧めると、苦々しげな顔で新聞を指し示した。「記者たちは事実を歪めて伝えるという誓いを立てているんじゃないかと思わずにはいられません。偉大な人物が亡くなったというのに、裸で発見されたという記事ばかりです」

「死にざまが尋常《じんじょう》でないのはたしかです」

「そんなことを言っているんじゃありません。ひとの一生は死にざまを語ればすむものではない。ジェームズ卿はインドの独立のために尽力した優れた外交官でした。亡くなったときにズボンをはいていなかったからといって……」

ペルシスは返事をさしひかえた。気持ちはよくわかる。

ラルは机に両肘をついて、真剣なまなざしをペルシスに向けた。「ところで、捜査のほうはどうなっているんでしょう」

このとき、ペルシスは自分がラルのどこに魅《ひ》かれていたかわかった。かつて心を奪われ、身をまかせ、そして棄《す》てられた男の面影《おもかげ》があるのだ。よく似ている。小柄なところも、伊達男《だておとこ》ぶりも、穏やかな外面の後ろに強い自負が透けて見えるところも。

どこまで話したらいいのか迷うところだ。警察官でもなんでもない者に捜査の進捗《しんちょく》状況を報告する義務はない。けれども、ラルがほかの者には知りえないことを知っているのはたしかだ。ラルの協力がなければ、それを聞きだすことはできない。ここはうまく立ちまわる必要がある。

それで、事件当夜からこれまでにわかったことをかいつまんで伝えることにした。

話が終わると、ラルは尋ねた。「内務副大臣と会いましたか」

「ええ。とても協力的でした。ジェームズ卿が政府に依頼された仕事のことも話してくれました。あなたもご存じですね」

ラルはゆっくりとうなずいた。「ええ。本人から聞きました。といっても、概略だけです。詳しいことは知りません」

「どうしてそのことを話してくれなかったのです」

「話すべきことではないからです。これはひじょうにデリケートな案件だということをご理解いただきたい。ジェームズ卿がかかわっていたのは国家的な重要案件です。わたしが、もちろんあなたもおおっぴらに話せるようなことではありません」

「では、わたしはどうやって捜査を進めたらいいんです」

ラルは椅子の背にもたれかかり、ポケットから煙草を取りだし、ペルシスに勧めた。断わると、一本を口にくわえて、マッチで火をつけた。煙がゆっくりと鼻孔から出て、目もとにたなびく。

「アウト・ウィアム・インウェニアム・アウト・ファキアム——道を見つけるか、さもなくば自分でつくれ。わが母校ユニバーシティ・カレッジ・ロンドンのモットーです」

ペルシスはいらだちを抑えた。「ジェームズ卿の調査資料を見たことはありますか」

「いいえ。さっきも言いましたが、わたしは蚊帳《かや》の外だったのです。本当のところ、どうして手伝わせてくれないのだろうと思ったこともあります。とにかくジェームズ卿は自分のやっていることが外に漏れないよう極度に神経質になっていました」

「暖炉には大量の灰が残っていました。調査資料が燃やされた可能性はあると思いますか」

ラルは肩をすくめた。「あるでしょうね」

「内務副大臣にそのことを話しましたか」

ラルは目をしばたたいた。「そういう可能性について訊かれたので、あると答えました」

「あなたからもらったリストによれば、ジェームズ卿は何度も遠出しています。でも、訪問先の記載はありませんでした」

「それは調査のための外出だったからです。繰りかえしますが、ジェームズ卿は守秘のために細心の注意を払っていました。切符も自分で買っていたぐらいです」

そういえばヘリオットの上着から切符の半券が見つかっている。あれも調査のためのものだったのだろうか。

「事件当夜、ジェームズ卿は書斎でヴィシャール・ミストリーという男といっしょにいるところを見られています。その男に心当たりはありませんか」

額に皺が寄る。「ありません」

「あなたはジェームズ卿の側近なんでしょ」

「ヴィシャール・ミストリーという人物と会うことになっていたという話は聞いていません」

それは本当なのか。嘘をつかねばならない理由はあるのだろうか。

「わかりました。その夜、あなたとジェームズ卿が言い争っているのを見た者がいます。その原因はなんだったんでしょう」

ラルは顔をしかめた。「言い争い？　誰がそんなことを言ったんです」

「誰が言ったかは関係ありません」

その顔には動揺の色がありありと浮かんでいる。

「そのようなことはしていません。もちろん、意見が食いちがったり議論したりはしましたが、言い争うようなことはしません。自分はジェームズ卿の側近というより、むしろ助言者か相談相手のようなものですから。さらに言うなら、わたしは雇われの身です。指示に従うだけです。最終的に決定を下すのはジェームズ卿です」

「では、その夜、言い争った覚えはないんですね」

表情がこわばる。煙草の火を灰皿で揉み消す。「言ったとおりです。そんなことをした覚えはありません」

「わかりました。では、ロバート・キャンベルについて知っていることを聞かせてください」

「いかがわしい男です。気さくなスコットランド人で、裏表などないような顔をしているが、じつは食わせ者です。ジェームズ卿もそのあたりのことはよくわかっていました」

「ふたりは友人づきあいをしていたという話を聞いていますが」

「友人づきあいをしていたのはたしかです。でも、ジェームズ卿は割りきっていました。キャンベルというのはそういう人間だと」

「そういう人間というと？」

少し思案してからラルは答えた。「冷酷。その一言に尽きます。ことあるごとにスコットランド人であることを強調しているが、冗談じゃない。軍務に服していたときに、わたしは多くのスコットランド人と知りあいましたが、みな実直で、気立てのいい好人物ばかりでした。親しくなるまで時間はかかるが、絆《きずな》ができると、友のためなら戦車の前に立つことも厭《いと》わない。でも、キャンベルはちがう。善悪は判断の基準にならない。信じるのは金だけ。富と権力がすべてなんです。

一年前、よからぬ噂が流れたことがありました。キャンベルがデリー郊外の橋の建設工事を請けおったときのことです。工事が始まって半年後、橋が半分ほどできたところで、大きな問題が発生しました。若いインド人の主任技師が現場作業員のために賃上げを要求し、受けいれられないなら、ストを決行すると宣言したのです。現場で作業をする者がいなければ、期日内に工事を終わらせることができなくなる。

橋の建設現場に流れているのはブラマプトラという川で、岸辺にワニが群棲《ぐんせい》していることで知られています。これは単なる噂にすぎませんが、ある夜、キャンベルがその技師を家から連れだし、建設中の橋の上から逆さに吊るしたというのです。翌朝、地元の住民が川に行ってみると、ロープに男の下半身がぶらさがっていた。頭も肩も手も食いちぎられていたそうです」

そこで言葉を切ると、顔をしかめて、唇を固く引き結んだ。「ロバート・キャンベルというのは血も涙もない冷血漢です」

「あなたはキャンベルを嫌っているんですね」

「ええ」

「おたがいさまというわけですね。向こうもあなたのことをよくは言っていませんでした」

瞳孔が針穴のように縮まる。ラルはまた煙草を取りだし、火をつけた。「どんなことを言っていたんです」

「あなたの軍隊時代はわたしに説明したほど平穏なものじゃなかったと。実際のところ、軍法会議に――」

「よしてください！」ラルは机を叩き、ペルシスは驚いて口をつぐんだ。気まずい間があった。「失礼。思わず声を荒らげてしまいました」ここで少し間があった。「でも、わたしの軍隊時代のことは今回の件とはなんの関係もありません。目下の懸案に集中しましょう」

少なくともいまはこれ以上深追いしないほうがいい。ラルを怒らせても、得られるものは何もない。

「金銭上の問題についてですが、ジェームズ卿の死によって、利益を得るのは誰でしょう」

「それはすぐにわかります。明日、遺言書が開示されることになっています」

「遺言書の中身をご存じですか」

「いいえ。それも秘密でした」

「最後にもうひとつ。事件当夜、ジェームズ卿が女性といっしょにいたという証拠があるんです」

眼鏡の奥でラルは怪訝《けげん》そうに目をしばたたいた。

「その女性と性行為をしていたんです」

「何かの間違いでしょう」

「間違いではありません。書斎で、殺害される直前に。その女性を特定することの重要性はおわかりいただけると思います」

「まさかそんな――」ラルは言いかけてやめた。

「付きあっている女性がいたんでしょうか」

「いいえ」

「じゃ、行きずりの女性？　その場でそういう仲になったということでしょうか」

「ジェームズ卿は社交家でした。魅かれる女性は少なくなかったと思います」

「そのなかで特別なひとはいませんでしたか」

ラルはあきらかに当惑している。「正直なところ、答えようがありません、警部。あの夜いつもと変わったところは何もありませんでした。ダンスの相手は大勢いました。人生の楽しみ方を知っていたひとです」

「少しぐらい話を聞いていてもおかしくないはずです。さっき自分でジェームズ卿の相談相手だったと言ったじゃありませんか」

顔がこわばる。「それとこれとは別です。私生活に関しては何も話してくれませんでした」

「自宅に客が大勢来ているのに、書斎で女性とむつみあっていたんです。普通では考えられないことです」

「たしかに。でも、相手が誰なのかはまったく見当もつきません」

ペルシスが部屋を出たときも、ラルはまだ動揺していた。言いたくないことを隠しているのはあきらかだ。屋敷の玄関に向かって歩いていたとき、ふと思いついた。ヘリオットと付きあっていた女性がいたとしたら、ラル以外にも、そのことに気づいていた者がいるにちがいない。

家政婦のラリータ・グプタは屋敷の奥にある狭い部屋にいた。このときもサリー姿で、机に向かって小さなノートに書きものをしていた。机の上にはインド人の男の額入り写真が置かれている。ペルシスが入っていくと、グプタは身体を起こし、背筋をのばした。

ペルシスは手短かに事情を説明し、それから訊いた。

「ジェームズ卿と付きあっていた女性はいましたか」

グプタの端整な顔が狼狽《ろうばい》のために歪んだ。「すみません。わたしには関係のないことです」

「そんなことはありません。あなたの雇用主が殺されたんですよ。あなたはここの家政婦です。屋敷に出入りする人間を見ているはずです。あなたの見たことが事件解決の重要な手がかりになるかもしれないんです」

「でも、わたしは何も見てません」

「そんなはずはないでしょ」

グプタはたじろいだ。両手を組みあわせ、困惑のていで足もとを見つめている。

ペルシスは表情を和らげて言った。「あなたから聞いたことは誰にも言いません。どうしても答えてもらわなきゃならないんです。だいじょうぶです。ジェームズ卿を裏切ることにはなりません」

「あの方には女性の友人が大勢いました」

「続けてください」

「入れかわり立ちかわりここにやってきていました。あの方はよくこんなふうに言っていました。女性がいなければ、家は四つの壁と屋根にすぎない」口もとには弱々しい笑みが浮かんでいる。

「特に親しくしていた女性や、頻繁《ひんぱん》に訪ねてくる女性はいませんでしたか。事件当夜の客のなかに、そういう女性がいたかどうか知りたいのです」

グプタはためらい、それから観念したように答えた。

「います。イヴ・ギャッツビーという女性です。数週間前から仲むつまじくしていました」

覚えている。長身の若いアメリカ人女性だ。ラバーナム館での事情聴取にひときわ強い抵抗を示した者のひとりで、話を聞くまえに屋敷をあとにしていた。

「あなたはどういういきさつでここで働くようになったんです」

「夫が戦死したので、ジェームズ卿のはからいで、住みこみの仕事をさせてもらうことになったんです」

「ご主人は軍人だったんですね」

「そうです」

「名前は？」

グプタは目をしばたたいた。浅黒い顔に悲しげな色が宿る。「ドゥリープです」

「お子さんは？」

「息子がひとりいます」

「いまどちらに？」

「パンヴェルの寄宿学校です」

「寄宿学校？」ちょっと意外だった。独り身の家政婦にそんな経済的余裕があるだろうか。

そういった疑念をグプタは察したみたいだった。

「ジェームズ卿が学費を出してくれていたのです」

「あなたはこれからどうするつもりですか」

「わかりません」

訊きたいことはもうなかった。だが、この家政婦にはもう少し詳しく話を聞きたいと思わせるものがどこかにあった。

ペルシスは礼を言って部屋を出た。

マラバール館に戻ったときには、お腹がぺこぺこだったので、雑用係に頼んで、近くの中華料理店ダンシング・ストマックに香辛料入りの餃子《ぎょうざ》を買ってきてもらった。それを食べながら、次に何をすべきかを考えた。

　謎の紙きれを取りだして、皿の横に置く。〝ネクタルの池のほとり、六十八の聖地〟。ビルラが言っていたように、〝六十八の聖地〟というのはヒンドゥー教徒にとって重要な六十八カ所の巡礼地のことかもしれない。つまり、そこには宗教的な意味あいがあるということだ。

　それはいい。

　問題は前半の〝ネクタルの池のほとり〟だ。それが宗教的な言葉だとすれば、〝ネクタル〟とは神々の酒のことであり、しばしば神々の食べ物アンブロシアとともに供される。と、そのとき頭のなかで、マッチを擦ったように火花が散った。

　アンブロシアの池……アンブロシア……なるほど。

　アムリットサルだ。

　インド北部の街アムリットサルの古名はアンバルサルといい、それは〝アンブロシアの池〟を意味している。一五七七年、シク教の導師が池のほとりに寺院を建てるよう命じたのが街の始まりで、現在はシク教の総本山となっている。

　その寺院の名前はゴールデン・テンプル。

　ペルシスは紙きれの破りとられたところに途切れ途切れに並んだ文字をじっと見つめた。

★★E　G★★★E★　★E★★L★　★O★
★★

　最初の三つの単語は〝THE GOLDEN TEMPLE〟にちがいない。としたら、最後の単語は〝HOTEL〟だ。

紙きれはゴールデン・テンプル・ホテルのメモ帳から破りとったもので、ホテルはアムリットサルにある可能性が高い。ジェームズ卿は亡くなるまえにそこを訪れたにちがいない。

ひとしきり満足感にひたったあと、ペルシスはビルラのところへ行った。「ちょっと外に出ない？」

午後の通りは焼けつくような暑さで、マロルト・コーヒーハウスに向かって歩いているうちに、ふたりの顔にはたちまち汗が光りはじめた。道端の溝《どぶ》からすさまじい悪臭が立ちのぼり、汚穢《おわい》にまみれた豚がごみの山をあさっている。

ペルシスは身震いした。インドは独立し自由を手に入れたが、街の薄汚さは以前と少しも変わっていない。美と醜はつねに隣りあっている。ボンベイはそういったコントラストが際立つ街で、カーストや貧富や社会的慣習によって明確な線引きがなされている。バラモンはダリットといっしょに食事をすることを良しとしない。パールシーは娘がゾロアスター教徒以外の男と結婚するのを許さない。革命が生んだ束《つか》の間の結束は、その後の内紛のあいだに雲散霧消《うさんむしょう》し、旧来の狭量《きょうりょう》な偏見が驚くほどの勢いで蘇生しつつある。

これはなにもボンベイに限ったことではない。夢の街ボンベイはこの新しい国家のすべての村、すべての町、すべての都市を映しだす鏡だ。自由を求める闘争が残したもののなかに、この古くて新しい国をより良いものにしたいという熱い思いがあったのは間違いない。だが、新たに定められた国境の内側に住む三億人のインド人にとって何より厄介なのは、どうすればそれを実現できるのかということだ。インドとパキスタンの分離独立によって学びえたことがあるとすれば、それはこの国には外敵とのあいだだけでなく、内部抗争によっても戦争が起きる可能性があるということなのだ。

コーヒーショップに入ると、ペルシスはアイスティーを注文した。ビルラはピッチャーを手に取って、そこに入っていた水を飲みほした。そして、額の汗を拭い、顔を天井の扇風機に向けた。

「あなたに頼みたいことがあって」ペルシスは言って、ゴールデン・テンプル・ホテルという名前に行きついた経緯を手短かに説明した。「それがどこにあるか調べてもらいたいの」

「アムリットサルにはホテル協会があるはずだ。そこに問いあわせてみる。わかったら、どうすればいい？」

「何もしなくていい。あとはわたしにまかせておいて」

ビルラはメモをとりながらうなずいた。

「もうひとつ。ヴィシャール・ミストリーという男を探してほしいの。フェルナンデスが聴取をしたクロード・デリダというフランス人の話だと、その男がジェームズ卿と話をしているところを見たらしい。仕立てのいいスーツ姿で、高そうな指輪と時計をつけていたと言ってたわ。何か用があってやってきたのかもしれないし、招かれたのかもしれない。ヘリオットの交際範囲を考えると、飛びこみのセールスマンなんかじゃないはずよ。それなりの人物であるのは間違いない。としたら、見つけやすくなる」

「どこから始めたらいいんだろう」

「いい方法がある」

〝ボンベイ登記および有権者登録局〟は十年に一度の国勢調査を実施する政府機関で、名称こそ新しいが、組織自体は昔からある。前回の調査が行なわれたのは一九四一年。次は来年だが、その年の夏には独立後初となる総選挙を控えており、職員はいつにも増して多忙な日々を送らなければならなくなる。

ロビーに入ると、ぶんぶんとうなりをあげてまわっている天井の扇風機の下に、制服姿の職員がすわっていた。動く気配はまるでない。すわったまま死んでいたとしても、誰も気づかないだろう。

ペルシスは身分証をさしだした。「ある人物の居住地を知りたいので、有権者名簿を見せてもらいたいんです。ご協力願います」

職員は浅黒い顔をあげた。そこには気落ちしたヒキガエルのようなけだるげな表情があった。「そういった要望は正式なルートを通して、書面で提出していただかねばなりません。ＩＵ８９‐ｂの書式で、三通作成してください」

ペルシスは十まで数えようとした。ヌッシー叔母さんから教わった、かっとなって自制心を失わないようにするための方法だ。六まで数えたところで、我慢できなくなった。身を乗りだし、シャツの襟《えり》をつかんで、職員を立ちあがらせた。

職員はトカゲのような目を見開いたが、言葉は出てこない。

「わたしの名前はペルシス・ワディア。内務副大臣の命を受けて、ジェームズ・ヘリオット卿殺害事件を捜査しています。協力を拒めば、捜査妨害になる。あなたは逮捕され、刑務所に入れられる。あなたの上司にも苦情がいく。あなたは馘になる。生計を立てられなくなり、住む家を失う。一家は路頭に迷う。奥さんは出ていく。子供たちは悪の道に走る。そんなふうになってもいいの？」

職員はおどおどと首を振った。そして、ペルシスが手を離すと、椅子にへたりこんだ。

「案内してちょうだい」

十五分後、ペルシスとビルラは有権者名簿の保管庫にいた。息苦しいくらい狭い。天井には裸電球がともり、スチールの張りだし棚には赤い表紙の台帳がぎっしりと詰まっている。スチールの机の上には、前回の国勢調査の記録のうち苗字が〝M〟で始まるものが置かれている。

「イギリス人の功績をひとつあげるとしたら、几帳面に記録をつけてるってことだろうね」ビルラが言った。

「当然よ。誰からどれだけむしり取れるか正確に知らなきゃならないわけだから」

同意のしるしに鼻を鳴らしたとき、目の前の書類に蚊がとまった。ビルラは反射的に叩きつぶし、顔をしかめて、血のついた手をズボンで拭う。

ペルシスは視線を書類に戻し、登録者の一覧に指を滑らせながら見ていった。そこには家長の名前に加えて同居者名が記され、それぞれの職業や資産などの情報が列挙されていた。

三十分後には、前回の調査時点でボンベイ管区内に住んでいた〝ヴィシャール・ミストリー〟のリストができあがっていた。全部で八十九人。

そこから探している人物に該当しないと思われる者をはずしていく。まずは年齢から。デリダの話だと、ミストリーは五十前後とのことだったが、もう少し幅を持たせたほうがいいと思い、四十歳以下と六十歳以上を除外。

それでも四十三人。まだ多すぎる。

ペルシスはひとしきり思案をめぐらせたあと、部屋から出ていった。ロビーに戻り、困惑顔の職員に言った。「ボンベイの地図を持ってきてちょうだい」

職員は目をパチクリさせている。

「いますぐに」

職員は電気ショックを加えられたかのように立ちあがった。

十分後、ペルシスは保管庫に戻ると、台帳を床におろし、机の上に地図をひろげた。

「何をするつもりだい」

「デリダから聞いた話だと、きちんとした身なりをしていたらしい。この街には、そういうひとが住まない地域がいくつもある」

四十三人を地域別に振りわけ、貧困地区に住む者を除くと、残りは九人になった。

「次の絞りこみはヘリオット邸の近くに住まいのある者」

ラバーナム館から半径二マイル以内に自宅のある者は三人だった。

その項目をチェックする。三人の〝ヴィシャール・ミストリー〟。いずれも条件はあっている。年齢的にも範囲内だし、職業的にもヘリオットとかかわりがあってもおかしくない人物と思われる。台帳の記載事項を書き移していたとき、ふと思いあたって、それぞれの職業欄にふたたび目をやった。煙草工場の経営者。輸送用コンテナ会社の主任会計士。古美術および宝石商。

宝石――ヘリオットの机の上に光り輝いているものがあったとデリダは言っていた。それは宝石だったのかもしれない。

ペルシスは背中をのばした。「わたしは宝石商を訪ねてみるから、あなたはあとのふたりをあたってみて。そのあと、念のために残りの六人も」

「ほかの者に手伝ってもらえば、早くすむ。オベロイとか」

「できればひとりで」

ビルラは眉根を寄せた。

「オベロイは信用できない。わたしがしくじればいいとどうやら思ってるようなの」

ビルラの目に優しい光が宿る。「信じないかもしれないが、あんたを応援している者は大勢いる。警察には新しい人材と新しい考えが必要なんだ。少しでも良識のある者は、オベロイのような警察官に愛想をつかしている。信頼するに足る警察官の登場を待ち望んでいる。あんたなら時代を切り開くことができる」

「そんな責任をしょいこみたくはないわ」

「いや、もうしょいこんでいる。あんたを見て、うちの娘はタージ・ホテルの受付係を辞めて警察に入ると言っている。本当にそんなことになったら、われわれは天に助けを求めなきゃならなくなる」

　国勢調査の記録によれば、ヴィシャール・ミストリーの住まいはラバーナム館から一マイルほど離れた高層住宅の五階にあるはずだった。少なくとも十年前にはあった。そのあと転居した可能性もなくはないが、成功の階段を駆けあがり、マリン・ラインズのような高級住宅地に居を構えるようになった者は、たいていずっとそこに住みつづける。明け渡すのは死んだときだけだ。

　車を走らせているうちに、街は夕闇に覆われ、地元のモスクから祈りの呼びかけの声が聞こえてくるようになった。信号待ちをしていたとき、ダークグレーのビュイックにへばりついて物乞いをしている子供の姿が目にとまった。車内の白人女性は怯《おび》えておろおろしている。たぶんアメリカ人で、この街に来たばかりなのだろう。が、これからいくらもたたないうちに、その目は霞《かす》み、現実を受けいれ、何も見ないふりができるようになる。

　その建物はブルー・ジャマイカ・タワーと呼ばれていて、ドアマンに尋ねると、ミストリー一家はいまもそこに住んでいることがわかった。そのときドアマンが見せた奇妙な表情を怪訝に思いながら、ペルシスは階段をのぼり、五階へ向かった。ドアマンの顔の表情の意味があきらかになったのは、五〇一号室のドアをノックし、ドアが勢いよく開いたときのことだった。出てきたのはグレーのサリーを着た小太りの中年女性で、その顔は疲労と怒りに歪んでいた。

「やっと来てくれたのね。遅すぎよ」

　戸惑っていると、女性の後ろで小さな犬がキャンキャン吠えはじめた。

ペルシスは言った。「わたしが来ることを知っていたんですか」

「昨日のうちに来ると言ってたじゃない」怒気をはらんだ口調だった。

「昨日のうちに？」さっぱりわけがわからない。

女性は腕組みをして、ペルシスに目をこらした。

「あなたのこと、知ってるわ。新聞に出てた警部さんでしょ。まあいい。とにかく、ようやく重い腰をあげてくれたのね」

「おっしゃってることがよくわからないんですが」

「あなたは事件のことで来てくれたんでしょ」

「そうです。でも、どうしてそれを？」

女性は信じられないといった顔をしている。「どうしてもこうしてもない。兄が行方不明になってもう一日以上たつのよ」

わかったのは、ヴィシャール・ミストリーが昨日の朝から行方不明になっているという事実だった。ドアをあけた女性は彼の妹で、名前はミニー・シャンバグ。思いちがいに気づくと、ミニーは先に立って歩きながら、憤懣《ふんまん》やるかたなげに言った。「いかにも警察らしいわね。役立たずという点では政治家と少しも変わらない」

室内は豪華というより、モダンにしつらえられている。革張りのソファー、部屋の片側にダイニング・テーブル、フロア・クッション、蓄音機が置かれたクルミ材のサイドボード。一方の壁にはお決まりのガンジーとネルーの写真。反対側の壁には花綱《はなづな》で飾られた二枚の写真。おそらく両親の遺影だろう。足もとでは、白いポメラニアンがまだ吠えている。部屋の奥のソファーには、別の女性がすわっていた。ミニーより年上で、小豆色のサリー姿。育ちのよさそうな女性で、遠い目をしている。

「こちらは兄の奥さんのヴァルシャ」ミニーは言って、

その横に腰をおろし、手ぶりでペルシスに肘かけ椅子を勧めた。

　ペルシスはここへ来た理由を手短かに説明し、それからヴァルシャに訊いた。「ご主人がいなくなったとわかったのはいつのことですか」

　ヴァルシャは目の焦点をあわせたが、口を開いたのはミニーだった。「昨日の朝、お店に向かったんだけど、そこには姿を現わさなかったそうなの」

「元日に仕事ですか」

「年中無休よ。よほど体調が悪くないかぎり休まない。子供のころからそうだった」

「失踪届を出したのはいつですか」

「兄は習慣を決して変えないひとなの。毎日、昼休みにはここの使用人にお弁当をお店まで届けてもらっていた。でも、昨日、お弁当を持っていったとき、兄はそこにいなかった、お店には一度も姿を見せていないという。どうもおかしい。何も言わずに、ふらりとどこかへ行くというひとじゃない。だから、ヴァルシャはわたしに電話をかけてきて、失踪届を出すために、ふたりでコラバ署へ行ったの」

「そこでなんと言われました」

「現時点では警察にできることは何もないって。急ぎの用ができてどこかへ行ったんじゃないかって。二度目に行ったときには、こう言われたわ。新年を迎えて心機一転をはかり、新しい土地で新しい生活を始めるつもりなのじゃないかって。ほんと頭にくる。ひっぱたいてやろうかと思ったくらいよ」

　ペルシスはヴァルシャに目をやった。「彼女が自分で答えないのは何か理由があるんですか」

「沈黙の誓いを立ててるの。夫が見つかるまで何も話さないって」

　それでようやく合点がいった。「昨日の朝、いつもとちがうことはありませんでしたか。不可解な行動とか。おかしなことをしたとか言ったとか」

ミニーはゆっくりとうなずいた。「ええ、そういえば……さっき言ったように、兄は習慣のひとだった。なのに昨日の朝はちがった。いつもより二時間も早く、六時ごろ家を出た」

「出勤時間にしてはたしかに早いですね。行方不明になったまえの日の夕方、ジェームズ・ヘリオット卿の屋敷に行ったことをご存じですか」

「ヘリオット？　殺されたイギリス人？」ミニーは義姉と視線を交わした。「いいえ。ヴァルシャには顧客に会いにいくと言ってたらしいけど」

「顧客に会いに？　大晦日に？」

「兄はそんなこと気にしてなかった。仕事のことしか頭にないひとだから」

「仕事というと……宝石商でしたね」

ミニーはうなずいた。「ウォルシンガム通りにお店を持ってるの」

「顧客の家に出向くことはよくあるんですか」

「ときどき。兄は昔かたぎの商売人なの。親密なお付きあいとプライバシーを何より重んじている」

「ジェームズ卿は顧客だったんですか」

「そういったことはケダルナートに訊いてちょうだい」

「ケダルナートというと？」

「従業員よ。店にいるわ」

ケダルナートは大きな音を立ててシャッターをおろし、店を閉めようとしているところだった。聞いていたとおりの顔かたちだ。年は四十代。小柄で、太っていて、頭は禿げかかっていて、眼鏡をかけ、しゃくれた顎のせいでつねに不機嫌そうに見える。白いクルタに革のサンダルばき。襟もとと手首に魔除けの黒い紐。鼻の下にはまばらな髭が力なく垂れている。

ペルシスはシャッターをあげてもらいたいと頼んだ。ケダルナートはしぶしぶ応じ、ペルシスをなかに通した。

狭いが、清潔で、しゃれた店だ。三台のショーケースに宝石やコイン、それに貴金属をちりばめた古い工芸品が陳列されている。

ペルシスは訪問理由を告げた。「ジェームズ卿はこの店の顧客だったんでしょうか」

ケダルナートは頬を掻きながら答えた。「いいえ。わたしの知るかぎりでは」

「事件当日の夕方、どんな用があってヘリオット邸を訪ねたかご存じですか」

「いいえ」

「ヘリオット邸を訪ねるという話は聞いていましたか」

「いいえ」

「顧客の家を訪ねるとき、通常はどうしているんでしょう」

「お客さまとの取引についてはすべて記録に残すことになっています。すべて台帳に記されています。ですが、ジェームズ卿についての記載はありません。あれば、覚えていたはずです」

「念のために確認してもらえませんか」

「記録があれば覚えていますよ」

「お願いします」

ケダルナートはぶつくさ言いながら振り向いて、奥のドアを抜け、しばらくして台帳を持って戻ってきた。親指をなめ、台帳を開き、ページを繰りはじめる。

「いつまでさかのぼって調べればいいんでしょう」

ペルシスは少し考えて言った。「六カ月」

「一年前まで調べてみます」

十五分後、ケダルナートは台帳を閉じ、満足そうに言った。「ありません。ジェームズ卿は当店の顧客ではありません」

「でも、ヴィシャールはその日ヘリオット邸を訪ねています。その理由に心当たりはありませんか」

「ありません。ただ、当店には膨大な知識の集積があります。古い宝飾品に関して知らないことはまずないと言っていいでしょう。何世代にもわたって宝飾品や工芸品を取り扱ってきたんです。助言を仰ぎたいとおっしゃるだけの方もなかにはいます」

　帰路、ペルシスの頭のなかでは、新しい疑問が動転した魚の群れのように激しく動きまわっていた。ヴィシャール・ミストリーはどこへ行ったのか。行方をくらましたのが事件当日ヘリオットと会った直後というのは偶然だろうか。ヘリオットと会ったのはなんのためか。そのことを家族にも従業員にも隠していたのはなぜなのか。

　疑問の数々が身体に絡まってくるような気がする。

　以前、バンドラ遊歩道ぞいのマングローブの湿地で、蔓《つる》が首に絡みついた猿の死骸を見たことがある。よく見ると、片方の脚の骨が折れていた。蔓に脚をとられてもがいているうちに、うっかり自分の首を絞めてしまったのだろう。この哀れで愚かな生き物はそのときどんな気持ちだったのか。生きのびるために懸命にあがき、逆に死をたぐりよせてしまうなんて。いやな予感がふいに頭に浮かび、思いがけないことに、ペルシスは恐怖を感じた。

　死や怪我《けが》に対する恐怖ではなく、失敗に対する恐怖だ。

　帰宅するまえに、あとふたつほどやっておかねばならないことがある。まず、父の古い友人アウグストゥス・シルヴァに会いにいくこと。シルヴァはゴア出身のカトリック教徒であり、軍事史家でもある。若いころは軍に所属し、戦場で脚を負傷して、よろよろとしか歩けないようになり、早期に除隊した。この二十年は書物の執筆にいそしんでいる。テーマはインドの軍事史で、守備範囲は専制君主やマハラジャ、皇帝や太《ナワ》守《ーブ》麾下《きか》の常備軍からイギリス統治時代の近代的な軍隊まで。

　そして、いまはボンベイ大学で終身在職権を得ている。

　ペルシスが部屋に入ったとき、シルヴァはいまにも崩れそうな書類の山の向こうにすわっていて、そこから嬉《うれ》しそうに挨拶をした。熊のような大きな身体。白いシャツと黒いズボン姿にネクタイを締めて、身ぎれいにしている。だが、鼈甲《べっこう》ぶちの眼鏡はあまり似あっていない。ワディア書舗の常連客で、ときおり軍事関連の稀覯書《きこうしょ》を探しにくるが、たいていは在庫がなく、版元から取り寄せなければならない。いつのまにか父と親しくなっていて、これはちょっと控えてもらいたいと思うのだが、来店時には故郷のゴアから大きな木箱で運ばせるフェニ酒のボトルをかならず一本持ってくる。それはクジャク椰子《やし》の実を蒸留してつくった恐ろしく強い酒で、ふたりはいつもすぐに正体をなくすまで酔っぱらってしまう。

　ペルシスは用件を伝え、ヘリオット殺害事件の捜査の概略を説明し、側近であるマダン・ラルのことを告げた。「ビルマで軍務についていたが、除隊になったそうです。その理由を知りたいんです」

「軍当局に直接訊くことはできないのかね」

「それも考えましたが、答えてもらえる可能性はいくらもないと思います。わたしは女だし、軍歴を聞きだそうとしているのは、国のために闘い、その後はイギリスの要人に仕えるようになった人物です。そして、そのイギリス人は殺害され、いま新聞の一面を賑わせています」

「きみの立場はよくわかる。でも、見つけだす方法はひとつじゃない。わたしにまかせておきなさい。きみが必要としているものを手に入れるのは、そんなにむずかしいことじゃないはずだ」

「ありがとうございます」読みどおりだ。シルヴァが軍内に持つ人脈を考えれば、それはそんなにむずかしいことではない。「近いうちに食事にいらしてくださいね」

「ぜひ寄せてもらいたい。ただ、締め切りが迫っていてね。いま〝カーンプルの包囲〟についての論文を書いているところなんだよ。片やベンガル軽騎兵連隊の兵士、片や東インド会社の私兵。血で血を洗う争いで、双方で数百人の犠牲者が出た。インド人は二百人近い白人の女性と子供を殺害し、ビビガーの井戸に投げこんだ。それに対する報復として、イギリス人は片っ端から村を焼き払った。なんとも悲惨な話じゃないか」

次に向かったのは、フォート地区のヴィクトリア・テルミナス駅だった。

脇道に車をとめ、ひとごみのなかを少し歩いていくと、前方に駅舎がとつぜんぬっと現われた。小塔《タレット》や尖塔やアーチが異彩を放つネオ・ゴシック様式の建物で、いつ見てもイギリスの圧を感じずにはいられない。ここ数年はその感がいっそう強くなってきている。

そう思っているのは自分だけではない。

大時計の下でかつての支配地を見おろしているヴィクトリア女王の像を撤去しようという動きも出ている。

それもまた、かつての宗主国との関係が別のものに変わりつつあることを示している。けれども、抑圧の軛《くびき》から逃れるのと、絆を断ち切るのとは別のことだ。内務副大臣が言ったように、インドとイギリスは経済面で緊密に結びついていて、その関係が早々に変わることはない。さらには、記憶というものもある。われわれは記憶を共有している。その多くが苦々しいものだったが、それがすべてというわけではない。

ふとエミリーのことを思いだした。学校ですぐに自分を受けいれてくれた数少ない友人のひとりだ。

エミリーは自分と同じくらいワディア書舗を愛していた。彼女の両親はどちらも公務員で、よく店に来てくれていた。彼らに対して、ペルシスの父は珍しく愛想がよかった。これがほかのイギリス人だと、そうはいかない。そのときには、亡き母の亡霊がいつも現われる。

けれども、エミリーをそういったイギリス人の同類だと思ったことは一度もない。

ある日、ふたりで学校から帰る途中、白人警官が通りでインド人の老女をこっぴどく殴りつけているところに出くわしたことがある。ペルシスはショックで動けなかった。若い男がか弱い白髪頭のお年寄りを殴るなんて悪夢としか思えない。こんなひどいことが許される道理はない。

エミリーはためらわなかった。

通りを走って横切り、警官をどやしつけた。そのとき、警官の血走った目に、はっとしたような表情が浮かんだ。自分の行為が道徳的にも法的にも許されないことであると気づいたのだろう。ふたりは老女を近くの病院に連れていき、エミリーは治療費を払った。その出来事が転機となった。それがきっかけになって、ペルシスは独立運動に加わり、のちに警察官になる決断をしたのだった。

それからの数年、ふたりはディナズやジャヤといっしょにいくつもの集会に参加した。エミリーはしばしばブルカで全身を覆わなければならなかった。そのような場所に白い顔が混じるのを嫌う者は少なくない。

一九四六年の夏、エミリーから家族とともにロンドンに戻ることになったという話を聞かされたときはショックだった。戦争が終わると、インドの状況は一変した。毎日のように抗議行動が繰りひろげられ、イギリス人は身の危険を覚えるようになった。

港で別れたとき、悲しみをこらえるのは容易ではなかった。一行が乗りこんだリヴァプール行きの軍用輸送船には、ほかにも大勢のインドを離れる家族がいた。職業もさまざまだった。宣教師、会社員、紅茶の農園主、仕立屋、電話交換手、タイピスト、技師、看護師……なかには五世代にわたってインドで暮らし、もはやインド人といっていい家族もいた。

駅事務所までは思った以上に時間がかかった。当然といえば当然だろう。このときあらためて思ったのだが、この駅はグレード・ペニンシュラ鉄道の本部としての機能を果たしていて、ボンベイからインド各地へ向かう列車の始点になっているのだ。

そこの担当責任者ということで出てきたのは、スボーシュ・マズムダールという、頭が垂れるくらいの大きな口ひげをたくわえた年配の男だった。用件を聞き、ヘリオットの上着のポケットに入っていた切符の半券を受けとると、それをじっと見つめた。

「記録を調べてみましょう。通し番号と分類コードがわかっているので、調べはつくと思います。一日か二日待ってください」

「いますぐ確認してもらいたいんです」

男は魚の小骨が喉に刺さったみたいに顔をしかめた。

「われわれはいっぱいいっぱいで仕事をしているんです。特定の乗車記録を探しだすのは時間がかかります。そのためだけに人手をかけることはできません」

帰宅すると、ダイニング・テーブルの上に小ぶりの木箱が置かれていた。父は老眼鏡を鼻先にひっかけ、手に本を持ち、部屋の隅の椅子にすわっていた。その横には、黒光りするスタインウェイのピアノが置かれている。インド独立運動の激動期にあわただしくヨークシャーに帰った男から祖父が譲りうけたものだ。当時、帰国するイギリス人がピアノをインドに残していくのはよくあることだった。

ペルシスは子供のころピアノを教わった。教えてくれたのは母で、音楽の素養も母から受け継いでいた。だが、音楽への興味は、母を失うと同時に消えてしまった。

「なんなの、これは」ペルシスは訊いて、制帽をテーブルの上に置いた。

「デリーからの特別便らしい。配達人が下でおまえのサインを待っている。何が入っているか知らんが、おまえ以外の者は見ちゃいけないそうだ」

下の書店に、険しい目つきをした、口の割りに大きな歯の男が立っていた。そのそぶりからすると、父とのあいだで愉快ならざるやりとりがあったにちがいない。

ペルシスは受領証にサインをして、上に戻ると、木箱を自分の部屋に運び、ベッドの端に置いた。

そして、配達人から受けとった手紙の封を切った。内務副大臣のK・P・ティラクからだった。分離独立時の犯罪の調査のためにジェームズ卿に渡したファイルの写しらしい。極秘書類であり、どうしても必要な場合以外は他言無用のことと記されている。

居間へ行って、ドライバーを見つけ、部屋に戻り、木箱をあける。

書類は薄いマニラ紙のフォルダーにおさめられ、紐で縛られている。全部で六十四冊。表紙には申し立てのあった州の名前が記されている。フォルダーを州別に分けながらベッドに置いていく。申し立てのあった州の数は二十八。つまり新憲法によって定められた州のすべてということになる。申し立てが一件しかない州もあれば、パンジャブ、ボンベイ、西ベンガルなどのように、いくつもある州もある。

いずれにせよ、相当な量だ。すべての書類に目を通すには、何日もかかるだろう。それに、何を見つけだそうとしているのかもわからない。ヘリオットはそのすべてに目を通したはずだ。それは書斎の金庫にしまわれていたにちがいない。だが、このまえ金庫を見たときには、そこになかった。ラバーナム館のどこからも見つかっていない。書斎の暖炉には、大量の灰が残っていた。ヘリオットが燃やしたのだろうか。だとしたら、それはなぜなのか。

すぐに読みはじめようと思ったが、今日はあまりにも疲れすぎている。明日、すっきりした頭で目を通したほうがいい。

何ひとつ見落としたくない。

シャワーを浴び、ドクター・アジズにもらった東洋風の部屋着に着替えて、父といっしょに食卓につく。献立はクリシュナが用意した南インドのチキンカレーだ。

薄焼きのロティを食べながら父は言った。「このところ便秘ぎみでな。アジズがパパイアを勧めてくれた。それを食べると、通じがよくなるらしい」

その口調には奇妙な堅苦しさがあった。娘がイギリス人の殺害事件を捜査していることや、母の死についてきつい言葉を発したことにまだわだかまりがとけないにちがいない。

ペルシスは皮肉たっぷりに言った。「耳寄りな話を聞かせてくれてありがとう、パパ」

「ところで、木箱の中身はなんだったんだい」

「悪いけど、教えられないの」

口ひげがひくっと動いたが、父は何も言わなかった。案に相違して、それ以上は何も言わなかった。

ふたりは黙って食事を続けた。

9

一九五〇年一月三日

翌日、ペルシスは出勤を遅らせ、アクバルを獣医のところに連れていくことにした。年に一度の定期健診とワクチン接種を受けさせるためだ。

アクバルは歯をむきだし、爪を立てたり、うなったりして抵抗した。車に乗せ、二十分かけてカフ・パレード地区にある動物病院へ連れていき、車からおろすのは、いつもどおり一苦労だった。なのに、医師の前に出ると、子猫のようにおとなしくなった。まるで媚《こ》びを売っているのではないかと思うくらいに。

医師の名前はフィリッパ・マカリスター（本人はピッパと呼んでくれと言っている）といって、つねに笑みを絶やさない薄茶色の髪のスコットランド人女性だ。

診察がすむと、マカリスターはなんの問題もないと請けあい、注射器を取りだした。アクバルは耳を倒して後ずさった。

「怖がらなくていいのよ」ペルシスは言って、注射を打ちおえるまでずっとアクバルを押さえていた。

「あなたも一本打っておいたほうがいいかもしれないわね」マカリスターは注射器を振りかざしながら言った。「そんなに居心地のいい職場じゃないみたいだから」

それからはおしゃべりの時間になった。

このときあらためて思ったのだが、マカリスターは裏表のない、信頼のおける女性だ。ボンベイの動植物を愛し、それゆえインドにとどまり、いまはこの街の動物愛護団体の支援者として知られている。政治的に目先のきく女性でもある。

ペルシスの話を熱心に聞き、それから言った。「男社会でやっていくのはほんとに大変だわね」

ペルシスは黙っていた。

マカリスターは片方の眉をあげた。「いいことを教えてあげる。ここは男社会だと思わず、あなたの社会だと思っていればいいのよ」


一時間後マラバール館に着いたとき、そこにはいつになく張りつめた空気が漂っていた。

「何かあったの?」と、ペルシスは訊いた。

このとき、フェルナンデスは古びたタイプライターを指一本で打っていた。〝a〟と〝e〟のキーが取れているので、それを使って作成された書類はいつもひどく読みにくい。

「シュクラ副本部長が来ているんだよ」フェルナンデスは顔をあげずに答えた。「パトナガル警視もいっしょだ。早く行ったほうがいい」


ペルシスは家から持ってきたファイルを机の引出しにしまい、念のために鍵をかけてから、ローシャン・セトのオフィスへ行った。アミット・シュクラ副本部長はセトの机の前の椅子にすわって、上品に紅茶を飲んでいた。パトナガルとセトは立ったまま、毛を逆立てた二匹の野犬のように睨みあっている。

シュクラは言った。「やあ、ワディア警部。来てくれてよかった。いまちょうど例の事件の話をしていたところなんだ」

ペルシスは目をしばたたいた。どんなふうに応じたらいいかわからない。シュクラ副本部長に会うのはこれがはじめてだ。ボンベイ警察の本部長の補佐官は数人いるが、全員が男で、みなどことなく似ている。シュクラは禿げ頭の太っちょで、気のいい叔父さんか、でなければ眠たげな目をしたチベット犬を思わせる。けれども、大きな権力を持つ人物であるのは間違いない。犯罪捜査部の部長であるラヴィ・パトナガルが椅子にすわらずに突っ立っているのはそのせいだ。

ペルシスは思わず敬礼しそうになった。「お越しになることがわかっていれば、もっと早くにまいりましたのに」

「責められているようだな、警部。気にするな。いやみを言ったんじゃない。今日はふらっと立ち寄っただけだ」

そんなわけはない。自分の知るかぎりでは、シュクラは警察の大立て者のひとりであり、独立後に吹き荒れた公職追放の嵐を乗りきったというだけでなく、それを梃子《てこ》にしてさらにのしあがった策士でもある。二年前に市と州の警察が合併して単一の組織になったとき、インド人としてはじめて本部長になったランジャン・〝タイガー〟・シュローフは、その基盤を固めるため、自分と同様の剛腕の持ち主を周囲に配した。シュクラがそこに身をこじいれることに成功したとすれば、その航跡には涙をのんだ者が列をなしていたはずだ。

「きみは本件の捜査に熱心に取り組んでくれているとセトから聞いている」

「全力で取り組んでいます」

「よろしい」シュクラは言って、ひとしきり手に持ったカップを見つめた。「警察学校で学んだ者ならわかっていると思うが、こういった事件には慎重な対応が求められる」

「と、おっしゃいますと？」

シュクラはカップを置いた。「わが国は二年前に独立を果たした。インド憲法は今年の一月二十六日まで効力を発しない。インド国民によるインド国民のための憲法が発効したときにはじめて、われわれは自分たちの運命を自分たちで決めることができるようになる。三億の民――さまざまな背景を持つ三億の民は洋々たる未来を信じている。飢えはなくなり、禍《わざわい》は起こらず、牛は話をするようになると思いこ

んでいる。これまでよろずの神が信じられていた国で、世俗主義が新しい宗教になるんだ。そういった奇跡が起きなければ、国は無秩序状態に陥る」顔が歪む。「そのようなときにも、われわれインド警察は法と秩序を維持することを求められている。そんなことがどうしてできるというのか。この限られた人員で」

ペルシスはセトに目をやったが、首を振られただけだった。沈黙は金なり。それがお偉方の前でのセトの処世訓だ。

「わからないか」シュクラは続けた。「では、教えよう。そのためには、われわれは不本意ながらもイギリスに学ばなければならない。どうしてあれだけの少人数でこれほどの多人数を支配することができたのか。イギリス人にはわかっていたんだ。人間は平等ではないと。社会は率いる者と従う者とで成りたっていると」

心算《こころづもり》がだんだん見えてきた。優しく手をさしのべ、甘い香りのする庭を歩きながら、警告を与えようとしているのだ。

「きみたちは市の名士たちの家に押しかけているそうだな」

ペルシスはいらだちを隠せなかった。「事件当夜、ジェームズ卿の屋敷にいた者たちから事情を聞いているんです」

「それはわかっている、警部。だが、考えてみるがいい。ああいった連中の自尊心は半端じゃない。自宅に押しかけられて、おとなしくしていると思うか」

「捜査上必要だと判断した聴取は自由にできるはずです」

「そんなものは幻想にすぎん。われわれにそんな自由はない」シュクラは言い、それから口もとをほころばせた。「大事なのは捜査の基本に立ちかえることだ。わたしの経験からすれば、金持ちの有力者が殺された場合、犯人はたいてい下層の不満分子だ」

ペルシスは仕方なしに答えた。「心しておきます」

「よかろう」シュクラは両膝を叩いて立ちあがり、ペルシスと顔を突きあわせた。「署内には、女性が警察学校に入ったと聞いて、目を白黒させた者が大勢いる。でも、わたしはちがう。きみはこの国の女性たちの誇りだ。国中の目がきみに注がれている」

「あの、お言葉をかえすようですが――」パトナガルは言いかけたが、シュクラに手で制された。

「やりかけた仕事はやりとおしたほうがいい。〝フェアな参加の機会を〟と、ジェームズ卿なら言うだろう」

「ですが――」

「これは本部長の意向でもある」シュクラの声にはかすかにいらだちの色が混じっていた。

パトナガルは口を閉ざし、セトに敵意に満ちた視線を向けた。

シュクラはペルシスのほうを向いた。「幸運を祈っている、警部。また会おう」

シュクラとパトナガルが部屋から出ていくと、セトは椅子に崩れ落ちるようにすわり、机からスコッチのボトルを取りだして飲んだ。「やはり飲まなくていいのか」

「あのふたりはなぜここへ来たんでしょう。あなたの先日のお話だと、彼らはこの事件にかかわりたくなかったんじゃありませんか」

「そうじゃない。わたしが言ったのは、連中はこの事件にかかわることでリスクを負いたくないってことだ。そんなこともわからなかったのかね。きみは街中を闇雲に突つきまわっている。どこかから苦情が出たんだ」

「だからといって、副本部長がわざわざマラバール館まで来る必要はなかったはずです」

「きみも知っていると思うが、虎は自分の縄張りにマ

ーキングをする。シュクラは虎だ。気をつけていないと、食われてしまう」

「だとしても、やはりわかりません。そんなに心配なら、捜査をパトナガルに引き継がせればいいじゃありませんか」

「そんなことはしたくないんだ。パトナガルに捜査を引き継がせて、うまくいかなければ自分まで責めを負わなきゃならなくなる。だが、きみにまかせておけば、どんなドジを踏んでも、知らん顔で通すことができる」

　ペルシスはため息をついた。まだ十時にもなっていないのに、疲れがどっと押し寄せてくるのがわかる。組織の屋台骨を揺るがせかねない警察内部の政治的駆け引きの噂は、警察学校時代から何度も聞いていた。けれども、話を聞くのと、それを実際に目《ま》のあたりにするのとではわけがちがう。

「とはいえ、パトナガルがこれでおとなしく引きさがるとは思えん」セトは苦々しげな口調で言った。「きみは敵をつくってしまったようだ」

「でも、わたしはあのひとに何も言っていません」

「あれは古いタイプの人間だ。警察に女性がいるのはとんでもないことだと考えている。きみの存在自体が疎ましくてならないんだ。きみが大きな成果をあげたりしたら、どんなことになると思う?」顎の下でグラスを持ったままセトは続けた。「が、ひとつわからないことがある。連中はなぜ捜査の進捗状況を事細かに知っていたのかってことだ。きみが来るまえに、パトナガルはいろいろな話をした。きみが何をしたか、これから何をするつもりなのか、細かいところまで全部知っていた。どうやら、警部、きみのチームには内通者がいるようだ」

　セトのオフィスを出ると、ペルシスはまっすぐオベロイの席に向かった。オベロイは椅子の背にもたれかかり、足を机の上に乗せ、にやつきながら天井に向かって煙草をふかしている。頭に血がのぼり、頭蓋が薬《や》缶《かん》の蓋のように弾けとびそうになる。その手前まで行ったところで、スブラマニウム巡査に呼びとめられた。

「あなたに会いたいというひとが来ているんですが、警部」

ヘアスプレーで固めたオベロイの頭から怒りに満ちた目をなんとか引き離す。「誰？」

スブラマニウムはエンボス加工の名刺をさしだした。

アラム・チャンナ
上席記者
インディアン・クロニクル

ペルシスはそこから目を離し、自分の机の上に置かれた額入りの新聞の切り抜きに向けた。〝女性を要職に登用する本部長の試みは、巣立ったばかりの我が国の開明性を示すものかもしれない。だが、ひとつ忘れていることがある。気質においても、知性においても、また道徳心においても、女性は男性より劣っており、それは永遠に変わらないということだ〟。この金言の主がチャンナだ。

「いないと言ってちょうだい」

「いると言ってしまったので……」

「だったら、会う気はないと伝えて」

スブラマニウムは口を開きかけたが、思いなおして、さっと後ろを向き、ドアのほうへ歩いていった。

出鼻をくじかれてしまった。

ペルシスは自分の椅子にすわり、オベロイの背中に火がつきそうな視線を投げた。この男はなんであんな薄汚いまねをしたのか。この国にいまもはびこる、わりなき女性蔑視の思想のせいだ。こんなときには、いつも自分の立脚点の危うさを痛感させられる。インド初の女性刑事ということ自体は問題でない。問題はいまなおインド唯一の女性刑事であるという現実だ。

頭に影がかかる。振りかえると、白い立ち襟のスーツ姿の長身の伊達男が立っていた。鼻の下に鉛筆で描いたような口ひげ、黒光りするウェーブのかかった髪。その後ろでスブラマニウム巡査が苦々しげに手を左右に振っている。

チャンナは手をさしだした。「お目にかかれて光栄です、ワディア警部」

ペルシスはすっと立ちあがった。「お会いするつもりはないと伝えてもらったはずですが」

「お時間はとらせません、警部……ペルシスとお呼びしていいでしょうか」

「いいえ、駄目です」

チャンナは意に介さずにこりと笑った。「インディアン・クロニクルはわが国を代表する日刊紙です。読者は東海岸から西海岸、カシミールからカニャクマリにまで及んでいます。ジェームズ卿の殺害事件にはみな大きな関心を寄せています。と同時に、あなたにも、警部。インド初の女性刑事が五〇年代最初の大事件の捜査の指揮をとっているんですからね。このような組みあわせが恰好《かっこう》の新聞ネタになることはおわかりいただけると思います」

その話し方は礼儀正しく、耳に心地いい。生まれのよさのようなものまで感じさせる。

「簡単な質問に答えていただくだけです、警部。さしつかえがあるようでしたら、事件の具体的な話をする必要はありません。読者は捜査以上にあなたに興味を持っているんです」

冗談じゃない。ペルシスは口をあけたが、チャンナに機先を制された。

「あなたのために耳寄りな話をお持ちしました。あなたさえよければ、弊社はあなたを全面的にバックアップする用意があります。今回だけでなく、いかなる場合においても。おわかりいただけますね、警部。そうすれば、あなたは英雄になる。想像してみてください。それによって、どれだけのひとが勇気づけられるか。新生インドには、自分の居場所を探している若い女性が大勢います。悪くない話だと思いませんか」

一瞬、気持ちが揺らぎかけた。チャンナはむずかしい問題を単純化し、耳に心地よいものにするすべを心得ている。

「捜査の進捗状況を公開するわけにはいきません」

「詳細をあきらかにする必要はありません。大まかな話だけで読者は満足します。大事なのは、インディアン・クロニクル紙がマラバール署の動きを独占的に知りうる立場にあると読者に思わせることです。われわれと組むことに同意していただけたら、あなたのことはできるかぎり好意的に書くようにします。損をさせることは絶対にしません」

「報道というものは客観的なものでなければならないはずです」

その瞬間、チャンナの目つきが変わった。そこに現われたのは、蛇《へび》のような邪悪さであり、獲物を取り逃がした捕食動物の表情だった。

「残念ながら、いまあなたにお話しできることは何もありません。わたしは仕事に戻らなければなりません。スブラマニウム巡査に玄関まで送らせます」

チャンナは困惑の色を隠せなかった。自分の魅力が通用しないことが信じられないのだろう。その端整な容貌と品のよさをもってすれば、どんなことでも意のままになると思っているにちがいない。

ドアのほうへ向かう途中、チャンナは振りかえって言った。「あなたは新聞の何をそんなに恐れているんです、警部」

答える必要はない。

ペルシスは席に戻り、手帳を取りだした。

そのすぐあとに、オベロイが急ぎ足で外に出ていった。おやっと思って、ペルシスは席を立ち、あとを追った。

　正面玄関のドアの後ろから見ていると、オベロイは通りを横切り、チャンナが乗りこもうとしていた二輪馬車に近づいた。そこで少し話をしたあと、チャンナは上着のポケットから名刺を取りだしてオベロイに渡した。

　ペルシスはこめかみに熱いものを感じた。通りへ出ていって、喉を絞めてやりたいという思いを抑えるのは容易ではない。だが、なんとか気持ちを鎮めると、踵《きびす》をかえして地下室へ戻った。

　それからの数時間は何ごともなく過ぎた。しばらくして、ヘリオット邸で開かれたパーティーの参加者の聴取結果が届くと、それを手帳に書きこんだ。

　次に、その日にすべきことをリスト・アップする。

　午後二時には、イヴ・ギャツビーと会うことになっている。ヘリオットと親しくしていたと家政婦が話していたアメリカ人女性だ。事件の直前に、ヘリオットが書斎で関係を持った相手かもしれない。

　そのあと、ヘリオットの弁護士のオフィスに赴き、遺言書の開示に立ちあわなければならない。

　さらにもうひとつしなければならないのは、アディ・シャンカールとなんとかして連絡をとること。やはりパーティーの出席者で、事情聴取を受けずに立ち去っている。

　ラルから聞いた番号にすでに五、六回電話をかけているが、まだ一度も話をすることができていない。もう一度電話をかけると、このときは秘書が出た。ひどくつっけんどんで、しばしの押し問答のあと、いったん電話を保留にし、ふたたび電話口に戻ってくると、やはり取りつぐことはできないと言った。折を見てこちらから連絡する、とのことだった。

　受話器を投げつけたい衝動を抑えて、ペルシスは引出しの鍵をあけ、家から持ってきたファイルを取りだした。そして、それを刑事部屋の奥にある小さな取調室に持っていって、ドアを閉め、ニス塗りの木の机の上に置いた。

まずはボンベイから。ヘリオットも近場からとりかかったにちがいない。

どのファイルも、最初に記されているのは目撃者の話だった。ほとんどは匿名で、話の内容は一様に悲惨だが、相違点も多々ある。そこが厄介なところだ。それはあくまで目撃情報であり、第三者の話を鵜呑《うの》みにしてはならないことはよくわかっている。警察学校でも〝誰かひとりにとっての真実は、ほかの三人にとっての作り話である〟と教わっている。

インドとパキスタンの分離独立——それによって軋轢は決定的なものになった。

ジンナーが分離独立をめざすと宣言すると、毒は急速に広がり、火はイギリス人に煽《あお》られて一気に燃え広がった。被支配者の分轄統治は彼らのもっとも得意とするところだ。しかしながら、〝王冠の宝石〟を保持しつづける試みは、第二次大戦のあとに頓挫《とんざ》する。イギリス国内の財政の悪化によって、アトリー首相はインド統治を諦めざるをえなくなり、一九四七年初頭、〝一九四八年六月までに主権を移譲する〟という声明を出した。だが、インド国内では宗派対立が激化し、イギリス軍の手に負えなくなったことから、新総督のルイス・マウントバッテンは主権移譲の時期を早め、六カ月以内に双方が同意できる独立の条件を策定する運びになった。一九四七年六月、ジンナーをはじめとする分離独立派の指導者は、宗教上の境界線によって国を分割するというマウントバッテン裁定に合意。ガンジーはその場に姿を見せず、死ぬまで分離独立に断固反対の姿勢を崩さなかったが、結局、ヒンドゥー教徒とシク教徒が多く住む地域はインドに、イスラム教徒が多く住む地域はパキスタンに組みこまれることになった。それによって、イスラム教徒の多いパンジャブとベンガルもそれぞれ二分割された。

予期されてしかるべきだったのに、まったく備えがなかったのが、ラドクリフ・ラインと呼ばれる国境線の公表によって引き起こされた地域社会での暴力沙汰と大量の難民の移動だ。

混乱が収まったときには、二百万人以上が命を落とし、一千万人が家を失っていた。そこで繰りかえされた悲惨な出来事や非人間的な残虐行為は、理解の範囲を遥《はる》かに超えるものだった。大虐殺や集団レイプもそうだが、そういった犯罪に手を染めた者の多くが郵便配達人や事務員や農夫といったごく普通の市民だったという事実のほうがより衝撃的だった。ペルシスはレイヴェリン通りにあった父のアジトで行なわれたロータリー・クラブの集会に参加したときに、デリーの暴動を報じるニュース映画を見ることができた。街の全域に出された外出禁止令、人けのない通りとシャッターのおりた店舗。そして、炎に包まれた建物と道路に散乱する死体。

なんというおぞましさ！　子宮をえぐりとられた妊婦。煉瓦《れんが》や石の塀で頭を叩き割られた赤ん坊。ガソリンを浴びせられ、火をつけられた盲目の男。分離独立に伴う混乱の見通しを問われたとき、マウントバッテンはこう答えた。〝少なくともその質問に対しては明言できる。流血沙汰や暴動などは絶対に起きないようにする〟

よくもそんないい加減なことが言えたものだ。

もうひとつ思いだしたことがある。インド独立の瞬間、父のラジオで聞いたネルーの名演説だ。その言葉は、インド人の心の奥底にある、本人でさえ気づいていない、もしかしたら永遠に気づくことのない何かに向けて語られたものだった。

〝何年もまえにわれわれは運命と約束を結んだ。そしていま、その約束を果たすときが来た。完全でもなければ、全面的にでもない。だが、すぐれて実質的なかたちで。時計の針が午前零時をさすと、人々が眠りについているときに、インドは目覚め、新たな命と自由を得る。その歴史的な瞬間がもうすぐ来る。いまわれわれは古い世界から新しい世界へ第一歩を踏みだそうとしている。ひとつの時代が終わり、長きにわたって抑圧されてきた国の魂がいまはじめて声をあげようとしている。この厳粛な瞬間に、われわれは誓う。インドの国と国民に、そしてより大きな人類の大義に、この身を捧げることを〟

いまとなっては、その言葉はあまりにも虚《むな》しい。

ファイルのなかには写真が添付されているものもあった。そのうちの一枚はわけても見ていられなかった。頭部のない三つの死体。若い女性のものだ。畑で殺され、井戸にもたせかけられている。頭がどこにあるかはわからない。井戸に投げ捨てられたのかもしれない。

ふとキケロの言葉を思いだした。〝死者の命は生者の記憶のなかにとどまる〟

この女性たちの命は誰の記憶のなかにとどまるというのか。その名前がひとの目にとまることすら、これをかぎりに二度とないかもしれないのだ。捜査を始めたときには、名声と称賛を得て、仲間たちから一目《いちもく》置かれるようになることを期待していた。でも、実際にこのような犯罪と面と向かうと、そんなことはどうでもいいように思えてくる。いい加減な気持ちでは、悪がのさばるのをとめることはできない。大事なのは正義をまっとうすることであり、個人的な野心ではない。罪は贖《あがな》われなければならない。

ノックの音がして、ペルシスは我にかえった。ビルラだった。

「アムリットサルにはゴールデン・テンプルという名のホテルが九軒ある。が、そのいずれにもジェームズ卿は泊まっていない」

ビルラが去ると、思案は細部に向かった。紙きれに書かれていた不可解な文字列がやはり気になってならない。バクシーとは誰なのか。ヘリオットはなんのためにその名を書きとめたのか。″PLT41／85ACRG11″とは何を意味するのか。ゴールデン・テンプル・ホテルの所在を突きとめたら謎は解けると思っていたのだが……

　ため息をつき、ペルシスはファイルに戻った。

10

　一四〇〇年代につくられたハジアリ廟《びょう》の白亜《はくあ》の建造物は、ボンベイの中心部に位置するハジアリ湾のなかほどに浮かぶ小島にあり、潮が引いたときだけ行き来ができる細い参道で市街地とつながっている。潮が満ちると、参道は消え、スーフィーの聖人の霊廟は海に浮かんでいるように見える。

　ペルシスは湾岸ぞいの道路にジープをとめ、参道を歩いてわたった。霊廟を取り囲むモスクは、真昼の陽光を浴びて光り輝いている。まわりには大勢の参拝者がいる。そのなかには、ペルシスを好奇の目で見る者もいれば、敵意に満ちた目で睨む者もいる。何世紀ものあいだ、この霊廟は女人《にょにん》禁制になっていた。いままでも女性が入れるのは大理石張りの境内《けいだい》だけで、聖人の柩《ひつぎ》がおさめられた中央の至聖所への入場は許されていない。ついこのまえも、ボンベイ高等裁判所はそれを合法と認める裁決を下している。この場所に関するかぎり、女性はいまだに好ましからざる人物《ペルソナ・ノン・グラータ》であると正式に認定されたということだ。それゆえ、女性であり外国人でもあるイヴ・ギャッツビーがハジアリ廟に足を踏みいれることができたのはちょっとした驚きだった。

　そのアメリカ人は霊廟のすぐそばにいた。中庭はまぶしいくらいに白く、柱には青、緑、黄のガラス片が万華鏡《まんげきょう》のようにちりばめられ、アッラーの九十九の名前がアラビア文字で刻まれている。

　露出度の高い服装は許されていないので、カーキ色のジョッパーズと白いブルゾンにロングブーツ。頭にスカーフを巻き、いま流行《はや》りの黄色いフレームの大きなサングラスをかけている。ファッションモデルとジャングルの探検家のあいだくらいの格好だ。三脚つきのカメラの後ろで腰をかがめている。

　そのかたわらに、緊張した面持ちの小柄なインド人が立っていた。おそらく霊廟の専属ガイドだろう。白いシャルワールとカミーズという格好で、白いスカルキャップをかぶり、敷地内に埋めた地雷が爆発するのを待っているかのようにおどおどしている。

「はじめまして、警部さん」ニューヨークっ子らしい気さくな口調で、ギャッツビーは言った。「滞在中にぜひお会いしたいと思ってたの。インド初の女性刑事で、いまや有名人だもの。写真を撮らせてもらっていいかしら」

　どう答えていいかわからない。ギャッツビーは自信に満ちあふれていて、この世のなかに思いどおりにならないことはないと思っているように見える。ラバーナム館での事情聴取を待たずに帰った者のひとりだ。

「今日はジェームズ・ヘリオット卿のことをお聞きするために来たんです」

ギャッツビーはにこっと笑った。歯はまぶしいほど白い。背が高く、品がよく、そして美しい。スカーフから濃い褐色の髪がこぼれている。銀幕のスターといっても充分に通用するだろう。若いころのオリヴィア・デ・ハヴィランドに似ていなくもない。『壮烈第七騎兵隊』を観て以来、憧《あこが》れの的《まと》だった女優だ。

ギャッツビーはジョッパーズからキャプスタンを取りだして、火をつけた。ガイドの男は組んでいた腕をほどき、驚いたウサギのようにあたりを見まわしている。中庭にいる女性は自分たちふたりだけだ。人目を引くのは避けられない。

中庭の奥のほうから、とつぜんスーフィーの祈禱《きとう》の声があがり、頭上のカモメの鳴き声と混じりあった。

「これはインド亜大陸でもっとも優れたイスラムの建造物のひとつなんですってね。ハジアリというのは裕福な商人だったけど、ある日、全財産を捨てて、布教のために世界を旅することにしたらしい」ギャッツビーは言って、またさわやかな笑みを浮かべた。「ジェームズ卿はお気の毒だったわ。それで、あなたは何が知りたいの？」

「まずは知りあったいきさつから」

「父を通じて。去年ジェームズ卿が外交官としてアメリカを訪れたとき、父がニューヨークの自宅に招待したの。それ以来の友人づきあいよ。ジェームズ卿はよかったらボンベイへどうぞと言ってくれた。それで、飛んできたってわけ。父は来られなかったけれど」

「ここへ来たのは仕事で？　それとも観光？」

「両方よ。わたしは写真家なの。正直に言うと、いまだに親の脛《すね》をかじっているんだけど。でも、自分としては真剣に取り組んでいるつもりよ。見るひとが見ればわかると思うけど、インドほど魅力的な被写体はない。あなたはわたしの父のことを知ってる？」

ペルシスは首を振った。

「トルーマン・ギャッツビー。マーキーズ社の紳士録によると〝著名な実業家であり、共和党の政治家〟。ニューヨークの不動産で財をなし、いまは連邦議会の議員の座を狙っている。わたしの国には〝ひとは常識に飽きたら政治家になる〟という格言があるのよ」

「辛辣ですね」

「わたしも世間というものを少しは知っているつもり。そのすべてを気にいってるわけじゃない」

「ジェームズ卿はどうです。気にいっていましたか」

　ギャツビーは身をこわばらせ、それからサングラスを額にあげ、濃い褐色の美しい目をこらした。「わたしの思いすごしかもしれないけど、警部さん、そういう質問はいささかぶしつけというものじゃないかしら」

　ペルシスは引きさがらなかった。「あなたはジェームズ卿といい仲だったという話を聞いています」

「いい仲？　ずいぶんもってまわった言い方ね。性的な関係があったかどうかということでしょ」

「あったんですか」

　ギャツビーはくすっと笑った。「ないわよ。父と変わらない年なのよ。たしかに魅力的ではあったけど、お年寄りとベッドをともにする趣味はないわ」

「友人以上の関係ではなかったということですね」

「友人というより、知りあいといったほうがいい」

「殺される直前に、ジェームズ卿は書斎で誰かと性的な関係を持っていたという証拠があるんです」

　ギャツビーは顔をしかめた。「わたしじゃない。向こうはそれを望んでいたかもしれないけど」

「言い寄られたということですか」

「もちろん。あの男は誰彼なしに口説《くど》いていた」ギャツビーは手をのばして煙草の灰を払い落とそうとしたが、ガイドが低い声で制止したので思いとどまった。ガイドは素早く前に進みでて、帽子を脱ぎ、それを逆さまにして掲げもった。ギャツビーは仕方なしにといった感じでそこに灰を落とした。

「ジェームズ卿のことをそんなふうに思っているのなら、なぜパーティーに行ったんです」

「別に毛嫌いしていたわけじゃないのよ。どういうひとか見抜いていたというだけ。利用する価値はあった。わたしが写真を撮りたいと思ってる多くのひとに引きあわせてくれたのよ。そうすれば、わたしを落とせると思ってたみたい」

「ジェームズ卿が亡くなったことにあまりショックを受けていないようですね」

「さっきも言ったでしょ。単なる知りあいだったたって」

「事件当夜、書斎で誰といっしょにいたか心当たりはありませんか」

「残念だけどないわ」

「では、危害を加えかねないと思うようなひとに心当たりは？」

　ギャツビーは肩をすくめた。「なにしろ根っからの政治家だったから。父はよくこんなふうに言ってたわ。サメといっしょに泳ぐのであれば、尻を食いちぎられても驚くな」

　ペルシスは次の言葉を待った。

　ギャツビーはため息をついた。「まったく見当もつかない。そういったことは付き人のラルに訊いたほうがいいんじゃない。あのひともあまりジェームズ卿が好きじゃなかったみたいだけど」

　ペルシスはおやっと思った。ラルとジェームズ卿の関係がうまくいっていなかったという話を聞いたのはこれで二度目だ。

「ほかに何か参考になりそうなことはありませんか」

「ひとつだけ。最近、ビジネス・パートナーのスコットランド人と揉めていたらしいわ」

　ペルシスは勢いこんだ。「ロバート・キャンベルのことですか」

「そう。大きな獣《けだもの》。下品な男よ」

「ふたりのあいだに何か問題があったんでしょうか」

「知らないわ。パーティーでのゴシップよ。とにかく、ふたりのあいだにはピリピリとした空気が流れていた。少なくとも、ジェームズ卿はキャンベルを避けているみたいだった」

「そんな状態なのに、どうしてパーティーに招待したんでしょう」

「お祝いのためじゃないのはたしかよ。あんなにむずかしい顔をしていたことは一度もなかった」

「キャンベルは怒っていたんでしょうか」

「最初はそうでもなかったけど、深夜の花火のあと何かがあったみたい。娘のエリザベスとも口喧嘩をしていた」

「何が原因だったんでしょう」

「さあ。あの親子は元々仲が悪かったのよ」

「どうしてです」

「ちょっとまえのことだけど、キャンベルが娘の結婚話に横槍《よこやり》を入れたって話を聞いたことがあるわ。それで、破談になったらしい。無理やり別れさせられたのよ」

「相手の名前はわかりますか」

「いいえ。でも、インド人だったという話は聞いている。そんなわけで、そのときはわたしも興味しんしんだったの」顔がかすかに歪む。「噂ではキャンベルが荒っぽいやり方で片をつけたとか」

ラルからは、キャンベルが若いインド人技師を殺害したという噂があるという話を聞いている。もしかしたら、そこには単なる噂以上のものがあるかもしれない。

「それはいつごろのことでしょう」

「一年ほどまえ。場所はデリー郊外のファリドプールという村で」

11

メルチャント・パロンジー・ペティグリュー法律事務所はマネクショウ・レーンという通りぞいにあった。片側には軍の放出品を売る店があり、もう一方の側には〝輸出入関連〟という看板がかかった会社がある。狭い通りは自動車や二輪馬車や輪タクや歩行者でごったがえしている。焼けつくような歩道の敷石の上に、代書屋が並んですわり、猛烈な勢いでタイプライターを叩いている。法定文書を急いで作成する必要がある者のための商売で、役所や法律事務所や裁判所が集まっている地域ではおなじみの光景だ。

狭い階段をあがって二階の受付に行くと、秘書が手振りで革張りのソファーを勧めた。壁には三人の弁護士が顧客といっしょに撮った写真が掲げられている。顧客のほとんどは、ぱりっとしたスーツ姿に白い歯を輝かせている白人男性だ。このメルチャント・パロンジー・ペティグリュー法律事務所もまた植民地時代の生き残りで、過去と未来のふたつの主《あるじ》にすがりつくのに必死なのだろう。少しまえまでは、〝ペティグリュー〟が事務所名のいちばん前にあったにちがいない。

秘書に呼ばれ、大通りを見おろす会議室に通された。そこには部屋と同じくらいの長さのテーブルが置かれている。奥の壁にはスーツ姿の厳《いか》めしい顔つきのイギリス人の肖像画がかけられ、テーブルを囲む四人の男を睥睨《へいげい》している。いちばん手前の席にいたのがマダン・ラルで、立ちあがって挨拶をした。

「よく来てくれました、警部」と言って、三人のほうに手をやる。「紹介します。こちらはペルシス・ワディア警部。事件の捜査の指揮をとっています」

テーブルの上座で、ライトグレーのスーツを着た肥満体の男が言った。「遺言書の開示に警察官が立ちあうのはきわめて異例です。それはどうしても必要なことなんでしょうか」

ペルシスが口を開くまえに、ラルが答えた。「どうしても必要なことです、ミスター・メルチャント」

「はじめまして、警部」メルチャントの左隣にいた男が言った。ネイビーブルーのスーツを着て、蝶《ちょう》ネクタイを締め、眼鏡をかけている。「ヴィヴェック・パロンジーです。どうぞおすわりください」

ペルシスはテーブルをまわって席に着いた。その向かいの席には、さっきから自分をじろじろ見ている白人の若い男がすわっていた。黄褐色の髪、青い目。アイリッシュ・リネンの上着、汗まみれになった白いシャツ。腹の肉がベルトに垂れさがっている。どこかで見たような気がする。

ラルが紹介した。「こちらはエドモンド・デフリース。西インド諸島から来てくれました。ジェームズ卿の代理人としてカリブの資産の管理をまかされています」

デフリースはこくりとうなずき、手をさしだした。ペルシスはその手を握ったが、べっとりしていて気持ちが悪く、汗をズボンでそっと拭った。デフリースはそれに気づいたみたいだったが、何も言わなかった。どうも気になる。この男をどこで見たんだろう。

部屋はいやになるほど暑い。天井では扇風機がまわっているが、勢いを増しつつある午後の熱気に抗しえていない。

メルチャントのスーツは小さすぎて、マンゴーをしぼったみたいに中身がいまにも飛びだしそうになっている。「全員が揃いましたので、さっそく始めたいと思います」ヘビースモーカー特有のしわがれた声で、カエルが喉に引っかかっているように声を絞りだしている。「メルチャント・パロンジー・ペティグリュー法律事務所は、二十年近くイギリスとインドの貴顕紳士のために尽くしてきました。献身的に、忠実に、誠意をこめて。それは当社の創設者であり良き導き手であったアンソニー・ペティグリューのモットーでありました」

ペルシスはメルチャントの後ろにかかっている肖像画に目をやった。「ミスター・ペティグリューはいまどこにいるんでしょう」

「私用でイギリスに帰っています」パロンジーが何食わぬ顔で答える。「そんなに長期の滞在にはならないと思います」

見えすいた嘘だ。そのことはほかの三人にもわかっているにちがいない。おそらく、アンソニー・ペティグリューは独立後のインドが住みにくいところになると考え、多くの同国人と同じようにそそくさとイギリスに帰ってしまったのだろう。仲間たちはそのことを知りながら、これまでと何も変わっていないふりをしている。

メルチャントは話の腰を折られて渋い顔をしていた。

「すでにご存じかと思いますが、わたくしどもはジェームズ卿からさまざまな法的業務をまかされていました。遺言書の管理もそのひとつです」

そして、かたわらに置かれたマニラ紙のフォルダーに手をのばし、いかにも儀式ばった仕草で紐《ひも》を解き、封印された書類の束を取りだした。

「本遺言書は一九四八年十二月十五日に作成された、遺言者死亡時に保有する動産および不動産の相続に関するものです。それには、ロンドンのパーマストン・スクエア三十八番地の不動産、ロンドンの三つの銀行口座に預けられた現金、複数の株式および債券、カリブ海のトリニダード島にあるゴム農園、そしてその運営会社――ロンドンのカンパニーズ・ハウス傘下の西インド・ラバー・コーポレーションが含まれます」ここで少し間があった。「これから遺言者の文言を読みあげます。〝わたくしジェームズ・エドワード・ヘリオット大英帝国国民は、心身ともに健全な状態で、以下を最終的遺言とすることを宣明する。これによって先のあらゆる遺言および遺言補足書は破棄される。残余遺産はすべて王立アジア協会ボンベイ支局に遺贈することとする。なお、これにはロンドン市内の不動産、預金と投資金の全額、およびトリニダード島ポート・オブ・スペインのゴム農園と運営会社が含まれる〟」

　メルチャントはポケットからハンカチを取りだし、顎にたまった汗を拭いた。

「現時点での資産価値の算出もすんでいます。残念な結果になってしまったことをお伝えしなければなりません」ここでデフリースにちらっと目をやった。「このところの財政状況の逼迫《ひっぱく》により、ジェームズ・ヘリオット卿の資産は大幅に減少しています。はっきり言うと、破産状態に近い」

　このあとしばらく言葉を継ぐ者はいなかった。

　最初に口を開いたのはラルだった。「何かの間違いではないでしょうか」

「いいえ、間違いではありません」メルチャントは残念さと快活さの相なかばする表情を取り繕おうとしたようだが、どちらの表情にもならなかった。太い指がスーツの襟をなぞっている。

「具体的にはどのような状態だったんでしょう」

　雇い主の窮乏《きゅうぼう》ぶりがあきらかになると、ラルは戸惑いの色を隠せなかった。おそらく今後の身の振り方を考えているだろう。ヘリオットの全資産が人手に渡るとなると、当然ラバーナム館にいつづけることはできない。

「会計士から話を聞き、ロンドンの銀行にも問いあわせました。ポート・オブ・スペインのミスター・デフリースにも電報を打って、現地の状況を説明してもらいました」

「どのような説明だったんでしょうか」

　全員の目がデフリースに向けられた。その顔には玉の汗が浮かび、首筋は赤く染まっている。

デフリースはペルシスのほうを向いた。「質問に答えるまえに、事件のことをお訊きしたい。ありのままを詳しく。弁護士からの電報や新聞の記事じゃ、なんにもわからない」

驚くほど強い口調だ。「このたびはお気の毒なことを……」と、ペルシスは言いかけたが、途中でデフリースの苦々しげな笑い声に遮られた。

「べつに気の毒がられることはありませんよ」

「つまり、ジェームズ卿とはうまくいっていなかったということでしょうか」そのとき、思いあたった。目だ。ジェームズ・ヘリオット卿の書斎にあった肖像画の目によく似ている。

「ジェームズ卿はあなたのお父さまなんですね」

デフリースの顔色が変わった。「お見事です、警部。普通はそう簡単に気づかない。でも、気軽に〝お父さま〟などという言葉を使わないでもらいたい。いいですか。わたしは婚外子なんです。あの男はそのことを隠すのに必死でした。名声に傷がつきますからね」

「憎んでいましたか」

「憎んでいました」デフリースは冷ややかな口調で答えた。「そして、わたしは憎まれていました。地球の反対側にいてよかったですよ。でなかったら、わたしはあなたの第一容疑者になっていた」

「あなたが憎まれていた理由はなんだったんでしょう」

「わたしがその破廉恥《はれんち》ぶりの生ける証拠だったからです。母は一度だけあの男の言いなりにならなかった。本当なら、もぐりの医者のところへ連れていかれ、少しばかりの手切れ金を握らされて終わりになるところだったんです。母はわたしが九歳のときに亡くなりました。結核で。余命いくばくもないとわかると、あの男に会いにいき、息子の面倒をみなかったら醜聞を暴露すると脅しました。それで、なんとか折りあいをつけた。高等教育を受ける費用を支払うかわりに、ヘリオット姓を名乗らない、息子であることを誰にもあかさないということで。だから、わたしを憎んでいたんです。おたがいさまですよ」その目はペルシスの後ろの壁をきっと睨みつけている。「あれほど卑劣な男はいません。どこまでも自己中心的で、のしあがることと欲望を満たすことしか考えていなかった。わたしは寄宿学校に入れられ、次にケンブリッジ。インドに帰ってきたら、今度は西インド諸島です。そこで資産管理の仕事をまかされました。でも、それはかたちだけのものです。そうやって、わたしを無害化しようとしたんです。実際に現場を取りしきっていたのは、エイブラムスという名のユダヤ人でした。リボルバーを口に突っこんで脳みそを吹っ飛ばすまでは」

デフリースは涙目になっている。たしかに同情はできる。だが、いまはそんなことに意を用いているときではない。彼が心に傷を負っているのは間違いない。それはわかる。けれども、あのような冷たい父親を持つ意味を実感することは、自分にはできない。

「ミスター・エイブラムスはなぜ自殺したんです」

長い指が水の入ったグラスをもてあそんでいる。

「できれば一杯引っかけたいところだよ」

よく見ると、目のまわりに毛細血管が網の目のように浮きでている。酒の飲みすぎだ。

「何よりも腹立たしいのは、あの男が世間の目を巧《たく》みに欺《あざむ》いていたことです。ジェームズ・ヘリオット卿。有能な指導者。アジアの名士」デフリースは言って、怒りに歪んだ赤ら顔を前に突きだした。「あの男はわたしとわたしの母の人生をめちゃくちゃにした。怪物以外の何ものでもない。死んでよかったと思っています」

「ミスター・エイブラムスはなぜ自殺したんです」

「耐えられなかったから」

「何に?」

「農園の経営破綻やら害虫の襲撃やらに。手の打ちようがなかったんです。もっとまえに手を打つべきだったんです。気がついたときにはもう手遅れだった。だから名誉ある身の処し方を選んだのです」そして、指で自分の頭を吹き飛ばす真似をした。

「ジェームズ卿はそのことを知っていましたか」

「ええ。電報で知らせました。三カ月前のことです」

「そのとき、あなたはインドに戻ってこなかったんですね。それはなぜです」

口もとに乾いた笑みが浮かんだ。「インドに戻ってこなかった？　どうして戻らなきゃならないんです。あの男はわたしを避けていた。それに、こっちにも事情がありましてね。どうしてもというなら、お教えしましょう、向こうに愛人がいたんです。黒人の。子供が生まれたばかりだったので、身動きがとれなかったんです。インドには愛人と赤ん坊を連れてくるつもりでいました。あの男に紹介するために。ジェームズ・ヘリオット卿。世襲貴族。混血児《ムラート》の祖父」その目に強い光が宿り、次の瞬間にふっつりと消えた。「でも、まただしぬかれた。そうするまえに死なれてしまった」

12

刑事部屋はしんとしている。机に向かっているのはハク警部補ひとりで、このときは地元のジュート倉庫の放火事件の捜査の進捗状況を詳細に書きつづっていた。その倉庫の所有者は癇《かん》が強いことで知られる政治家で、革のブーツで床を踏み鳴らしながら、街を虱《しらみ》つぶしにして犯人を捕まえろと叫びまくっていたらしい。そんなわけで、この事件の捜査はまわりにまわってマラバール館に行きつき、なんの因果かハクの担当になったのだった。ハクは政治家の鼓膜が破れそうな大きな怒鳴り声に耐え、入れかわり立ちかわりマラバール館にやってきて口やかましく発破をかけたり脅し文句を並べたりする政治家の部下を体《てい》よく追いかえしながら、ゆっくりだが着実に捜査を進めている。

ペルシスは椅子にすわり、制帽を置いて、目を閉じた。ジェームズ・ヘリオット殺しの一件は思っていた以上に複雑に入り組んでいる。

背筋をのばし、ペンを取り、手帳を開く。

曲がり刃のナイフを持った殺人者。真夜中の秘めごと。友人とのいさかい。姿を消した宝石商。ヘリオットの最近の財政破綻。分離独立時の犯罪調査委員会。

一見なんのつながりもなさそうな事柄が実際はどんなふうに絡みあっているのだろう。

ヘマント・オベロイ警部が部屋に入ってきて、ペルシスの姿に目をとめ、おやっという顔をした。

「捜査は順調に進んでいるかい」

「先日は知ったことじゃないというような口ぶりだったけど」

口ひげがピクリと動く。「きみがこの事件の捜査を担当することになったのは、失敗するのが目に見えていたからだ。みんな陰で笑ってるよ。知らないのは本人だけだ」そして、振り向き、すたすたと歩き去った。

ペルシスは怒りを胸のうちにおさめて分離独立時の犯罪の調査資料を取りだし、取調室に持っていって、書類に目を通しはじめた。

頭のなかにはオベロイの言葉がまだ残っている。それをまったくの事実無根と言いきれるかどうか。

雑念を振り払って仕事に集中しなければならない。

ボンベイの項目に目を通しおえると、今度はベンガルの項目に移った。そのなかでもカルカッタとその周辺部ではとりわけ陰惨な大量殺戮《さつりく》が多発していた。ヒンドゥー教徒が多数を占める西ベンガルと、イスラム教徒が多数を占める東パキスタンの分断によって、宗派間の大規模な武力衝突が起きたのだ。

そのまえにも、この地域は過酷な時期を経験している。飢饉《ききん》と栄養失調による疾病《しっぺい》のせいで、戦争中だけで二百万人が命を失ったという。

日本軍がビルマに進攻したときのことだ。連合軍は弾薬を使いはたして撤退を余儀なくされ、五十万の難民が隣接するベンガルへ流れこんだ。その後、イギリス軍は日本軍がベンガルの東側国境から攻めいると予想して、侵略者の糧食を断つために焦土作戦を敢行し、同時に、日本軍の兵器や人員の輸送用に使われないようにするため、地元の漁船一万隻近くを差しおさえた。それによって、この地域の食料の生産と流通は完全に途絶えることになった。チャーチルの戦時内閣が事態の打開に動くことはなかった。餓死寸前の人たちのために現地の司令官が申しでた食糧配給の要請は、にべもなく却下された。

ベンガルの農民たちは悲惨だった。道端や野原に転がる裸の子供たちの死体の写真はいまも忘れることができない。その子供たちの腹は飢えのために大きく膨れあがっていた。世界はチャーチルを賞賛しているが、インドでは大量殺人者と見なされている。

このときペルシスが探していたのは、ヘリオットの目を引いたと思えるような特異な出来事だった。

ヘリオットはこの資料を読み、それにもとづいて実地調査を始めたにちがいない。ラルの話だと、ヘリオットはこの数カ月しばしば遠出をしていた。としたら、ここに記された場所にも足を運んだはずだ。目撃者から話を聞き、その供述の真偽をたしかめるために。

もしかしたら、それが原因で殺人事件に至る一連の出来事が起きたのかもしれない。

ファイルを読んでいるうちに、時間はどんどん過ぎていった。

一休みしていたときに、ふと思いついて刑事部屋に戻った。

そして、そこにいたビルラに言った。「調べてほしいことがあるの。去年の一月ごろ、ファリドプールという村の橋の建設現場で、インド人技師が変死している。ワニに食い殺されたらしい。そのあたりのことをもう少し詳しく知りたいと思って」

「そういったことなら地元の新聞に出ているはずだ。それが今回の事件とどんな関係があるというんだい」

「ヘリオットがかかわっていた会社の技師なのよ。その会社はロバート・キャンベルというスコットランド人が経営している」

「わかった。電話で問いあわせてみる」

帰宅したとき、店の勘定台で書きものをしていた父の前に、一頭のラクダがいた。天井の電灯に頭があたっていて、いかにも居心地が悪そうに見える。客は三人。いずれも学生で、すぐそばにいる大きな動物にはあえて気づかないふりをして書棚を覗きこんでいる。

ペルシスは頬をつねりたい衝動を抑えた。ラクダの脇を通りぬけたとき、獣の臭いが鼻腔《びこう》に入ってきて、くしゃみが出そうになった。

「店にラクダがいるのよ、パパ」

父親は無視して、青いベラム紙にペンを走らせている。

肩にラクダの息がかかる。振りかえって見あげると、なんだかとても悲しげな表情をしている。何が悲しくて砂漠からこんなところに連れてこられたのか理解できないのだろう。

「パパ！」

ここでようやく顔をあげた。「スクリューワラのせいだ」

それで納得。

この十年、父はバスタル・スクリューワラという名の男と角《つの》を突きあわせつづけている。やはりパールシーで、近隣のネピアン・シー・ロードにある書店〈マジック・ランタン〉の主《あるじ》だ。仲たがいの原因は忘却のかなたに消え、いまは過去に仲たがいをしたという事実だけが残っている。それで、いまもイヤミたっぷりの手紙を送りあったり、折に触れていやがらせをしあったりしている。

一カ月前、父は下働きのクリシュナに小銭を渡して、スクリューワラの店の窓をペンキで塗りつぶさせた。

「このラクダ、いつからここにいるの」

「今朝ここに降りてきたときにはいた」

「つまり一日中ここにいたということね」

「ラクダごときでうろたえると思ったら、大きな間違いだ。永遠にここにいたとしても、なんとも思わないさ」

ペルシスは父の顔をじっと見つめた。「自分の頭がまともじゃないって一度でも思ったことがある？」

そのとき、革のように固い舌に頬をなめられた。叫びたい衝動を抑えながら、ペルシスは店の奥に歩いていって、二階にあがった。

三十分後には、シャワーを浴びて、制服からスラックスと刺繍《ししゅう》入りのクルタに着替え、父親といっしょに食卓についていた。クリシュナがこの日つくってくれたのは、ラムのパン粉焼きにスパイスのきいたナス料理。

父はむずかしい顔で新聞を読みながら食べはじめた。ペルシスはスプーンを置いた。「ごめんね、パパ」

「何に謝る必要があるんだ。おまえはもう子供じゃない。有名な刑事で、街の名士だ。好きなことを言って、好きなことをすればいい」

「謝らなきゃならない。あんなことを言うべきじゃなかった。母さんのことよ」

唇が引き結ばれて一本の線になったが、父は何も言わなかった。

「でも、何があったか知りたいの。わたしには知る権利があるはずよ」

父は眼鏡をはずし、皿の横に置いた。

「知る権利はある。でも、おまえはまだ子供だ。そのときが来れば話す」

「ついさっき子供じゃないと言ったばかりよ」

「世間的には大人なんだろう。でも、父さんにとっては小さな子供さ」

もう少しでテーブルを叩きつけるところだった。いつもこうだ。この話題になるとかならずスフィンクスのように口をつぐみ、それでいつもイラッとしてしまう。でも、どうして？　そんなにひどいことなのか。死んだ騎士が持つ盾のようにどんなことがあっても手離せないものなのか。

「ヌッシー叔母さんから電話があった。今晩おまえといっしょに出かけたいんだって」

アンテナが作動する。「どうして？」

「ダリウスがおまえを連れてきてくれと頼んだらしい」

思わずうめき声が漏れる。「断わってくれたでしょうね」

「いいや。喜んでと言っておいた」

「どうしてそんなことを。わたし、行かないわよ」

「叔母さんががっかりするぞ」

「ダリウスは馬鹿よ」

「そうかな。おまえはダリウスのことをどれだけ知っているというんだ」

「あら。神さまも間違いをおかすという生きた証拠だと言ったのは誰だったかしら」

「立派になったと叔母さんは言っていた。ベンソン・アンド・プライス社の経営代理人になったんだから、結婚相手としての条件は整っている」

「パパがそんなことを言うなんて信じられない」

父はひとしきりペルシスを見つめ、それからため息をついた。「いいか、ペルシス。ヌッシー叔母さんはおまえの敵じゃない。いつもおまえのことを案じてくれているんだ。父さんと同じように。父さんは車椅子がなければどこにも行けない老いぼれだ。いつお迎えが来てもおかしくない。父親として、娘が幸せになってほしいと思うのは当然のことじゃないか。おまえには夫と子供がいる家庭を持ってもらいたいんだ」

「パパも知ってるでしょ。インドの警察は既婚女性を雇わない。結婚したら、警察を辞めなきゃならなくなる」

「そんなに辞めたくないのか」

「やっとここまで来られたのよ。なのに、父さんはそこにすわって、そんなことを言うの？」

「おまえは昔から意志の強い子だった。早婚はいやだと言ったから、父さんは同意した。警察官になりたいと言ったときも、反対しなかった。でも、いまはちがう。おまえはインド初の女性刑事というだけじゃない。おまえはいま国家の所有物になっているんだ。先人の多くが指摘しているとおり、国家は個人のことなど何も考えていない。今回の事件を解決できたとしても、すぐまた次の事件がまわってくる。そのたびに時間は削られていく。そのたびに家庭も、団らんも、幸せもどんどん遠ざかっていく」

「どうしてわたしがいま幸せでないと思うの？」

口もとがかすかに歪む。「おまえが独りでいるからだよ。独り身の代償は父さんが誰よりもよく知っている」

ふたりのあいだに沈黙が垂れこめた。背後で壁かけ時計が時を刻む音を聞きながら、ペルシスは思った。父はみずから選んだ人生にどれほどの代償を払ったのだろう。わたしのため？　わたしのために再婚しなかったのか。そう思うと、胸が締めつけられる。

そうなのだ。自分は父を愛している。心から愛している。物心ついたときから、父はずっと自分の世界そのものだった。該博な知識。飾りけのなさ。あり余るほどの豊かな感情。腹の底からの笑い。甲羅《こうら》のなかに隠れている亀のような車椅子姿。近くのスラムの子供たちを招いて、本を読み聞かせていた夕べ。たそがれどきに遠い土地や神秘的な冒険へ誘《いざな》われる子供たちの影。父はあの子たちからも愛されていた。当然だろう。

父の心の谷に沈む悲しみは痛いくらいよくわかる。父は悲しみとともに生き、だが悲しみに負けなかった。悲しみは父に途轍《とてつ》もない力を与えた。

怒りはいつのまにか消えていた。父はなにも無理難題をふっかけているわけではない。

「わかったわ。ダリウスに会いにいってくる。でも、それだけよ」

父の顔が柔和になり、口もとがほころんだ。「ヌッシー叔母さんは大喜びだろうよ」そして、眉根を寄せる。「その分いつも以上に口うるさいことを言われるのは避けられないだろうがな」

その少しあと、ペルシスは寝室の鏡の前に立って、自分の姿を見つめていた。白い縁取りがついた、襟ぐりの広い、膝丈の濃紺のドレス。それを買った店の売り子に言わせれば、〝どんな船乗りでもイチコロ〟らしい。それに、白いエナメルの靴と白いディスク・ハット。

ふと不安がよぎった。ダリウスと食事をすること自体はかまわない。なんということもない。決して感じの悪い男ではない。けれども、いささか自信過剰ぎみで、出世街道を歩みはじめてからはその傾向がいっそう強くなっている。さらに言うなら、親戚のひとりというだけの存在でしかない。小さすぎる半ズボン姿の鼻たれ小僧で、いつも兄たちにいじめられていたことをいまもよく覚えている。裸に小さなエプロン姿で、親指を口にくわえ、母の衣装だんすのなかに隠れているのを見たこともある。それも兄たちの仕業だった。

居間で電話が鳴りはじめた。

そこへ行くと、父の姿はなかったので、受話器を取って、ぶっきらぼうに返事をした。てっきりヌッシー叔母さんからだと思っていた。生《い》け贄《にえ》の乙女がとうとう観念したことを確認するためにかけてきたにちがいない。

「もしもし？」

アディ・シャンカールの秘書からだった。「今夜ならお会いできるとミスター・シャンカールは申しております。午後九時に職場にいらしてください」

「午後九時に？　そんな時間に何をしているんです」

「ジャズバンドが演奏をしています。ミスター・シャンカールはグルモハール・クラブのオーナーなんですよ。時間厳守でお願いします。それからもうひとつ。夜にふさわしい服装でお越しいただければ幸いです。制服姿の警官から事情聴取を受けるところをお客さまに見られたくないとのことでして。おわかりいただけますね」

13

ペルシスはタクシーから降り、ドレスの裾を引っぱりおろした。制服を着ていないと、裸になったような気がして、なんだか照れくさい。

まわりでは、多くのひとが二輪馬車や自動車から降り、ナイトクラブの正面玄関前にそびえる巨大な火炎《グルモハ》樹《ール》のほうに向かっている。歩道には樹冠から落ちた赤い花びらが散らばっていて、ときおり風に舞いあがって小さな火の玉のように見える。

「やあ。ここにいたんだね」

振り向くと、歩道をこっちへ向かってくるアーチー・ブラックフィンチの姿があった。身体にあっていないタキシードを着て、髪をヘアクリームで後ろに梳《と》かしつけている。眼鏡が光っているのは、バラ色のきらびやかなファサードの照明のせいだ。

ペルシスの横にやってきて、目を大きく見開く。

「おやおや。見違えたよ……いや、べつに他意はない。これならおかしくないと思っただけだ」

これならおかしくない？ 外見のことをとやかく言われるとは思っていなかったが、べつにけなされたわけではない。服装検査のまえの子供たちは〝これならおかしくない〟と言われるし、不安げな顔で大事な会議に臨もうとしている夫も〝これならおかしくない〟と言われる。

顔が赤くなっているにちがいない。気づかれていなければいいが。やはりブラックフィンチに同行を依頼したのは間違いだったかもしれない。が、いくら事情聴取のためといっても、白い縁取りがついた濃紺のドレスを着て、ひとりでここに来るのは、どうしてもためらわれた。恐れているわけではない。ただグルモハールのようなところでは、自分は陸《おか》にあがった魚も同然なのだ。

「ありがとう」ペルシスはそっけなく言った。「あなたもおかしくないわ」

ブラックフィンチは皮肉に気づかずに微笑んだ。歯は小さく、きれいに並んでいる。

動物の臭いが鼻をついた。振りかえると、すぐ後ろに牛がいた。悲しげな目をして、道路に小便をしている。その飛沫《ひまつ》が右足の靴にかかる。牛はモーと一声鳴いて、ゆっくり歩き去った。ペルシスはぶつくさ言いながら、右足を振って飛沫を振り払い、それから玄関のドアのほうへ歩きはじめた。ブラックフィンチはそのすぐあとに続いた。

ドアの前には、頭にターバンを巻いたふたりのドアマンが儀礼用の槍《やり》を持って立ち、お辞儀をして、ふたりをなかに通す。

なかは広く、二層のフロアに分かれていた。下の階の中央はダンスフロアになっていて、三方の壁際に丸テーブルが並んでいる。上の階の客は煙草やシャンパンを持って手すりから身を乗りだし、下のステージで演奏しているジャズバンドの音楽にあわせて足を踏み鳴らしている。天井からはいくつもの大きなシャンデリアがさがり、ダンスフロアではイギリス人やアメリカ人やヨーロッパ人やインド人が入りまじってステップを踏んでいる。

このような店に入ったことはないが、同じような場所は国中のいたるところにある。それは白人たちが失われた過去をしのび、帝国の幻影を追うための最後のささやかなよりどころなのだ。

黒い立ち襟のネルー・ジャケットを着た小柄な接客係が、音楽から電気が来ているような足取りで近づいてきた。

ペルシスが手短かに用件を話すと、接客係はふたりをダンスフロアのはずれの空いている席へ案内した。

「その旨ミスター・シャンカールにお伝えしてきます。何かお飲みになってお待ちください。もちろん、お代はいただきませんよ」

　ブラックフィンチはブラックドッグ・ビールを頼んだが、ペルシスは断わった。胃には後悔の念が淀みをつくっている。いまは自分が間違いをおかしたとはっきりわかる。ここにはこんな格好ではなく、警察官として来るべきだったのだ。これでは、みずからの存在意義のもっとも大事な部分が欠落し、それによって、自分のような者がこのような状況下で持てる優位性を手放すことになってしまう。

　ちらっとブラックフィンチを見ると、音楽にあわせて鼻歌をうたっている。何を考えているかはわからない。なぜ自分といっしょに来ることに同意したのかもわからない。

　ブラックフィンチは見られていることに気づき、口もとにぎこちない笑みを浮かべた。

　ウェイターが飲み物を持ってくると、ブラックフィンチは礼を言って、グラスを口に運び、軽く一飲みした。そして訊いた。「どうかしたのかい」

　答えるまえに、賑やかに話す声が聞こえ、男女数名のグループが階段を降りてきた。驚いたことに、そのなかにロバート・キャンベルと娘のエリザベスの姿があった。あとは三人のインド人。ひとりは二重あごの太った男で、窮屈そうなディナー・ジャケット姿。もうひとりは背の高い端整な顔立ちの男で、まぶしいくらい白いタキシードを着ている。そして、最後のひとりは袖のない金と黒のサリーを身にまとった美しい女性。

　長身の男は黒い髪に、きれいに整えた口ひげを置いている。右手に持っていた白いステッキを左手に移して、空いた手をさしだした。「ワディア警部ですね。わたしはアディティヤ・シャンカール。友人からはアディと呼ばれています。お知りあいになれて光栄です。

新聞に出ていた写真よりずっとお美しい」

　ペルシスは立ちあがり、手をのばした。驚いたことに、そのときとつぜんシャンカールは腰をかがめ、手の甲に唇を押しつけた。ペルシスは顔を赤らめた。ブラックフィンチにちらっと目をやったが、どうやら何も気づいていないようだった。

　シャンカールは身体を起こし、かたわらの美しいインド人女性のほうに顎をしゃくった。「こちらはわたしの婚約者ミーナクシ・ライです」

　ミーナクシは微笑み、両手をあわせて挨拶をした。ヘリオットの机の引出しに入っていた新聞の切り抜きに出ていた女性だ。

「ミスター・キャンベルとその娘さんのことはすでにご存じですね」シャンカールは言って、ステッキをふたりのほうへ向けた。ステッキの湾曲した持ち手には宝石がちりばめられている。根っからの洒落者《しゃれもの》で、富を誇示することになんのためらいも感じていないように見える。

　キャンベルは右手でウィスキー・グラスをまわしながら言った。「捜査の進捗状況は？　このまえ会ったときよりも少しは前に進んだかね、警部」

「ここでそんなことを訊くのは野暮《やぼ》というものよ、パパ」エリザベスは言って、ペルシスに微笑みかけた。

　このときは、身体の線を際立たせる黒いロングドレス姿だった。肩はむきだしになっていて、白粉《おしろい》のせいで乳白色に輝いている。鳶《とび》色の髪はまとめて、お団子に結わえている。唇は鮮やかな赤。瞳は深いブルー。このまえ会ったときは、汗をかき、息をはずませて、テニスコートを走りまわっていた。いまはちがう。ここでは、完璧な美を体現している。

「またお会いできてよかったわ、警部。今日はとっても素敵ね。見違えるくらい」

「ありがとう。あなたも素敵です」

　エリザベスは視線をブラックフィンチに向けた。

「それで、こちらの方は？」

「仕事仲間のアーチー・ブラックフィンチ。犯罪学者です」

「犯罪学者？」

「え、ええ」ブラックフィンチは口ごもった。「現場検証の専門家です」

「死体を突っついたり何やらするわけね」

「いえ、ちがいます。それは病理学者の仕事です。もちろん、死体とは日常的に向きあわなければなりませんがね。職業上の難点です」

「とても興味深い」

「もしあなたが野外で死んだら、最初にあなたの死体にやってくるのはハエです」

「ふーん」

「ハエは卵を産む。二日でウジが湧く」眼鏡の奥の目には、いたずらっぽい光が宿っている。

「ラム・アチャリヤを紹介しましょう」シャンカールが割ってはいり、隣にいる太り肉《じし》の男に手をやった。「来年の選挙で国民会議派の一員としてムンバイ北地区から立候補することになっています。注目の人物です」

アチャリヤは気むずかしげな顔でペルシスを見つめ、冷ややかな口調で言った。「きみなんだね。有名な女性刑事というのは。きみのような美しい女性であってよかったよ。警察幹部の判断は間違っていなかったようだ」

こういうときにどうしても口を叩かずにいられないのがペルシスだ。「ありがとうございます。あなたの党幹部の判断にも、同じことが言えたらいいんですが」

よく聞こえなかったのか、アチャリヤは目をパチクリさせている。そして、脳が耳に追いつくと、左右の太い眉を寄せ、唇の上で髭を踊らせ、口を開きかけた。だが、そのまえに、キャンベルが大きな声で笑い、それで緊張はほぐれた。

　シャンカールは一同に席を勧めた。ウェイターが大急ぎでやってきて、飲み物の注文をとる。このときもペルシスは断わった。

　シャンカールは気分を害したみたいだった。「いいじゃないですか。いまは勤務時間外なんでしょ」

「私用でここに来たのではありませんので」

「仕事と遊びを両立させるのは悪いことじゃありませんよ」

「そのとおり」キャンベルが割ってはいった。「インド人の形式へのこだわりは進取《しんしゅ》の気性を阻害するものでしかない。昔は握手をして、耳もとで一言ささやけば、それで用は足りた。いまは同じ書類を三通つくり、窓口から窓口へ行ったり来たりしなきゃならない。一事が万事どんなことでもインドの役人の思うがままだ」

　アチャリヤは異を唱えた。「あなたの言うインドの役人はイギリスの役人の良き習わしを引き継いだんです。あなたたちはどこからどんなふうにインドの富を奪いとったかを知るための巨大な組織をつくりあげた。そうなんです。いまは立場が逆になっただけなんです」

「奪いとる？　わたしはこの国から一ペニーたりとも奪いとったことはない。すべて正当な労働の対価だ。きみのような者に誹謗《ひぼう》される筋あいはないよ、アチャリヤ」

「ふたりとも落ち着いてください。ここはナイトクラブなんです。討論の場じゃありません」シャンカールは言って、ペルシスのほうを向いた。

　キャンベルは口を閉ざしたが、目はまだぎらついている。

　アチャリヤはポケットから煙草入れを取りだし、てのひらに薄紙を置いて、巻き煙草をつくった。その最初の一服で、横にすわっていたブラックフィンチがむせた。

「だいじょうぶですか」と、シャンカールが訊く。

「煙がちょっと……」

「喫煙に文句を言う者がいるとは思わなかったよ」と、キャンベル。もはやイギリス人に期待するものは何もないと言いたげな口調だった。

シャンカールは言った。「そろそろ本題に入りませんか、警部」

「できることなら、もう少し静かなところで話したいのですが」

「ここはナイトクラブですよ、警部。ここ以上に静かなところはありません」

ペルシスは眉をひそめ、それからうなずいた。「わかりました。でも、そのまえになぜミスター・キャンベルがここにいるか教えてもらえないでしょうか」

「わたしがここにいることを禁止する法律でもあるのかね」と、キャンベル。

「わたしはあなたがミスター・シャンカールといっしょにいることをちょっと意外に思っただけです」

「秘密でもなんでもない。われわれはこれからいっしょに仕事をしようと思っているんだよ」

「旧知の間柄なんですか」

「つい先日会ったばかりだ。ヘリオット邸でのパーティーの席上で。アディは〝赤子を湯水とともに捨てるなかれ〟という古いことわざを知っている数少ないインド人のひとりだ」

「つまりこういうことです」シャンカールが説明した。「われわれはいまこのときを商売の好機と考えています。何世紀もの停滞のあと、インドは大きく変わろうとしています。かつてイギリスはわれわれの抑圧者でした。これからはパートナーとして付きあっていかなければなりません」

アチャリヤは大きく鼻を鳴らした。「われわれの新しいリーダーもそう言っています」

「いいですか、アチャリヤ。インドの理想を実現する方法はひとつではありません。あなたたちパンディット・ネルーの一党は、人々を自分たちにしかわからない未来へ連れていこうとしている。でも、われわれはどこかに連れていかれる羊ではありません。自分たちの未来は自分たちでつくる。それがひいては国益にもつながるんです」

「まったくそのとおりだ」キャンベルは同意した。「きみのような者の言うことを聞いていたら、アチャリヤ、この国が赤化するのは時間の問題だ。わたしに言わせれば、ネルーにはコミュニストの息がかかっている。土地の再分配を目論《もくろ》んでいるのもそのためだ。このままじゃ、インドの資産家はみな通りで物乞いをしなきゃならなくなる」

「国民会議派は人民の党です。遠い昔に人民が奪われたものを人民にかえそうとしているにすぎない」アチャリヤは言い、余裕たっぷりに巻き煙草をふかし、ジンを飲みほした。

「二言めには人民のためと言う者がナイトクラブで何を浮かれ騒いでいるんだろうとみんな思ってるだろうね。たぶん間違っていないと思うが、きみたち国民会議派の面々はこの新しいユートピアで甘い汁をたっぷり吸っているはずだ」

　言い争いが罵りあいになるまえに、シャンカールは言った。「先ほどロバートが言ったように、警部、われわれはビジネス・パートナーとしていっしょに仕事をすることになりました。それで、今夜ここに来てもらったのです。あなたの質問にお答えするにあたって、わたしの記憶が曖昧《あいまい》なところを補ってくれるかもしれません」

　ペルシスは眉間に皺を寄せた。だが仕方がない。話を前に進めるしかない。

「ジェームズ卿とは親しかったのですか」

「二カ月ほどまえに知りあったばかりです。この店がオープンした直後に、ここで会ったのです。自己紹介のあと、すぐに意気投合しました。それで友だちになれたと思っていました」

「事件の少しまえにあなたはジェームズ卿と会っていますね。十二月二十九日です。それはなんのためだったんでしょう」

シャンカールは暖かい茶色の目をこらした。「私用です」

「それを知りたいのです」

少しの間があった。「わかりました。投資の話をするためです」

「投資といいますと?」

「ジェームズ卿はこの店の株式を取得するつもりでいました」

驚きだった。「お店を売却するということでしょうか」

「そうではありません。ジェームズ卿のような人物をパートナーにするのは、わたしの今後の利益になることでもあります。インドはいまインド人のものです。ですが、白い肌の効能はまだ失せていません」

エリザベスはくすっと笑い、長い指をシャンパン・グラスにまわした。「そうね。白人とインド人が仲よくやっていけたら、それに越したことはないわね」

父親は牛乳を腐らせるような目をしている。ペルシスはデリー近郊で殺されたインド人技師のことを思わずにはいられなかった。噂では、それはキャンベルの仕業で、その娘は殺された男と付きあっていたらしい。

考えなければならないことは多い。シャンカールの話は本当なのか。なぜヘリオットはこの店の株式を取得することを考えていたのか。なぜそんなことができるのか。破産状態にあったというのに。だが少なくとも、ヘリオットがグルモハール・クラブのオープンを報じる新聞の切り抜きを持っていた理由はこれでわかった。

わかったけど、どうも腑《ふ》に落ちない。ヘリオットは分離独立時の犯罪の調査という重要な任務を帯びていた。それはナイトクラブの運営よりずっと大事なことであったはずだ。

もしかしたら、調査が終わったあとのことを考えていたのかもしれない。引きつづきここに残り、一稼ぎしようと目論んでいたのかもしれない。自分がよく知っている国で、もう一旗あげようと考えていたのかもしれない。最近では、誰もが独立によって新たに生みだされた無限の可能性についてかまびすしく語るようになっている。かつてインドに忠誠を誓ったイギリス人が、そこから利益をあげようとしていけない法はない。

ペルシスはキャンベルのほうを向いた。「あなたもこの店に投資しているのですか」

「いいや」キャンベルは言下に否定した。「ナイトクラブの経営にかかわるつもりはない。シャンカールのほうが建設業に興味を持っているんだ。北部に人脈があるというので、こっちとしても大いにありがたい。だから、こうしてここにいるんだよ」

「昔のような序列はもうありません。あそこにいる若者をごらんなさい」シャンカールは言って、近くのテーブルにグラスを向けた。振りかえると、すらりとした身体にディナー・ジャケットを着た若いインド人が友人たちと談笑している。「新生インドの第一回総選挙用の投票箱の製造を請けおうために、ゴドレジ社に新たに設立された部門の責任者です。二年前までは、彼の小指ほどの脳みそしかないイギリス人の下働きでした。独立によって、スポットライトはわれわれに当たるようになりました。もちろん成功する者もいれば、失敗する者もいる。どちらに転んでも、それは個人の責任です」

「独立を勝ちとるために多くのひとが命を落としました」と、ペルシスは言った。

「自由はつねに犠牲を伴うものです。そうじゃありませんか」

「その言葉は同胞に殺された人たちに言ってください。独立の代償にあれほど多くの犠牲者が必要だったかどうか、わたしにはわかりません」

　シャンカールは顔をこわばらせた。一瞬、その目の奥に、思いつめたような暗い表情が現われた。けれども、次の瞬間には、それが何かの間違いだったかのように、口もとに笑みが浮かんでいた。

「あなたは知的な女性です、警部。分離独立は既得権益を守るためのものです」

「だが、イスラム教徒はいま手痛いしっぺい返しを食らっている」と、アチャリヤが口をはさむ。「清浄な《パーク・イ・》る国《スタン》の現状は惨憺《さんたん》たるものだと聞いている」

　ペルシスはその言葉に無知と偏狭な党派性を感じとり、苦々しげな口調で言った。「インドの多くのイスラム教徒にも同じことが言えるかもしれません。わたしたちは彼らを歓迎していません」

「当然じゃないか」アチャリヤは吐き捨てるように言った。「やつらは恩知らずの破壊分子なんだ。わたしだったら、全員ひとまとめにして、国境の向こうに追い払う。やつらは悪臭ふんぷんたる国で暮らせばいい。インドは本当の愛国者にまかせておけばいい」

「それはヒンドゥー教徒ということでしょうか」

「祖国に盾つかなかった者ということだよ」アチャリヤは拳で膝を叩きながら言った。「わたしに言わせれば、ネルーがすべき最初の仕事は裕福なイスラム教徒の財産を没収することだった。そうしていたら、やつらは尻尾を巻いてパキスタンに逃げていったはずだ」

「ネルーがあなたより分別があってよかったです」

　背後でバンドの演奏が始まった。

「フォックストロットよ」エリザベスが陽気に言った。立ちあがって、ブラックフィンチに手をさしだす。

「踊りましょ」

ブラックフィンチはシャツについたワインの染みをこすっていた。顔が少し赤くなっている。「い、いや。悪いけど、踊れないんだ」

「だいじょうぶ。わたしがリードしてあげるから」エリザベスは尻ごみしているブラックフィンチの手をつかんで立ちあがらせ、ダンスフロアに連れていった。

ペルシスはそれを見て、ガラスの破片が肋骨《ろっこつ》の下で動いているような気になった。

「お似あいのカップルだ」と、アチャリヤが皮肉る。

「本当にそうね」ミーナクシは同意して、ワイン・グラスを唇に運ぶ。

ペルシスは何も言わなかった。連れのイギリス人がどんなに笑いものにされようが自分の知ったことではない。

ブラックフィンチは乱舞する光の下で目をしばたたきながら身体をゆっくり動かし、まるで発作的な激痛に襲われたようにぎこちなく調子はずれに踊りはじめた。

しばらくして、エリザベスの口から悲鳴があがった。足を踏まれたのだ。ブラックフィンチは謝り、あわてて後ずさりし、後ろにいたインド人カップルとぶつかった。それで、ふたりとも身体のバランスを崩し、今度は別のカップルに激突。四人は手足を絡ませて床に倒れた。

キャンベルがうなり声をあげた。「やれやれ。あの男には二本の脚じゃ足りないにちがいない」

ミーナクシは微笑んだ。「誰でもダンスが得意というわけじゃないわ。ミスター・ブラックフィンチには別の才能がおありのはずよ」

ブラックフィンチは腰をかがめて、倒れた者たちを助け起こしている。ペルシスはそこから目を離して、キャンベルのほうを向いた。

「せっかくですから、いくつか質問させてください。あなたは最近ジェームズ卿と仲たがいをしたという話を聞いています」

　キャンベルの顔が赤く染まる。「どこで聞いたんだね」

「そんなことはどうでもいい。本当なんですか」

「馬鹿馬鹿しい。意見の相違はあったが、仲たがいなどしていない。われわれは二十年来の友人なんだ」

「あの日の朝、ジェームズ卿が待ちあわせ場所に来なかったのはなぜでしょう」

「このまえも言ったように、これといった理由はない。おそらく忙しかったんだろう」

　ペルシスはしかめ面のキャンベルを見つめた。「あの夜のパーティーで娘さんと言い争っていたという話も聞いています」

　またしかめ面。「きみはずいぶんゴシップ好きのようだね、警部」

「言い争いはしていないということですね」

「ああ、そういうことだ」

　キャンベルに睨みつけられながら、ペルシスはふたたびシャンカールに注意を戻した。

「あなたはこの街の方ですか。それとも、ほかからこちらへいらしたんですか」

　シャンカールは微笑んだ。「ええ。ここには二年前に来たばかりです。分離独立時の紛争がおさまったあとのことです。わたしは北のデリー州の出です」

「じゃ、ご家族はそこに？」

「もういません。両親とは若いころ死に別れました。わたしは一人っ子です」そして、また微笑んだ。

「どうやってこの店を？」

「どういう意味でしょう」

「どうやってこの店を手に入れたかということです」

　シャンカールは真っ白な歯を見せて微笑んだ。「家に財産があったからです。わたしの両親は大地主《ザミンダール》だったんです。わたしは先を読みました。ネルーは大地主に対してどんな向きあい方をするか。それで土地を売り払って、夢の街へやってきたんです。投資先は複数あります。この店もそのひとつです。賢明な判断だと思いませんか」

ブラックフィンチが戻ってきて、倒れこむように席に着いた。頬には朱がさしている。それは日ごろの運動不足のせいではないのかもしれない。エリザベスのほうはまだダンスフロアにいて、いまは若く颯爽《さっそう》としたインド人とタンゴを踊っている。バンドのビートがフロア中に響き、あちこちから足を踏み鳴らす音や歓声があがっている。キャンベルは唇を一直線に引き結び、冷たい怒りの目でふたりを睨みつけている。

「タンゴがお嫌いなんですか」

「嫌いなのはタンゴじゃない」

キャンベルはグラスを置くと、立ちあがって、ほかのカップルを押しのけながらダンスフロアを横切り、娘のところへ行った。そして、そこで怒鳴りはじめた。何を言っているかはわからなかったが、しばらくすると、キャンベルは娘のダンス・パートナーを八つ裂きにせんばかりの剣幕で罵倒しはじめた。エリザベスはダンスフロアを離れ、人ごみのなかに消えた。キャンベルはあわててあとを追いかけていった。

「困りましたね」と、ペルシスは言った。

「そう。娘のことになると、ミスター・キャンベルはとたんに頑迷になるんです」シャンカールは口もとを楽しそうにほころばせて言った。

「どういうことでしょう」

「自分の娘がインド人と付きあうのがどうしても許せないんです」

「実際にそうだったんですか」と、ブラックフィンチ。

ペルシスはちらっとブラックフィンチに目をやったが、その顔に失望の色が浮かんでいるかどうかはわからなかった。

シャンカールは立ちあがった。「申しわけありませんが、警部、わたしはこれで失礼させてもらいます。

急ぎの用がありますので」

ペルシスも立ちあがった。「お会いできてよかったです。近いうちにまた話をお聞きしなければならないかもしれません」

シャンカールは軽く頭をさげた。「いつでもどうぞ。わたしは犯人が逮捕されることを心から願っています。この新しい共和国に正しい筋道をつけるためにも、このような犯罪を許すわけにはいきません。法の支配を堅持すること。それが何より大事なことです」

シャンカールはアチャリヤといっしょにひそひそ話をしながら立ち去った。

ペルシスは椅子に腰をおろして、ミーナクシ・ライのほうを向いた。「あなたたちはいつごろお知りあいになったんですか」

「この店がオープンする数カ月前です。アディはマハラクスミ競馬場のアマチュア・ライダース・クラブでポロをしていました。そのときに思ったんです。こんな素敵な男性はいないって」

「一目惚れということですね」

「あなたは一目惚れを信じてないんですか」

ペルシスは返事を控えた。「ジェームズ卿とは親しかったんですか」

「そうでもありません。ここに来たときに、何度かお会いしただけです。その席でアディと意気投合したんです。気質が似ているんでしょうね。それに、アディはイギリス人に親近感を持っています。その点では、わたしの父によく似ています」

「あなたのお父さんに？」

ミーナクシはくすっと笑った。「わたしの父は職業軍人でした。イギリス人のためにイギリス人とともに闘っていました。インドの独立を支持していましたが、イギリス人を憎んではいませんでした。父はいつも言っていました。同じ箱に入っていても、なかには悪いリンゴもあれば良いリンゴもあると。父は自分のまわりにあったのは良いリンゴばかりだったと思いたがっていました」

そのような言い分を聞いたことはまえにもある。イギリスの統治時代に甘い汁を吸っていた者は、かつての支配者たちに対してとりわけ複雑な感情を抱いている。

少しまえに父がドクター・アジズと交わした会話を思いだした。

〝新しい共和国のどこがそんなにいいんだね〟と、アジズは言った。〝今日は郵便料金が値上げになった。列車の時刻表はいまや紙屑《かみくず》同然だ。通りや街の名前は軒《のき》並み変わってしまった。そして、今度はメートル法を採用しろときた。われわれはドイツ人か〟

〝ローマは陥落したんだよ〟と、父は答えた。〝われわれは事実と折りあいをつけなきゃならない〟

〝馬鹿馬鹿しい。たしかにイギリス人はひどいことをした。だが、われわれに多くのものをもたらしもした。それがいまはどうなったか。国民会議派は無能な阿諛《あゆ》追従《ついしょう》の徒に牛耳《ぎゅうじ》られている。地域社会の分断になすすべを知らない。経済は悪化の一途をたどっている。ヨーロッパ式のトイレはインド式の劣悪なものに変わり、しゃがんだときに、パジャマの裾を汚さずにはすまなくなった。それに対して、きみのいびつなナショナリズムはなんと答えるのか〟

ミーナクシは言った。「その父は三年前に亡くなりました。もしかしたら、わたしはアディに父の面影を見ているのかもしれません」

「ジェームズ卿について何か知っていることがあれば教えてください」

ミーナクシは肩をすくめた。「知っていることはいくらもありません。ただ、近代的で公平な国家の将来を信じていたのはたしかです。この国の貧しい人たちが優遇されるのをやっかんでいる者は大勢います。けれども、ジェームズ卿やアディは、自分たちもほかのみんなと同じように未来に対する権利を持っていると信じていました」

「事件当夜、何か気づいたことや、おやっと思ったことはありませんか」

ミーナクシは首を振り、イヤリングが音を立てた。

「べつに。少し酔っていたように見えただけです。わたしはアディといっしょにずっとバンドの演奏に耳を傾けていました。アディはサックスを習っていましてね。それで、いきなりステージにあがって、空いた席にすわりました。かわいそうなのはバンドリーダーです。選択の余地はありませんでした」口もとに笑みが浮かぶ。「あなたがパーティーを中止させるまで、アディはずっとそこでバンドの一員として演奏をしていました。ジェームズ卿がいつどこへ行ったのかはわかりませんが、夜中の花火のあとは一度も姿を見かけていません」

ミーナクシの話はあとで裏をとっておかなければならない。自分がラバーナム館に到着するまで、アディ・シャンカールがバンドのなかに入って演奏していたとすれば、ジェームズ卿の殺害時には書斎にいなかったことになる。

「ご結婚の日どりは？」

「この夏に式をあげようと思っています。モンスーンが来るまえに」口もとに明るい笑みが浮かぶ。「ぜひいらしてください、警部。アディもきっと喜びます」

ブラックフィンチが車で家まで送ると申しでたとき、ペルシスは少しためらった。なぜか腹立たしい。けれども、それはブラックフィンチのせいではない。それこそお門《かど》違いというものだ。いっしょに来てくれと頼んだのは自分なのだ。でも、そうしたことによって、自分の弱さをさらけだしてしまった。憤《いきどお》るべき相手がいるとすれば、それは自分自身なのだ。

「アディ・シャンカールの印象は？」と、ペルシスは訊いた。

「興味深い」ブラックフィンチは道路から目を離さずに答えた。車がすぐ前を走る鶏の運搬車に近づくたびに、痩せた身体がこわばるのがわかる。狭い檻に詰めこまれた鶏は、諦めたような暗い目でこっちを見ている。「新種の若いインド人のひとりだ。いまではあちこちで見かける」

ペルシスの顔に怪訝そうな表情が浮かんだ。「インドはわたしたちの国よ。あなたにこの国のことをとやかく言われる筋あいはないわ」

「ぼくが言いたかったのは、独立運動を担ったのは古いタイプのインド人で、そこから先のことを決めるのはシャンカールのような人間だということだけだよ」

ペルシスはブラックフィンチを見つめた。「どうも引っかかるの。ジェームズ卿とのビジネスの話は額面どおりに受けとれないんじゃないかしら」

「その理由は？」

「直感よ」

「ほう」

「ほうって？」

ブラックフィンチは微笑みながら噛《か》んで含めるように言った。「ぼくの世界に直感が入りこむ余地はない。科学は事実がすべてだ。頼れるのは経験的な証拠だけだ。犯罪学者は勘に頼らない。虫の知らせなんて、たいていは下痢の初期症状であって、推理の天才の神秘的な閃きじゃない」

ペルシスは眉をひそめ、それから話の切り口を変えた。「キャンベルもそう。友人でありビジネス・パートナーが惨殺された数日後に、シャンカールの店に遊びにいくなんて、おかしいと思わない？」

「だったら、どうすればいいんだい。イスラム教徒のように四十日間家に閉じこもって喪に服す？」

ヘリオットとキャンベルが揉めていたというイヴ・ギャッツビーの話はあえてしないことにした。そのかわりにペルシスは窓の外に目をやった。生暖かい風が頬を撫でる。

「あのひと、水を得た魚のようだったわね」

「あのひとって？」

「エリザベス・キャンベルよ」

かすかなためらい。「そうだね。なんといっても若いから」

「それに、とても美しい」

答えるまでに少し長すぎる間があった。「光の当たり方によっては、魅力的に見えるかもしれないね」

「あのようなひとには、いつもいい光が当たるものよ」

それから自宅に着くまで、ふたりは何もしゃべらなかった。通りの向こうをちらっと見ると、出入口の前に黄褐色のビュイックがとまっている。

ヌッシー叔母さんの車だ。

ペルシスは毒づき、そこへ歩いていって、居眠りをしている運転手の肩を突ついた。びっくりして目を覚ました運転手は、懸命に目の焦点をあわせようとしている。

「ヌッシー叔母さんは二階？」

「ええ。ミスター・ダリウスといっしょです」

ペルシスはまた毒づき、それから車のなかで興味深げに見ているブラックフィンチのほうを向いた。そのとき、ふと思いついた。

ペルシスはふたたび通りを横切った。「よかったら、うちで食事をとっていかない？　父もまだ起きている。来客があるととても喜ぶの。車椅子暮らしなので、普段あまりひとに会う機会がないから」これは真っ赤な嘘だ。父は人間嫌いで通っている。机の上のプレートにはこんなふうに記されている。〝わたしはかつて自殺を考えたことがある。だが、考えなおした。それより、わたし以外の人間を皆殺しにしたほうがいい〟

ブラックフィンチは驚き、眼鏡の奥で目をしばたたいた。それから車を降りた。「お先にどうぞ《リード・オン》、マクダフ」

「ちょっとちがう」ペルシスはつぶやいて、自宅のほうを向いた。「マクベスの台詞《せりふ》は〝かかってこい《レィ・オン》、マクダフ〟よ」


ヌッシー叔母さんはいらだっていた。親の仇《かたき》を討つように煙草を喫い、マニキュアを塗った爪でワイン・グラスをこつこつと叩いている。席はダイニング・テーブルの片側のはずれ。父の席はその反対側で、ダリウスはテーブルをはさんで父と向かいあってすわっている。無人の空間は夕食の残り物で埋めつくされている。冷製チキンの薄切り、温めなおしたダンサック、ピラフ、チーズ、ピクルス。

ダリウスの姿には驚かされた。このまえ会ったときからもう一年近くたっている。そのあいだに見違えるようになっていた。額に散らばっていたニキビはすっかり消え、鼻の下の髭はこれまでにない大人の男という印象を与えている。クリーム色のリネンのスーツの着こなしは非の打ちどころがない。ツートンカラーのオックスフォード・シューズはぴかぴかに光っている。黒い髪は丁寧に梳きつけられ、威風のようなものまで感じさせる。そして、その話し方は以前とはちがって自信に満ちている。

結局のところ、ヌッシー叔母さんの言ったとおりなのかもしれない。新しい共和国はひとをつくりかえる。

ブラックフィンチの隣の席にすわったのはまずかった。さらに言うなら、ブラックフィンチがここにいること自体もまずかった。幸いなことに、本人はそのあたりの事情に何も気づいていないようだ。

本当にそれほどまでに鈍感なのだろうか。夕食の席の気まずい雰囲気をものともせず、いまもチキンをせっせと口に運びながら、楽しそうに自分の専門分野の話をしている。「知ってます？　動脈血は静脈血より鮮やかな赤色をしている。その血痕の飛び散り方は、加害者と被害者の動きによって決まってくる」

「興味深い話です」ダリウスは従妹《いとこ》から目を離さずに言った。

ヌッシーは自分でシェリー酒のおかわりを注ぎ、だいじょうぶかと心配になるくらいの勢いで飲みほした。ダリウスはペルシスに避けられているという話を聞かされていない。いまははっきりさせておけばよかったと思っているが、叔母にそのような話をするのが面倒だったので、そうしなかったのだ。ダリウス自身は紳士的に振るまっている。今夜ここに来たのは父に挨拶をするためであり、その点は心得たもので、間違っても礼を失するようなことはない。

いまは、カルカッタにある会社でこのたび新たに就いた経営代理人という仕事について話している。前途洋々だという。社内ではまだイギリス人が幅をきかせているが、それはそのうちに間違いなく変わる。

「でも、ぼくのことはもういい」ダリウスはナプキンで口ひげを撫でながら明るい口調で言った。「きみはすっかり有名人だね、ペルシス。ぼくがどんなにびっくりしたか想像できるかい。昨日、ガゼット紙を手に取ったとき、その一面からきみがぼくを見ていたんだからね。昔いっしょにかくれんぼをした少女が、いまではこの国の警察の華になっている」

ペルシスは目を尖らせた。「警察の華？」

「単なる常套句《じょうとうく》だよ。他意はない。正直言って、きみはぼくたち全員を驚かせた」

「どんなふうに？」

「そうだな。きみが警察官になるという話を最初に聞いたときは、冗談かと思った。なんといっても女性向きの職業じゃないからね。でも、きみはそれをなしとげ、そしていまここにいる。願いは叶った。としたら、それでもう充分じゃないか」

ペルシスはフォークを置いた。「願いは叶った？」

「われわれの新しい国は民主主義の理念の上に築かれようとしている。女性がカーキ色の制服を着ることを許す以上に民主主義の証しとなるものはない」

「許す？」ペルシスは首を絞められたような声で言った。

「イギリスが去ってから、この国はうまく機能しなくなったと言う者は多い」ダリウスの口調はだんだん熱を帯びてきた。「でも、ぼくはそう思わない。きみがそのいい例だ。きみはシンボルなんだ、ペルシス。そうとも。インドはもう後進国じゃない。女性が警察官になることまで認めているんだから」

驚きだった。自分はこんなふうに見られているのか。従兄からだけでない。国中の何百万人もの男から。もしそれが本当だとしたら、自分に法の執行者と名乗る権利はあるのか。自分はお飾りであり、別の目的のために利用されている操り人形なのではないか。

ペルシスはひとしきり思案してから立ちあがった。

「一瞬、あなたは変わったと思った。でも、そうじゃなかった。カエルが王子さまになるのは、おとぎ話のなかだけの話。わたしはシンボルじゃない。わたしは警察官。警察学校では男性と同じ厳しい訓練を受けた。クラスではトップの成績をおさめた。わたしがこの事件の捜査をまかされたのは、上司がわたしの能力を認めてくれたからよ」

ダリウスは気まずげに立ちあがった。「悪気があって言ったんじゃないよ」

「でも、あまりいい気はしなかった。そろそろお帰りいただいたほうがいいかもしれないわね」

「ペルシス！」ヌッシーの顔は真っ赤になっている。

「そんな言い方をしちゃ駄目でしょ！」

「どうして駄目なの。わたしだったら、さっさと荷物をまとめてカルカッタに帰ったほうがいいと言うと思うけど」

「何もそこまで……」と、ダリウスは言いかけた。

ペルシスはさっと振り向いた。「あなたと結婚する気はありません。あなたが地球上の最後のひとりの男性になったとしても」

　ひとしきり見つめあったあと、ダリウスは背筋をのばした。「帰りましょう、お母さん。もう遅い。明日は早い列車に乗らなきゃならない」それから、父のほうを向いて、「楽しかったです、おじさん。お元気でお過ごしください」

　ダリウスは踵《きびす》をかえして、足早に部屋から出ていった。ヌッシーはそのあとを追い、だがドアの前で振りかえった。「本当に困った子ね、ペルシス。いつになったら、女らしく振るまえるようになれるの。そんなドレスを着ていても、あなたはちっとも変わらない。いっそのこと、ドレスの下にカーキ色のズボンをはいたらどう」

　ふたりが立ち去ると、ペルシスはふたたび椅子に腰をおろした。

「ぼくもそろそろおいとまするよ」と、ブラックフィンチが言った。

　ペルシスは無視した。怒りはまだおさまっていなかった。だが、その怒りの一部は自分自身に向けられたものだった。なぜあんなに無礼なことを言ってしまったのか。叔母が怒るのも無理はない。ダリウスはそんなにひどいことを言ったわけではない。なのに、なぜあんなふうにかっとなってしまったのか。機転と冷静さ——それは優れた警察官に求められる資質ではないか。そして、短慮と短気——それは推理を必要とする捜査のさまたげにしかならないものではないか。

「どうだ。これで気が晴れたか」と、父は言った。

「わたしに失望したって言いたいわけ？」

「言わなければならないことがあるとしたら、それは言うに値しないことだ。おやすみ、ミスター・ブラックフィンチ。知りあいになれてよかったよ」

　父は車椅子をまわして、部屋から出ていった。

ドアが閉まるまえに、猫のアクバルが部屋に入ってきて、テーブルの上に飛び乗り、残ったチキンをかじりはじめた。

ブラックフィンチはナプキンを四角く折りたたみ、テーブルの上に置いた。「とても興味深い夜だったよ」

ペルシスは答えなかった。その視線は時空の遠いかなたを見ていた。

「では、ぼくはこれで失礼する」

一瞬の間のあと、ブラックフィンチはドアのほうへ歩いていき、部屋を出た。

14

一九五〇年一月四日

午前中はろくなことがなかった。行方をくらませた宝石商ヴィシャール・ミストリーの消息もわかっていないし、犯行現場から消えたナイフとズボンも見つかっていない。ヴィクトリア・テルミナス駅の切符売り場に電話で問いあわせると、ヘリオットの上着に入っていた切符の半券の件はまだ調査中という返事がかえってきた。ビルラは問題のゴールデン・テンプル・ホテルがどこにあるかを見つけられていない。事件当夜、ヘリオットのお相手をしていた女性が誰なのかもまだわかっていない。

新しい手がかりは何もなく、仕方がないので、あらためて事情聴取の結果を見直すことにした。そこでは語られなかった何かがあるという気がしてならない。

真実は別のところに隠されている。それは間違いない。ジェームズ・ヘリオット卿は世間で考えられているような人物ではない。インド政府から篤《あつ》い信頼を寄せられていた優秀な外交官だったというのは、たぶん本当だろう。だが、同時にろくでなしでもあった。破産寸前だったという話もある。

十一時すぎに、セトが苦虫を嚙みつぶしたような顔でやってきた。

ペルシスについてこいと言ってオフィスに入ると、セトは椅子にどっかと腰をおろして、新聞を机の上に置いた。

「シュクラ副本部長に会ってきた。ごく控えめにいって、チャンナの記事には満足していないようだ」セトは腹立たしげに新聞を手に取り、記事を読みあげた。

「〝ジェームズ・ヘリオット卿殺害事件の捜査はほとんどなんの進展もない。容疑者も動機も見つかっていない。明確な捜査方針もない。捜査責任者はマスコミの取材を頑なに拒んでいるが、当紙が入手した情報によると、警察はこの街を代表する名士宅を順々に訪ねて、聞きこみをしているらしい。手当たり次第に籠《かご》を揺すれば何か出てくると考えているのだろうが、それは経験と判断力の欠如の証しでしかない。捜査を担当している部署の責任者ローシャン・セトは、かつて警察内で注目された人物だったが、いまはちがう〟」

ペルシスは何も言わなかった。こんなふうになることはまえから予測していた。チャンナは袖にされて黙っているような男ではない。

オベロイに対する怒りがまたこみあげてきた。あの男がチャンナと通じ、チャンナを煽りたてているのは間違いない。

ペルシスは席に戻り、ふたたび事情聴取の結果に目を通しはじめた。自分に課せられた責任は重い。このような重圧を感じるのは、奉職してはじめてのことだ。セトは用心しろと言ってくれたが、自分はその忠告を端《はな》から無視していた。

一瞬、パニックに襲われた。もし失敗したら？　これまではその可能性を考えてもいなかった。でも、いまは……

目をつむり、事件のことを考え、頭のなかで引っかかっていることを列挙していく。ヴィシャール・ミストリー。ナイフ。消えたズボン……

そのとき、ふと思いあたった。昨夜、ヌッシー叔母さんが言ったこと――〝ドレスの下にカーキ色のズボンをはいたらどう〟。

目をあけ、身をこわばらせて、さらに思案をめぐらせる。

しばらくして立ちあがり、警視のオフィスへ向かう。

セトは空になったウィスキー・グラスを握りしめ、目の前に置かれた書類を見るともなしに見ていた。

「気がついたことがあるんです。ズボンのことです」

セトの目は淀んでいる。「ズボン？」

「犯行現場からヘリオットのズボンが消えていました。それがどういうことかわかったんです」

車でラバーナム館のゲートを通りぬけたのは十二時少しすぎのことだった。

砂利敷きの前庭に陽光が降り注ぐなか、ペルシスはジョルジュ・フェルナンデス警部補といっしょに正面玄関に向かった。

ふたりを出迎えたのは家政婦のミセス・グプタだった。おやっという顔をしている。

「マーン・シンに話があるんです。ここにいますか」

「ガレージで仕事をしています」

家政婦はふたりを屋敷の横手へ案内し、数台の自動車が並ぶ赤煉瓦の小屋に向かった。シンは赤いベントレーのボンネットに首を突っこんでいた。いつものターバンに、白いベスト姿。腕と首には分厚い筋肉がうねっている。右腕の二頭筋は油の染みでてかてかと光り、力強さを際立たせている。

ふたりが近づくと、大きな手にスパナを握りしめたまま身体を起こした。

ペルシスは立ちどまった。どんなふうに話を切りだすかはまだ決めていない。

マラバール館では、理にかなっているように思えた。だが、いまここでこの並みはずれた巨漢を前にすると、言葉が縮こまって出てこない。ローシャン・セトに説明した推論が、いまはまったくの絵空事のように思える。

唇をなめて、フェルナンデスにちらっと目をやると、その顔には好奇の色がありありと浮かんでいた。ここに来た理由をまだ知らないのだ。本当はビルラを連れてきたかったのだが、この日はあいにく別件で外出中だった。フェルナンデスは頭のいい男だ。自分の推理をどう受けとめるだろう。

大きく息を吸ってから言った。「自分で認めているように、あなたはジェームズ卿の死体の第一発見者です。次に死体を見たラルは、ジェームズ卿のズボンが見あたらないと言った。つまり、そのズボンがなくなったのは、ジェームズ卿の殺害時からラルがやってくるまでのあいだということになる。有刺鉄線を張りめぐらせた高さ十五フィートの塀を越えないかぎり、殺人犯がラバーナム館の敷地から出ることはできない。犯人がズボンを持ち去ったとしたら、どうやって？　それを手に持って邸内を歩きまわることもできない。そこにはパーティーの客やスタッフが大勢いた。そんなことをしたら、誰かに間違いなく見つかる。さらに言うなら、邸内のどこかに隠しておいて、あとで持ちだすこともできなかったはずです。それだと、われわれに見つけられる可能性が高い」

シンは何も言わなかった。奇妙に冷ややかな目で見つめているだけだ。

ペルシスはまた一呼吸した。「ズボンを持ち去ったのはあなたね。あなたは自分のズボンの下にそれをはいて、屋敷から出ていった。ジェームズ卿はあなたと同じようにとても大きな身体をしている。サイズ的に問題はなかったはずよ」

一瞬、シンが暴れだすのではないかと思った。ペルシスは右手をリボルバーの銃把《じゅうは》に近づけて身構えた。突進してこられたら、一発の弾丸ではとめられないかもしれない。

シンは一歩前に進みでた。フェルナンデスが自分の拳銃に手をのばすのがわかった。

だが、次の瞬間、シンはてのひらを上にして両手をさしだしていた。「そのとおりだ。おれがやったんだ」

その言い方には何やらほっとしたような響きがあり、それはそのあとずっとペルシスの頭にこびりつくことになった。

15

ボンベイ・セントラル刑務所として知られるアーサー・ロード・ジェイルは、市内でもっとも古い牢舎だ。収容人数は当初八百人の予定だったが、独立後の混乱のせいで、近年その数は増加の一途をたどりつつある。かつては、高い壁の向こうで、多くの革命の闘士がみずからの政治信条を縷々《るる》書きつづったり、静かに眠りにつくために殉教《じゅんきょう》の思いを胸に祈りを唱えたりして、変化のない時間をやりすごしていた場所でもある。

ペルシスが守衛室で用件を告げ、記録簿にサインをしたとき、背後でドアが開き、見知った顔の男が入ってきた。

マダン・ラルだ。淡い黄褐色のズボンにリネンのジャケット。身なりはあいかわらず非の打ちどころがない。だが、その目には数日前までにはなかった黒い隈《くま》ができていた。このところ眠れない日々が続いているのだろう。

「ここで何をしているんです」と、ペルシスは訊いた。

「あなたが来ると聞いたので、同席させてもらおうと思いまして」その声は冷たく、そこには怒りの色が混じっていた。自分がラバーナム館にいないとき、シンがそこで逮捕されたという事実を快く思っていないのだろう。

「あなたは民間人です。殺人事件の容疑者の尋問に立ちあうことはできません」

「ルールはいつでも変えられます。シンはあなたに何も話しませんよ」

聞き捨てならない言葉だ。何かいわくがありそうで、受けいれるのはためらわれた。が、これまでのことを考えると、いまシンが心を開いてくれるという保証は何もない。なにしろ逮捕されて以来、一言もしゃべっていないのだ。マリン・ドライブ署の留置場へ連行されたときも。聞いた話だと、アーサー・ロード・ジェイルに移送されたときも。

ここに来るまえに、ペルシスはマラバール館に戻り、セトにことのなりゆきを報告し、次にとるべき行動を話しあっていた。

セトも最初はペルシスと同じように驚きを隠せなかった。だが、そのあとは満足げな顔をして、椅子から立ちあがり、ペルシスの肩を軽く叩いた。「きみの言ったとおりだった。よくやった、ペルシス」

セトの頭のなかの動きは手に取るようによくわかった。犯人が自白したとすれば、問題は何もない。シュクラ副本部長らの顔色をうかがわなくてもすむようになる。

けど、引っかかる。シンは机上の空論と言えば言えなくないものをいともあっさりと受けいれた。なんの証拠もなく、ただ思いついたことを言っただけなのに、即座に自分が殺したことを認めた。

なぜ？

どうしても本人から話を聞きだす必要がある。

「いいでしょう。来てちょうだい」

マーン・シンは刑務所の奥深くの独房に収監されていた。ふたりの案内役は所長みずからが買ってでていた。通されたのは石造りの房で、シンは傷だらけの鉄のテーブルに手錠でつながれて、ふたりが来るのを待っていた。

ラルが部屋に入ってくるのを見て、目がきらりと光る。

ペルシスは振りかえって、所長に退室を求めた。同席できるものとばかり思っていたらしく、丸い顔に口《くち》惜《お》しそうな表情が浮かぶ。

ふたりは鉄のテーブルの手前にある二脚の椅子にそ

れぞれ腰をおろした。

「あなたはジェームズ卿の殺害を認めた」ペルシスは質問するのではなく、決めつけるように言った。

シンは何も答えずに、目をラルに向けた。後ろの壁の高いところにある鉄格子の窓から光が入ってきて、眼鏡のレンズに反射している。

「あんたはここに来るべきじゃなかった」と、シンは言った。

が、誰に向かって言っているのかはわからない。

「本当にあなたがやったの？」

「そう言ったじゃないか。これ以上何が必要なんだ」

「理由を教えてほしいの」

口を開きかけたとき、シンの顔が戸惑いのために曇った。ステージにあがり観客と向きあったとき、急に台詞を忘れてしまった俳優のような表情だ。しばらくしてこう言った。「死に値する者は誰だって死ななきゃならない」

「ジェームズ卿は死に値するような何をしたの？」

シンはターバンを巻いた頭を振っただけだった。

「彼はあなたを怒らせるような何をしたの？」

沈黙。

「なぜ事件当夜ではなく、いまになって自白したの？」

沈黙。

「なぜズボンを持ち去ったの？　どうしてそんなおかしなことをしたの？」

沈黙。

困惑の度は深まるばかりだ。シンがやったことはまったく理屈にあわない。ジェームズ卿を殺し、そのことを最初から自白するつもりだったとしたら、なぜズボンを隠さなければならなかったのか。なんの証拠もない単なる推論で、なぜあのような大それた罪を犯したことをいとも簡単に認めたのか。

「あなたは死刑になるのよ。わかってるの？」

「ああ。おれはパンジャブの誇り高き息子として死ぬ」

「つまりこういうことなの？　あなたは自分の正しさを証明するためにジェームズ卿を殺した」

「あんたにはわからないだろう」シンは言った。その目には軽蔑《けいべつ》の色がありありと浮かんでいる。「あんたたちは白人を崇拝している。インド人とも思えない」

　暗い過去がいまによみがえった。以前なら、このような主張をする者はイギリスの情報部に目をつけられ、秘密の収容施設に連行されていた。反帝国主義者として裁判にかけられ、有罪判決を受け、即座に処刑されていた。

　そのころも裁判は重視されていた。イギリスにとっては、絞首刑を執行するだけでは充分ではなかった。それが絞首刑に値する人物であることを万人に知らしめる必要があった。たとえ茶番であったとしても、適正な手続きを踏むのが何よりも大事なこととされていた。

「ナイフはどこにあるの」

「捨てた」

「どこに？」

「もうどこにもない」

「あなたの話は信じられない」

　怒りの反応がかえってくるとばかり思っていたが、シンの目にはなぜか不安げな表情が浮かんでいた。

「どういう意味だ」

　ペルシスは気を引き締めて、ぐいと身を乗りだした。

「わたしはあなたがジェームズ卿を殺したとは思っていない。あなたは嘘をついている」

　ラルは驚き、身体をくねらせた。

　シンはむっつり顔で沈黙を守っている。ひとしきりペルシスを見つめ、それから言った。「おれがやったってことは証明できる」

「どうやって」

「おれはズボンを持っている。家にある。衣装だんすのいちばん下に隠してある」

監房を出て、通路を歩きながら、ラルは困惑のていで訊いた。「シンはこれからどうなるんでしょう」

「家宅捜索をし、ズボンが見つかれば、裁判にかけられ、本人が法廷で罪を認めたら、有罪になります。死刑は免れません」

「どうしてあなたは信じないと言ったのです」

「それは……」ペルシスはためらった。ラルにどんなふうに説明したらいいのか。シンの物言いはわざとらしく、かつ居丈高で、その点がどうも引っかかる。なぜズボンを持ち帰り、ナイフを捨てたのか。そもそもなぜズボンを持っていったのか。なぜ問いつめられるまで自白しなかったのか。ラバーナム館での大晦日の夜のパーティーに闖入《ちんにゅう》して、みんなの前で自分がやったことをひけらかすほうがまだ納得がいく。

「シンのことを教えてください。どんないきさつでラバーナム館で働くようになったんです」

「一カ月前に前任の運転手が屋敷内で盗みを働き解雇されましてね。シンはその後釜《あとがま》です。ジェームズ卿のお眼鏡にもかなったようなので、わたしが試用期間を設けて雇うことにしたんです」苦々しげな顔になって、「わたしがいけなかったんです。もっと慎重に身上調査をすべきでした」

「ここで働くようになってから、民族主義的な言動を見たり聞いたりしたことはありませんか」

「ありません。勤務態度は申しぶんありませんでした。時間には正確で、仕事熱心で……」

「賃金や待遇に不満は？」

「そのような話は聞いていません。給料は悪くなかったはずです」

「私生活は？　何か問題を抱えていませんでしたか」

「正直なところ、そのへんのことはよく知らないんです。独り者で、親しく付きあっていた者もいなかったようです。が、いたとしても、そのようなことをわたしに話しはしなかったでしょう」

「家族は？」

「ボンベイにはいません。ほかの場所にいるという話も聞いていません」

　ペルシスは思案顔でつと足をとめた。

「シク教徒には激しい気性の持ち主が多いと言われています」ラルは続けた。このときにはすでに落ち着きを取り戻していた。「反目、怒り、血の復讐。それが生活の一部になっているのです。何年かまえに、車でパンジャブへ行ったときに、二台の車が衝突事故を起こし、ふたりの男が路上で口論しているのを見たことがあります。ひとりは年配の小柄なシク教徒。もうひとりは見るからに強そうな大柄な男で、肌の色からしてインド南部の出身者のようでした。二、三の言葉のやりとりのあと、シク教徒は車のトランクから大きな剣を取りだし、いきなり斬《き》りつけました」

　ペルシスはラルの浮かなげな顔を見つめた。

「受けいれがたいことですが、ほかには考えられません。ジェームズ卿を殺したのはシンです。事件は解決しました、警部。あなたの仕事は終わりです。一件落着。これでみな一息つけます。人生はつらいことばかりではありません」

　二時間後にマラバール館に戻るまえに、ペルシスはシンの家の捜索をすることにし、刑務所からオフィスに電話をかけて、ビルラにそこに来るようにと頼んだ。

　シンの住まいは二部屋だけの小さな家で、ウォルター・デ・ソウザ公園の裏手の荒れ地の一角にあった。まわりには同じような家が並んでいる。市が建てたものもあれば、民間企業が建てたものもあるが、いずれも安普請《やすぶしん》のボロ家ばかりだ。シンの家はまだましなほうだろう。煉瓦の壁にトタン屋根。ベニヤ板のドアには小さな南京錠がかかっている。

　ビルラはそれをリボルバーの銃把で簡単に叩きこわした。

　家のなかはがらんとしていた。白い漆喰壁、裸電球、木に縄を張った寝台。小さなキッチンには不揃いの鉄の鍋、皿、そしてカップ。一人か二人用の木のテーブルに一脚のスツール。スチール製の衣装だんす。そのなかには、三着のお仕着せも入っている。いちばん下には、古いジュートの袋があり、そこにヘリオットのズボンが入っていた。

　手に取って見ると、柔らかな赤い布地のところどころに赤黒い染みがこびりついている。血痕だ。

　ビルラの目もそこに注がれていた。「これで決まりだな」

　衣装だんすのなかに小さな書類かばんが入っていた。そのなかに、配給物資を購入するためのカードがあった。そこに本籍地が記載されていた。インド北部の都市アムリットサルだ。

　ペルシスは住所を手帳に書きとめ、配給カードを証拠品のひとつに加えた。

　刑事部屋ではオベロイが場を取り仕切り、フェルナンデス警部補とふたりの巡査スブラマニウムとレイを相手に得意げに何かの自慢話をしていた。ペルシスが部屋に入ると、にやにや笑いが消え、ペルシスが脇を通りぬけると、目に不安そうな表情が宿った。

　セトは顎の下にナプキンをつけて、ピラフをフォークで口に運んでいた。ラジオがつけっぱなしになっていて、クリケットの試合の模様を伝えている。

　ペルシスが部屋に入ると、ため息をついて、ラジオを消し、フォークを置いた。

「シンがやったとは思えません」

　セトの肩が少しさがった。「どうしてそう思うんだ」

ペルシスは疑う理由を手短かに説明した。自白するつもりがあったとすれば、どうして問いつめられるまで黙っていたのか。シンは言いわけも抗議も否定もしなかった。それに、なぜズボンを持ち去ったのか。なぜそんな奇妙なことをしたのか。

セトはナプキンをおろして、口もとを拭った。急に食欲をなくしたみたいだった。「だったら聞かせてもらおう。なぜ無実の人間が殺人を告白しなきゃならないのか」

「わかりません」

「〝オッカムの剃刀《かみそり》〟を知ってるな」

「ええ」

「必要もないことを考えるなという意味だ。なのに、きみは目の前にある事実を受けいれようとしない」いらだたしげにため息をついて、「シンはイギリスに恨みを抱いていた。それで、ジェームズ卿の屋敷に使用人として入りこみ、様子をうかがい、そして犯行に及んだ。そのどこが信じられないんだ。ズボンは記念品として持っていったんだろう。殺人犯はよくそういったことをする」

「だったら、なぜすぐに自白しなかったんでしょう。問いつめられたとき、なぜなんの反論もしなかったんでしょう」

「つまりこういうことだ。シンは観客を必要としていた。これは政治がらみの犯行だ。新聞が大騒ぎするのを待ち、そのあときみに問いつめられると、一歩前に進みでて、こう言った。〝おれだ。おれがやったんだ〟」

ペルシスはためらった。セトの言い分は理にかなっているように思える。自分はまったく見当はずれなことを言っているのかもしれない。

「ティラクから電話があった」セトは続けた。「おめでとうときみに伝えてくれとのことだった。それがどういう意味かわかるか、ペルシス。内務副大臣からじきじきにお褒《ほ》めの言葉をいただける警察官はそうそういない。いまきみがシンは犯人ではないと言ったら、ティラクはどんな反応を示すと思う」

「真実はどうなるんです」

「真実？」セトは苦々しげに言った。「ペルシス、われわれのような立場にいる者にとって、真実などというものは捜査の過程でたまたま生じる単なる副産物にすぎないんだよ。きみはズボンが消えたことにやたらとこだわっているが、わたしとしてはそんなことはどうだっていい。たとえそのズボンが自分で歩いて屋敷から出ていったとしても、知ったことじゃない」

　それはセトの過去が言わせた台詞だった。出世の階段を踏みはずして以来、シニシズムに汚染されてしまっているのだ。そのような処世訓に同調することはできない。

　ペルシスはきっと前を見据えた。「捜査を続行する許可をください」

「与えなかったら？」

「許可なしに捜査を続けます」

　セトは鋭い目で睨みつけ、それから驚いたことにくすっと笑った。「怖いもの知らずだな、きみは」

「怖いものは知っているつもりです」

「きみに祝福を与えることはできない、ペルシス。本部長はまもなくジェームズ卿殺害事件が解決したことを公表する。けれども、これからきみがやろうとしていることが、公式報告書の作成のための補充捜査だとしたら、誰も異を唱えはしないはずだ。きみは有名人になる、警部。みんなから持てはやされるようになる。だが、用心しろ。そのような賛辞にはつねに代償がついてまわる」

　席に戻ると、ビルラの走り書きのメモが残っていた。アウグストゥス・シルヴァから電話があり、すぐオフィスに来てもらいたいと言われたとのことだった。メモには、ファリドプールでインド人技師がワニに食い殺された一件についての記載もあった。その記事を書いたジャーナリストから電話で聞いた話によると、死んだ男の名前はサタジット・シャルマといって、イギリス人女性と交際していたという噂はたしかにあったらしい。だが、彼女や彼女の父親がその死に関与している証拠はなく、警察は地元の無法者の仕業と結論づけている。

　ペルシスはそのメモをポケットに入れると、制帽を取って、ドアのほうに向かった。

　ロビーに出たとき、ビルラがそこに入ってきた。

「どこに行ってたの」

「セトに別の仕事を仰せつかってね。なんともつまらない仕事だ」

「というと？」

　ビルラはため息をついた。「何者かに付きまとわれていると信じている老婦人がいるんだ」

「勝手にそう思いこんでるのね」

　ビルラは制帽を脱いで、頭を掻いた。髪は汗で濡れ、頭皮にへばりついている。「その老婦人はコラバの立法議会の議員の妹でもある。放っておくわけにもいかない」

「あなたにやってもらいたいことがあるの。セトに内緒で」

　目に好奇の色が宿る。

「ゆうべ、アディ・シャンカールというひとに会いにいったの。チャーチゲート通りにあるグルモハール・クラブという店の経営者で、ジェームズ卿の知人よ。最近知りあったばかりらしいけど。そのひとのことを詳しく知りたいの。事件のあった夜には、わたしがラバーナム館に行くまでずっとジャズバンドのなかに入って演奏していたらしい。まずはそのことをバンドリーダーに確認しなきゃならない」

　ビルラはメモをとりながらうなずいた。「その次にアディ・シャンカールという男のことを調べるんだな」

「できるかぎり詳しく。公式には、この事件は終わったことになっている。上層部の者にとって、シンの自白は天の賜物《たまもの》といっていい。これで一件落着。シンはかたちだけの裁判にかけられ、絞首台へ送られる」

「やつがやったと思ってないのかい」

ペルシスはためらった。「確信はない。でも、誰かを絞首台へ送るとしたら、わたしたちは少なくともそうする理由があることを証明しなきゃならない」

16

マラバール館からボンベイ大学までは車で二十分で、捜査の現状に思いをめぐらせる時間は充分にあった。その間もセトに対するいらだちの念は募るばかりだった。あのように妥協に妥協を重ねているうちに、視野はどんどん狭くなっていき、いまではその目に見えるものは、見ることを許されているものに限られるまでになっている。

このとき、まず考えたのはシンのことだった。

本人自身についても、自白についても、事件の数日後に見せた言動についても、どうしても腑に落ちないものがある。

新聞はどう反応するか。

セトから聞いた話だと、チャンナから事件を解決した刑事にインタビューしたいという申し出があったらしい。事件を解決した刑事というのはオベロイだという。その話を聞いたときには、ふざけるなという思いで頭に血がのぼり、身体がこわばるのがわかった。なんでも、オベロイが犯人は愛国者であると最初から考えていたことを、チャンナが取材で探りあてたらしい。探りあてた？　ではなくて、そう耳打ちされたということだろう。

セトは捜査を指揮したのはきみだと請けあってくれた。シュクラ副本部長からは表彰すると言われた。けれども、受けるつもりはない。褒めてもらえることなど何もしていないのだから。評価に値しないことを評価されても困る。

アウグストゥス・シルヴァからの連絡を受けて、ペルシスはボンベイ大学のオフィスに向かい、そこからふたりでその界隈に六軒ほどあるコーヒー・ショップのひとつ〈青きドナウ〉に場所を移した。店内は学生たちで賑わっていた。そのなかに、クリケット用の白い服を着た若者たちの一団がいた。トゥルージェルで艶を出した髪。エナメル革のサクソンの靴。くすくす笑い。しゃれた口ひげ。若い娘のグループに色目をつかったり、なれなれしく声をかけたりしている。女性陣は計算ずくでなんの反応も示さない。

それはゲームであり、ペルシスがこれまで参加することを拒んできたものだった。媚びを売るのは柄でない。自分の靴の紐を結ぶこともできず、愛の証しにチョーサーの詩を朗読するような男は願いさげだ。

もちろん、これでいいのだろうかと思うことはある。言葉で言いあらわせないような飢餓《きが》感に襲われ、別の人生の影にすっぽり覆われることもある。ガラスの壁の向こうに別の人生が見えたときには、やりきれない思いになる。

男、パートナー、心に蝕《しょく》をもたらすもの。身体の内側で弁が開き、埋もれていた感覚があふれだし、心穏やかでいられなくなることもある。そんなときには、自分の人生を律している第一の原理にしがみつく。善対悪、正義対不正義。

いまのところはそれでなんとかなっている。

シルヴァはコーヒーを二杯注文し、それからマダン・ラルについての調査結果を報告した。

「ラルはたしかにビルマで第五十空挺旅団に所属していた。そこでの戦いについて、きみが知っていることは？」

「ほとんどありません」

「一九四四年三月のことだ。そのとき、東南アジア戦線の大きな転換点となった戦闘があった。日本軍がインパールの攻略をめざしたんだ。当時、インパールはビルマ領マニプール藩王国の首都であり、インド北東部への玄関口になっていた。そこに駐屯《ちゅうとん》していたのはイギリス人、グルカ人、インド人の混成部隊。ラルの空挺旅団は北部のジャングルで機動作戦を展開していた。

日本軍が攻撃してきたとき、ラルの部隊は多くの犠牲者を出した。ラル自身も負傷した。そのあと何があったのかはよくわからないが、とにかく日本軍はインド国民軍の支援を受けることになった。知っていると思うが、イギリスの支配に対抗するため、スバス・チャンドラ・ボースが自由インド《アザド・ヒンド》仮政府の運動の一環として組織した軍隊だ」

「軍幹部の多くは一九四六年に軍法会議にかけられたんじゃなかったかしら」

「そのとおり。いわゆるレッド・フォート裁判だ。結果的にイギリスは世論に押されて、ほとんどの被告を死刑から禁固刑に変えざるをえなくなった。そのときの弁護団のひとりが我らが親愛なるパンディットだ」

「ネルーが弁護団にいたんですか」

「彼がインドでもっとも優秀な弁護士のひとりだったのは、そんなに昔の話じゃない。彼の演説が論争的になりがちなのはそのためだ」シルヴァは言って微笑んだ。「ラルの話に戻ると、なんでも激戦地を哨戒中《しょうかいちゅう》にボースの部下三人を捕らえたらしい。だが、捕虜にはせず、三人を地面にひざまずかせ、自分はその後ろにまわって、それぞれの後頭部に弾丸を一発ずつ撃ちこんだ。それを見ていた同僚は戦闘が終わるまでだんまりを決めこんでいたが、結局は良心の呵責《かしゃく》に耐えられなくなった。

軍のお偉方はラルがやったことにどう対処していいかわからなかったにちがいない。実際のところは三人の裏切り者を射殺したにすぎない。しかし、その一方で、交戦規則を破っている。イギリス人はそういったことに対して妙にこだわりが強い。

結局は軍法会議にかけられることになった。そこでジェームズ卿が登場する。風の便りにそのことを知ったらしい。それで、ラルのためにほうぼうに手をまわし、訴えを取りさげさせた。都合のいいことに、目撃者もあっさりと証言を撤回した。でも、裁判記録は残っている」マニラ紙のフォルダーをさしだして、「これを手に入れるのは簡単じゃなかったよ」

シルヴァはコーヒーに口をつけた。ペルシスはフォルダーを開き、書類にざっと目を通した。

軍服姿のラルの写真は、いまより若く、いまと同じように身づくろいは一分の隙もない。軍歴には、階級が少しずつあがっていっていることが記されている。前回の戦闘で功を立て、その勇敢さを讃えられて、少佐に昇級している。そして、インパールでの出来事。そこには三人のインド人兵士を殺害したという目撃証言も含まれている。

「その意味するところは……」と、ペルシスはひとりごちた。

それが自分に向けられたものと思って、シルヴァは答えた。「つまりラルは殺人者だってことだよ。冷酷に三人の男を殺害した」

　それは何を意味しているのか。一度起きたことは、また起きてもおかしくないということだ。ラルはジェームズ卿の殺害事件に関与しているのか。としたら、動機は何なのか。なぜ恩を仇《あだ》でかえすようなことをしたのか。友人であり雇用主として、とりたててもらっていたのに。事件当夜、激しく言い争っているのを見たと言っている者もいる。

　ペルシスは名簿を手に取った。「これはなんです？」

「ラルの部隊に所属していた者のリストだ」

　見ると、上のほうにある三人の名前がすぐに目にとまった。マダン・ラル。そして、ふたりの下士官マーン・シン少尉とドゥリープ・グプタ中尉。ヘリオット邸の家政婦のグプタは戦死した夫のことを話していた。その名前はドゥリープだった。どちらもインドでは一般的な名前だが、偶然の一致とは思えない。

　さらに見ていく。シルヴァの仕事ぶりは徹底していた。書類には、部隊に所属していた者の写真も添付されていた。

　間違いない。あのマーン・シンだ。

　ドゥリープ・グプタの項目の横には〝戦死〟とある。

　死んだのはラルの暴走行為があったのと同じ日だ。仲間の死によって精神的に追いこまれたということか。

「このふたりのことをもっと知りたいんですが」ペルシスはマーン・シンとドゥリープ・グプタの写真を指先で叩きながら言った。

　シルヴァは微笑んだ。「勝手ながら、わたしの独断で、その部隊の当時の指揮官に連絡をとった。いまは引退して、ここからそう遠くないところに住んでいる。きみと会ってもいいと言っていたよ」


　ラム・クリシュナン中佐の住まいは簡単に見つける

ことができた。車で五分もかからないチョーロンギー・レーンにある十階建てのビルで、息子夫婦といっしょに暮らしているという。齢《よわい》五十八にして白髪になり、杖がなければ歩くこともままならない。第二次世界大戦が終わったときに名誉除隊し、それ以来、新聞を読んで国の政治のあり方に文句を言うくらいしかすることはない。

　ペルシスがそこへ行ったとき、クリシュナンはバルコニーの椅子にすわって午後遅くの太陽を浴びていた。

「ああ、覚えてるよ。ラルとシンとグプタ。三人はとても仲がよかった。特にラルとグプタは。グプタの死に対して、ラルは大きなショックを受けていた。わしは軍法会議で証言台に立ち、ラルは以前にも不適切な行動をとったことがあったかと訊かれた。わしはノーと答えた。だが、本当のことを言うと、ラルには得体の知れないところがあると常々感じていた。あの男なら人殺しもしかねないと思っていたくらいだ。信じられないかもしれんが、ほとんどの兵士はそうじゃない」

「マーン・シンについては？　どんな人物だったんでしょう」

「典型的な歩兵だよ。階級こそ低かったものの、肉弾戦になったとき、あの男ほど隣にいてほしいと思う者はいなかった」

「人殺しをしかねないとは思いませんでしたか。ラルのように」

「いいや、そんなふうには思っていなかった。シンはまっとうな人間だった。名誉を何よりも重んじていた。軍籍を離れたのもそのためだ」

「どういうことでしょう」

「過去の何かを仲間たちに知られたんだ。家族のことらしい。単なる噂だが、シンにとってはそういう噂を立てられるだけで我慢がならなかったんだろう。自分に敬意を払わない者といっしょにいたくないと言って、除隊願いを出した。任期は満了していたので、除隊はいつでも可能だった。引きとめることはできなかった。心が折れてしまったことは、その目を見たらすぐにわかった。ただ、何がシンのような男の心を折ったのかはいまでもわからない」

「噂というのはどんな噂だったんでしょう」

「さあ。誰に訊いても、何も言わなかった。知らぬ存ぜぬの一点張りだ。シンが去ったあと、わしは考えることをやめ、以来そのことを忘れていた。きみの友人のシルヴァがとつぜん電話してくるまでは」

ペルシスは一呼吸おき、それから言った。「ほかに何かありませんか」

目もとに皺が寄った。「そうだな。グプタは結婚していた。相手はシンの妹だ」

ペルシスは身体に電気が走るのを感じた。「ラリータ・グプタですね。それがシンの妹なんですね」

「ラリータ……うん。たしかそういう名前だったと思う」

「お会いになったことは？」

「ない。でも、グプタからふたりの結婚式の写真を見せてもらった。気立てのよさそうな女性だったよ」

ペルシスはヘリオット邸の家政婦の顔かたちを説明した。

「どうやら同一人物のようだね。もちろん、写真を見ないと断言はできないが」

一時間後、いくつもの疑問に頭を悩ませながら、気がつくと、ペルシスは混雑したサスーン・ドック通りに車を駆っていた。この時間帯は、日没前の最後のフェリーの便に間にあうよう、多くのトラックが波止場に押し寄せている。

マダン・ラル、マーン・シン、そしてラリータ・グプタ。この三人をめぐる嘘。嘘とまではいかないにしても、本当のことが故意に伏せられているのは間違いない。

でも、なぜ？ なぜラルは過去の三人の関係を隠していたのか。なぜ、シンが同じ部隊にいたことや、グプタ夫人が死んだ戦友の妻であり、シンの妹であることを黙っていたのか。

少なくともこれで、ジェームズ卿の死にはシンの自白以上のものが隠されているという思いはいっそう強くなった。

先刻ラバーナム館に行ったときには、ラルもグプタも不在だった。それで、メッセージを残し、ジープを駆って、いまここに来ている。

車をとめたのは、何十年もまえから埠頭《ふとう》わきにある魚市場の近くで、そこから魚の臭いが数マイル四方に漂っている。ここには子供のころ父に連れられて何度か来たことがある。埠頭には、ボンベイのユダヤ人社会のリーダーだったデーヴィッド・サスーンにちなんでサスーン・ドックという名前がついている。ここに来るまえはその地になんとなくロマンチックな感情を抱いていたかもしれないが、ここに着くと同時にそんな思いはきれいに消えてしまった。埠頭は胃の弱い者が気楽に歩きまわれるところではない。狭い路地には、魚河岸《うおがし》の女の大きな声が響き、地面には魚の血と内臓が散らばっている。とにかく騒がしく、野卑《やひ》で、ときとして忌《い》まわしく思うようなところだ。

アーチー・ブラックフィンチは何が悲しくてこんなところに住んでいるのか。

そこはサスーン・ドック通りをさらに少し行ったところにある五階建てのアパートメントだった。魚の臭いはまだするが、さすがに魚河岸の喧騒は届いていない。

ドアが開く。このときのブラックフィンチの格好は、襟ぐりを大きくあけ、袖まくりした格子柄のスポーツシャツに、青い格子縞のズボン。まったく調和がとれていない。あまりの趣味の悪さに、すぐには言葉が出てこなかった。

「いきなりお邪魔して申しわけありません。事件のことで話したいことがあって。入ってもいいかしら」

「気にすることはないよ。どうぞ」ブラックフィンチは言って、自分の後ろに手を向けた。

なかに入り、背後でドアが閉まる音を聞いたとき、いつにない戸惑いを覚えた。独身男性の部屋に入るのは久しぶりだ。

室内は意外にきれいだった。床はピカピカ、壁はペンキ塗りたてで、ごてごてとした飾りものは一切ない。色は白とグレーを基調としていて、落ち着いた感じがする。清潔で、整理整頓《せいとん》が行き届いている。そんなに多くの実例を知っているわけではないが、一人暮らしの男性の日常はだらしなくなりがちだ。けれども、ここはちがう。書棚を見ると、そこの本はまずアルファベット順に、さらに同じアルファベットのなかでも背の高い順に並べられている。ずいぶんなこだわりようだ。ワディア書舗の混乱ぶりを見たらなんと思うだろう。

「何か飲む?」

ペルシスはためらった。本当なら遠慮すべきところだろうが、ふと気が変わった。長く、骨の折れる一日だったのだ。「ええ。ウィスキーを。ストレートで」

数分後、ふたりは台所のテーブルに着き、ペルシスは制帽をチェックのテーブルクロスの上に置いた。ブラックフィンチはジンに身を乗りだし、眼鏡の後ろから邪気のない好奇の目を向けている。頭上では扇風機が静かにまわっている。

「おめでとうと言わなきゃならないね」ブラックフィンチは言って、グラスをあげた。「〝十年に一度の事件〟を解決した女性に」

馬鹿にされているのではないかと思って、ペルシスは眉を寄せた。「わたしは何も解決していないわ」

「明日の新聞にはそんなふうには書かれない」

「あなたは知的なひとのように見える。そんなふうに見えるのはまやかしであることが多いと、わたしの父は口癖のように言ってるわ」そう言った尻から、言ったことを後悔した。

ブラックフィンチは顔をこわばらせ、それからくすっと笑った。

「ごめんなさい。またへらず口を叩いてしまった」

ブラックフィンチは酒に口をつけた。「正直なところ、何が問題なのかわからない。きみが何かに引っかかってるってことはわかるけど……」

「あなたは引っかからないの？」

ブラックフィンチはため息をついた。「きみはシンの自白を信じていないんだね」それは確認であり、質問ではなかった。

「ええ。信じていない。あなたの言うとおりよ」

「でも、どうして？」

「なんとなくぴんとこないの」

「直感ってこと？」

目に強い光が宿った。「わたしを道理のわからない馬鹿扱いするつもり？」

「そんなつもりはない。ぼくが言いたいのはこういうことだよ。確たる証拠がないとすれば、シンが無罪であると考えるのは論理以外の何かにもとづいているってことになる」

沈黙が垂れこめ、ペルシスの気持ちは揺らいだ。この男のことはよくわからない。いったい何を考えているのか。自分はどんなふうに思われているのか。そして、なぜそのような疑問がこれほど重要なものに思えるのか。

「じつはあなたに聞いてもらいたいことがあるの。わたしがここに来たのはそのためよ」ペルシスは言って、ラルの過去とシンやグプタとの関係について話した。

「あなたはそのことを知ってた？」

ブラックフィンチは困惑の表情をしている。「いいや。ラルが戦地に赴いていたことは知っていたが、軍法会議とかシンやグプタとの関係についてはまったく知らなかった。実際のところ、事件当夜までシンにもグプタにも会ったことはない」少しためらいの時間があった。「もしかしたら、きみはラルがジェームズ卿の死になんらかのかたちで関係していると思ってるのかい」

　この質問には何も答えなかった。

「あなたとラルは仕事仲間だったの？」

「いいや、そうじゃない。一年前にインドに来たとき、ジェームズ卿は警察組織の改善を目的とした委員会の顧問を務めていた。その会議のひとつでラルに出会って話をしたんだよ。情報通で、とても感じがよかったことを覚えている。イギリスに滞在していたこともあり、インドの政治だけでなく、イギリスの政治にも精通していた」

「それで、親しく付きあうようになったのね」

「いいや。正直言って、ぼくはあまり人づきあいがいいほうじゃない。それに、そのころはオフィスの立ちあげで手一杯だったし」首を振りながら、「それにしてもおかしな話だ。ひとは見かけによらないものだとつくづく思うよ。ラルがビルマでさっきのきみの話のようなことをしたとは、とても信じられない」そこで言葉を途切らせ、じっとペルシスを見つめた。

　その視線に居心地の悪さを覚え、ペルシスは横を向き、窓の外に目をやった。カーテンは開いていて、埠頭とその向こうの海が一望できる。陽は暮れかかっていて、船のマストの灯《あか》りが蛍《ほたる》のように輝いている。

　ブラックフィンチがなぜこのような場所に住むことにしたのか、あらためて考えてみた。これまで自分が思っていたブラックフィンチ像とちがって、意外に旋《つむ》毛《じ》曲がりなところがあるということかもしれない。父から何度も言われているように、自分には早合点する傾向がある。それは自分の性格の弱さから来るものにちがいない。

「でも、きみはどうしてここにそんな話をしにきたんだい、ペルシス」

心のなかを見透かされているのではないかと思うような質問だった。

「マラバール署の同僚の協力はもう期待できない。一方、あなたはどこの組織にも属してない。それに、どうやらわたしの同僚のひとりが新聞社に情報を垂れ流しているようなの。用心しないと、わたしがこれからすることは新聞社に筒抜けになってしまう」

「ぼくの協力を求める理由はそれだけかい」

ペルシスは目をしばたたいた。ふたりのあいだの空気が変わったのがわかった。「それって、どういう意味?」

ブラックフィンチはひとしきりペルシスを見つめ、それから自分のグラスに視線を落とした。

「べつに。なんでもないよ」

ペルシスはブラックフィンチの顔を見つめた。顎はきれいな線を描き、鼻は愛嬌《あいきょう》のあるかたちをしている。唇の右上に小さな傷あとがある。そして瞳。それは潤《うる》んだ光を帯び、知性を補完する優しさを宿している。

気がつくと、ペルシスは立ちあがっていた。「ここに来たのは間違いだったかもしれない」

そして、くるりと後ろを向き、足早に部屋を横切り、ドアの取っ手に手をのばした。そのとき、後ろで椅子の脚が床をこする音が聞こえた。

「さしつかえなければズボンを……」

ペルシスは振りかえって、ブラックフィンチと向かいあい、視線を下にさげた。

「ぼくのズボンじゃない。ジェームズ卿のズボンだよ。法医学上の証拠が残っているかもしれない」

ペルシスはためらい、それからこくりとうなずくと、また前を向いて、階段に向かった。

17

一九五〇年一月五日

予想どおり新聞は大騒ぎをしていた。どの新聞にも一面に身分証からとったマーン・シンの写真が載っている。その鋭い目つきは紙面に躍る大見出しを強調しているように見える。

殺人犯。

人殺し。

要するに、シンはインドの長年の友人であった善良なイギリス人を殺害した、頭のおかしい狂信者というわけだ。

マラバール署は比較的静かだった。ペルシスの机には同僚たちが次々にお祝いの言葉をかけにきた。だが、オベロイだけは例外で、ひとり苦々しげな顔をしていた。その机の上にはインディアン・クロニクル紙が置かれている。そこには、〝捜査チーム内の刑事〟による初期の仮説として、セトが言っていたように、殺害の動機はいささか時代がかった見当違いのナショナリズムであると記されている。

それでも、あれやこれや考えながら一夜をあかしたあと、真実は別にあるというペルシスの思いはさらに強くなった。

シンの自白はおくとして、事件のまえの数週間のヘリオットの行動には不審な点が多い。友人であったはずのロバート・キャンベルと言い争っていたという話もある。だとしたら、それは何をめぐっての言い争いだったのか。ビジネスの話がこじれたのか。ヘリオットといっしょに仕事をすることになっていた実業家のアディ・シャンカールとかかわりのあることだろうか。

キャンベルは以前からヘリオットと組んで仕事をしていた。そこにシャンカールが加わるのが気にいらなかったのか。でも、そういったことが殺害の理由になるだろうか。ちょっと無理があるのではないか。

　マダン・ラルはどうだろう。以前からシンを知っていたことをなぜ黙っていたのか。さらに、ヘリオット邸の家政婦がシンの妹であり、戦死した仲間の妻であることをなぜ隠していたのか。シンの自白をなぜいとも簡単に受けいれることができたのか。シンの話のおかしな点については、当然ながらさらに調べを進める必要がある。

　けれども、ラルはこれで一件落着として、事件とのかかわりを断とうとしている。

　セトが事件発生直後に言ったことをふと思いだした。なぜラルはよりにもよってマラバール署に電話をかけてきたのか。事件当夜、ラルとヘリオットは激しく言い争っているところを目撃されている。なのに、ラルはそのようなことはしていないと言った。そして、いまはそのラルが凶悪な犯罪に手を染める可能性がある人物だということがあきらかになっている。インパールのジャングルで三人の男を冷酷に殺害したのだ。そのときにヘリオットに助けてもらった。それで、借りができた。側近として仕えることになったのはそのためだろう。

　事件当夜ヘリオット邸を訪ね、いまは行方不明になっている宝石商ヴィシャール・ミストリーのことも気になる。ヘリオット邸を訪ねたのは、いったいなんのためだったのか。

　さらには、分離独立時の犯罪の調査のこともある。ヘリオットの書斎の暖炉にあったのは、調査資料を焼いたあとの灰だったのか。だとしたら、焼いたのは誰なのか。

　どの疑問にもはっきりと答えることはできない。そういった疑問を全部つなぎあわせても、自分のまわりで固まりつつある見立て、つまり、ヘリオット邸の使用人であるマーン・シンが雇い主を殺したという推論を覆《くつがえ》すに足る根拠にはならない。シンは有罪判決を受け、絞首刑になり、その事実はやがて過去のものとなり、愛国者たちの苦闘の歴史の片隅に葬り去られることになる。

ラルと話をしなければならない。そう思って、午前中に何度か電話をしたが、いずれもつながらなかった。

それから一時間ほど事件の見直しに費やしたが、新しいことは何もわからなかった。

しばらくして、ヴィクトリア・テルミナス駅の駅長から封書が届いた。そのなかに入っていた短いメモによると、ヘリオットの上着から見つかった切符の半券はボンベイ発で、パンジャブ州の小さな町パンディアラ行きのものらしい。出発したのは十二月二十四日。ボンベイに帰ってきたのは同月二十八日。ボンベイからパンジャブまでは丸一日かかる。つまり、ヘリオットは十二月二十五日にパンジャブに着いて、二十七日までそこに滞在し、それから帰路についたということだ。その間そこで何をしていたのか。

机の引出しの鍵をあけて、自宅から持ってきていた分離独立時の犯罪の調査資料を取りだす。そのなかからパンジャブ関連のものを抜きとり、残りのものを引出しにしまって施錠し、それから取調室に移動し、ドアに鍵をかける。

九番目のファイルでようやく胸の鼓動が速まるのがわかった。

そこに記された事案の内容は継ぎはぎで、肝心な部分が抜け落ちていた。しかも目撃者は匿名ときている。場所も曖昧で、パンディアラ界隈としか書かれていない。分離独立時の騒動のなかで、現地のイスラム教徒の大地主《ザミンダール》が家族もろとも惨殺されたという。やったのは地元の人間とあるだけで、名前はわからない。殺害されたのは本人のほかに、妻、息子、義理の娘、孫、ふたりの使用人の計十五名。先祖代々の屋敷の火災で全員が死亡した。当局は事故と結論づけたが、目撃者は財産目当ての殺人だと主張している。盗まれたのはその家に代々伝わる宝物で、それがどんなものであるかひとつひとつ詳しく述べられている。おやっと思ったのはネックレスについての記述を読んだときだった。どこかで見たような気がするが、どこでだったかは思いだせない。

ヘリオットはなぜこの事件にひとかたならぬ興味を持ったのか。事件の数日前にパンディアラを訪れたのはそのためだったにちがいない。それは事件となんらかの関係があるのだろうか。それとも、自分は考えなくてもいいことをただ考えているだけなのか。

ため息をついて、席に戻り、ファイルを片づける。

プラディープ・ビルラ警部補がサンドイッチをぱくつきながら部屋に入ってきた。ペルシスは彼を壁際に引っぱっていった。

「お願いがあるの」そして、マダン・ラルとマーン・シンとミセス・グプタの関係についてわかったことを話した。「ミセス・グプタのことをもう少し詳しく知りたいと思って」

「どうして？」

「ラルに直接訊くわけにはいかないし、シンはもうこれ以上何も話さないだろうから」

「そうじゃなくて、訊いたのはどうしてこの一件にまだこだわってるのかってことだよ。犯人はもう捕まっている」

少しためらったあと、ペルシスはみずからの疑念を手短かに説明した。ここで自分の話にまともに耳を傾けてくれるのはビルラしかいない。

ビルラはサンドイッチをかたわらの机の上に置いた。

「やつは自白した」

「みんなわたしにそう言ってくる」

しばしの沈黙のあと、ビルラは諦めたみたいだった。

「どこから始めたらいい。グプタのことだが」

「息子さんがパンヴェルの寄宿学校にいるらしいの。その子に会いにいってもらえるかしら」

「何を見つけだすために？」

ペルシスは返事をためらった。エドモンド・デフリースに会ったときから膨らみつづけてきた疑念を告げていいものだろうか。「ヘリオットは清廉潔白の徒とは言いがたい。女性を食いものにしていた。そんな男が家政婦の息子を寄宿学校に通わせるために高い学費を払うかしら」

ビルラはすぐに理解した。「ヘリオットの子かもしれないってことだね」

「もしかしたらと思っただけよ」そこで一呼吸おいて、「ところで、アディ・シャンカールのことだけど、何かわかった？」

「たいしたことは何も。グルモハール・クラブの売買を仲介した業者を訪ねたんだがね。取引にはなんの問題もなかったらしい。後ろめたいことは何もしていない。自宅にも行って、運転手を見つけ、話を聞いた。ボンベイに家族はいない。金に糸目をつけずに贅沢な暮らしを楽しみ、誰に対しても人当たりがよく、交際範囲も広く、みんなから好かれている。要するに、金と暇を持てあましている典型的なボンベイ社交界の名士のひとりだ」

「ヘリオット邸でバンドの指揮をとっていた人物から話を聞くことはできた？」

「ああ。真夜中からあんたがそこに行くまで、シャンカールはバンドといっしょに演奏していたと言っていた。シャンカールを疑っているなら、考えなおしたほうがいい。彼がヘリオットを殺すことはできない」

そのとき、ペルシスの机の電話が鳴った。

男のしわがれ声だった。

「ワディア警部？」

「そうです」

「コラバ署のビスワス警部です。ヴィシャール・ミストリーの行方に関心がおありだという話をご家族からお聞きしまして」

「そのとおりです。見つかったのですか」

「一応。いまは死体安置所にいます」


グラント医科大学の地下室におりていったとき、オール・インディア・ラジオの放送開始を告げる耳慣れた信号音が聞こえた。〝こちらはオール・インディア・ラジオです。モヒット・ボースがニュースをお伝えします〟。立ちどまって聞いていると、ジェームズ卿殺害事件の概要が報じられ、犯人はマーン・シンなるシク教徒で、殺害の動機は潜在的な愛国心にもとづく敵意によるものという説明があった。

放送は停電のためとつぜん中断された。このような停電は珍しいことではなく、市内のあちこちで断続的に発生していて、イギリスが去ったことにより国が崩壊に向かいつつある証左だと申し立てる者もいる。このような言い草は、ひとつには中央政府が目論む諸改革に反対する中産階級および封建的特権階級が抱く反国民会議派の感情に由来するものだ。イギリス人に取りいって甘い汁を吸ってきた者は多い。そういった連中がネルーにつれなくされて息巻いているのだ。

暗がりの先で、法医学者のラジ・ブーミが悪態をつく声と、コンクリートに金属が響く音と、また悪態をつく声が聞こえ、それから明かりがついた。

解剖室に入ったとき、ブーミは床に落ちたメスを拾っていた。解剖台には解剖途中の死体が横たえられている。

ブーミは驚きの表情でペルシスを見つめた。「ワディア警部。会う約束はしてなかったと思うんだが」

「ええ。でも、ここにヴィシャール・ミストリーがいると聞いたもので」

困惑の表情のあと、しばらくしてから思いだしたみたいだった。「うん。年配の紳士だね。ナイフで刺し殺された」

一瞬の間があった。少なくとも、これで知りたいことのひとつには答えが得られた。

「検死はすんだ？」

ブーミはじっとペルシスの顔を見つめた。「本気で言ってるのかい」

「そのつもりだけど」

「ものには順序ってものがある、警部。あそこのドアから入ってきたらすぐに作業開始ってわけにはいかない。もちろん、検死はする。でも、それは数日後のことだ。前がつかえているものでね」

「でも、ヘリオットの検死にはすぐにとりかかった」

「あれは例外だよ」

「イギリス人だから？」

「重要人物だから。上部からの指示があったんだ」

「誰の死も重要よ。いますぐミストリーの検死にとりかかってちょうだい」

口もとに耄碌《もうろく》した老人に向けるような微笑が浮かぶ。

「きみにそんなことを命じる権限はないよ」

ペルシスは睨みつけた。「なるほど。犬はご主人さまに蹴飛ばされないかぎりスリッパを取ってこないってわけね」

くすんだ明かりの下で、顔が真っ赤になっている。

「きみにそんな言い方をされるいわれはない」

「こんにちは。お邪魔するよ」

振りかえると、アーチー・ブラックフィンチが部屋に入ってきていた。「ちょっといいかな、ペルシス」

ブーミを睨みつけたまま、ペルシスはイギリス人のあとについて廊下に出た。ブラックフィンチには前もって電話をかけ、ここで落ちあうことにしていたのだ。

ブラックフィンチはやんわりと諫めた。「協力を得たい者を馬鹿にしちゃいけないよ」

「お給料の分はちゃんと働けと言っただけよ」

「ラジは優秀な法医学者だ。いまは人出不足で、過重労働を強いられている」

　ペルシスの唇は強く引き結ばれ、目は鋭い光を宿し、鼻は怒りで広がっている。そこからブラックフィンチは視線をはずさなかった。

「きみは謝るべきだ」

「謝る？」その言葉はスズメバチのように空中にとどまった。

　ブラックフィンチはうなずいた。「そう。ラジの協力を得たいのなら」

　ふたりは解剖室に戻り、ペルシスは表情を変えずに宙を見つめたまま言った。「気分を害したかもしれないけど、わざとじゃないの」

　それでブーミの怒りはやや和らいだみたいだった。

「いいかい、ラジ」と、ブラックフィンチは言った。「これはとても重要な案件なんだ。ペルシスはミストリーの死とジェームズ卿の死になんらかの関係があるんじゃないかと考えている」

「でも、ジェームズ卿の一件については解決ずみじゃないか。ペルシスが解決した。きみといっしょに」

「残念ながら、そんなに簡単な話じゃないんだ。この話はここだけのものにしてもらいたい」

　ブーミは眉を寄せた。「捜査を続ける許可をとってないってことかい」

　ブラックフィンチは人なつっこい笑みを浮かべた。

「そういうこと」

　ブーミは笑った。「なんで最初からそう言わないんだ。破る必要のあるルールは破られなきゃならない」

　一時間後、検死は終了した。蛇口の下で手を洗いながら、ブーミは所見を述べた。「死因は胸へのナイフによる刺創。胸骨の左側の第七肋間腔から右心室を刺し貫いている。即死に近い状態だったと思われる。断言はできないが、傷の形状がジェームズ卿のものと似ている。同一の凶器である可能性が高い」

「死体はどこで見つかったかわかる？」ペルシスが訊いた。

「調書に書かれているはずだ。ここにも一部来ている」

ブーミは手袋をはずして、隣の部屋に行き、しばらくして調書を読みあげながら戻ってきた。「自宅から半マイルほど離れた、ボリ・ブンダー公園南端の林間の遊歩道。毎朝ウォーレス通りの自宅からそこを通って、マリン・ドライブの遊歩道まで歩いていき、海を見てから、来た道を引きかえして、ジャムシェトジー・タタ・ロードのオフィスに向かっていたらしい」

ボリ・ブンダー公園の南端に車をとめて、ふたりはそのなかの広場をめぐる林間の小道を歩きはじめた。この時間でも人通りはほとんどない。朝の早い時間ならもっと静かで、待ち伏せするにはもってこいの場所だ。木々のあいだから、広場でクリケットをしている子供たちや、ベンチで寝ている酔っぱらいの姿が見える。野良犬がまだらに生えている雑草を食べている。

「きみはまだヘリオットのズボンについて訊いていなかったね」と、ブラックフィンチは言った。

ペルシスは首を横にかしげただけで、振り向きもしなければ歩調を緩めもしなかった。足の下で枯葉がかさかさと乾いた音を立てている。一匹の豚が数匹の子豚を引きつれて、低いうなり声をあげながら遊歩道を歩いていく。

「今朝、調べてみた。以前から試してみたいと思っていた血痕の新しい分析方法があってね。その技術はとりわけアメリカで進歩が著《いちじる》しいんだが、この国の裁判所ではまだ証拠能力を有するものと見なされていない」

ペルシスは何も言わず、長い脚で小道を歩きつづけた。ブラックフィンチは急ぎ足でそのあとを追わなければならなかった。

「ズボンにかなりの量の血液が付着していたのはたしかだ。でも、その血痕は予想していたものとちがっていた」

「どういう意味かわからないわ」

「ジェームズ卿はナイフで喉を刺されていた。傷口から出た血はスプレーのようにズボンに飛び散ったはずだ。としたら、そこには大きな血のあとがべったりとついていたことになる。だが、実際にそのズボンについていたのは、いわゆる転写染みのようにしか見えないものだった。何かが血痕に触れたあとには足跡とか、今回の場合だと染みが残る。それは喉を刺されたときに付着したものじゃない。としたら、そのときジェームズ卿はズボンをはいていなかった。犯人は事後に血をズボンにこすりつけたということになる」

背後の木の枝でカッコウがけたたましく鳴き、ふたりを驚かせた。

「それって、どういうことかしら」

返事はかえってこなかった。

ペルシスは思案をめぐらせた。かりにシンがヘリオットを殺したとしたら、それはヘリオットが女性と関係を持った直後で、服を着ていないときということになる。相手の女性を見つけだしたら、部屋を出たときの状況を知ることができるはずだ。それでもシンがズボンを持ち去った理由はわからない。

考えながらカーブした小道を曲がると、大きなバニヤンの木の下に赤い旗が立てられているのが見えた。ヴィシャール・ミストリーがそこで死んだことを示す唯一のものだ。調書によれば、死体はバニヤンの木の下で絡みあった枝のなかに隠されていた。通りがかりの歩行者が連れていた犬に見つけられるまでに、死後四日がたっていたらしい。このあたりは小道の両側にバニヤンの木があり、その向こうにいれば人目を避けることができる。殺人にはもってこいの場所だ。

しばらくのあいだ周囲の地面を探してみたが、見るべきものは何もなかった。もしここに手がかりになるようなものがあったとしても、捜査員がすべて持ち帰ったはずだ。その点、抜かりはないだろう。

ミストリーはいつもより早く家を出た、と妹のミニーは言っていた。だが、これといった用はなく、店員のケダルナートが聞いている予定もなかった。では、なぜそんな朝早くにここに来たのか。

「ここで死体が発見されたことを知らせてくれた者から聞いた話なんだけど」と、ペルシスは言った。「ミストリーは当局に知られた存在だったらしい。分離独立のあと、盗品の売買にかかわっているんじゃないかと疑われていたのよ。当時は窃盗《せっとう》とか略奪とかがいたるところで行なわれていた。ミストリーはその種のものの売買を取りもっていたとして告訴されたけど、証拠不十分で、罪に問われることはなかった。でも、火のないところに煙は立たない。そうでしょ」

このとき、ブラックフィンチがちらっと腕時計に目をやるのがわかった。

「ほかに予定があるの？」

一瞬バツの悪そうな表情が浮かぶ。「昼食の約束があるんだ。ある女性と。待たされるのが嫌いなひとでね」

エリザベス・キャンベルの姿がふと頭に浮かんだ。が、すぐにペルシスはそれを頭から追い払った。「引きとめはしないわ」その声は恥ずかしくなるくらい冷たかった。

「ああ。きみがそう言うのなら。いずれにせよ、ここに見るべきものは何もない」

「気にすることはない。好きなようにしてもらってけっこうよ」

「わかった」それでもまだ躊躇《ちゅうちょ》している。

ペルシスはわざと素知らぬ顔をして、地面に落ちていた動物の糞の脇に腰をかがめ、あたかもそれがこの事件の重要な手がかりであるかのようにじっと見つめた。

ブラックフィンチは歩き去りかけたが、途中で立ちどまった。「ペルシス？」

ペルシスは顔をあげたが、振り向きはしなかった。

「ささやかな感謝の気持ちを表しても誰も傷つかないよ」

足音が遠ざかり、ペルシスは耳鳴りがするのを感じた。それが怒りから来るものなのか、屈辱のせいかはわからなかった。


ペルシスはマラバール館に車をとめてから、近くの交差点の角に誰の記憶にもないくらい古くからあるアフザルのチャイ屋に立ち寄った。国民会議派の白い装束に身を包んだ痩せ細った老人が、わざとらしく深々とお辞儀をして言った。「わが国の新しいヒロイン登場だ。いらっしゃい」

ペルシスは老人をたじろがせるような視線を投げた。キュウリとチャツネのサンドイッチとミルクたっぷりの紅茶を待っているあいだも、頭は事件のことでいっぱいだった。事実に事実が積み重なっていく。捜査の新たな道筋も見えてきた。なのに、はっきりしたことはまだ何もわからない。

シンは本当に犯人なのか。ちがうとすれば、それは誰なのか。

ヴィシャール・ミストリーが関係しているのは間違いない。よほどのうつけ者でないかぎり、それを否定することはできない。ヘリオットが殺された翌日の朝、そのあとを追うように殺されたのは、偶然にしてはできすぎている。としたら、このふたりは何で結びついていたのか。このふたりを殺害したのは同一人物と考えていいのか。傷あとが似ているとしても、それだけでそうと決めつけるわけにはいかない。

マラバール館に戻ってからも、胸に引っかかっていることを考えつづけた。ヘリオットは死の直前に北のパンジャブへ向かった。そのことは列車の切符の半券によって裏づけられている。同じヘリオットの上着のポケットに入っていた紙きれのこともある。それはゴールデン・テンプル・ホテルのメモ帳から破りとったものだった。としたら、そこに書きこみをしたのはパンジャブ滞在中ということになる。

手帳を取りだして、名前と奇妙な文字列を書きとめておいたページを開く。

バクシー。PLT41／85ACRG11

それについていろいろ考えてみたが、どうしても意味をとることはできない。

文字列を途中で切ったらどうか。そう思ってペンを取り、適当なところにハイフンを入れてみた。

PLT-41／85-ACRG-11

駄目だ。

がっかりして壁に目をやる。そこにはボンベイの地図が掲げられている。それを見ているうちに、心の奥で何かがかすかに反応するのがわかった。

それで、さらに地図を見続けた。ボンベイの街は緯線と経線の格子で仕切られていて、片方の軸にはAからKの文字、もう一方の軸には1から14の数字が順番に配されている。ちなみにマラバール館はG7の格子のなかにある。

謎めいた文字列に視線を戻し、ハイフンの位置をひとつだけ変えて書きなおしてみる。

PLT-41／85-ACR-G11

G11。

これが地図の格子の記号だとしたら？　そうだとしたら、ACRの意味はおのずとあきらかになる。それは農村部の地形図でよく見るもので、ACRは広さを表す〝エーカー〟の略語だ。

としたら、85-ACR-G11というのは、G11の格子内の八十五エーカーの土地ということになる。そして、ＰＬＴは農村部の区画《プロット》を意味する一般的な略語で、だとしたら、ＰＬＴ－41は〝第四十一区画《プロット》〟ということになる。それはどの地図に載っているものなのか。そして、それはヘリオットにとって何を意味していたのか。

ヘリオットがそれをメモ用紙に書きとめたのは、パンジャブに滞在しているときだろう。そのメモが本当に土地の区画を示すものだとしたら、その土地は間違いなくそこにある。

それは誰のものだったのか。バクシー？　だとしたら、バクシーとは何者なのか。ヘリオットの分離独立時の犯罪調査の仕事となんらかの関係があるのだろうか。しばらくのあいだペルシスは思案をめぐらせたが、結局は諦めた。

しなければならないことはほかにもある。

18

ラバーナム館の背後に太陽が沈みかけたとき、屋敷の前に着いた。警備員がゲートをあけると、なかに入って、前脚を跳ねあげているコンクリートの馬の噴水の横に車をとめる。

家政婦のラリータ・グプタが出迎えてくれた。暗緑色のサリー姿で、どことなく落ち着かなそうな顔をしていた。黄褐色の羽目板張りの応接室に通されたとき、マダン・ラルは紅茶を飲みながら新聞を読んでいた。

目が大きく見開かれたが、すぐ元に戻った。グプタが部屋を出ていくと、向かいのソファーを手振りで勧めた。

「電話を折りかえさなくて申しわけありません、警部。ちょっと立てこんでいたもので」細い身体をティーポットのほうに乗りだして、「お飲みになりますか。ダージリンです。たいそう高価なものです。そう簡単に手に入れることはできません」

ラルは磁器の受け皿にスプーンを置いて、さしだした。

「破産寸前でも、ジェームズ卿は贅沢をやめませんでした。見栄で生きているようなひとだったんです。この部屋はカードルームとして使われていました。ここで取り巻き連中と夜通し酒を飲みながらポーカーをしていました」ペルシスの後ろの壁にかけられた虎の毛皮にスプーンを向けて、「ベンガルで地元のマハラジャといっしょに狩りをして仕留めたものだと触れまわっていました。もちろん嘘です。わたしには最初からわかっていました。ジェームズ卿は元々から嘘の名人だったのです。だからこそ、あのような抜け目のない政治家になれたのです」

かつての雇い主のことを語る口調には、微妙な変化が起きていた。おもねりは消え、かわりに皮肉がはっきりと表に現われるようになっている。

「なぜあなたは黙っていたんです」と、ペルシスは言った。「先の戦争でマーン・シンと同じ部隊にいたことを。そして、マーン・シンがミセス・グプタの兄であることを」

目が泳いだが、冷静さはすぐに戻ってきた。「事件とはなんの関係もないからです」

「関係なくはないでしょ。あなたは故意に情報を隠していた」

「なんの関係もないことだと言ったはずです」

「シンはあなたの同志で、友人でした。そんなひとをどうすれば殺人犯だと信じて疑わないことができるんです」

ラルは顔をこわばらせた。「たしかにマーンとは同じ部隊にいました。でも、そんなに親しいわけじゃなかった。戦争が終わったあとはずっと音信不通になっていたんです。そんなところへ、ある日いきなり電話がかかってきた。妹がボンベイで仕事を探しているとのことでした。そのときちょうど家政婦を探していたので、来てもらうことにしたんです。その後、ジェームズ卿が新しい運転手を雇わなければならなくなると、ミセス・グプタは兄を使ってやってくれないかと申しでました。それでわたしはシンに電話して、ぜひ来てくれと頼んだのです。あの男がジェームズ卿に悪意を持っていることがわかっていたら……」

「シンがラバーナム館にやってきた経緯について本当のことを言わなかったのはなぜです」

「ことを複雑にしたくなかったからです。シンはプライバシーをとても大事にしていました。自分の過去に触れられるのを極端にいやがっていました」

ペルシスはラルを見つめた。どこまでこの男を信用していいものか。すべてを話しているわけでないのははっきりしている。

「ヴィシャール・ミストリーの死体が発見されました」

「誰です、それは」ラルの口調には、わざとらしさを感じさせない戸惑いの色があった。

「事件当夜、書斎でジェームズ卿と会っていた宝石商です。次の日の朝に殺害されたんです」

「なぜそれをわたしに？」

「偶然にしてはできすぎていると思いませんか」

ラルは肩をすくめた。「その男のことは何も知りません。ジェームズ卿に会っていた理由もわかりません」

ペルシスは切り口を変えた。「ジェームズ卿がグルモハール・クラブに投資する計画を立てていたことを知っていますか」

「嘘でしょ」

「嘘じゃありません」

唇が歪む。「どこにそんな余裕があるというんです」

「それもわからない多くのことのひとつです。われわれが思っているほど逼迫していなかったんじゃないでしょうか」

　ふたりはひとしきり睨みあったあと、一時停戦に合意した兵士のように黙ってティーカップを覗きこんだ。

　沈黙を破ったのはラルだった。「あなたはどうしていつまでもこの事件を追いつづけるんですか。本件はすでに解決ずみで、あなたは国民から祝福を受けている」コーヒーテーブルの上に広げられた新聞に手をやって、「なのに、なぜまだ納得できないのです」

　その答えは簡単に言葉で説明できないくらいこみいっている。

「あなたは理想主義者です」ラルは自分自身が考える答えを口にした。

「まるでわたしを侮辱しているような言い方ね」

　また沈黙があった。

「あなたはこれからどうするつもりです。本当にジェームズ卿が破産寸前の状態にあったとしたら……」

「わかりません」ラルはぶっきらぼうに答えた。

「あなたはかならずしも本当のことを話していない」

　ラルはティーカップを口に運んだだけだった。

　ペルシスは顎を少しあげた。「ジェームズ卿はあなたが言っているようなひとではありませんでした」

「死者を悪く言うべきじゃないと思います。われわれと同じようにもちろん欠点はありました。でも、その功績は評価されるべきです」

「たしかに。その功績のひとつは、あなたを長期刑から救ってくれたことですね」

　ラルは眉を寄せた。「どういうことです」

「あなたはインパールで三人の人間を無慈悲に殺害した。でも、ジェームズ卿のおかげで営倉送りにはならなかった。そんなふうにしてひとは忠誠心を買えるというわけです」

ラルは虚をつかれたみたいだった。しばらくして口を開いたとき、その声はそれまでより何オクターブもあがっていた。「あなたにわたしの過去を調べる権利はありません」

「わたしにはこの一件にかかわるすべての事柄を調べる権利があります」

「それはもう終わったことです！」ラルは声を荒らげた。拳を握りしめ、いまにも振りあげそうになっている。

一瞬、ペルシスは恐怖が巨大な鳥のように羽を広げたような感覚に襲われた。腰の拳銃に手がのびかける。おそらくその動きが目に入ったのだろう。でなければ、自分をコントロールできなくなっていることに気づいたのだろう。ラルは冷静さを保つことの重要性を充分に心得ている。コントロールを失ったとき、どんな結果が待ち受けているかは、インパールで身にしみてわかったはずだ。

「あなたは真実を知りたいと言いました」ペルシスは言った。「マーン・シンがジェームズ卿を殺したかどうか、わたしにはまだ確信が持てません」

目が細くなり、黒い瞳が点のようになる。口から声が絞りだされる。「わたしはあなたの上司に正式に苦情を申し立てます」

家政婦のグプタは屋敷の奥の自分の部屋にいた。

そこに入っていくと、グプタは立ちあがった。

「ここで働きだすまえからラルとシンを知っていたことを、あなたはどうして黙っていたんです。シンはあなたのお兄さんなんですね」

グプタは激しく目をしばたたいた。「それは……それは大事なことじゃないと思ったので」

「ほかに話していないことは？　わたしは本当のことが知りたいの」

「わたしは本当のことを――」

「事件当夜、ジェームズ卿は書斎に女性を連れこんでいたことがわかっています。その女性はあなたなんですか」

グプタは呆気《あっけ》にとられたような顔をしていた。「まさか！　どうしてそんなことを」

ペルシスはグプタを疑っている理由を告げて息子のことを訊こうと思ったが、途中で考えを変え、ビルラの調査結果を聞くまで待つことにした。

「だったら誰なんです」ペルシスは問いつめたが、返事がかえってくる気配はなかった。「いずれわかることなんですよ」

沈黙。

「あなたがマーン・シンの妹だということはすぐに新聞社の知るところとなります。それは間違いない。明日になれば、あなたの家の前に長い行列ができる。あなたの生活がめちゃめちゃになっても、あの人たちは容赦しない。それでもいいんですか」

グプタは怯え、目を伏せた。「話したら、わたしとマーンの関係は秘密にすると約束してくれますか」

「わたしの口からは何も言わないと約束します」

家政婦はぶるっと身震いした。「ジェームズ卿のお相手はエリザベス・キャンベルです」

予想外の答えだった。「ありえない」

「ふたりがいっしょにいるのを見たんです。このお屋敷で。事件の数日前のことです。ふたりは……ふたりは抱きあっていました。間違いありません」

「どうしてもっとまえに話してくれなかったんです」

「わたしには関係のないことですから。なんの関係もないことですから」

砂利を踏み鳴らしながら、ペルシスは玄関前のポーチから車に戻った。グプタの話には本当に驚かされた。若く美しいスコットランド人女性が、なぜヘリオットのような男とそのような関係になったのか。考えるだけで吐き気がする。でも、そうだとすれば、ヘリオットがロバート・キャンベルを避けるようになったのも納得がいく。そして、そのことをキャンベルが知ったとしたら……

足音が聞こえたので、振りかえると、マダン・ラルが追いかけてきていた。

そして、しかつめらしく唇を尖らせて言った。「いま聞いたんですが、警部、あなたはミセス・グプタにお会いになったそうですね」

「ええ、会いました」ラルはあきらかに怒っている。いったい何が問題なのか。

「彼女をこれ以上困らせないでいただきたい」

「どうして？　あなたには答えてもらわなきゃならないことがまだいくつか残っています」

この言葉には怒りの視線がかえってきただけだった。

「事件当夜、あなたはジェームズ卿と何を言い争っていたんです」

沈黙。

「あなたはどうしてマラバール署に電話をかけてきたんです。この一件の捜査が適切に行なわれないことを望んでいたから？　だとしたら、あなたは大きな間違いをおかしたことになる」

ペルシスはまた前を向き、車に乗りこんだ。ジープは砂利道を進み、一分の隙もない身なりの男の姿はバックミラーのなかで徐々に小さくなっていった。

ラルは約束を守る男だった。

ペルシスはマラバール館に戻り、新たにわかったことをセトに報告した。ラルとシンについて、そしてエリザベス・キャンベルについて。だが、すぐにそれを後悔することになった。

ローシャン・セトがこれほど怒っているのを見たのは、初対面のとき以来数えるほどしかない。

「あえて虎の尾を踏む必要がどこにあるんだ。ラルから電話がかかってきた。面倒なことになるのは避けられんぞ」

「でも、捜査をやめるつもりはありません」

「なんの事件の捜査だ。今回の事件はすでに片づいている。用心しろと言っておいたはずだ」

「ラルの言動には不審なところが――」

セトは机を叩いたが、ペルシスは視線をそらさなかった。

「わかってないな、ペルシス。わたしはすでに出世の階段からはずれている。あともう一歩間違えば、制服を脱がなきゃならなくなる。そうなったら、わたしはどうすればいいんだ」セトはため息をついた。「きみの欠点は、ペルシス、みずからの野心や正義感のみに目を奪われ、ほかの問題が見えていないことだ。それはわたしの責任でもある。きみが若くて経験が浅いことを忘れていた。若い者はみな自分のことしか考えられない。たとえ自分ではそのことを自覚していなくても」

聞き捨てならない言葉だった。本当にそうなのか。本当に自分の視野が狭いせいで、自分の行動が引き起こす厄介ごとが見えていないのか。

「二、三日休みをとれ」

ペルシスは驚きを隠せなかった。「停職処分ですか」

「いいや、ちがう。事態を鎮静化させたいだけだ。きみのキャリアを守ってやりたいという思いもある。いいか、ペルシス。いまはわれわれとともにマラバール館でくすぶっているかもしれないが、きみにはいずれ飛躍のときが来る。ただし、それまで生き残れたらの話だ。少々の規則違反は大目に見てもらえるだろう。だが、上の連中を困らせるようなことをしたらそうはいかん」

自分の席に戻るまでのあいだ、セトの言葉はずっと耳のなかで鳴り響いていた。机の引出しの鍵をあけ、分離独立時の犯罪の調査ファイルを取りだして、ロビーに向かう。そのときには、怒りは消え、そこに深い悲しみが入りこんでいた。

つねにこうなのだろうか。自分には理解しがたい考えを持つ者たちが支配する世界で、自分の価値を証明するためには、絶え間なく闘いつづけなければならないのだろうか。新しい共和国のすべての公的機関のなかで、何よりも真実に重きを置かなければならないのは警察ではないのか。みずからの姿を鏡で見ることができないとしたら、どうやって国家は国家としての体をなすことができるのか。

思案はプラディープ・ビルラによって中断され、別のところに向かうことになった。ビルラは急いでいたみたいで、シャツは汗びっしょりになっている。そのとき、マラバール署の上階に入っている企業の役員とおぼしき三人の男がやってきたので、ふたりは脇に寄った。

ビルラは言った。「パンヴェルに行ってきた。ここから車で一時間ほどのところだ。そこにある寄宿学校はひとつだけで、〝聖母の御心《みこころ》学園〟というらしい。名門校で、学費も高い。ミセス・グプタの息子はそこに在籍している。名前はプラヴィーンという。端整な顔立ちの男の子だ」

「当ててみましょうか。イギリス人との混血ね」

ビルラは首を振った。「残念ながら。われわれと同じ混じりっけなしのインド人だよ」

意外だった。グプタの子の父親はヘリオットだとばかり思っていたのだ。

「その子と会ったのね」

「ああ。たいしたことは何も聞けなかった。あたりさわりのない話をしただけだ。でも、収穫はあった。プラヴィーンの学籍簿を見せてもらったんだ。あんたはジェームズ卿が学費を出していると言ってたな」

「ええ。グプタはそう言っていた」

「それで、教務課に行って訊いてみたんだが、学費の小切手には誰のサインが入っていたと思う？」

ペルシスは待った。

「あんたの友人のマダン・ラルだよ」

思ってもみなかったことだった。

「係の者の話だと、入学金の支払い時から定期的にやってきていた。いつもグプタといっしょに。ラルに否定されるまで、ふたりは夫妻だと思っていたらしい」

ラルとヘリオット邸の家政婦はどんな関係だったのか。彼女はヘリオット殺しを認めた男の妹だったのだ。

「学費は高いと言ったわね。どれくらい？」

ビルラは答えた。たしかにずいぶんな額だ。ヘリオットのような男が家政婦のためにそのような出費を認めるとは思えない。ラルが自腹を切っていたということか。

可能性は低い。どれほどの高給をもらっていたとしても、これだけの金額は大きな負担になるはずだ。

「頼みたいことがあるの。ヘリオットの弁護士に電話して、ヘリオットの会計士の住所氏名を聞きだしてほしいの。そのひとから話を聞かなきゃならない」

19

父は常連客のひとりといっしょに書店にいた。元裁判官のプラン・マニクチャンドは入手困難な稀覯本ばかりを注文する。父はそういった本を探すのに労をいとわない。たとえば、ガーリブの古い詩集とか、ドイツのライン地方の大昔の列車の一等客室に関する本とか。マニクチャンドは金を出しおしみせず、いつも手が切れそうな新札で代金を支払ってくれる。

マニクチャンドが帰ったあと、車椅子にすわって、書物の山のなかで、その日の売上げを計算している父を黙って見ているうちに、せつなさが胸にこみあげてきた。

「どうかしたのか」と、父が顔をあげずに訊いた。

父には話すまいと思っていたが、次の瞬間、何が起きているのかわからないまま、感情の奔流《ほんりゅう》とともに言葉が口をついて出てきた。話しおえるころには、涙がとまらなくなっていた。弱さのせいではない。あまりの理不尽さに対する怒りのためだ。

しばしの沈黙のあと、父は勘定台の前に出てくると、娘に厳しいまなざしを向けた。「自分を哀れんで気がすんだか」

ペルシスは充血した目をあげた。

「セトの言うとおりだ。おまえは自分勝手すぎる」

そんなふうに言われるとは思っていなかった。身体がこわばる。

「気にさわったか。そりゃたしかに不愉快だろう。でも、おまえは何を期待していたんだ。おまえははじめて制服に袖を通して以来つねに功を焦っていた。警察という組織全体で、自分がもっとも優秀で有能な警官だということを認めてもらいたがっていた。だが、上の者はそんなことはどうだっていいと思っている。どうだ。おまえはそんなふうに考えたことが一度でもあるか」

言葉が心にしみこんでいく。ペルシスの目にもう涙はない。

「連中はおまえのことなどなんとも思っちゃいない。おまえがどんなに優秀で、献身的で、公正であるかなど、どうだっていい。大事なのは、保身の邪魔をされないことなんだ」父は目に奇妙な光をたたえて車椅子を前に進めた。「さあ、ペルシス、何か言いたいことがあれば言ってみろ」

ペルシスは唇を一直線に引き結んだ。「上の人たちの事情なんて知ったことじゃないわ」

夕食の席で、ペルシスは捜査が行き詰まっていることを父に話した。

「シンがやっていないと思う根拠は？」

ペルシスは肩をすくめて、皿からハイデラバード・ビリヤニをフォークですくった。「直感よ」

「馬鹿馬鹿しい。直感は経験から生まれるものだ。おまえは直感に頼れるほどの経験を積んでいない」

顔が赤らむのがわかる。

「おまえはシンの無実を望んでいる」父は容赦なく続けた。「シンが無実なら、調査を続ける口実ができるからだ」

ペルシスはフォークを置いた。セトによって広げられた傷口に塩を塗りつけられたような気分だ。「パパはいつも自分を信じろと言ってたでしょ。わたしのなかの何かがシンはやっていないと訴えつづけてるの」

「ひとはいつだって自分に嘘をつく」

「パパもそのひとり？」ペルシスは小さな声で言った。

それでその場の雰囲気が居心地の悪いものに変わった。

「あの日何が起きたか、どうしてわたしに話してくれないの」

顔がこわばる。目は虚《うつ》ろになり、視線が皿に落ちる。

「わたしには知る権利がないの？　まだ充分に大人になってないというの？」

「いくつかの点では、そう言わざるをえない」

「パパの妻だっただけじゃなくて、わたしの母親だったひとでもあるのよ」

　ふたりのあいだに沈黙が垂れこめる。沈黙を破ったのは父だった。「不思議なことに、亡くなって何年もたつのに、母さんとはいまでもいつもいっしょにいるような気がしてならない。この店を父から引き継いだとき、母さんは奇妙なことを言った。〝わたしたちはこれから多くの死者に行きあうことになる〟。そのときはどういう意味かわからず、わかったのはしばらくたってからのことだった。

　当時、本の仕入れ先の多くは、主《あるじ》を失った屋敷だった。故人の妻や娘が店にやってきて、夫や父の蔵書の査定を依頼する。そうしたら、母さんといっしょにオースチンに乗って依頼人の屋敷に出向いていく。書架全体がピレネー山脈のチーズに関する本とか、グアテマラの希少な鳥に関する本とかで埋めつくされているのを見たこともある。ひとを衝き動かす情熱の大きさには、いつだって驚きを禁じえない。母さんはよく言っていた。本にはその持ち主の魂の一部が宿っていると」だんだん遠い目になっていく。「母さんを失ったことほどつらいものはない。母さんは炎のように明るい光を放っていた。いや、いまも放っている。少なくとも父さんの心のなかでは」

　父が床につくと、ペルシスはテーブルの上にメモ書きを広げた。もうすぐ夜中の二時だ。ラジオからは子供のころから好きだったシューベルトの曲が流れている。アクバルがテーブルの隅に飛び乗り、いわくありげな目を向ける。その後ろの窓ごしに、いまや不夜城として知られるようになったボンベイの街が見える。

より良い生活を求めてやってくる者は引きも切らず、街の規模は日に日に大きくなっていく。

ボンベイ——新しいユートピア。

あまり知られていないことかもしれないが、ユートピアという言葉は、ギリシア語の″どこにもない《オー・》場所《トポス》″に由来している。

壁かけ時計が小さな音を立てた。アクバルは目を閉じ、うずくまって眠っている。

けれども、自分は眠れそうになかった。思案は千々《ちぢ》に乱れるばかりだ。

冷蔵庫の前へ行き、グラスにオレンジジュースを注ぐ。そのときふと思いついて、父のリキュール・キャビネットからホワイト・ホースを取りだし、グラスにたっぷり注ぎ足す。それからグラスを見つめ、さらにまた注ぎ足す。

手帳を取りだし、空白のページを開いて書きこみを始める。

〈ジェームズ・ヘリエット卿〉

大晦日から元旦にかけての時間帯に殺害される。

凶器——曲がり刃のナイフ。犯行現場では見つかっていない。

ズボンがなくなっていた。それはマーン・シンの自宅で見つかっている。

ヘリオットは分離独立時の犯罪を調査していた。秘密裏に。

金庫は空っぽだった。中身は？　分離独立時の犯罪に関する調査資料？　それとも何かほかのもの？

暖炉に灰が残っていた。調査資料を焼却したのか。だとしたら、なぜ？

死の直前、パンジャブ州のパンディアラを訪れている。おそらく分離独立時の犯罪の調査のためだろう。

上着のポケットから見つかった謎の文字列。バクシーという男が借りていた土地の可能性。事件との関連は？

事件当夜、書斎で性行為に及んでいる。相手は？

家政婦の話によると、ヘリオットはエリザベス・キャンベルと付きあっていた。

ヘリオットは破産寸前だった。

なのに、グルモハール・クラブに投資しようとしていた。破産寸前だったとすれば、どうやって資金を調達したのか。

〈マーン・シン〉

殺害を自白。でも、動機は？　愛国心？

自宅でヘリオットのズボンが見つかった。なぜそんなものを持って帰ったのか。

彼が犯人なら、ナイフはどうしたのか。

なぜあんなにあっさりと自白したのか。

〈マダン・ラル〉

ヘリオットとは旧知の間柄だった。

インパールで三人の男を殺害し、ヘリオットに助けられた。

事件当夜、ヘリオットと言い争っていた。何について？　本人は言い争っていたことを否定している。

マーン・シンならびにドゥリープ・グプタ（ヘリオット邸の家政婦ミセス・グプタの夫）と同じ部隊に所属していたことを黙っていた。なぜか。

ミセス・グプタの息子の学費を払っている。善意から？　それとも別の理由で？

〈ヴィシャール・ミストリー〉

宝石商。

事件当夜、ジェームズ卿を訪ねている。なぜか。

ミストリーもヘリオットもそのことを誰にも話していない。なぜか。

事件の翌朝、殺害されている。

盗品の宝飾品の取引にかかわっていたという話がある。

ここでいったん中断し、一思案し、ふたつの項目を書き加える。

〈ロバート・キャンベル／エリザベス・キャンベル〉

ロバート・キャンベルはヘリオットのビジネス・パートナー。仲たがいの可能性あり。

パーティー会場で娘のエリザベスと言い争っていた。ヘリオットと付きあっていたことを知ったからか。

エリザベスは事件が起きる直前にヘリオットの書斎にいた女性なのか。

〈アディ・シャンカール〉

グルモハール・クラブのオーナー。

ヘリオットと友好関係を築いていた。ヘリオットは彼の店に投資しようとしていた。

いまはキャンベルと親しくしていて、ビジネス・パートナーになる可能性がある。

ヘリオットが殺されたときには、ジャズバンドのなかに入って演奏をしていた。

ここでふたたび中断し、それからさらにもう一行書き加える。

犯人は凶器をどのようにしてラバーナム館から持ちだしたのか？

謎はどこまでも広がっていく。伝染病のように。

もしかしたら、父の言ったとおりかもしれない。単純な答えが正しい答えかもしれない。ヘリオットを殺害したのはマーン・シンで、それに対する疑念はまったくの的はずれということも考えられる。自分を認めてもらいたいという思いが強すぎるだけかもしれない。

グラスを空にし、もう一杯注ぐ。

メモ書きを再度見直す。今回のこの一件は音楽にたとえることができるかもしれない。聞こえるのはメロディーの一部だけで、それがどんな曲なのかはわからない。

次にヘリオットの死の直前の行動について考えてみることにする。いまでは、パンジャブへ向かい、パンディアラで列車を降りて、分離独立時の犯罪の調査をしていたことがわかっている。一方、ヘリオットの上着から見つかった紙きれに記されていた文字と数字は、どこかの土地の区画番号と思われる。としたら、それはパンディアラあるいはその近辺と考えていいのではないか。そこがどこかわかれば、ヘリオットがその土地とバクシーなる人物に興味を持った理由がわかるかもしれない。

店におりていき、明かりをつける。店内には静寂が満ちている。聞こえてくるのはネズミの小さな鳴き声だけだ。フランス革命関連の本の山の脇を通り、いくつかの書棚のあいだを抜けて、地図のコーナーで足をとめる。

手をのばし、『コリアーズ版ヒンダスタン大地図帳および帝国地名索引』を取りだす。分離独立後のインドとパキスタンの地図はまだごく少ない。もしかしたら、地図製作者たちの心の奥には、いずれ状況が変わり、国境線が引きなおされるという思いがあるのかもしれない。実際、インドにはそのように感じている者が大勢いて、なかには政府が軍事力で片をつけるべきだと主張する向きもある。

　地図帳を勘定台に持っていき、その上に置いて開く。ページをめくり、北西部の地図を出して、ボンベイからラージプターナを経由してパンジャブ州へ視線を移す。コリアーズ版の地図では、パンジャブはデリーと東部の連合州から遥かペシャワールと西部の北西辺境州までを州域としている。けれども、一九四七年に同州は東パンジャブと西パンジャブに分裂し、それぞれインド連邦とパキスタン自治領によって統治されることになった。ちなみに、パンジャブという名前は〝五つの水の土地〟を意味し、サンスクリット語による呼び名パンチナーダ（五つの川の土地）が訛ったものだ。その五つの川とは、ジェルム川、チェナブ川、ラヴィ川、サトレジ川、ベアス川で、すべて偉大なるインダス川に流れこんでいる。パンジャブ州はインドで東インド会社の支配を最後まで拒みつづけた地域のひとつだが、一八四九年には第二次シク戦争に敗れてイギリスの占領下に入った。パンジャブ人は勇猛果敢な戦士として知られ、第一次大戦に参加した六十万のインド人部隊の半分がこの州の出身だった。

　分離独立時には、もっとも熾烈《しれつ》な民族間の抗争が発生したところでもある。

　そのころはイスラム教徒が州の人口の大半を占めていた。パキスタンの誕生とともに、状況は一気に険悪化し、主としてシク教徒とイスラム教徒のあいだで前例のない規模の殺しあいが始まった。村民全員が虐殺されたこともあるし、両国を結ぶ列車が線路上で停車させられ、火をつけられ、何千人もの乗客が焼け死んだこともある。恐怖はそれぞれの党派の新聞報道によって煽られ、暴徒が村を襲うという噂によって肥大化した。現在でも、国は散発的に発生する民族間の抗争に悩まされている。

　ようやくパンディアラが見つかった。アムリットサルからの距離はちょうど二十マイル。心のなかで赤い旗がそよいでいる——アムリットサル。

手帳をめくる。マーン・シンの配給カードから書きうつした本籍地はアムリットサルになっている。それとなんらかの関係があるのだろうか。

書棚に戻り、『ウェルター版インドのホテル一覧』を引っぱりだす。ヘリオットはパンディアラに二日間滞在している。としたら、そこのホテルに泊まったはずだ。それはゴールデン・テンプル・ホテルだったにちがいない。

急いでパンジャブ州のホテルのリストが出ているページを探す。ゴールデン・テンプルという名前のホテルは、インド全体では四十三軒あるが、パンディアラには一軒しかない。記載事項は二行で、写真が添えられている。住所と電話番号を手帳に書きうつす。

小さなチャイムの音が鳴った。顔をあげる。壁かけ時計が午前二時を告げる音だ。それはヌッシー叔母さんからの贈り物で、毎正時にチャイムが鳴り、前面の扉が開き、ターバンを巻いた兵士が出てきて、ぎこちない敬礼をする。以前は〝国王陛下万歳《ゴッド・セイブ・ザ・キング》〟のコーラスが同時に流れていたが、いまはチャイムしか鳴らない。インドの現状とどこか似ている。

次の一手が見えてきた。それはとつぜんのひらめきではなく、前々から待ち受けていたものがゆっくり近づいてきたという感じのものだった。

パンジャブに行って、ヘリオットの行動のあとを追わなければならない。ほかに方法はない。セトのいらだちがおさまるのを待つしかなすすべのない現状では、ボンベイにとどまっていても意味はない。警察の上層部では捜査終了の結論が出ている。自分に与えられた選択肢は、それを受けいれるか、受けいれないかだけだ。受けいれて、数日後におとなしく職場に戻り、次の事件の捜査にとりかかったとしたら、自分のキャリアの残りはどのようなものになるだろう。自分はそのような決断に耐えられるだろうか。

答えは書棚に並んだ本からもたらされた。このようなときにいつもそうだったように、本がささやきかけてきた。本は自分自身より自分のことをよく知ってくれている。

可能なかぎり捜査を続けよう。いま思えば、この判断はまえから決まっていたような気がする。実際のところ、選択の余地はなかったのだ。そう考えたら、急に気が楽になった。

ただ、ひとりでことに当たるのは、いささか心もとない。今回の事件から学ぶことがあったとすれば、いずれ誰かに助けを求めなければならないということだ。でも、誰に？

自問は自答につながった。答えはそこに潜んで待っていた。もしかしたら、質問自体がその答えを引きだすために無意識のうちに発せられたのかもしれない。

ブラックフィンチ。

あのイギリス人のことが気になって仕方がない。そうでないふりをしても無駄だ。でも、本当に好きかどうかはまだわからない。知的だし、優れた技能の持ち主ではあるが、ちょっと変わっている。自分がもっと若いころは、洗練され、包容力があり、有能で、堂々とした男性との出会いを夢見ていた。そのような男性なら、きっと自分の気の強さや知性を認めてくれるだろうと思っていた。でも、それは間違いだったかもしれない。

ブラックフィンチは以前の理想とは程遠い。

それなのに——

手帳を取りだし、ブラックフィンチの電話番号を見つけだす。気持ちが変わるといけないので、素早く店の電話の受話器をつかむ。

永遠かと思われるほど待たされたあと、ブラックフィンチが電話に出て、眠たげな声で言った。「はい」

ペルシスは口をあけたが、急にうろたえてしまい言葉が出てこない。

「もしもし？」

　沈黙。

「どちらさん？」

　沈黙。

「息づかいが聞こえている。誰だか知らないけど、おかしなことはしないほうがいいぞ」

　壁かけ時計のチャイムが鳴った。仕切りなおしだ。

　ペルシスは大きく咳払いをした。「わたしよ、ペルシスよ」

　受話器から驚きが伝わってくる。「ペルシス？　いま何時かわかってるのか」

「ええ」

　ふたたび沈黙。

「夜中の二時だぜ」

「わかってるって言ったでしょ」

「やれやれ」

　沈黙。

「だったら、午前二時に電話をかけてきたわけは？」

　ペルシスは深く息を吸いこんだ。「仕事のことで……」

「なるほど」落胆しているように聞こえなくもない。

「でも、朝まで待てなかったのかい」

「ええ」

「じゃ、聞かせてもらおう」

　ペルシスはヘリオットがたどった足取りを手短かに説明し、パンジャブへ行くつもりであることを伝えた。

　返事はすぐにはかえってこなかった。受話器の向こうから、グラスに何かを注ぐ音が聞こえてくる。しばらくしてブラックフィンチは言った。「何がどうなっているかを整理させてくれ。きみはお役御免になった」

「そういう言い方はないでしょ」

「これは失礼」少しもすまなそうな口調ではない。

「きみは上司から数日間の休暇をとるよう言われた。

ご褒美《ほうび》の休暇だ。なのに、きみはしてはいけないと言われたことをして、警察官としてのキャリアを棒に振ろうとしている」

ペルシスは受話器を強く握りしめたが、何も言いはしなかった。

「それで、きみは何を知りたいんだい」

「ヘリオットがそこで事件に関係する何かを見つけだしたかどうか。マーン・シンの本籍地がアムリットサルになっているという事実もある。アムリットサルはパンディアラのすぐ近くよ。パンディアラに行くときは、かならずそこを通らなければならない」

「シンの故郷の家を訪ねたいんだね」

「そう」

しばしの沈黙があった。「でも、そんなことをするのは……」言葉は途中で尻すぼまりになった。

「最後まで言ってちょうだい」

「わかった。そんなことをするのは上の者を見返してやりたいからじゃないのかい。おとなしく引きさがりはしないってわけだ。自分は事件のことをほかの誰よりもよくわかっている。そのことを証明すれば、彼らに自分の正しさを認めさせることができる。そんなふうに考えて、約束された将来を台無しにした者は多い」

ペルシスは口をついて出かかった言葉を呑みこんだ。結局のところ、上からの物言いという点では、ブラックフィンチもほかのみんなと変わらない。

「自分の行動がどんな事態につながるかはわかってるつもりよ。だからといって、何かが変わるとは思わない。わたしはこの事件の担当者としての職務をなんとしてもまっとうするつもりでいる。今夜あなたに電話したのは、自分がこれから行こうとしているところで仕事を手伝ってもらいたかったから。でも、あなたがそれを無意味なことと考えているのなら、わたしはおやすみなさいと言うしかない」

「電話をくれたのはそのためだけだったのかい」

「えっ？　どういう意味？」ブラックフィンチから意味ありげな質問をされたのは、ここ数日のあいだで二回目だ。その言葉の意味は煙と同じくらい捕まえどころがない。

　沈黙が広がる。しばらくしてから、ブラックフィンチが魔法を解いた。「いつ出発する予定なんだい」

「明日。二時十五分にバラード・ピア・モール駅からフロンティア・メール号に乗ってデリーに行き、そこからアムリットサルとパンディアラへ向かう」

「わかった。じゃ、駅で落ちあおう」

　一瞬呆気にとられた。「了解よ」

「じゃ、そういうことで」

「ええ。そういうことで」

　受話器から沈黙がかえってくる。

「じゃ、切るよ」

「ええ」

「わかった」

　また沈黙。

「おやすみなさい」

「おやすみ、ペルシス」

　ベッドに入ると、横でアクバルが身をよじった。二《は》十日《つか》ネズミの夢でも見ているのだろう。先ほどの会話がどうしても頭から離れない。ブラックフィンチという男は本当にわからない。パンジャブ行きにあんなに反対していながら、その舌の根も乾かないうちに同行することに同意した。あの男は……本当に変わってる。

　眠りについたときには、胸に小さなほてりを感じていた。

　とても不思議な感じだった。

20

一九五〇年一月六日

家で旅支度をしていたとき、ビルラから電話がかかってきた。「どうして署にいないんだ。あんたに話さなきゃならないことがある」

少し迷ったあと、ペルシスはヘリオットの足跡を追う計画を打ちあけた。「セトには二、三日休みをとると言ってある」

「そう言っておいたほうが賢明だ。ひとりで行くつもりかい。パンジャブの田舎は若い女性がひとりで歩きまわれるようなところじゃないぜ」

本気で心配してくれている。ブラックフィンチのことを言うべきか迷ったが、結局、黙っておくことにした。「だいじょうぶよ」

ビルラは納得していないみたいだったが、それ以上の議論は思いとどまった。「ヘリオットの会計士の住所氏名を知りたいと言ってただろ。まだ必要かい」

ペルシスはそれを書きとめると、電話を切って、腕時計を見た。午後の列車まで、時間はたっぷりある。午前中に片づけておかねばならない用件はいくつかあるが、その合間にヘリオットの会計士を訪ねることはできそうだ。

自分の仕事への向きあい方についてブラックフィンチが言った言葉は辛辣だった。けれども、自分は刑事の仕事をまっとうしようとしているだけだ。優秀な刑事はどんなときにも先入観を持たず、どんなに小さな手がかりも無視してはいけない。

ヘリオットの会計士はそういった手がかりのひとつだ。

そして、エリザベス・キャンベルも。

カフ・パレード地区の十階建てのビルの三階にあるガラス張りのオフィスに、アンドリュー・モーガンはいた。シルクのシャツを着た青白い顔の男で、年は四十代なかば。若いのに髪の毛が薄く、細い顎から喉もとにかけて湿疹《しっしん》が広がっている。

メタルフレームの眼鏡の奥で目をしばたたかせながら、「どういうご用件でしょう、警部」と言って、机の前の椅子を勧めた。

オフィスは主《あるじ》と同様に小さく、すべての壁が顧客のフォルダーで覆いつくされ、机には書類の山ができている。

「ジェームズ卿の財政状態について知りたいんです」

「必要な情報はすべて弁護士さんに伝えてありますが」

「ジェームズ卿は死亡しました。そして、わたしはその死について調べています。ジェームズ卿が文句を言うとは思いません」

モーガンは眉を寄せた。「犯人は鉄格子の向こうにいると思っていましたが」

「不明な点がまだいくつか残っているんです」

少し間があった。「何をお知りになりたいんでしょう」

「あなたはジェームズ卿の資産運用をまかされていたんですね」

「資産運用を？　いいえ。わたしは帳簿をつけていただけです」

「どこから収入を得ていたか教えていただけますか」

「ええ。インド政府の仕事をしていたので、そこから相応の報酬を受けとっていました。それに加えて、ここ数年は、さまざまな投資やコンサルタント業務をしていました。イギリスその他の地域に不動産を所有してもいます。合計すると、かなりの収入になります」

「経済的に厳しい状態にあったという話を聞いていますが」

モーガンは自分が侮辱されたかのように唇をすぼめた。「ジェームズ卿は大変な浪費家でした。金は右から左です。ええ。この数カ月は特に厳しかったようです。あるところで巨額の損失をこうむりましたから」

この話はヘリオットの息子のエドモンド・デフリースが言ったことと合致する。西インド諸島での農園経営が破綻し、大きな経済的打撃を受けたのだ。

「破産したということですか」

「公式には破産を宣言していません。でも、破産するのは時間の問題でした。イギリスに所有している土地も売却しなければなりませんでした。債務の返済のために金が必要だったのです。でも、沈んでいく船を救うには足りませんでした」

「クリスマスのあと、まとまった金が手に入ったのでナイトクラブに投資するという話を聞きませんでしたか」

モーガンは眉を寄せた。「いいえ。そのような話は聞いていません」

思ったとおりだ。ヘリオットは新たに見つけだした財源のことをお抱えの会計士に話していなかった。なぜか。

答えは明白だ。合法的に手に入れたものではないからだ。

ペルシスは少し身構えた。「個別の支出について聞かせてください。パンヴェルにある寄宿学校への定期的な支払いとか」

「えっ？」

身体がぴくっと動き、顔つきが変わった。「その話なら聞いています。側近のラルのことですね」

「マダン・ラル。あの男は詐欺師です」

「説明してください」

「ラルはジェームズ卿の意を受けて、よくここに来ていました。あれやこれやの費用を用立てるためです。たいていは多額の現金でした。最初のうち、わたしはジェームズ卿に連絡を入れて、間違いがないかどうかたしかめていました。でも、ジェームズ卿はだんだんそれを面倒くさがるようになりました。〝時間の無駄だ〟と言って。本当のところは、そういった金に直接かかわりたくなかったんだと思います。それで、小切手にはラルの署名とわたしの副署があればいいということになりました。もちろん、わたしはその金がなんのためのものか知っていました。賄賂《わいろ》です。ラルは単なる使い走りにすぎません。アメリカで言うところの、下っ端《バッグマン》です」

「ジェームズ卿は誰に賄賂を渡していたんです」

「そんなことを聞いてどうするんです。ここはインドですよ、警部。袖の下を通さなきゃ何も手に入れることはできません。ジェームズ卿は有能な政治家でした。ここで何かをするために何が必要かわかっていました。郷に入れば郷に従えです。そういった支出のなかには、女性トラブルが原因であるものもあったようです。さっきも言いましたが、なにしろ浪費家で、派手に遊びまわっていましたから」

　このことは覚えておかねばならない。「寄宿学校への支払いの件について教えてもらえますか」

「おかしな話です。一九四六年のなかごろ、ラルがここに来て、ジェームズ卿がある児童の学費を払いたいと言っていると申してでました。けっこうな額でしたが、そのころには余計な詮索はしないようになっていたので、わたしはそれを二つ返事で認めました。その子供はジェームズ卿の火遊びの産物であり、後ろ暗い秘密のひとつだろうと思ったのです。ラルは学期ごとに新しい小切手を持ってやってきました。まるで時計仕掛けのように規則正しく」ここで一呼吸おいて、「ところが、あの事件の数週間前に、ジェームズ卿はすべての支出の点検を命じたのです。自分の財政状態が逼迫していることに気づいて、どこを切り詰められるかを知りたかったんでしょう。わたしは仰せに従いました。

結果を電話で報告したのは大晦日のことです。その日パーティーを開いていることを忘れていたんです。もちろんわたしは招待されていませんでした。友人と談笑してる場に会計士を立ちあわせたいと思う者はいませんからね」口もとに悲しげな微笑が浮かぶ。「とにかく、わたしは切り詰めることができると判断したもののリストを読みあげました。そこには、寄宿学校にいる子供のための学費も含まれていました。その話をしたとき、ジェームズ卿はなんのことかまったくわからないみたいでした。それがラルの独り芝居だということに気づくまでには数秒の間がありました。われわれはラルにころっとだまされていたんです。お見事という以外ありません」

「でも、あなたはどうしてそのことをいままで黙っていたんです」

モーガンは肩をすくめた。「誰にも訊かれなかったので……そうこうするうち、あなたは犯人を捕まえた。なので、事件とは関係ないと思ったんです」

エリザベス・キャンベルの自宅はアポロ・バンダル地区のタージ・ホテルの近くにある平屋建ての家だった。ペルシスは慎み深いインド人の家政婦に迎えられ、重厚なヴィクトリア様式の家具がしつらえられた応接室に通された。窓には分厚いカーテンが引かれたままだった。光がほとんど入ってこないので、カーテンをあけると、その向こうには早急に庭師を呼ぶ必要がある荒れた庭が見えた。

窓のすぐ前の木の枝にムクドリがとまり、ペルシスのほうに頭を傾けている。

エリザベスはよれよれのバスローブを身にまとい、やつれた様子で応接室にやってきた。酒を飲んでいたにちがいない。青い目は充血し、アルコールの臭いがぷんぷんする。来客を歓迎していないのはあきらかだ。

エリザベスは虚ろな目をして、ソファーに崩れ落ちるようにすわり、煙草に火をつけた。ペルシスはその向かいの椅子にすわった。

「朝は苦手なの」足を投げだし、シラーズ絨毯の上で爪先を小刻みに動かしている。「人間はヒバリのように早起きするのが神さまのおぼしめしだったとしたら、わたしはミミズになっていたはずよ」

もうお昼近くになっていることはあえて指摘しなかった。

「あなたがジェームズ卿と付きあうようになったいきさつを聞かせてもらいたいんです」

エリザベスは目を大きく見開いたが、何も言わなかった。

「お父さんに対する腹いせのつもりだったんですか。愛するサタジット・シャルマの死はお父さんのせいだとあなたは思ってるんですね」

「どうして――どうしてわかったの。ヘリオットとのことが」

「ミセス・グプタから聞いたんです。あなたがラバーナム館でジェームズ卿といっしょにいるところを見たそうです」

顔が歪む。「そう。わたしから近づいたの。事件の数週間前のことよ。ヘリオットに気があると思わせるために。手が早いってことは承知のうえで。父を苦しませるにはそうするのがいちばんだったのよ」

「あの夜、事件が起きる直前に、あなたはヘリオット邸の書斎にいましたか」

エリザベスは首を振った。「いいえ。そのつもりはあった。そこまでやってのけるつもりだった。でも――」唇を嚙んで、「できなかった。あの男に身体をもてあそばれるかと思うと、とても……」身体がぶるっと震える。

沈黙のなかで、ペルシスは思案をめぐらせた。エリザベスは本当のことを言っているのだろうか。

「お父さんはそのことを知っていたんですか」

「あの夜までは知らなかった」

「どういうことでしょう」

顔が赤くなる。「どうかわかって。わたしは心の底から父を憎んでいたの。サタジットのことがどうしても忘れられなくて。だから、わたしは——わたしは馬鹿なことをした」顎をあげて、「ヘリオットと寝たと父に言ったのよ」

「嘘をついたと?」

「そう。褒められた話じゃないことはわかってる。ただ、父がわたしを傷つけたように、わたしも父を傷つけたかっただけ」

ペルシスはまた思案のために間をとった。

「お父さんの反応は?」

「激怒したわ、もちろん。でも、まえからどこかおかしいとは思っていたみたい。ヘリオットはわたしに言い寄られたときから、父を避けるようになっていた。秘密がばれないように気を使っていたってことよ。でも、とにかく父は感づいていた。感づいていたひとはたぶんほかにもいると思う。ヘリオットと父が仲たがいしているという噂も広がっていた。あの日のパーティーでも、ヘリオットは努めて父と距離をとろうとしていた」

「あの夜、あなたから話を聞かされたあと、お父さんはどんな行動に出たか教えてください」

ひとしきりの間のあと、心を決めたみたいだった。

「ヘリオットをとっちめるために二階にあがっていったのよ。でも、数分でおりてきた。どことなく様子がおかしかった。見つからなかったので、あとで話をつけにいくと言っていた」

ちょっと間をおいてから、ペルシスは訊いた。「あなたはその言葉を信じたんですか」

返事はない。

ペルシスは少し待ってから続けた。「どうしていま？　サタジットが亡くなってから一年以上たっているのに」

「時が悲しみを洗い流してくれるだろうと思っていたから。でも、その考えは間違っていた」

ペルシスは正面からエリザベスを見つめた。「あなたのお父さんはジェームズ卿を殺したと思いますか」

眉間に皺が寄る。「本当のところはどうなのかって？　そんなのわかりっこないでしょ」

パンディアラへの直通列車はない。フロンティア・メール号は二十時間近くかけてデリーまで北上し、そこで一時間の停車のあと、さらに六時間かけてアムリットサルまで北西に向かう。到着するのは七日の午後。そこで列車を乗りかえるためにまた一時間待ち、さらに四十分かけてパンディアラへ向かう。

ふたりは乗客や赤帽や物乞いや行商人や弁当売りでごったがえすプラットホームで落ちあった。ブラックフィンチの姿はカラスの群れにまぎれこんだフラミンゴのように目立っている。荒海のなかの孤島といってもいい。クリーム色のズボンにスポーツジャケット姿で、黒い髪が風になびいている。手には傷だらけのスーツケース。物乞いの一団が取り囲み、小銭をせびっているが、あえて素知らぬ顔をしている。

ペルシスを見つけると、タクシーを拾おうとしているように大きく手を振った。遅れてこなかったのはなによりだ。ボンベイには二種類の時間制度がある。市の行政機関は太陽の位置を基準にした〝ボンベイ時間〟を採用し、鉄道や電信を含む多くの公共企業はマドラス子午線により設定されたインド標準時に従っている。両者のあいだには三十分の時差があり、そのおかげでボンベイ市民はいつなんどきでも遅刻の完璧な言い訳ができる。

ペルシスは人ごみを掻きわけて進んだ。

「これを。一等車の客室の切符よ」

「ありがとう」ブラックフィンチはにっこり微笑んだ。戸惑いを覚えるくらい上機嫌だ。もしかしたらブラックドッグを一杯ひっかけてきたのかもしれない。いまはペルシスの服装に視線を走らせている。ジョッパーズ、くるぶし丈のブーツ、白いブルゾン、そして鍔広《つばびろ》のフェルト帽。制服を着ていくことも考えたが、パンジャブはもとより管轄外だ。いまの自分の立場を考えれば、まわりの注目を集めるのはできるだけ避けたほうがいい。

「狩猟に行くような格好だね」

ペルシスは顔をしかめた。「旅行用の格好よ」

笑みが小さくなる。「ああ、もちろん――」

「動きが楽だし、暑いところでも快適でいられる」

「ぼくはべつに――」

「あなたといっしょだからといって、おめかしをする必要はないでしょ」

「そんな――」

甲高いホイッスルの音がイギリス人を救った。プラットホームの混乱ににわかに拍車がかかる。いちばん手前の車両から、制服姿の車掌がやる気のなさそうな顔で人だかりを見おろしている。口をもぐもぐ動かしていたが、しばらくして列車からプラットホームに身を乗りだすと、噛んでいたビンロウの実を焼けたタールマックの上に吐き捨てた。

困ったものだ。インドでは珍しくない光景だが、ペルシスはそれを好ましいこととは思っていない。

足もとにまとわりつく物乞いを振り払いながら、ふたりは人ごみのなかを進み、いちばん前の車両に乗りこむと、通路をそれぞれの車室へ向かった。

「隣どうしだね」と、ブラックフィンチは言った。「それは何かと好都合だ」

「どういう意味？」

口もとに大きな笑みが浮かぶ。「つまり、もしこれが映画なら……」

　ペルシスは何も言わなかった。

　笑みが小さくなる。「なんでもない。軽い冗談だよ」

　ふたりはおたがいを見つめあった。それぞれがみずから作った迷路で迷子になっている。

　しばらくしてブラックフィンチがようやく口を開いた。「ぼくはこれからどうしてもやっておかなきゃならないことがあるので失礼するよ。夕食をいっしょにとろう。この列車には食堂車があるよね」

「ええ。一等車の乗客用のがある」

「七時でどうかな」

「それでいい」

　車室は狭いが、しつらえは行き届いている。部屋の片側には、角が少しだけひび割れている鮮やかな小豆色の革張りのソファー。その上の壁には絵が描かれていて、よく見ないと、そこに毛布と枕の収納庫があることはわからない。向かい側には、折りたたみ式のベッドがあり、夜になると、それを広げて、ゆっくり横たわることができるようになっている。上のほうにはスーツケースを載せる棚がついている。

　室内は暑いが、我慢できないほどではない。ブーツを脱いで、収納庫から長枕を取りだし、ソファーにゆったりと腰をおろす。そして、一冊の本を手に取る。

　それはちょっと変わった本で、昨年の夏にイギリスで出版され、つい最近インドに入ってきたものだ。父は店に数部仕入れ、だがすぐにそのことを後悔した。「これは売れるような本じゃない」とのことだった。

　タイトルは『一九八四年』。著者はジョージ・オーウェル。イギリスの作家だが、これまでその著作を読んだことはない。興味をそそられたのは物語の背景だ。戦争が絶えない未来世界。政府による容赦ない弾圧。おぞましい〝思想警察〟の概念。そこでは個人主義や自由な施策は犯罪と見なされている。

読了まであともう少し。ストーリーが救いのない結末に向かっていることは気にならない。気になったのは、主人公ウィンストンの恋人であるジュリアが権力に屈服したことだ。途中までペルシスはウィンストンを臆病者と見なしていた。ウィンストンが強い反骨心を持ちながらも、みずからが思い描く理想を最終的には裏切ると考えていた。でも、それは他人ごとではなかった。彼女もやはり膝を屈した。そうしたのはあきらかに作家のミスだ。彼女はヒロインあるいは少なくとも殉教者として描かれるべきではないか。彼女が口にした言葉が頭から離れない。いまの自分の立場を考えると、その言葉は別の意味を帯びることになる。

〝彼らはときどきあなたを脅す。あなたが立ち向かえない何かで。考えることさえできない何かで。すると、あなたはこう言う。『ぼくじゃなく、ほかの誰かを脅してくれ』〟

午後の熱気のせいで、まぶたが次第に重くなり、列車の軽い揺れがさらに眠気を誘う。頭がさがり、本が床に滑り落ちる。

はっとして目を覚ます。目をこすりながら腕時計を見る。七時二十分。

毒づきながら立ちあがり、スーツケースから化粧道具を取りだすと、通路に出て、洗面室へ向かう。

十五分後、混みあった食堂車に入り、ブラックフィンチを見つけた。

向かいの席に着こうとしたとき、ブラックフィンチは笑いながら言った。「気を持たせようとして、わざと遅れてきたんだね」

「ごめんなさい。ええっと、あの……しなきゃならないことがあって、それに没頭していたものだから」

「気にしなくていいよ。ぼくには時間遵守という悪い習慣があってね。インドではそれで失敗することが多い。お酒はどう？」

「ええ、いただくわ。ウィスキーを」

しばらく、ふたりは黙ったまま飲んだ。まわりの喧騒は大きくなったり小さくなったりを繰りかえしている。

「なかなかいい感じだね」沈黙を破ったのはブラックフィンチだった。上着はすでに脱いでいて、白いシャツの袖はまくりあげられている。暑さと上機嫌のせいで、顔がほてっているように見える。これまでに何杯飲んだのだろうとつい考えてしまう。

「何が？」

「この古い列車のことだよ。そこには威厳と歴史が宿っている。あえて言うなら退廃も。イギリス人であることを誇りに思わせてくれる」

「イギリスがこの鉄道を敷設したのは、インド亜大陸から富を吸いあげるためよ。その工事中に何万人ものインド人が命を落としている。レールは文字どおり血に染まっているのよ」

その言葉で会話がとまった。

給仕がやってきて、注文をとる。窓の外には、カラシ菜の畑が黄色く浮きあがっている。現在地はスーラトとインドールのあいだのどこかだろう。農地には冬の作物があふれている。

見ると、ブラックフィンチは塩と胡椒の容器を横一列に並べなおしている。

「何をしてるの？」

ブラックフィンチは見られていることに気づいていなかった。顔が赤くなり、一瞬、言葉に詰まった。

「ついやってしまうんだ」罪を告白しているような口調だ。「子供のころから秩序や整理整頓に対する強迫観念があってね。なんでも一直線にしないと気がすまない。両親はいつも困ったものだという顔をしていたよ」

「べつにいけないこととは思わないけど」

「そんなことはない。靴紐がきちんと結ばれていないとか、皿のうえの豆の数が前の日と同じではないというだけで癇癪《かんしゃく》を起こしていたんだからね」口もとに弱々しい笑みが浮かぶ。「心理療法のおかげで、いまはかなりの程度まで抑えこめるようになっている」

ペルシスは驚きを隠せなかった。「治療を受けてるの？」

「受けていた。受けざるをえなかったんだ。父がぼくのそういった性癖をひどく恥じていたから」グラスを手に取り、ウィスキーを一気に飲みほす。「でも、いいところもある。それは仕事の役に立つ。どんな些細なことも見逃さず、膨大な量のデータから必要なものを的確に抜きとることができる。よくないのはそれで人間関係が損なわれるときがあるってことだ」

「わたしに対してはそんなことはないわ」ペルシスは言って、目をそらした。

「ありがとう。正直言って、誰かといっしょにいてこれほどくつろげることはめったにない。ぼくはいつも相手を困らせるようなことをしたり言ったりしてばかりいる」

考えてみれば、ブラックフィンチのことは何も知らないに等しい。それで、気がついたら、いろいろと尋ね、通常なら差しでがましいと思える個人的な質問までしていた。

「なるほど。ぼくがどうしてこんなふうになったか知りたいんだね」ブラックフィンチはくすっと笑った。「そうだな……子供のころは、さえない毎日を送っていた。友人もそんなに多くなかった。ぼくの物言いや態度がみんなを遠ざけていたんだと思う。いちばんの親友は兄だった。名前はピタゴラスだけど、みんなにはサッドと呼んでくれと言っていた。ミドルネームのサディアスの略だ。父が他界したとき、弔辞《ちょうじ》を読んだのはサッドだったけど、父の遺志を継いだのはぼくだ。科学を職業にしているという意味で。

サッドは牧場主で、千頭の牛、それに羊、あとは鶏も少し飼っている。妻は飾り気のない田舎の女性で、六歳になる双子の娘がいる。母親譲りの青い目と赤い巻き毛の女の子だ。もちろん、姪っ子たちはぼくを慕ってくれている。ぼくはアーチー叔父さんであり、科学者であり、世界を股にかける巨人《コロッソス》だ。クリスマスにはいつも会いにいく。

ほかに何かあったかな。ええっと……好きなスポーツはクリケット。でも、あまり上手《うま》くない。読む本は主として科学書と歴史書。ポーカーはけっこう上手い。結婚は一度失敗している。その理由を説明できるとも思わないし、そんなに深く考えなきゃならないこととも思わない。われながら情けない話だよ」ブラックフィンチは明るく笑い、それからペルシスのことを訊いた。「仕事をしていないとき、きみは何をしているんだい」

ペルシスは不意をつかれた。興味を持てるものがないということではない。けれども、仕事が自分のすべてになっているのは事実だ。もしかしたら、自分はヌッシー叔母さんが言っていた華やかで、ロマンチックで、社会に受けいれられる人生をわざとふいにしているのかもしれない。

いや、そんなことはない。女性警官でありつづける理由は、自分自身より大事なもの、ヌッシー叔母さんのような多くの人々が自分のために抱いてくれる思いより大事なものを信じているからだ。それは正義。ゾロアスター教の聖火のように、世界の根本原理である平等、良識、公正を覆《くつがえ》そうとする悪党どもから守られ燃えつづける貴重な炎。

仕事をしていないときにしていることといえば……「読書。水泳。武術。あとは、美術館へ行ったり、ラジオを聴いたり、父の話し相手になったり、猫に餌《えさ》をやったり」

料理が来た。ブラックフィンチはチキンのロール巻きを食べながら言った。「ひとつ教えてくれ。きみの恋人のことだ」

「恋人？」

「きみに求婚している男だよ。ミスター・ベンソン・アンド・プライス」

「ダリウスのこと？」ペルシスは眉を寄せた。「恋人じゃない。従兄よ」

「近親相姦《そうかん》はいつの時代にでもある。〝会えば挨拶の《キッシング・》キスをする親類《カズン》〟という言葉を知ってるだろ」

「わたしたちはキスなんてしません」ペルシスはむきになって言った。

ブラックフィンチは降参のしるしにフォークをあげた。「冗談だよ。まいったな。今夜はずいぶん気むずかしいんだな」

ペルシスは相手を睨みつけた。「あなたこそどうなの？」

「どうなのって何が？」

「ランチデートのことよ」

ブラックフィンチの顔に困惑の表情が浮かぶ。「ランチデートって？」

「昨日、誰かさんと食事をしたでしょ」

顔に笑みが広がる。「ああ、あれか。ミセス・ソーダースのことだね」

つい顔がこわばってしまう。「既婚女性とランチデートをしたってこと？」

「しちゃいけないって法律はないよ」

ペルシスはフォークを置いた。次の質問も同じようにはぐらかされてはならない。「そのひとのご主人はご存命なの？」

「そうでなきゃ困る。来週、ブリッジをする約束をしているんだから」

ペルシスの目に驚きと怒りの表情が浮かぶ。「夫人と仲よくしているのに、その連れあいとも友人関係を維持しているってこと？　相手はそのことを知ってるの？」

「そのことって？」

「食事のことよ」

「ぼくといっしょに食事をとってるってことは知ってるはずだ。昨日いっしょに食事をとったってことを知っているかどうかはわからない」

「それで、その女性とのお付きあいは今後も続けるつもり？」

「ミセス・ソーダースとの？　もちろん。とても愉快な女性でね。いっしょにいると文句なしに楽しい」

「だけど、それはモラルに反してるわ」

　ブラックフィンチはウィスキーを一口飲んだ。目が愉快そうにきらきら輝いている。「そうかな。ぼくはそうは思わないけど。きみの考え方はあまりにも旧弊《きゅうへい》にすぎる。イギリスでは、家族ぐるみで付きあっている昔からの友人と食事をともにしても、モーセの十戒を破ることにはならないと考えられている」

「昔からの友人？」

「ミセス・ソーダースはぼくの母の友人なんだよ。御《おん》年《とし》は七十三。冬のあいだだけ夫婦でボンベイに滞在している」

　ペルシスは一瞬言葉を失った。それから口の端が引きつり、思わず笑ってしまった。

「いいかい。それはそんなにむずかしいことじゃないんだよ」

「何がむずかしくないの？」

　ブラックフィンチの目がグラスの上からきらりと光る。「楽しく過ごすこと」

　デザートを食べながら、ペルシスは新たに見つけだしたことを全部話し、それからふたりで事件についての意見を出しあった。

　容疑者はふたつのグループに絞られる。ひとつはシン、ラル、グプタ。もうひとつはロバート・キャンベルとその娘の周辺。

　シンとラルとグプタがヘリオットを殺しにどのように

かかわったかについて、仮説はいくつか出たが、辻褄《つじつま》がぴたりとあうものはひとつもなかった。そもそも、シンはなぜ自白したのか。あのような自白がなければ、三人のうちのいずれかが直接事件にかかわっていたのではないかという疑いは生じなかったはずだ。

キャンベルとその娘に関しては——

ブラックフィンチは言った。「エリザベスがヘリオットの死となんらかのかたちで関係していると考えるのはむずかしいと思う」

「そう思うのは当然でしょうね」

「どういう意味だい」

ペルシスは顔を赤らめた。「べつに」

ブラックフィンチはペルシスを見つめ、それから続けた。「あの夜ヘリオットと関係を持った女性がエリザベスじゃないとしたら、それはいったい誰なんだろう」

「わからない。グプタかもしれないと思ったけど、本人は否定している」

ブラックフィンチは椅子の背にもたれかかった。

「こんなに大勢の容疑者がいるのに、どうしてパンジャブに行かなきゃならないのか。いや、誤解しないでくれ。もちろん、行きたくないと言ってるんじゃない。でも、ヘリオットのパンディアラ行きは事件となんの関係もないかもしれない」

一瞬の間のあと、ペルシスは言った。「たしかに。でも、さっきも言ったように、わたしがそこへ行きたい理由は別にもうひとつある」

「そうだった。マーン・シンの実家を訪ねることだね。でも、そこで何を見つけだしたいんだい」

「それがよくわからないの」

夜は更け、列車は走りつづけ、夜半近くに田舎の駅にとまった。ペルシスは眠れなかったので、いちばん近くの乗降口まで歩いていった。何人もの村人が次々に無言で列車の屋根の上によじのぼっている。くたびれた旅行かばんを持っている者も何人かいるが、大半は布の大きな袋を担いでいる。ボンベイにあるポルトガルの古い砦カスッテラ・デ・アグアダの城壁に群がる猿を思わせる光景だ。

駅長室から年配の男がぼんやりとこっちを見ている。そこにかかった看板には〝インド鉄道――安全と時間厳守〟と記されている。

どちらも嘘だ。

通路に戻ると、ブラックフィンチはまだ起きているかもしれないと思い、ノックしようかどうか迷ったが、結局そうはせずにそのまま自分の車室へ戻った。

車室にはコウモリが入ってきて、ベッドの上の隅にぶらさがっていた。気にすることはない。コウモリなんて怖くない。

少しだけ本を読みすすめ、それから明かりを消した。

暗闇のなかで、コウモリが小さな声でキーキーと鳴いていた。

21

一九五〇年一月七日

午前中のうちに、列車はデリーに一時間停車し、そのあとアムリットサルに向かい、午後二時ごろ到着した。内陸部のパンディアラ行きの列車に乗るまでに、一時間の待ち時間がある。

ふたりはタクシーに乗って市内に入った。そこから市のはずれへ向かう車のなかで、運転手は言った。

「お探しの家はアムリットサルの貧民街の一角にあります。旧スルタンウィンド門の近くです」

道路は次第に狭くなり、住居はますます粗末になっていく。

運転手がブレーキを踏んで車をとめたときには、うらぶれた裏通りの迷路に入っていた。道の両側に漆喰壁の家が並び、むきだしの溝《どぶ》から強烈な悪臭が漂ってくる。その先は狭い路地になっている。「狭すぎて、ここから先には行けません。ここで待ってますよ」

シンの家を見つけるまでさらに五分かかった。

ドアは開いていた。

ペルシスはドアをノックし、それからブラックフィンチを後ろに従えてなかに入った。寝室、台所兼居間、それにトイレ。インドではよくある間取りだ。シャルワールにカミーズという民族服を着た女が部屋の隅にあぐらをかいてすわり、石臼《チャッキ》で小麦を挽《ひ》いている。

ふたりが部屋に入っていくと、女は目を大きく見開き、あわてて立ちあがった。そして、腰に手をあてがい、パンジャブ語で尋ねた。「どちらさん？」小柄だが、頑健そうな女性だ。肌は浅黒く、顎はがっしりしていて、唇は厚ぼったい。

パンジャブ語はヒンディー語とそんなに変わらないので、何を言っているかはおおよそ見当がついた。マーン・シンの妻で、名前はラノというらしい。

ラノが夫の現状を知っていることはすぐにわかった。知らないわけがない。新聞の一面に記事がでかでかと載っていたのだから。

ペルシスは来訪の理由を手短かに説明した。「ご主人がなぜあんなことをしたのか知りたくてここに来たんです」

ラノは驚き、ぽかんとした顔でふたりを見つめていたが、しばらくしてこみあげる感情を抑えきれなくなり目をそむけた。「あのひとは……あのひとはどうしているんでしょう」

「ご主人は殺人を自白しました。このままだと、裁判にかけられ、有罪を宣告され、死刑になります」

「いつかはこんなふうになるんじゃないかと思っていました」

ブラックフィンチが口をはさんだ。「なんて言ってるんだい」

「このひとはマーン・シンの奥さんよ。英語は話せない。我慢してちょうだい」

ブラックフィンチは眉にいらだちの色をあらわにしつつも口をつぐんだ。

「結婚してどのくらいになりますか」ペルシスは訊いた。

「五年です。軍隊から戻ってきたときに結婚しました。わたしたちは幼なじみだったんです」

「お子さんは?」

「ええ。三歳になる男の子がひとり。いまはおばあちゃんといっしょに出かけています」

「あなたがボンベイに行かず、ここで暮らしているのは息子さんのためですか」

顔が歪む。「刑務所に電話をかけたんです。わたしの話は看守を通じて夫に伝えられました。かえってきた返事は、たった一言〝おれのことは忘れてくれ〟でした」

「ご主人はどうして除隊したんです」

ラノは答えずに下を向いた。

ペルシスは質問の方向を変えた。「ここに帰ってきたあとは何をしていたんです」

「何も」一瞬の間があった。「ときどき現場作業員とか門番とかの臨時雇いの仕事をしていただけで、定職にはついていませんでした。ちょっと気が短いところがあるので、どの職場でも長続きしなかったんです」

「それはさぞかしお困りだったでしょうね」

返事はない。

「ご主人から軍隊時代の話を聞いたことはありますか。同じ部隊に所属していた仲間の話とか。マダン・ラルというひとのこととか。あるいは、ドゥリープ・グプタというひとのこととか」

目がきらっと光ったが、口は開かない。何かある。それは間違いない。ラルとシンは戦争中からおたがいを知っていたが、どちらもその事実を口にしなかった。ラルはヘリオットが殺される少しまえにシンを雇った。本人たちも認めているように、ヘリオットの死体を最初に見つけたのはそのふたりだ。

共謀のにおいがする。

「ご主人はなぜあなたたちを残してひとりでボンベイに行ったんでしょう」

沈黙。

ペルシスは一歩前へ進みでた。「わたしにはご主人がジェームズ卿を殺したとはどうしても思えないんです。少なくとも、ご主人がひとりでやったとは思えない。だから、なぜあのような自白をしたのか、その理由を知りたいのです」

その言葉に嘘はないかどうか探るように、ラノはペルシスを見つめた。その目に希望の火がともる。「電話がかかってきたんです。マダン・ラルから。いい働きロがあるのでボンベイに来ないかと言われたそうです」

「それだけの理由じゃないはずです。ご主人はあなたたちを置いて出ていったんですから。なぜなんです」

ラノは唇を噛んだ。

「ご主人の妹さんと何か関係があることですか。彼女はドゥリープ・グプタと結婚しています」

ラノはうなずいた。「ラリータといいます。夫とちがって、学校では優等生でした。そして、ボンベイに仕事を探しにいった。そこでドゥリープと出会ったんです。夫とドゥリープが休暇で軍隊から戻っているとき、ラルはふたりをよくボンベイの自宅に招待していました。その席でドゥリープと知りあい、結婚したんです」

「そして、ドゥリープは戦死した」

ラノはふたたびうなずいた。「そのときラリータには子供がいました。夫はその子といっしょにアムリットサルに戻るようにと言ったんですが、応じませんでした。彼女にとっては、ボンベイが故郷だったんです。生活は苦しかったけど、なにしろ頑固者なので。夫は自分が除隊したあと、そのことをラルに伝えました。それで、ラルはラリータに連絡をとり、働き口の世話をしてあげたんです」

「それがヘリオット邸だったんですね。どうしてラルはそのときご主人もいっしょにヘリオット邸で働いたらどうかと言わなかったんでしょう。どうして何年もたったあとでご主人に電話して、仕事の話を持ちだしたんでしょう」

ラノの指はカミーズの裾をいじっている。「わかりません。声をかけても断わられると思っていたのかもしれません。なのに、どうして最近になってそこで働く気になったのか、わたしにはわかりません。わたしが知るかぎり、夫はイギリス人を憎んでいました」

「どうして?」

ラノは一瞬ためらい、それから言った。「戦前、夫はインドの独立運動に加わろうとしていました。でも、みんなにとめられたんです」

「どういうことです。みんなというと？」

「地元の人たち――地元の行政にたずさわる人たちとか、抗議運動や反英闘争を組織している人たちです」

「よくわかりません。そういった人たちがどうしてそんなことをしなきゃならなかったんです」

「夫を許すことができなかったからです」

「ご主人の何を許せなかったんです」

「夫の父のことです」

ペルシスは詳しい説明を求めた。

「彼はジャリアンワーラ・バーグにいたんです」

それでわかった。ジャリアンワーラ・バーグというのは、ガンジーの非協力運動のきっかけとなり、インドの独立運動に火をつけた事件が起きた場所だ。

一九一九年四月十三日、一万人以上の地元民がアムリットサルにあるジャリアンワーラ・バーグと呼ばれる、壁に囲まれた公園に集まった。シク教の祭り〝バイサキ〟を祝い、イギリスの支配に抵抗する姿勢を平和的に表明するためだ。現地のイギリス人司令官レジナルド・ダイアー准将は危機感を募らせ、先だって可決したばかりのローラット法により扇動的な集会が禁止されたのをこれ幸いとばかりに、第九グルカ連隊、第五十四シク連隊および第五十九シンド・ライフル連隊から九十人の兵士を動員し、装甲車と機関銃と・三〇三リー・エンフィールド手動式遊底銃で武装して現地に赴いた。そして、そこで公園の出入口を封鎖したあと、群衆がもっとも密集しているところに向けて、なんの警告もなしにいきなり発砲を命じた。のちにイギリス連邦議会下院でダイアー准将が述べたところによると、その目的は〝集会を解散させるためではなく、不服従のインド人を罰するため〟だったらしい。

銃撃は兵士たちの弾薬が尽きるまで続いた。

その結果、千人近くの男女と子供が死亡した。そのなかには、生後六カ月の赤ん坊も含まれていた。

虐殺の影響は広範囲に及んだ。

ニュースはすぐにインド全土に広がり、反イギリス感情を激しく煽りたてた。当初ダイアー准将はイギリスで名声を博したが、のちに真実があかるみに出ると、政治的に厳しい立場に立たされることになった。

「なるほど」と、ペルシスは言った。「ご主人は大きくなって、父親がジャリアンワーラ・バーグでイギリス人に殺されたことを知ったんですね。だから、ジェームズ卿が怒りの的になったというわけですね」

だが、ラノは首を振っていた。「あなたは何もわかっていない。夫の父はジャリアンワーラ・バーグで殺されたんじゃありません。殺した側にいたんです」

22

ゴールデン・テンプル・ホテルはイギリスの統治時代の濃い面影を恥ずかしげもなく残していた。鮮やかな小豆色のファサード。鎧戸《よろいど》がついた両開きの窓。ロビーには逆さにしたピラミッド・サイズのシャンデリア。ふたりがホテルに着いたのは、シンの家からアムリットサルの駅に戻り、ふたたび列車に乗りこんでから一時間ほどあとのことだった。

ペルシスは前もって電話で二部屋を予約しておいた。

フロント係はダークスーツ姿で、大きな髭をたくわえた、ずんぐり体型の男だった。怪訝そうな目で見ているのはなぜだろうと思っていると、ブラックフィンチが身を乗りだしてささやいた。「別々の部屋をとっていることを訝っているんだよ。ここはイギリスの男性がインドの女性をもてなす場所のひとつなんだろう」

見ると、ブラックフィンチの口もとには笑みが浮かんでいる。ペルシスはしかめ面でフロント係のほうを向いた。「あなたはいつからここに勤務しているの？」

「二十年です、マダム。わたしの名前はオンダといいます」

「ミスター・オンダ、わたしたちは警察の者です。今日ここに来たのは、少しまえにここに泊まったと思われるイギリス人男性の足取りを調べるためです。そのひとの名前はジェームズ・ヘリオットといいます」

オンダは微笑んだ。「アムリットサルは国の中心から離れていますが、陸の孤島というわけじゃありません。あなたのことはよく存じあげていますよ」ちょっと間があった。「捜査は終わっていると思っていましたが……」

返事をするまえに、ブラックフィンチが言った。「そのとおり。ただ、不明な点がいくつか残っているので」

「お力になれることがあれば幸いです」

ペルシスは訊いた。「あなたはジェームズ卿のことを覚えていますか」

「もちろんです。ここに二泊なさいました。十二月二十五日と二十六日です。チェックアウトは二十七日でした」

「ここに来た理由を聞いていませんか」

「いいえ。ですが、たぶんお仕事だと思います」

「どうしてそう思うんです」

「このところ観光目的でここに来られるイギリス人はめったにいません。観光客であれば、みなかならずゴールデン・テンプルを訪れます。なかには、イノシシや羚羊《れいよう》や豹《ひょう》などの狩りが目的の方もいます。でも、ジェームズ卿はそういったことに興味を示されませんでした」

「じゃ、ここで何をしていたんです」

「運転手付きの車を用意してもらいたいとのことでした。近くの村へ行かなきゃならないとおっしゃって」

「それがどこかわかりますか」

「いいえ、あいにくですが」

ペルシスは渋い表情でブラックフィンチのほうを向いた。

「でも、見つけだす方法はあります」オンダは言って、カウンターの上のベルを鳴らした。

後ろのドアから、もっと若くて痩せた男が現われた。短く切り揃えられた口ひげ、あばただらけの頬。

「コンシェルジュのプラカーシュです」オンダは言って、出てきた男のほうを向いた。「ジェームズ卿を覚えているな」

「もちろんです」

「車の手配をしたのはきみだったな。運転手が誰だったか覚えているか」

「ええ。クルラージ・シンです」

「見つけて、ここに連れてきてくれ」

「何かあったんでしょうか」

「車が必要なお客様がいらっしゃると伝えてくれ」

ペルシスは言った。「もうひとつお聞きしたいことがあります。ジェームズ卿は滞在中に誰かと会っていましたか」

「このホテルで？」オンダは考えこんだ。「ええ、そういえば、訪ねてきたひとがいました。男性です。外見からすると、地元の人間のようでした。二十五日の夜、ジェームズ卿が用をすませてホテルにお戻りになったあと、やってきたんです。緊急の用件と言うばかりで、名前を名乗りはしませんでした。わたしが電話を取りつぐと、ふたりで少し話をしたあと、ジェームズ卿から部屋に来てもらうようにという指示がありました。そして、一時間後にその男性は下におりてきました」
「どんな話をしていたかわかりますか」
「いいえ、あいにくですが、マダム」

贅沢なしつらえの部屋だった。大きなベッド、絨毯が敷きつめられた床、手彫り細工が施されたチーク材の家具。このホテルはどうやっていままでやってこられたのだろうと思わずにはいられない。インドとパキスタンの分離独立によって、この地域の経済は大打撃を受けたはずだ。観光業はわけても大きな痛手をこうむったにちがいない。ゴールデン・テンプルが近くにあるおかげで、なんとか命脈を保っているということだろう。

電話機の横にメモ帳が置かれていた。ペルシスはいちばん上の用紙に指を滑らせた。用紙の上部に〝ゴールデン・テンプル・ホテル〟、そのすぐ下に〝ネクタルの池のほとり、六十八の聖地〟とある。

ヘリオットはたしかにこのホテルにいた。ここにあるのと同じメモ帳から一枚を破りとって、〝バクシー〟という名前と、土地の区画番号とおぼしき文字と数字を書きつけた。それはここにやってきた謎の男から聞いたものだろうか。バクシーとは何者なのか。あの不可解なメモの意味は？

荷物を片づけて、シャワーを浴びにいく。

十五分後には、身体にバスタオルを巻いて、大きな姿見の前で長い黒髪を梳《と》かしていた。心のなかには高揚感があった。こんなにすっきりした気分でいられるのは久しぶりだ。この地でヘリオットの足跡をたどっているのは、ささやかな勝利の証しであるように思える。

すでに成果は得られている。驚いたことに、マーン・シンの父はアムリットサルの事件で市民に発砲した側にいたらしい。

名前はハリダス・シン。当時の年は二十歳で、一歳のマーン・シンの父親だった。のちに歴史の過酷な判断が下るとは思ってもみなかったにちがいない。何も考えず、なんの疑問も抱かず、黙って命令に従うように訓練されていたのだろう。けれども、ジャリアンワーラ・バーグでの惨事の後遺症は、それ以降の人生にずっとついてまわることになった。

　事件の一年後、ハリダスはインド帝国軍から離れた。自分と同じシク教徒の老若男女《ろうにゃくなんにょ》の亡霊と向かいあうことに耐えられなくなったのだろう。しばらくして、虐殺に関与していたことがまわりの者の口の端《は》にかかるようになると、みんなから白い目で見られ、たびたび殴る蹴るの暴行を受けるようになった。雇ってくれる者もいなかった。それで、酒に溺れた。子供たちも無傷ではいられなかった。マーン・シンもひどい辱《はずかし》めを受けた。売国奴の息子という烙印《らくいん》を押され、地域社会から爪弾《つまはじ》きにされ、その結果、大人になるまでに心に歪みが生じた。

　後年には軍が逃げ場になった。だが、そこには皮肉な運命が待ち受けていた。父はイギリスのために同胞を殺した。今度は息子が同じことをするはめになったのだ。それでも、アムリットサルでの屈辱の日々から逃れることができたので、それを受けいれた。何か崇高なもの、父の負の遺産を帳消しにするために戦いたかったのだ。

　しかしながら、戦争に気高さを見いだすことはできず、逆に混迷の度は深まるばかりだった。戦《いくさ》によって、過去から逃れられると思っていたが、それは間違いだった。ビルマのジャングルで、過去に捕まってしまった。それで軍籍を離れた。

　アムリットサルに帰ると、混迷の度はさらに深まった。祖国の独立に対しても思いは複雑で、気慰みにはならなかった。みずからの行く手には、つねに父が犯した罪が立ちはだかっていた。自分だけではなく、自分の子供の行く手にも。

　そんなある日、戦友だったマダン・ラルから電話があり、ボンベイに来ないかと持ちかけられた。働き口を紹介するという。雇い主はジェームズ・ヘリオット卿。イギリス人。

　ペルシスは思った。もしかしたら、自分は状況を読み間違えているのかもしれない。やはり犯人はマーン・シンかもしれない。殺害の動機はこれでより明確になった。

　ノックの音がして、思案から覚めた。反射的に足が動き、ドアをあけてから、ガウンをはおってこなかったことに気づいたが、もう遅かった。

　ブラックフィンチがドアの向こうに立っていた。やはりシャワーを浴び、服を着替えていて、このときは髪に櫛《くし》を入れていた。その目には驚きの色が浮かんでいる。

「おやおや」視線がペルシスのむきだしの肩や濡れた髪から、身体に巻きつけたバスタオルに向かう。

「これから身支度しようと思っていたところなの」

「オンダから電話があった。運転手が見つかったらしい。ロビーで待っている」

「すぐに準備するわ」

「ああ」

　ふたりはおたがいを見つめあった。

「わかった。先に下におりているよ」

　運転手のクルラージ・シンは背が低く、胸板の厚い男だった。預言者のような白い顎ひげに、カールした頬ひげ。頭には、赤いターバン。クリーム色の上衣に、鮮やかな緑の綿の腰布。マスタードガスなみに強烈なアフターシェーブ・ローションのにおいを放っている。

　ペルシスは訊いた。「英語を話せる？」

「もちろんです、マダム」

「ジェームズ・ヘリオット卿のことを覚えてるわね」

「もちろん」

「どこまで乗せていったか正確に思いだせる？」

「ええ。パンディアラの警察署に寄ってから、ジャランプールという村へ行きました」

ヘリオットが警察署に立ち寄ったのは、調査対象であったイスラム教徒の大地主の殺害事件が発生した場所を聞きだすためにちがいない。自分でも同じようにしただろう。犯行現場がどこであれ、一報は近隣の警察署に届いていたはずだから、この地域のどの警察署に問いあわせても、その場所を突きとめることは簡単にできるはずだ。

「そこへ連れていってもらえないかしら」

運転手は軽いお辞儀をして、ふたりを車のところへ連れていった。ジープか何かに乗っていくのだろうと思っていたが、そこにとまっていたのはビュイック・ロードマスターだった。小豆色のボディに、白い縁どりのタイヤ。染みひとつないボンネットが陽光に輝いている。

ブラックフィンチは口笛を鳴らした。「いい車だね」

「以前の雇い主からの贈り物です。パキスタンへ発つ際に譲ってくれたんです。言ってみれば、これは思い出の品なんですよ」

23

ジャランプールはパンディアラから西へ五マイルほど行ったところにある、パキスタンとの国境付近の村だ。ビュイックは遅い午後の熱気のなかを弾みながら進んでいった。道は轍《わだち》だらけで、動物の糞があちこちに落ちて固まっている。

途中、ヤギの群れが道を横切ったので、車は一時停止を余儀なくされた。杖を持った長身のシク教徒がブラックフィンチを睨みつけ、それから地面に唾を吐き捨てた。

「なんのつもりだろう」

「パンジャブはつねに紛争の地なんです」運転手は急カーブを猛スピードで走り抜けながら言った。「独立前からここには多くの利害の対立がありました。地主はイギリス人に忠誠を尽くしていました。イスラム教徒もヒンドゥー教徒もシク教徒もみなそうでした。でも、イギリス人が去ると、多くのものを失うことになりました。つづいて、インドとパキスタンの分離独立が避けられないとわかると、それぞれのあいだで争いが始まりました。イスラム教徒は当然ながらムスリム連盟を支持していました。ここでは彼らが多数派です。どれほどの混乱が生じたかは容易に想像がつくと思います」

車はでこぼこの道を走りつづけている。

「本当なら、パンジャブの州都はアムリットサルのはずですが、決してそうはならないでしょう。国境が近すぎるからです。アムリットサルとパキスタン側のラホールは双子の兄弟と言われています。距離は五十マイルほどしか離れていません。アムリットサルはわれわれの信仰の中心であり、ラホールはわれわれの文化の中心なんです。われわれはいつかかならずラホールを取りもどします」バックミラーにちらっと目をやって、「現在の州都がどこかご存じですか」

　ブラックフィンチは首を振った。

「シムラーです」その口調には苦々しさがこもっている。「かつてはイギリス人が夏の首都としていた街です。いまでは国民会議派がそこからパンジャブを統治しています」

「どだい無理な注文だったんだ」ブラックフィンチが思案顔で言及しようとしていたのは、インドとパキスタンの分割線を引いた男のことだった。「シリル・ラドクリフはただの公務員であって、政治家でも地理学者でもなかった。インドを訪れたことさえなかった。なのに、一カ月で国をふたつに分けろと命じられたんだ。どうすればそんなことができるのか。とんでもない暑さと蚊が猛威をふるい、何千という党派が覇を競っている国で。歴史に見つめられながら。普通なら頭がどうにかなってしまうだろう」

　だが、その顔に不安の色はない。そもそも恐怖心など端《はな》から持ちあわせていないように思える。それもまた特異な性格のひとつだろう。それはともかく、ここは決して安全な場所とはいえない。ボンベイとはちがう。ついてきてもらったのは間違いだったかもしれない。

　窓外には農村らしい風景が広がりつつある。畦道《あぜみち》に仕切られた冬作物の畑。軛《くびき》をかけられ、鋤《すき》や荷車を引く牛。水牛が黒光りする身体の半分を泥の川に沈めている。オートバイが轟音を響かせて通り過ぎ、田園の静寂を破る。

　村のなかに入っていくと、埃っぽい道の両側に、白漆喰が塗られた煉瓦造りの低い家並みが姿を現わした。ビュイックは一軒の平屋の前でゆっくりとまった。そこには〝土地登記所〟と記された木の看板がかかっていた。

「ジェームズ卿はここへ来たんです」と、運転手は言った。

一行は車から降りて、建物のほうへ歩いていった。建物の前の広場には人けはないが、周囲の民家にはこちらの様子をうかがっているいくつもの目があった。噂が広がるのは早い。

土地登記所には、風通しの悪い三つの部屋があった。いちばん手前の部屋には、守衛がいた。椅子にすわって高いびきをかいている。肩を突つくと、びっくりして目を覚ました。責任者に会いたいと言うと、ひとしきりペルシスを見つめ、それから走って上司を探しにいった。

十分後に、白いシャツに腰布姿の痩せた男がやってきた。ターバンは巻いていない。口ひげが唇にかかるくらいのびていて、眉と眉のあいだには白檀の粉が塗りつけられている。名前はナイヤル。ジャランプールのような小さな村の記録管理官《パトワリ》だという。村落内の土地の所有者や用途を変更のたびに書きかえ、登記簿をつねに最新のものにしておくのが仕事だ。大々的な農地改革が現実のものとなりつつあるいま、パトワリが果たす役割は大きい。ペルシスの父が言うには、そのような改革を実行に移すと、ネルーは政治生命を失いかねないだろう。数千年続いた封建的な土地所有制度の結び目は、政府の号令ひとつでほどけるほど緩いものではない。貧しい小作農は戦いに勝利するまで地主の激しい怒りに耐えなければならない。

「ヘリオットというイギリス人を覚えていますか。最近ここへ来て、あなたと会ったはずですが」

ナイヤルは表情を変えなかった。「ええ」

「どんな用件だったんでしょう」

返事はかえってこない。警察官としてのペルシスを軽く見ているのはあきらかだ。

ブラックフィンチが一歩前に進みでた。「きみに訊いているんだぞ」

ナイヤルは縮みあがった。「登記簿を見たいとのことでした、白人の旦那さま《サヒーブ》」

ペルシスにとって、それは屈辱以外の何ものでもなかった。男性に支配されているというだけでなく、男女平等という基本的な理念さえ欠落している社会では、女であること自体に大きな痛みがついてまわる。このような北の僻地では、女性警官としての名声はほとんどなんの意味もなさない。悔しいけど、ブラックフィンチについてきてもらってよかった。そうでなかったら、ナイヤルのような男と渡りあうのは容易でなかっただろう。

「その登記簿を見せてもらいたい。いますぐに」

少しのためらいのあと、ナイヤルはうなずいて奥の部屋に消え、しばらくして戻ってきたときには、一冊の布表紙の登記簿と三冊の土地台帳、それに二枚の大判の地図を持っていた。そして、その地図を木のテーブルの上に広げて言った。「ジャランプールの全域がカバーされています」

ペルシスは地図を見つめた。ジグソーパズルのような複雑なかたちの区画に分けられ、赤インクで略号や数字が書きこまれている。「このあたりの土地の所有者は？」

「大部分がシカンダル・アリ・ムムターズ太守《ナワーブ》の一家のものです。残念ながら、数年前の火災で家族は全員死亡し、ナワーブの家系は途絶えてしまいました。それ以降、その土地は村が管理し、いまは誰にどう配分するかを検討しているところです」

これだ。これが分離独立時の犯罪の調査ファイルに記された案件であり、ヘリオットがここまで調べにきた出来事なのだ。イスラム教徒の大地主の殺害。被害者の名前もわかった。シカンダル・アリ・ムムターズ。

ナイヤルの話には英語とヒンディー語が入りまじっていて、ブラックフィンチはついていけないみたいだった。テニスの試合を観ているように頭が右と左に行ったり来たりしている。

「火事のことを聞かせてください」ペルシスは言った。

「放火だった可能性はありませんか」

ナイヤルは目を大きく見開いたが、何も言わなかった。

ペルシスは手帳を見て、ヘリオットがゴールデン・テンプル・ホテルのメモ用紙に書きつけた名前と文字列を確認した。

バクシー。ＰＬＴ41／85ＡＣＲＧ11
それから地図に目を戻すと、そこに記された略号や数字と記述の仕方が同じであることがわかった。胸が高鳴る。

「土地台帳を見せてください」

ナイヤルは三冊のうち最初の一冊をさしだした。ペルシスはそれを開いた。ヒンディー語に英語が併記された項目ごとに、地名と面積、借地の使用状況が記されている。ナイヤルが言ったとおり、その大部分はナワーブの一家のもので、地目は小作地や賃貸用の宅地。各区画には地番と、小作人や借家人の名前が付されている。

お目当ての項目が見つかるまで、十分ほどかかった。ナイヤルに助けを求めたらすぐにわかっただろうが、そんな癪《しゃく》なことはしたくない。

これだ。ＰＬＴ41／85ＡＣＲＧ11。ヘリオットはここでその略号と数字を書きとめた。それはなぜか。

区画41は八十五エーカーあり、地図に載っているなかではもっとも広い。土地台帳に記載された借地人の名前はヴィーカス・バクシー。

バクシー。

ペルシスは見つけたページを指で押さえて言った。

「ヴィーカス・バクシーというひとのことを教えてください」

ナイヤルは目をパチクリさせた。「昔からの小作農です。何世代にもわたってここに住んでいました」

「住んでいた？」

「死亡したんです。分離独立時の騒動に巻きこまれて、家族全員が死亡しました」

ペルシスは頭のなかで整理した。分離独立時の騒動で血脈が絶えたふたつの家族。片方はイスラム教徒、もう一方はヒンドゥー教徒。ヘリオットは一方の家族の死を調査していて、もう一方の家族の名前をメモしていた。それはなぜか。

「ナワーブの一家が犠牲になった火災の捜査をしたのは誰です」

「捜査に不備はないと思うのですが」

「そんなことは訊いてません」

ナイヤルは黙っていたが、ブラックフィンチが身を乗りだすと、すぐに答えた。「シェールギル警部補。現地の警察官です」

「どこに行けば会えるんでしょう」


警察署は土地登記所から二百ヤードほど離れたところにあった。バルワント・シェールギル警部補は署からの呼びだしを受け、そこでふたりがやってくるのを待っていた。村人たちもそのまわりに集まっていた。やはり噂を聞きつけたのだろう。おおよそは好奇心からだが、その奥には敵意が潜んでいることをペルシスは感じとっていた。

シェールギルは頭にターバンを巻き、顎ひげを生やし、薄汚れたカーキ色の制服を着た大男だった。急に呼びつけられたことに不満の色をあらわにしている。

ペルシスが名前を名乗ると、シェールギルはぶっきらぼうに言った。「ここにはなんの用で？」

「わたしはボンベイで捜査を――」

「知ってますよ、婦人警官さん」露骨にひとを馬鹿にするような言い方だ。「イギリス人の殺害事件でしょ。わたしに言わせりゃ、マーン・シンは勲章を授与されるべきですよ」そして、憎々しげな目をブラックフィンチに向ける。白人の男に対して物おじするようなタイプではない。だが、かつては帝国警察の一員としてブラックフィンチのような白人の上司から命令を受けていたはずだ。もしかしたら、憎悪の矛先《ほこさき》の一部は自分自身に向けられているのかもしれない。それはマーン・シンの父を苦しめた自己嫌悪の念と同種のものだ。

ペルシスは背筋をのばした。「わたしでは力不足だと言うのなら、内務副大臣に電話をかけたらいい。わたしは内務副大臣のじきじきの命令を受けてここに来たのよ。おわかりかしら、警部補さん」

シェールギルはペルシスを睨みつけた。

「ナワーブの屋敷の火災についての捜査報告書を見せてちょうだい」

持ってこられたのは、数ページ分の書類が綴《と》じられた薄いフォルダーだった。ペルシスはいちばん近くの机の前に行って、そこの木の椅子にすわり、フォルダーを開いた。

冒頭には、火災の発生日時と場所。それに続いて、現場で起きたことの概略が記されていた。日時は分離独立の一ヵ月前の一九四七年七月十六日。午後八時半ごろ、第一報がジャランプール警察署に入った。シェールギル警部補と二名の巡査、それに地元住民の一団が現場に駆けつけたとき、屋敷はすでに炎に包まれていた。井戸からのバケツリレーで消火活動が行なわれたが、効果はなかった。火勢は手の施しようがないほどすさまじく、朝まで消えなかった。

翌日、十五の焼死体が見つかった。捜査報告書によると、火災の原因はガスボンベの不具合と思われるとのことだった。この判断を裏付ける根拠は記載されていない。

「なぜガスボンベが原因だと考えたの？」

シェールギルは顔をしかめた。「そう考えるのがいちばん自然だったからです」

「でも、たしかではない」

「たしかですよ」

「本当に？」

「たしかです」

「放火の可能性を疑ってみなかったの？」

「ええ」

戸口や窓の格子の向こうには、村人たちが鈴なりになって話に耳をそばだてている。ここでの会話はすぐ村全体に知れわたるだろう。

「ナワーブは村人から慕われていましたか」

シェールギルは顔を曇らせた。「さあ。なにしろ気性の荒いひとでしたから。一家はパンジャブの土地のおかげで裕福になりました。なのに、自分たちの国を守るべきときに、ジンナー率いるムスリム連盟の側についたんです。そのために、村人からは国家の敵と見なされていました」

「きみもそのひとりだったのかい」ブラックフィンチが訊いた。

シェールギルの目に怒りの色がきざしたが、結局は何も言わなかった。

ペルシスは訊いた。「ナワーブとヴィーカス・バクシーの関係は？」

それは予期しなかった質問だったらしく、一発殴られたみたいな顔になった。「ふたりは――ふたりは友人付きあいをしていました」

「ナワーブがパキスタン側についたあとも？」

「バクシーは真の愛国者でした」

「としたら、ナワーブの行動は大きな怒りを買ったでしょうね。でも、バクシーは借地人だったから、できることはほとんど何もなかった。少なくとも合法的には」

シェールギルは鋭い視線を前方に向けた。「あなたはないものを探しているんです」

「というより、巧妙に隠されたものを探しているのよ」

　シェールギルは唇を一直線に引き結んだ。

　村の広場に戻ると、ビュイックのまわりに人だかりができていた。そこへ近づいていったとき、小柄な老人が前に進みでて、ペルシスの腕をつかんだ。

「何をするんだ！」と、ブラックフィンチは叫んだが、ペルシスはそれを手で制した。老人の目には思いつめたような表情がある。

　老人は吐き捨てるように言った。「嘘だ。嘘っぱちだ。これは神への冒瀆《ぼうとく》だ」

「どういう意味なの？」

　だが、答えるまえに、シェールギルがやってきて、老人を引きずっていこうとした。

「やめなさい！」

「こいつは酔っぱらいです。あなたに話すことなんかありませんよ」

「手を放しなさい」

　シェールギルは不満げだったが、それでも言われたとおりにした。

　ペルシスは老人に近づいた。背は低く、頭は禿げかかっていて、てっぺんに白い髪がまばらに残っているだけだ。こけた頬、鷲鼻《わしばな》、無精ひげ。服は薄汚れていて、悪臭を放っている。吐く息は、酒臭い。

「さっきは何を言おうとしていたの」

　老人は自分のはだしの足を見つめている。目をあわせようとはしない。

「怖がらなくてもいいのよ。さっきの言葉はどういう意味なの。何が嘘なの」

　返事はかえってこない。

　ペルシスはシェールギルのほうを向いた。「このひとは誰？」

「名前はマンガル。さっきも言ったように、ただの酔っぱらいです」

　だが、それだけではないはずだ。間違いない。この老人は何かに怯えながら日々を過ごしていたにちがいない。ペルシスがここに姿を現わしたことで、一瞬呪縛が解けたということだろう。けれども、すぐまた安全な沈黙の殻のなかに引きこもってしまったようだ。

　ビュイックが村をあとにしようとしたとき、ペルシスは後ろを振りかえったが、そこに老人の姿はもうなかった。

「ナワーブの屋敷のあとを見てみたいんだけど」

「見る価値のあるものは残っちゃいませんよ、マダム」運転手は答えた。「それに、もうじき暗くなります」

「戻ったほうがいいんじゃないかな」ブラックフィンチは言った。

「戻りたいのなら、あなたひとりで。わたしは歩いてでも行きます」

　ブラックフィンチは黙ってペルシスを見つめただけだった。

　車はそこから十分ほど国境のほうへ走り、甘い香りが漂うマンゴーの果樹園のなかを通りぬけた。その先の高台に、焼け焦げた屋敷の残骸が姿を現わした。

　三人は車を降りて、短い坂をのぼっていった。夕闇が迫り、太陽が背後の林のてっぺんを赤く照らしている。崩れ落ちた壁や黒焦げになった煉瓦塀の上に、カラスが並んでとまっている。それからしばらくのあいだ広い敷地内をあちこち歩きまわったが、これといったものは何も見つからなかった。

　それでも、この場所には精霊のようなものが宿っていて、何かを語りかけてくるような気がしてならない。ここで蛮行があったのは間違いない。暴力の記憶が地面に染みこんでいるのだろう。男も女も子供たちも皆殺しにされたのだ。愛国心という美名のもとに。

　いや、そうではなくて、真実は別のところにあるのかもしれない。それはただ単に人間の強欲が招いた結果なのかもしれない。ヘリオットがここを訪れるきっかけとなった匿名の情報のことがふと頭に浮かんだ。ナワーブ一家を殺害したのは窃盗のためと考えた根拠はどこにあるのだろう。

高台からは、パキスタン国境に張りめぐらされた有刺鉄線つきのフェンスが見渡せた。国境の手前と向こうの光景はまったく同じで、国土が人為的に分割されたことを如実に物語っている。

「ナワーブは荒い気性の持ち主だったという話を聞いたけど、それは本当かしら」ペルシスは訊いた。

「さあ。わたしはジャランプールの人間じゃありませんので」運転手は答えた。「でも、この村には友人がいます。屋敷が火事になるまで、悪口を聞いたことはほとんどありませんでした。先祖代々の大地主としては、まずまず人望のあったほうじゃないでしょうか。でも、ナワーブがパキスタン側についたのはまぎれもない事実です。そのせいで、多くの敵をつくってしまった」運転手は言って、首を振った。「ナワーブ一家は大変な資産家でした。何世代にもわたってせっせと富をたくわえてきたのです。噂では、屋敷に値段もつけられないほど貴重な宝物がぎっしり詰まった部屋があったそうです。無類の宝石好きでしてね。金に糸目をつけず、ジャイプールの職人たちに装身具をつくらせていたそうです」

巨大なクモの巣の細い糸に頬を撫でられたような気がした。「宝石？」

「ええ。宝石マニアだったんです」

考えがまとまりそうでまとまらない。それで、ブラックフィンチに向かって言った。「今夜はジャランプールに泊まろうと思うの」

「いい考えとは思えないね。村人はぼくたちを歓迎してくれていない」

「マンガルと話をしなきゃならない。それに、バクシーが借りていた土地を見てみたいし。ヘリオットが区画番号を書きとめたのは、そこになんらかの理由があったからよ」

「マンガルという老人はただの酔っぱらいかもしれない」

「酔っぱらいにだって、話すことはあるわ。わたしたちに話をしてくれる者はほかにもいるはず。ここで何かが起きたのは間違いない。そして、それはいままでずっと隠されてきたことにちがいない」

「火災は事故じゃないってことだね」

「そう」

「ジェームズ卿はその真実を知るためにここへ来た」

「そのとおりよ」

「そのせいで殺されたときみは考えているのかい」

ペルシスはためらった。ジャランプールとラバーナム館を結びつけるのは容易ではない。「それはわからない」

24

村に戻ると、ふたりはナイヤルの自宅を探しだして訪ねた。今夜この村で泊まれるところを見つけなければならない。

「この村にホテルなんかありませんよ」と、ナイヤルは言った。

「ホテルでなくてもいいんです」

結局、案内されたのは、村のはずれの麦畑に面した平屋建ての家だった。「ここは分離独立のときから廃《はい》屋《おく》になっているんです。住人がイスラム教徒に殺されましてね。今夜はここに泊まってください」それから、ためらいがちに付け加えた。「食事はどうします。もしよかったら、わたしの家で」

夕食はナイヤルの自宅の中庭でとった。陽はすでに沈み、満天の星の下、まわりの景色や音は昼間から一変していた。石油ランプに火がともされ、その煙の臭いが料理の香りと混じりあっている。すぐに虫が寄ってきて、羽音を立てはじめる。夕食はベジタリアンの総菜に小麦粉のロティで、ナイヤルの妻が用意してくれた。寡黙な女性で、不意の来客に戸惑いを隠せないでいる。村人たちがときおりひょっこり姿を現わし、食事はそのたびに中断しなければならなかった。

これはいい。自分たちがここにいることはじきに村中に知れわたる。マンガルも話を聞くにちがいない。

食事のあいだ、ずっと押し黙っていたナイヤルがだしぬけに訊いた。「あなた方はいったいここで何をしようとしているんです」

もしかしたら、夕食に誘ってくれたのは、自分たちに目を光らせておくためかもしれない。ペルシスは少し考えてから答えた。「歴史が下す審判は厳しいものになるはずです。死者の灰の上に国を築くのは容易じゃありません。わたしたちは嘘をしりぞけ、現実に起こったことを受けいれなければなりません」

「あなたはここで何が起きたとお考えなんですか」

「みんなわかっているはずです。問題はいまも偽りの物語がつくられているということです。この国では日ごとに過去が書きかえられている」

「だったら、パキスタンでは何が起こっていると？」

「わたしはパキスタンの警察官じゃありません」

「ネルーはヒンドゥー教徒もイスラム教徒もシク教徒もみな平等だと言っています。われわれにイスラム教徒を守れと言っています。でも、われわれを裏切った者たちを、どうしてわれわれが守らなきゃならないんです」

「歴史があなたたちを裏切ったんです。歴史の傷を癒《い》やすには、憎しみを乗りこえなきゃならない。それがガンジーの教えじゃありませんか」

「ガンジーはイスラム教徒に甘すぎた。その甘さがパキスタンという邪悪な国の誕生を招いたんです」

ペルシスはその答えにちょっと驚かされた。ガンジーを公然と批判する者はそんなに多くない。だが、そういった感情はこの国のなかにたしかにある。だからこそ、あの偉人は同じヒンドゥー教徒に暗殺されたのだ。

「あなたはヒンドゥー教徒ですね」ペルシスは訊いた。

「そうです」誇らしげな口調だ。

「だったら、わかっているはずです。殺生《せっしょう》は魂の汚れになるってことを。虫けらの命でも人間の命でも同じです。それはあなたたちが不殺生《アヒンサー》の教えと呼んでいるものです」

「自己防衛のためなら、それは正義の戦《ダルマ・ユッダ》いです。マハーバーラタでもいろんなところで論じられています」

「先の騒乱でどれだけの軍人が死んだというんです。死んだのはあなたと同じ一般市民です。無辜《むこ》の男女や子供たちです」

「われわれが攻撃をしかけたわけじゃありませんよ」

ナイヤルは言って、顔をそむけた。


十時過ぎに、ふたりは宿泊地に戻った。

家のなかに入ると、ブラックフィンチはナイヤルから借りた石油ランプの火をかざし、三匹のトカゲが壁を伝っているのを見て、後ろに飛びのいた。

「ごめん」

寝室はふたつあり、木枠に麻ひもを張ったベッドが置かれていた。あまり快適な夜を過ごせそうもないが、仕方がない。

「ちょうどいい。一部屋ずつ使える」ブラックフィンチは言った。

ペルシスは自分の部屋に入って、石油ランプを木の棚に置き、窓の鎧戸をあけた。月の光がさしこんできて、埃っぽいがらんとした室内を照らす。元の住人の持ち物は何も残っていない。ここに住んでいたのはどんな人たちだったのだろう。

開戦していない戦争の犠牲者たち。

ドアがノックされた。「困ったな。トイレがない」

ペルシスは笑いながら窓の外の畑に手を向けた。

「あるわよ。あそこに」

「冗談だろ」

「あなたはインドを見たかったんでしょ。これがインドよ」

ナイヤルが水の入ったバケツと注ぎ口のついた真鍮の壺《ロタ》を置いていってくれていた。ペルシスは壺に水を入れて、ブラックフィンチに渡した。

「これをどうすればいいんだい」

「自分で考えて」

考えて、ようやく理解したみたいだった。目には不安の色が浮かんでいる。「やれやれ。まるで野蛮人だ。外には蛇がいるんじゃないか」

「たぶん」

「サソリは？」

「間違いなくいる」

ブラックフィンチは壺を見つめた。「わかったよ。仕方がない」それからドアの前で立ちどまった。「トイレに行くのも命がけとは思わなかったよ」

ペルシスはベッドに横になった。寝心地は思ったより悪くないが、上がけがないので少し寒い。この時期、北のはずれの夜は急に冷えこむ。

ヤモリが這《は》っている。フクロウが鳴いている。胸のうちで、さまざまな思いが渦を巻きはじめる。

気が立って眠れない。

それで、ベッドを出ると、家のなかを横切り、裏口から外に出て、畑のほうへ歩いていった。ブラックフィンチはいつまでたっても帰ってこない。だんだん心配になってきた。こんなところでは陸《おか》にあがった魚も同然といっていい。しかも、そそっかしいときている。

　畑のなかに入っていく。十一月に種をまかれた小麦はすくすく育ち、すでに腰のあたりまでの高さになっている。穀粒が月の光を浴びて、ちろちろ光って見える。畑のなかを歩きながら、呼んでみようかと思ったが、どこかでしゃがみこんでいるとしたら、気まずい思いをさせることになる。

　気がつくと、また考えていた。ヘリオットはここで何を見つけたのか。それは彼の死とどこかで関係しているのか。それとも、自分はただ単に幻を追いかけているだけなのか。

　走ってくる足音が聞こえた。

　振り向くと、そこにふたりの男の姿があった。手に棍棒《こんぼう》を持ち、麦畑を突っ切って、こちらへ向かってくる。先頭の男が棍棒を構え、力まかせに振りおろす。とっさに身をかわしたが、棍棒は肩をかすめ、一瞬体勢が崩れた。だが、倒れかけたとき、これまでの訓練がものを言った。地面に倒れざま、くるりと身体をまわすと、素早く立ちあがって反撃に出る。

　男は目を丸くした。逃げると思っていたのだろう。

　ペルシスは相手に反応する時間を与えなかった。右手で喉もとにチョップを見舞う。男が息を詰まらせて地面に崩れ落ちかけたところへ膝蹴りを食わす。鼻がつぶれ、ズボンに血が飛び散る。

「おい！　そこで何をしているんだ」

　ブラックフィンチだ。

　それで一瞬の隙ができてしまった。もうひとりの男の棍棒が後頭部を直撃し、ペルシスは前のめりになって麦畑に倒れた。動けない。頭のなかで何かが鳴り響いている。目の前の景色がぐるぐるまわっている。一匹の野ネズミが鼻先を通り過ぎていく。耳に届く音は、何重もの濡れた布を通したみたいにくぐもっている。さらに殴る蹴るの暴行が加えられるのを覚悟したが、何も起こらなかった。

頭の痛みが少しずつ引いていく。大きく息を吸い、よろけながら立ちあがる。

ブラックフィンチは地面に倒れこんでいた。棍棒で腕や脚を殴られ、そのたびに悲鳴をあげている。

ペルシスはまわりを見まわして、気を失っている男の手から棍棒を奪いとると、もうひとりの男のほうへ向かっていった。

そして、男が振りかえったとき、棍棒を顎に叩きこんだ。男は地面にくずおれ、動かなくなった。しばらくは立ちあがれないだろう。

ブラックフィンチを助けおこす。顔面にも一撃を食らったようで、右頬が腫《は》れあがり、口から血がこぼれている。

「だいじょうぶ？」

「眼鏡が……」

まわりを見まわすと、足もとに月の光を反射させているものがあった。眼鏡だ。それを拾いあげて、ポケットに入れる。

肩を貸してブラックフィンチを家に連れてかえり、ベッドに横たえる。それから水の入ったバケツを持ってきて、口もとの血を拭ってやる。

「まいったな。白馬の騎士になりそこねたよ」

「あなたはとても勇敢だったわ」

「なんとかなると思ったんだが」

「わたしが手出しをしなければ、形勢は逆転していたはずよ」

ブラックフィンチは目をあわせようとしなかった。羞恥《しゅうち》の念が煙のように立ちのぼっている。

前々から感じていたことだが、男の自尊心はヒナ鳥の頭蓋骨なみにもろい。ほんの少し力を加えるだけで、つぶれてしまう。腕に手を当てると、ブラックフィンチは顔を歪めた。「医者に見せないと」

「そんな必要はない」

「助けを求めるのは恥ずかしいことじゃないわ」

「だいじょうぶだよ」

「仕方がないわね」ペルシスは立ちあがった。「ナイヤルのところへ行ってくるわ」

「行かなくていい」

「連中が戻ってきたら？」

「戻ってこない。さっきのは単なる警告だ。でなかったら、別の武器を持って襲ってきたはずだ」

たしかに。「わたしたちに嗅ぎまわられたくない人間がいるってことね」

返事はかえってこなかった。

ペルシスはまたベッドに腰をおろした。「こんなことにあなたを巻きこんでしまって申しわけないと思ってるわ」

ここでようやく目があった。「何も気にすることはない。きみは大事な真実を見つけだすことだけを考えていればいいんだ」ペルシスが言いかえそうとしたが、ブラックフィンチは手で制した。「どこであんな戦い方を覚えたんだい」

「警察学校で。そこにいた女はわたしひとりだけ。間抜けな男たちはこんな女なんて物の数じゃないとうそぶいていた。だから、たっぷりと目に物見せてやった」

「察しはつく」

ドアのほうから咳が聞こえ、ふたりは弾かれたように振りかえった。緊張が走る。だが、そこにいたのは、薄明かりの下で身を震わせているひとりの老人だった。

マンガル——先刻、何かを話したそうにしていた男だ。

「入ってちょうだい」ペルシスは言った。

マンガルはおぼつかない足取りで入ってきた。ブラックフィンチの腫れあがった顔を見て、ぎょっとしたような顔をしている。

それから英語で言った。「お話ししなきゃならないことが……」

「あなたは酔っぱらいだって話を聞いたけど」

マンガルは戸惑い、それからうなずいた。「ええ」

「なのに、どうしてあなたの話を信じることができるの」

「信じてもらうしかありません」

ペルシスは老人をじっと見つめ、それからうなずいた。

「わたしはナワーブのところで長いこと働いていました。運転手だったんです。酒の問題は以前から抱えていたけど、文句を言われたことは一度もありません。とてもよくしてくれていました。誰に対しても分けへだてなく。イギリス人に対してもそうでした。イギリス人が出ていったことを心から残念がっていました。でも、分離独立後は話が別です。ナワーブがおおっぴらにパキスタンに肩入れするようになると、まわりの者との関係は急に悪くなりました。そして、あの騒動が始まったんです」そこで少し間があった。「ナワーブが亡くなった日のことです。わたしが近くの村に住んでいる妹の家からここに戻ってきたとき、ナワーブの屋敷の前に三人の男が立っていました。手にはナイフやら何やらを持っていて、どう考えてもただごとじゃない。それでマンゴーの果樹園に隠れて、そこから様子をうかがっていたんです。しばらくして、ナワーブがふたりの息子といっしょに屋敷から出てきました。その顔には訝しげな表情が浮かんでいました。屋敷の前にいた男たちのなかに、知っている者がひとりいたからです。名前はスラト・バクシーといって、ヴィーカス・バクシーの長男です。学問のある男で、そのときはアムリットサルの学校に通っていました。そいつがそこにいる理由はすぐにわかりました。

その何日かまえ、ナワーブはわたしの運転する車で、バクシーも含む何人かの借地人たちのところへ出向いていったんです。借地を買いとるか、でなければ立ち退《の》くようにと告げるために。ナワーブは土地を売り払って、パキスタンに移住するつもりだったんです。もちろん、借地人としちゃ、おいそれと受けいれるわけにはいかない。土地を買いとる金などあるわけがありませんからね。けれども、ナワーブは聞く耳を持たなかった。ごろつきを雇ってでも無理を通そうとした。

　ヴィーカス・バクシーはいちばん広い土地を借りていた小作人です。でも、それまでの三年ほどは、干ばつのために作物の収穫がほとんどできず、その間ずっと小作料を払っていなかった。そう簡単に弁済できる額じゃない。というわけで、ふたりの関係は元々ぎくしゃくしていたんです。ちょうどそのときインドとパキスタンが分離独立し、宗教が絡んで事態はさらにややこしくなった。地主と借地人の対立に、イスラム教徒とヒンドゥー教徒の対立が加わったんです。そのうちに、イスラム教徒があちこちでシク教徒やヒンドゥー教徒の男を殺害したり、その妻や娘を犯したりしているという話が聞こえてきて、両者の対立は決定的なものになりました。

　スラトはナワーブと息子たちに詰め寄って、言いたい放題のことを言っていました。土地を小作農に譲り渡し、さっさとパキスタンへ行っちまえとか。おまえは国賊だ、国賊にインドの土地を所有する権利はないとか。

　ナワーブは血相を変えて、猟銃を持ってこいと息子たちに命じました。でも、息子たちが動くまえに、スラトはナワーブに飛びかかってナイフを突き刺した。ほかのふたりの男は息子たちに襲いかかりました。

　そのあと、三人は屋敷に入っていった。出てきたとき、服は血まみれになっていました。そして、それぞれ木箱を抱えていた。そのときです。ひとりが何かにつまずいて、木箱のひとつを地面に落っことしたんです。木箱は割れて、なかからお宝が転がりでてきました。ネックレスやら、指輪やら、銀のゴブレットやら、金の延べ板やら。それはナワーブの先祖伝来の家宝です。連中の狙いは最初からそこにあったんだと思います。

　連中はお屋敷に火を放ち、火が燃えひろがるのを見届けてから夜の闇のなかに姿を消しました。

　その二日後、今度はヴィーカス・バクシーが畑でイスラム教徒に襲われて殺されたんです。残忍な手口で。スラトの弟も、そのときふたりに食事を運んできた母親もやはり殺されました。皆殺しです。ナワーブの死によって、イスラム教徒はたけりたっていました。警察の捜査報告書なんかを信じる者は誰もいませんでした。

　その夜、スラトは行方をくらましました。仲間のふたりの男はのちに死体となって見つかりました。おそらくスラトが口封じのために始末したんでしょう」

「どうしてその話を警察にしなかったの？」

「しましたよ。シェールギルに。そうしたら、独房に三日間ぶちこまれ、殺されるんじゃないかと思うくらい殴られました」

「アムリットサルの警察に行けばよかったのに」

「そこの誰がわたしを守ってくれるんです。ジャランプールにもうイスラム教徒はいません。村の衆は総がかりになっている。わたしはナワーブの元運転手で、単なる酔っぱらいです。みんなから裏切り者扱いされている。売国奴として叩き殺されるんじゃないかと、夜が来るたびに思っていたくらいです。それで、自分がこの目で見たことを書きつづって、デリーに送ることにしたんです」

「でも、具体的なことはほとんど何も書かれていなかった」

「怖かったんですよ。具体的なことを書いたら、わたしが密告したってことがばれるかもしれないので」

　そこには何かにとりつかれたような表情があった。それは大きな罪を告白した者の顔だった。自分が犯した罪ではないのに、その魂は贖罪を求めていたにちがいない。それがいまようやく叶えられたのだ。

「ジェームズ卿がここに来たときに、一部始終を話したのね」

「そう。この村に来て、あちこち訊いてまわったけど、何もわからなかったらしい。それで、その夜パンディアラのホテルを訪ねたんです」

「ゴールデン・テンプル・ホテルね」

マンガルはうなずいた。「そう。そこで一部始終を話しました」

ヘリオットは老人の話を聞きながら、ホテルのメモ用紙にバクシーの名を書きとめたにちがいない。

「あなたはどこで英語を覚えたの？」

「ナワーブのはからいで、英語の個人レッスンを受けさせてもらっていたんです。車で出かけるとき、ナワーブはいつも英語で話していました。イギリス人の役人がやってきたとき、車で送り迎えするのもわたしの仕事でした」

「ジェームズ卿は話を聞いてなんて言ったの」

「スラト・バクシーについて詳しく知りたいと。それで、わたしはジャランプールの登記所を訪ねたらいいと答えました」

ヘリオットはたしかにそのように行動している。これでヘリオットがバクシーに興味を持ったわけがわかった。

「登記所を訪ねたあとは？」

「バクシーの家に行きました。バクシーの死後、廃屋になっているとのことでしたが、それでもかまわないと言って。わたしはあとについていきました」

「ジェームズ卿はそこで何をしていたの？」

「何かを探していました」

「それで何か見つけたの」

「古い家族写真を数枚。それを持ち帰りました」

「なぜ」

「さあ。ジェームズ卿はどれがスラトかと訊き、わたしはそれに答えただけです」

胸がざわついた。ヘリオットはなぜその写真を持ち帰ったのか。なぜスラト・バクシーの容貌を知りたがったのか。

「ほかに何か言ってなかった?」

一瞬の間のあと、マンガルは答えた。「バクシーがナワーブのお屋敷から盗んだもののことを訊かれました。特にネックレスに関心があったようでした。わたしはそのことも手紙に書いておきました。スラトが捕まったときに、それがどんなものだったかわかっていたほうがいいと思って。犯罪の証拠になりますから」

「それはどんなものだったのでしょう」

「金のチョーカーです。エメラルドがちりばめられていて、まんなかに二羽の孔雀《くじゃく》が向かいあっていました」

ペルシスは口を閉ざし、考え、心のなかで強風にあおられて凧《たこ》のように揺れているものをつかもうとした。それはネックレスに関する何かだ。けれども、たぐり寄せることはできない。

「スラト・バクシーはどこに行ったかわかる?」

「いいや。わかってるのは、もうここには戻ってこないってことだけです」

れた。殺される数日前のことで、そのときは破産寸前の状態だった。なぜジャランプールでの事件にそこまで強い関心を持ったのか。

　考えられる理由はひとつしかない。ナワーブの値段のつけようもないほど貴重な宝物だ。それを見つけだせるかもしれないとしたら、破産寸前の人間をそこに駆りたてる充分な動機になる。

　だが、なぜジャランプールで何かが見つかると思ったのか。

　答えは明白だ。ヘリオットはボンベイで何かを目にしていた。それはナワーブの死に関してマンガルが語ったことと関係するものであり、分離独立時の犯罪の調査資料に記されていたもの――孔雀のネックレスだ。ヘリオットはボンベイでそのネックレスを目にしていた。飛躍しすぎのように思えるかもしれないが、ひとつの仮説として、少なくとも手元にある事実と辻褄はあう。

25

一九五〇年一月八日

　運転手のクルラージ・シンが朝早くに迎えにきてくれた。ブラックフィンチの腫れあがった顔を見て眉を吊りあげたが、何も言いはしなかった。ゴールデン・テンプル・ホテルに戻って、チェックアウトをすませると、ふたりは駅に向かい、ボンベイ行きの列車に乗りこんだ。

　アムリットサルに着くまでのあいだに、ペルシスは今回わかったことを整理することにした。

　ヘリオットは分離独立時の犯罪の調査のために北へ向かい、パンディアラ経由でジャランプールの村を訪ヘリオットが実際にボンベイでそのネックレスを目にしていたとしたら、北へ向かったのはその出どころを確認するためということになる。スラト・バクシーの写真を持ち帰ったのもそのためだ。ヘリオットは写真という武器を手にしてボンベイに戻り、獲物を追った。それから？

見つけた？　そして、相対した？　でも、なぜバクシーはボンベイにいるとわかったのか。

またしても答えは明白だ。そこでバクシーを見ていたからだ。胸が躍りはじめる。ジェームズ・ヘリオット卿はスラト・バクシーを知っていた。間違いない。

それから？　バクシーを脅迫した？　そのために殺された？　確信は持てないが、証拠はそう語っている。

ここでヴィシャール・ミストリーのことを思いだした。ミストリーは宝石商で、古い宝飾品を扱っている。たとえば孔雀のネックレスのような。これでわかった。事件当夜、なぜヘリオットはミストリーと会っていたのか。そして、ふたりともなぜそのことを誰にも話さなかったのか。

秘密と嘘。殺人と不正行為。

ペルシスは深く息を吸いこんだ。ヘリオットの足取りを追いつづけるには、スラト・バクシーの顔を知る必要がある。でも、どうやって？　ジャランプールに彼の写真はなかった。

そのとき、ふと思いついた。それでそのことをブラックフィンチと話し、アムリットサルに列車が途中停車する一時間を使って、思いついた案を実行に移すことにした。

列車から降りて十分後、アムリットサル・ジャーナル紙を発行している新聞社に着いた。

編集長は二つ返事で応じてくれた。ジェームズ卿の殺害事件はもちろん同紙でも扱っていて、ペルシスがまだ捜査を続けていることに興味しんしんのようだった。

「シカンダル・アリ・ムムターズ一家の死についての記事を見せていただきたいんです」

「お安い御用ですよ。わたしもよく覚えています。本当にひどい事故でした」

　編集長はふたりを地下室に案内した。

「ここには過去五年分の新聞が保管されています。それ以前の三十年分は倉庫にしまってあります」

　ペルシスはブラックフィンチといっしょに新聞の山に向きあった。

　かならずしも日付順になっていないので、お目当ての記事は簡単には見つからなかった。近い日付の新聞の一面には似たような見出しが躍っている。

アムリットサルで宗派対立
四十名死亡。商店の略奪も

アムリットサル近郊の五つの村で暴動
イスラム教徒百三十名、シク教徒二名死亡

ヒンドゥー教徒とシク教徒四百七十六名が死亡
新しい国境付近で列車が放火される

　紙面から埃が舞いあがり、ブラックフィンチは激しく咳きこんだ。

「しばらく外に出ていたら」ペルシスはいらだたしげに言った。

　ブラックフィンチは涙を流しながら廊下に出ていった。

　それから五分後、探していた記事が見つかった。

ジャランプールのナワーブ邸で火災
一家全員が焼死

一面にナワーブの写真が出ていた。丸顔にセイウチひげ。ジンナーが好みそうな灰色の毛皮の帽子をかぶっている。

中面《なかめん》に詳細が記されていた。捜査を担当したシェールギル警部補の談話がそっくりそのまま引用されていて、それによると、火災に事件性はなく、これ以上の捜査が必要であるとは思わないとのことだった。

ナワーブ一家の写真も何枚か出ていた。そのほとんどは上流社会の行事で撮影されたものだ。息子たちの妻はみな派手に着飾っている。シルクのシャルワールにカミーズという民族衣装。精巧な細工が施された宝飾品。そのなかでも特に目を引かれたのが、サキナ・ベイグという若い女性だった。そこに目が釘づけになる。マンガルの話を聞いていたときと同じように、胸がざわつく。

そのとき、そのわけがわかった。

ネックレスだ。まんなかに、二羽の向かいあった金の孔雀があしらわれている。マンガルが書き記して当局に送り、そこからジェームズ・ヘリオット卿に送られた書類のなかで描写されていたものだ。ヘリオットはそれをボンベイで見て、ジャランプール行きを決めたにちがいない。

でも、どこで見たのか。

わかりそうでわからない。もう少しで……出てこない。いらだちのあまり叫びそうになったが、ここは冷静にならなければならない。いつかわかる。かならずわかる。気をとりなおして記事を読み進める。

一枚の写真が目にとまった。美しい短刀の写真だ。緩やかな弧を描く細い刃。宝石がちりばめられた象牙《ぞうげ》の柄。記事には〝平和の短剣《カンジャール・オブ・アマン》〟とある。これもマンガルの手紙に記されていたもので、スラト・バクシーに盗みだされた宝物のひとつだ。

しばらくそこから目を離すことができなかった。この短刀にも心に引っかかるものがある。どこかで見たことがあるのかもしれない。でも、やはり思いだせない。いらだちが募る。

新聞の山に注意を戻す。火災があった日のことはわかった。あと見ておかなければならないのは、その数日後の記事だ。

それは一九四七年七月十八日の新聞の中面にあった。火事の二日後のことだ。

ジャランプールの代々の小作人一家
イスラム教徒に殺害される

記事にはヴィーカス・バクシーとその妻子の殺害について詳述されていた。そこには、三人の犠牲者の写真が添えられていた。さらには、行方不明になっているが、おそらく死亡したと思われる長男のスラト・バクシーの写真も載っていた。

それを見た瞬間、合点がいった。大発見だ。

ヘリオットも同じことを知ったにちがいない。スラト・バクシーの顔を見て、膝を打ったにちがいない。それでどうなったか。それと彼の死はどんなふうにつながっているのか。それとも、つながっていないのか。

答えを見つける方法はひとつ。

その答えはボンベイにある。

26

一九五〇年一月九日

マラバール館に着いたとき、セトは休暇をとっていることがわかった。それを教えてくれたのは、そのときただひとり刑事部屋に残っていたオベロイだった。

ペルシスは自分の席に着き、目を閉じた。

ここに来るとほっとする。この地下室に入ると、即座に帰属意識と使命感で満たされる。ここで働きはじめていくらもたっていないのに、マラバール館は人生の定点であり、志《こころざし》と希望と不安の中心地になっている。単なる仕事場ではない。父の書店と同じように、自分の一部になっているのだ。

ボンベイに戻ってきたのは夕方だった。ブラックフィンチとは駅で別れた。そのとき、彼の身体はこわばり、顔は腫れあがり、足取りはぎこちなく、一歩ごとに眉間に皺が寄っていた。気丈にしてはいたが、目の奥には大きな疲労の色があった。彼には休息が必要だ。それに傷の手当ても。

ブラックフィンチがタクシーをとめるのを見届けてから、ペルシスは振り向いて、マラバール館に向かった。

そして席に着き、次にとるべき行動のことを考えはじめた。

みずからの仮説にもとづいて、ジェームズ・ヘリオット卿殺害事件の犯人と思われる人物を逮捕するために、独断で動くことは可能だ。だが、正式な許可を得ないことには、成功はおぼつかない。

これまでにわかったことをすべてセトに話したら、後押しをしてもらえるだろうか。いや、望みは薄い。

捜査を続けているとわかれば、セトは激怒するだろう。話を信じてくれたとしても、みずからの残りのキャリアを賭《か》けるようなことまではしないはずだ。

椅子を後ろに引いて立ちあがり、制帽を浅くかぶる。考えてみれば、こんなふうになることは最初からわかっていた。いままでずっとそうだったように結局はひとりなのだ。

オフィスを出ようとしたとき、背後からオベロイの声が聞こえた。「いまだけだからな」

ペルシスは振り向き、オベロイの次の言葉を待った。ひとこと言わずにはいられないということはよくわかっている。

「いまきみが祭りあげられているのは政治的な思惑からだ。一度でもへまをしたら、なんのためらいもなく見捨てられる。きみは異分子なんだ。警察に女の居場所はない」

ペルシスは前に歩みでて、オベロイと向かいあった。鼻の穴が大きく広がったが、オベロイは何も言わなかった。

「この国は変わる。望むと望むまいとにかかわらず。それをなしとげるのは、ひとりの女じゃない。全部の女よ。何千年ものあいだ、わたしたちは妻とか母とか娘とかの役割を押しつけられてきた。たしかに、わたしたちはそういった役割を担っている。でも、そこにとどまるつもりはない。あなたたちはそれをとめられると思っている。だったら、やってみればいい。あなたはモンスーンをとめられると思っているの？」

ペルシスは踵《きびす》をかえし、歩き去った。

ジョルジュ・フェルナンデスの机の横を通ったとき、マニラ紙のフォルダーの下に置かれたメモ用紙が目にとまった。そこには一連の数字が記されていた。乱暴に走り書きされた字だが、読みとることはできた。ペルシスは眉間に皺を寄せて出口に向かった。

次に向かったのは、殺されたヴィシャール・ミストリーの宝石店だった。店員のケダルナートはどことなく迷惑顔だった。接客がすむのを待って、ペルシスは店の隅へ行き、そこでアムリットサル・ジャーナル社で手に入れたスラト・バクシーの写真を見せた。「この男性に見覚えは？」

ケダルナートは目を細めて写真を見つめた。最初はぴんとこないみたいだったが、次の瞬間には目を大きく見開いてうなずいた。「あります。当店の個人客のひとりです。前回お見うけしたときとは少し様子がちがっているようですが」

「どんな取引をしていたんです」

「さあ。ヴィシャールが個人的に対応していましたので。ちょっとした助言を与えているだけだから、顧客台帳に載せる必要はないとのことでした」

パズルのピースがまたひとつ手に入った。ペルシスは礼を言って店を出た。

ローシャン・セト警視の住まいは白漆喰塗りの一軒家で、ボンベイ最南端のコラバ岬から一マイルほど離れたところにあった。片側には灯台がそびえ、もう一方には古い精神病院とかつてイギリス軍の兵舎だった建物がある。

年配の家政婦の案内でなかに入り、人けのない屋内を抜けて、小さな庭に出たとき、セトは半ズボンに鍔の広い麦わら帽子という格好で、地面に膝をついて何かの苗木を植えていた。そこに近づいていくと、振り向いて、目を大きく見開き、それからまた作業に戻った。

ペルシスはその様子をしばらく黙って見ていた。家政婦は立ち去っていて、庭にはふたりのほかに誰もいない。

庭は手入れが行き届き、多くの草花や大小さまざまな木が植わっている。ブーゲンビリアはあふれんばかりの花をつけている。セトがこんなことをしているとは思わなかった。署でのぐうたらぶりからは想像できないくらいの几帳面さだ。

背中を玉の汗が流れ落ちる。いったん家に帰って、シャワーを浴び、着替えてから来るべきだった。一日以上も列車に揺られていたのだ。いやな臭いがしなければいいのだが。

作業を終えると、セトはゆっくり立ちあがって、麦わら帽子を脱ぎ、前腕で額の汗を拭った。「植え穴は深さが肝心なんだよ。浅すぎると、安定が悪くなるし、深すぎると、育ちが悪くなる」

一瞬、何かのたとえかと思った。

「日陰に入ろう」

ふたりはベランダのブランコ席にすわった。

ペルシスはこれまでにわかったことをすべて話し、そこから導きだすことができるいくつかの仮説について説明した。

セトの表情は胃のさしこみに見舞われていることを物語っていた。「つまり、きみは職務命令に従わなかったということだな」

「わたしは命じられたとおりに休暇をとって――」

その言葉をセトは手で制した。

「言い逃れはきみらしくないぞ、ペルシス。これまできみはどんなときでも言葉を濁さなかった。自分のためにならないとわかっているときにも」ため息をついて、「やってしまったことは仕方がない。わかっていると思うが、今回のことはいずれあかるみに出る。そうしたら、きみの立場はなくなる」

ペルシスは神妙な表情を取り繕った。

セトはその顔を見つめ、それから噴きだした。「しおらしいところを見せたいのなら、もう少しうまくやれ」

頬が熱くなったが、ペルシスは何も言わなかった。

「実際、きみはどんな被害にあっていたかわからないんだぞ」セトの口調は少し優しくなっている。「それが何を意味するかわかるか。インド初の女性刑事が花咲かせたキャリアがそこでぷっつり途切れてしまうってことなんだぞ」

「そんな大袈裟《おおげさ》な」

「大袈裟だと思うか。邪悪なものは現実に存在するんだ、ペルシス。それはひとの心に潜み、つねに解き放たれるのを待っている。殺人、レイプ、とつぜん湧きおこる邪悪な欲望。そういったものをきみはどう説明するつもりだ。きみは歴史から何も学ばなかったのか」

「でも、わたしが正しかったら？　マーン・シンが犯人じゃなかったらどうするんです」

「犯人だったらどうする」

「そうだったとしても、失うものは何もありません」

セトは首を振った。「きみはところかまわず泥を投げつけたがっている。誰かに当たれば儲けものだと思って。そして、いまはそこにすわって、失うものは何もないと言っている」

「証拠があるんです」

「あるのは仮説だ。それとこれとはまったく別のものだ。だったら訊くが、ジェームズ卿を殺したのは誰か、きみは確信を持って答えることができるのか」

ペルシスはためらった。「いいえ。でも――」

「それで話を先に進めることができると思っているのか」と言いながらも、セトの目は優しかった。「きみのためにできるだけのことはしようと思っている、ペルシス。だが、おたがいのキャリアを荼毘《だび》に付すのだけは願いさげだ」


　帰宅したときにも、怒りはおさまっていなかった。それはセトに対してというより、セトのような考えを良しとし、優れた警察官に必要な勇気を萎《な》えさせる組織に対してのものだった。

旅行かばんをベッドの上に放り投げ、あわてて身をかわしたアクバルに睨まれながら、汗臭い服を脱ぎ捨てて、バスルームへ向かう。

三十分後、シャワーを浴び、桜の模様がプリントされた白い部屋着を着て、ダイニングルームの椅子にへたりこむ。

父が読んでいた新聞から目をあげた。「いい旅だったかい」

ペルシスは父を見つめ、それから頬杖をついた。

「そうとも言えるし、そうでもなかったとも言える」

「その話をしたいんだろ」

アクバルがやってきて、テーブルの上に飛び乗り、隅っこにちんとすわった。そこに位置どりしたのは、また何かを投げつけられるかもしれないと思ってのことだろう。

ペルシスは話した。北への旅について、事件をどう見ているかについて、そしてセトとのやりとりについて。

父は話を聞きながら、ゴールデン・シロップをたっぷりかけたパンケーキをスプーンで口に運び、大きなげっぷをした。そして、皿を前に押しやり、慈《いつく》しみと哀れみの入りまじった目でペルシスを見つめた。

「おまえの母さんは闘士だった。おまえは父さんが過激な思想を吹きこんだと思っているようだが、それはちがう。母さんは自分の意思で戦いに加わることを決めたんだ。母さんがいったんこうと決めたら、たとえゾロアスターでもそれを覆すことはできない」昔を偲《しの》ぶような遠い目になっている。「母さんが亡くなった日、わしは行かないでくれと頼んだ。そのときお腹に赤ちゃんを宿していたということもある。妊娠六週目だ。集会はアザード公園で開かれることになっていた。そして、イギリス人はパニックに陥っていた。もはや手の打ちようはないとわかって、自制心を失っていた。当日は何千ものひとが集まって、スローガンを叫んだり、演説をしたりしていた。猛暑と人いきれのせいで、倒れる者も大勢いた。母さんもずいぶんつらそうにしていた。それで、もう帰ろうと何度も言ったんだが、サルダール・パテールの演説を聞くまではと言って応じなかった。それほどまでに心酔していたんだ。パテールの演説が終わるころには、人々は熱狂の波に呑みこまれていた。暴徒化する危険すらあった。イギリス人もそれを察知し、解散を命じたが、誰も従おうとしなかった。そりゃそうだろう。みなガンジーの非協力の精神の信奉者だったんだから。母さんもそうだった。悪夢が始まったのはそのときだ。

とつぜん銃声が鳴り響いた。振りかえると、隊列のはずれにいたひとりのイギリス兵が倒れかけているのが見えた。それ以降のことはぼんやりとしか覚えていない。母さんの手を引いて車に乗りこみ、逃げようとしたとき、イギリス兵が銃を乱射しているのが見えた」そこで言葉が途切れた。

ペルシスは父のまわりで車椅子が膨らみ、部屋いっぱいの大きさになったような錯覚にとらわれた。

「それで、泡を食い、道路前方をよく見もせず、スピードを出しすぎてしまった。車はスピンし、制御不能になって、向かってくるイギリスの軍用トラックと正面衝突した。そのときに、わしは両脚を押しつぶされた。そして、母さんはわしの横で死んだ。おまえの名前を呼びながら」

ペルシスは胸の前で手を握りしめたまま身じろぎもしなかった。

長いことこのときを待っていた。自分が母親なしで育たなければならなかった理由が、これでようやくわかった。なのに、いまはそのために何かが失われたような気がする。イギリス人は多くの過ちを犯したが、少なくとも母の死に直接の責任はない。あれは事故だったのだ。

テーブルごしに手をのばし、てのひらで父の拳を包みこむ。温かい。脈拍が伝わってくる。ペルシスはしばらくそのままでいて、それから立ちあがり、父の額にキスをして、自分の部屋に戻った。

ベッドに横になり、天井で扇風機がまわっているのを見つめる。

アクバルは部屋の隅にすわって、衣装だんすの側面を見張っている。最近、ネズミが出るようになったのだ。

気がつくと、また事件のことを考えていた。パズルのピースはすべて揃った。あとはそれをはめこむだけだ。

ヘリオットを殺した可能性のある者は何人かいる。だが、実際に殺したのは誰かひとりだ。何人かの容疑者の顔を頭に思い浮かべているうちに、だんだんはっきりしてきた。事件の中心にあるのは、ヘリオットのジャランプール行きだ。そして、その中心にあるのは……

はっとして身体を起こす。

ネックレス——

落雷のように記憶がよみがえる。自分も孔雀のネックレスを見ていた。捜査の開始早々に。ヘリオットもそれを見ている。マンガルが書いた文章を読んだあとに。そのことを考えているうちに不確かさは消え、目の前に答えが現れた。

ヘリオットを殺したのは誰かこれでわかった。間違いない。でも、それを証明することはできるか。

どうだろう。証拠はある。だが、セトの言ったことを考えると、本人の自白がなければ、上部の者を納得させることはできないだろう。

としたら、問題はこうなる。どうすれば犯人に罪を認めさせることができるか。

27

一九五〇年一月十日

フォート地区にそびえる聖トマス・アングリカン大聖堂は、一七一八年に建立《こんりゅう》されたボンベイ初のイギリス国教会の教会で、そのころから市内に広がりはじめたイギリス人社会の道徳心を向上させる役割を担っていた。彼らは富と名声を求めてこの地にやってきて、マラリアや赤痢《せきり》、そして猛暑やモンスーンに迎えられた。とすれば、多くの者が道を踏みはずし、酒やギャンブルや性的放逸に慰めを求めたとしても、それは致し方のないところだろう。そのような先駆者の多くが、この教会の境内に埋葬され、美辞麗句が刻まれた大理石の墓碑の下に眠っている。軍人、役人、弁護士、企業家。ここで最期を迎えることになると思っていた者は多くないにちがいない。けれども、みなここにいる。みなここで永遠の眠りについている。

ジェームズ・ヘリオット卿の葬儀は午後に執《と》りおこなわれることになっていた。いまは真昼の暑い盛りで、乾いた風が中庭に立ち並ぶヤシの木の葉をそよがせている。

チャーチゲート通りにはすでに車の列ができていた。ペルシスはジープをとめると、足早に歩きながら、ネオ・ゴシック様式の白いファサードを見あげた。父から聞いた話だと、そこの屋根は砲撃にも耐えられるようにつくられているらしい。設計者は自分たちの祈りの場所に大砲が撃ちこまれる可能性があると思ったのだろうか。

教会の入口には人だかりができていた。ヨーロッパ人の衣装は黒ずくめ、インド人の衣装は白ずくめ。両コミュニティの喪服の際立ったコントラストには、いつの場合でも皮肉めいたものを感じずにはいられない。

　ペルシスは制服姿で来ていた。

　それはひとりだけではなかった。会葬者のなかには、さまざまな階級の警察官がいた。アミット・シュクラ副本部長。その耳もとで何やらささやいているラヴィ・パトナガル警視。そこへ近づいていくローシャン・セト。それを見て、ペルシスは身を隠そうとした。見つかるのは時間の問題だろうが、帰宅を命じられるまえに、昨夜考えた計画をなんとかして実行に移さなければならない。

　会葬者を出迎えているのはボンベイ主教のウィリアム・クイン。三十年にわたってインドの太陽に焼かれつづけたイギリス人だ。会葬者を迎えるたびに、赤黒い顔にお悔やみの表情を取り繕っている。仰々《ぎょうぎょう》しい説教と高級ワインで有名な主教だ。

「きみは来ないかもしれないと思っていたんだがね」

　振りかえると、ブラックフィンチがすぐそばに来ていた。身体にぴったりの黒いスーツのせいか、動きがぎこちない。顔の右側は腫れあがり、眼鏡をかけた果実のように見える。いつもより顔色が悪い。ここ数日、あまりよく眠れていないのだろう。

「来ないわけがないでしょ」ひとしきり見つめあったあと、ペルシスは声をひそめて言った。「力を貸してもらいたいの」

「本気で言ってるのかい。ぼくの身体に貸せる力が残ってると思うかい」ブラックフィンチは言って、くすっと笑った。

　だが、冗談に付きあう気にはなれない。ペルシスは計画を手短かに説明した。

　ブラックフィンチはため息をついた。「わかっているのか、ペルシス。この街のお偉方の半分がここに集まっているんだぞ」

「わかってる」

「きみはキャリアを危険にさらしているんだぞ」

「わかってる」

「職を失うことになるかもしれないんだぞ」

ペルシスはためらった。それは考えなかったことではない。闇雲に自殺行為に走ろうとしているわけでもない。もとより怖れはある。それをあえて振り払い、いままで自分を導いてきた直感に従う途《みち》を選んだのだ。

「でも、何もしないわけにはいかないわ」

ブラックフィンチの目には共感と賞賛の念が奇妙に入りまじっていた。「わかったよ。お説ごもっとも。それで、ぼくは何をすればいいんだい」

ペルシスはポケットに手をのばし、昨夜のうちにメッセージを書きつけておいたメモ用紙を取りだした。

「葬儀が終わったら、これから言う人たちに渡してほしいの。帰ってしまうといけないから急いで」そして、その者たちの名前を挙げていった。

「葬儀のあとラバーナム館で食事の席が設けられることになっている。そのときでいいんじゃないか」

ペルシスは首を振った。「全員が参加するかどうかわからないでしょ」

ブラックフィンチは受けとったメモ用紙をポケットに突っこんだ。「じゃ、行こう」

ふたりは教会の正面の扉に向かった。ペルシスは主教の前を素知らぬ顔をして通り過ぎようとしたが、次の瞬間には肩をつかまれていた。

主教はまるで聖母マリアが現われたかのように喜悦の目で見つめ、赤ら顔に大きな笑みを浮かべた。「これは驚きました。いまをときめく刑事さんじゃありませんか。殺されたひとの葬儀を執りおこなうのはあまり気分のいいものではありませんが、犯人がこの世で報いを受けることがわかったのですから、故人は安らかに眠ることができるでしょう」

「だといいんですが」ペルシスはそっけなく言った。

主教は笑顔を曇らせ、助けを求めるようにブラックフィンチのほうを向いたが、軽い会釈《えしゃく》がかえってきただけだった。ペルシスは教会の暗がりのなかに消え、ブラックフィンチはそのあとに続いた。

建物のなかの閉ざされた空間は会葬者で埋めつくされ、換気が悪く、薄暗く、マラリア病棟もかくやと思えるくらいだった。そこにいるのはボンベイの上流社会の面々で、みなむずかしい顔をして、襟もとを緩めたり、説教集で煽いだりしている。自分たちの仲間のひとりが、どこの馬の骨とも知れない者の手にかかって無残に殺されたのだ。インドとパキスタンの分離独立によって得られた教訓があるとすれば、富と権力を持つ者は、インド人であれイギリス人であれ、この地では安穏《あんのん》としていられないということだろう。

ペルシスは会衆席の端を進み、バプテスマのヨハネ像の後ろに立った。そこならそんなに目立つことなく会葬者を観察できる。ブラックフィンチもあとに続こうとしたが、年配の白人女性に呼びとめられた。どうやら知りあいらしく、肘をつかんで向きを変えさせると、同年代の男性に紹介し、ふたりでブラックフィンチをあいだにはさんで会衆席へ向かった。そのとき、主教が説教壇にあがり、開式を告げた。

ペルシスは一同を見渡し、お目当ての顔を探した。そして、全員が揃っていることを確認すると、ほかの者と同じように席に着き、主教の説教が始まるのを待った。

確信が薄れてきた。事態がどう転ぶかはまだわからない。ただひとつ、多少なりとも自信をもって言えるのは、どう転んでもすぐ終わるということだ。

静寂が垂れこめ、咳払いの音が句点になる。

主教が話しはじめた。「ジェームズ・ヘリオット卿は数多くの美徳を備えた人物でした。誠実さ、思いやりの深さ、まわりの者への感化力。早すぎる旅立ちにもかかわらず、実り豊かな大きな功績をあとに残しました。イザヤはこのように語っています。〝正しいひとが滅びても、心にとめる者はいなかった。慈悲深いひとが斃《たお》れても、不思議に思う者はいなかった。正しいひとが災いゆえに斃れたとしても……〟」

ペルシスは説教に割ってはいりたい衝動を抑えた。ジェームズ・ヘリオットの美徳がいかなるものであったとしても、今回の事件のことを考えたら、それを讃える気にはなれない。

それにしても、ここまであっという間だった。電話でラバーナム館に呼びだされたのがつい先ほどのことのような気がする。捜査の初期の段階で受けた印象をあらためて思い起こし、これまでに集めてきたパズルのピースから導きだした結論と照らしあわせてみる。

寒けが走った。間違っていたらどうしよう。これまでの推論が間違った仮説を組み立てるものだったとしたら……

喉がからからになっている。口のなかに唾をためる。

説教は熱を帯び、主教は顔を紅潮させ、腕を振りまわしながら語っている。心臓にかなりの負担がかかっているにちがいない。でも、そんなことはどうでもいい。集中。これまでわかったことすべてがひとつの方向をさしているが、それをたしかめる方法はない。マーン・シンの自白が事態をいっそうややこしくしている。

計画は単純だ。ヘリオットを殺した可能性のある者を一堂に集めて、鳩の群れのなかに猫を投げいれたような混乱を引き起こす。そうやって、犯人の自白を引きだす。たいした計画ではない。自分でもそう思う。でも、それしか方法はない。

説教は終わりに近づきつつある。主教は遺族の挨拶は割愛する旨を述べ、棺側《かんそく》付添人は前へ進みでるように促《うなが》した。

ヘリオットの息子が立ちあがり、ゆっくり柩のほうへ歩いていく。そのあとに、ロバート・キャンベル、マダン・ラル、アディ・シャンカール、そしてこのときはじめて顔を見るふたりが続く。柩の蓋が閉められ、台座から持ちあげられる。

柩は聖歌に送られて教会の裏手へ向かっていく。柩が扉口を抜けて墓地に出ると、会葬者は一斉に席を立ち、扉口に向かいはじめる。ペルシスもそのあとに続いた。

ヘリオットの墓所は旧東インド会社総裁の隣に用意されていた。墓穴はすでに掘られていて、かたわらには、シャベルに寄りかかって待っているふたりの墓掘り人の姿がある。周囲の木の枝には、無数のカラスがとまっている。近くのヤシの木の上で、猿がときおり甲高い鳴き声をあげる。

柩は速《すみ》やかに墓穴に降ろされた。主教は最後に短い弔《とむら》いの言葉を述べ、祈りを捧げ、それから墓掘り人に合図を送った。

柩の上に土がかぶせられ、ジェームズ・ヘリオットの亡骸《なきがら》は瞬時のうちに地上から姿を消した。

会葬者は散会し、一度も後ろを振りかえることなく、死神か税務署員に追われているかのように足早に出口へ向かいはじめた。見ると、ブラックフィンチはすでに行動を開始していた。会葬者のなかから目当ての者を見つけては脇に連れていって、二言三言ことばを交わし、メモ用紙を手渡している。ひとりがすむと、すぐにリストの次の者に向かう。そのあとには驚きと怒りに満ちた渋面が残る。

ペルシスは踵《きびす》をかえし、急ぎ足で教会のなかに戻った。

28

ひとり、またひとりと集まってきた。教会の西翼には、礼拝用でない小さな建物がある。調度は一台のテーブルと数脚の椅子。片隅にファイル・キャビネット。その上にビラや書きつけを張りつけた掲示板。横一列に並んだアーチ形の窓から細長い光がさしこむ実用的なスペースだ。

最初にやってきたのはロバート・キャンベルだった。娘を連れて部屋に入ってくるなり、怒りに身を震わせながら、つかつかと五歩でペルシスに詰め寄り、渡されたメモ用紙を突きつけた。「いったいこれはどういう意味なんだ」

答える時間はなかった。ドアがまた開き、マダン・ラルとラリータ・グプタ、アディ・シャンカールとミーナクシ・ライ、そのすぐあとにエドモンド・デフリースが部屋に入ってきた。みなその場に立ちつくし、ペルシスとキャンベル親子を交互に見つめている。ラルが口を開きかけたが、そのときアーチー・ブラックフィンチとローシャン・セトが部屋に入ってきたので、途中で口をつぐんだ。

セトは時間を無駄にしなかった。ペルシスに近づき、部屋の隅に引っぱっていくと、声をひそめて言った。

「いくらなんでも、これはやりすぎじゃないのか」

「すみません。ブラックフィンチに頼んで、わたしがあなたをお呼びしたんです。少し時間をください。そうすれば、ジェームズ卿殺しの真犯人をここであきらかにしてみせます」

セトは目を丸くした。「きみはいま何をしているかわかっているのか、ペルシス。副本部長がすぐそばにいるんだぞ。このことが彼の耳に入ったらどうするんだ。きみはキャリアを捨てることになるんだぞ」

「そうは思いません。真実は――」

「真実？　真実がどうしたっていうんだ」

　ペルシスはひるまなかった。「お訊きしますが、真実がいつからどうでもよくなったんですか」

　セトは頬をひっぱたかれたような顔をしている。口をあけたが、言葉が出てこない。視線が下に落ちる。ペルシスはこれでもう将来はなくなったと一瞬思った。だが、セトは落ち着きを取り戻して言った。「なんとかきみを守ってやりたかった。だが、これしか途はないと思うのなら、邪魔はせんよ」

　その言葉どおりにセトは脇に寄り、ペルシスに場を譲った。

　それを合図にしたかのように、マダン・ラルがブラックフィンチから受けとったメモ用紙をかざした。

「これはあなたの差し金ですね。ちょっとひどすぎませんか。あなたのキャリアはこれでおしまいですよ、警部」

　ほかの面々からも同じような抗議の声が一斉にあがった。

　声がやむのを待って、ペルシスは言った。「そこに書かれていることを読みあげてもらえませんか、ミスター・ラル」

「お断わりします」

　それで今度はエリザベス・キャンベルのほうを向いた。「メモ用紙を貸してください」

　エリザベスは少し間をおいたあと、肩をすくめて、メモ用紙を渡した。

　ペルシスはそれを掲げもった。そこには太い字でこう書かれている。


あなたがジェームズ卿を殺したことはわかっています。

すぐに教会西翼の別館に来てください。

「こんな小細工をしてお呼びたてして申しわけありません」ペルシスは言った。「でも、どうしてもあなたたち全員にひとつところに集まってもらう必要があったのです。わたしはここでジェームズ卿を殺した犯人をあきらかにするつもりです」

「馬鹿馬鹿しい」と、キャンベルががなりたてる。「犯人は自白したじゃないか。シンは有罪判決を受けて絞首刑になる。当然の報いだ」

「マーン・シンはジェームズ卿を殺してはいません」

怒りと困惑でキャンベルの顔はまだらになり、眉毛は逆立っている。「じゃ、どうして自白したんだ」

「いまからそれを説明します。でも、そのまえに言っておかなければならないことがあります。わたしたちはジェームズ・ヘリオット卿について種々の評判を耳にしました。有能な政治家であるとか、類いまれなる人格者であるとか。でも、本当はちがいます。ジェームズ卿は多くの過ちを犯し、その過ちゆえに最終的に死に至ったのです」

ラルが厳しい表情で前に進みでた。「そんな話をここで黙って聞いているわけにはいきません」

ペルシスは無視して続けた。「ジェームズ卿はいくつもの偽りの世界を持っていました。経済的には投機的事業の失敗によって破産寸前の状態にあり、息子さんとは疎遠になっていました」

ちらっと見ると、エドモンド・デフリースは足もとに視線を落としている。

「それで、むずかしい選択を迫られ、間違った選択をしてしまったのです。わたしが犯行現場に駆けつけたとき、おやっと思ったことがふたつありました。ひとつは凶器が見つからないこと、もうひとつはジェームズ卿のズボンがなくなっていることです。いまはジェームズ卿が死の直前に書斎で性的な交渉を持っていたことがわかっています。ズボンをはいていなかったのはそのためです」気まずげな雰囲気がたちこめるなか、ペルシスはエリザベス・キャンベルのほうを向いた。

「わたしから言いましょうか。それともご自分で話しますか」

エリザベスは顔を赤らめただけで何も言わなかった。

「エリザベスはジェームズ卿に言い寄ろうとしていました。愛していたからでも、慕っていたからでもありません。父親への意趣返しのためです。一年ほどまえのことですが、彼女にはサタジット・シャルマというインド人の恋人がいました。でも、結婚することはできなかった。父親に猛反対されたからです。そのあとシャルマは死亡しました。何者かに殺害されたのです。彼女は父が手をまわしたと考えたようです」

エリザベスはこらえられなくなって話を引きとった。

「あんなに素敵なひとはいなかった。知的で、思いやりがあって。祖国の独立のために闘ってもいた。そのためにイギリス留学を中断し、インドに戻ってきたのよ。わたしたちは恋に落ちた。シャルマは結婚の承諾を得るために父に会うと言い張った。わたしはそんなことをしても無駄だからやめたほうがいいと諭《さと》したけど、聞きいれてはもらえなかった」その目には悲しみがあふれている。「父はシャルマを脅した。それがわかったとき、わたしはこう言った。父の言いなりにはならない。駆け落ちでもなんでもするつもりだって」ここで少し間があった。「一週間後にシャルマは死んだ。父が殺したのよ。間違いない。どんなに否定したって、わたしは信じない」

「いい加減にしないか！」キャンベルは吐き捨てるように言った。

ペルシスは話を元に戻した。「事件当夜、エリザベスはパーティーの席でジェームズ卿に身体を許す気でいました。そして、そのことを父に告げました。結局、そんなことはできなかったのですが、父にはやったと言ったんです。それで口論になり、父はジェームズ卿を探しにいきました。殺害するために。間違いありません」

全員の目がロバート・キャンベルに向かう。

キャンベルは咳払いをして言った。「殺してはいない。殺したかったのはたしかだ。嘘じゃない。殺せたらよかったと心から思ってる」娘をちらっと見て、「恋人の技師があんなことになって以来、エリザベスは決してわたしを許そうとしなかった。別れろと脅したのは事実だが、それ以上のことは何もしていない」深く息を吸いこんで、「やったのはジェームズだと思う。ジェームズはわたしが請けおった橋の工事に一枚嚙んでいた。その謝礼として、橋が完成した時点で、相当額の金が入ってくることになっていたんだ。わたしがインド人技師のせいで完成が遅れているという話をすると、血相を変えて、なんとかしなきゃいけないと言った。そのときは、誰かにちょっとした圧力をかけさせるだけだろうと思っていた。でも、実際はちがった。あの青年は殺された」

エリザベスは驚きと嫌悪の入りまじった目で父親を見つめた。「知ってたってこと？」

「確信はない。ジェームズは関与を否定している。すまない。おまえには本当にすまないことをしたと思ってる」キャンベルは言い、それからペルシスのほうを向いた。「そう。あの夜、エリザベスはわたしに言った。ジェームズと関係を持ったと……それで、かっとなって、二階にあがっていった。神のおぼしめしがあれば、殺していただろう。でも、殺さなかった。殺せなかった」

「どうしてです」

「すでに死んでいたから」

驚いた鳥の群れのように、またざわめきが起きる。

みんなの驚きを代弁するかのようにラルが言った。

「死体を見つけたのに、何も言わなかったのですか」

キャンベルは苦虫を嚙みつぶしたような顔をしてい

る。「なんと言えばよかったんだ。娘を手ごめにした男を絞め殺そうと思って部屋に入ったら、すでに死んでいたと？　一瞬、娘がやったんじゃないかと思ったと？」

　ペルシスはエリザベスのほうを向いた。「あなたはジェームズ卿を殺したんですか」

「まさか。そんなことをするわけがないでしょ」

「そうですね。あなたがそんなことをするとは思えません」

　ここではじめてアディ・シャンカールが口を開いた。

「あなたは誰が犯人か知っているんですか、警部。だったら、いますぐ逮捕して、わたしたちを家に帰してください」

「そうはいきません、ミスター・シャンカール。ジェームズ卿を憎んでいたのはロバート・キャンベルだけではありません」ペルシスは穏やかな口調で答え、それから少し間をおいて、一同が落ち着きを取り戻すのを待った。「たしかにシンは自白しました。でも、わたしは最初から疑っていました。なぜ犯行後すぐに自白しなかったのか。なくなったズボンについて問いただしたとき、なぜなんの言い逃れもせず簡単に自白したのか。なぜズボンを自宅に置いていたのか。なぜナイフは置いていなかったのか。そもそも、なぜズボンを持ち帰ったのか。まったく筋が通りません。そういった疑問を解くために、わたしはアムリットサルにあるシンの実家を訪ね、そこで彼の妻から興味深い話を聞きだしました。

　一九一九年四月十三日、ジャリアンワーラ・バーグでのことです。マーン・シンの父はダイアー准将の命令を受けて、そこに集まっていたインド人同胞に発砲した兵士のひとりでした。そのため、マーン・シンはみんなに白い目で見られながら日々を送らなければなりませんでした。着せられた汚名をなんとかしてそそぎたいとつねに思っていたはずです。そのマーン・シンには妹がいました。彼女はボンベイに移り住んで、ドゥリープという名前の軍人と結婚し、一児をもうけました。けれども、夫はインパールで戦死。現地で同じ部隊に所属していたのがマーン・シンとマダン・ラルです」ペルシスは首をまわして、ラルに視線を固定した。「インパールでの戦闘中に、ラルは降伏した敵の兵士三人を殺害しました。それで、軍法会議にかけられたのですが、旧知の間柄のジェームズ卿の骨折りで罪に問われることはありませんでした。そして、戦争が終わると、ジェームズ卿の下で働くようになりました。これはわたしの推測ですが、おそらく選択の余地はなかったんでしょう。建前としてはジェームズ卿の側近ですが、与えられた仕事はろくなものではありませんでした。裏方であり、もっと言えば単なる使い走りです。意に添わなかったでしょうが、仕方がありません。ジェームズ卿は一生の恩人です。
ラバーナム館で働きだしてしばらくしてから、ラルはマーン・シンから彼の妹がボンベイで生活に窮《きゅう》しているという話を聞きました。戦死した仲間の未亡人、つまりドゥリープの妻だった女性です。そこでラルはジェームズ卿に頼んで雇ってもらうことにした」一呼吸おいて、「ここまで間違っていませんね、ミセス・グプタ」

みんなの目が一斉に家政婦に向けられる。これまでは背景に溶けこんでいたが、ここに来て急にスポットライトがあたるようになったのだ。おどおどして、話すこともできないでいる。

ラルが前に進みでて言った。「彼女は無関係です」

ペルシスは無視して、グプタから目を離さずに続けた。「先日お会いしたとき、あなたは息子さんがいると言いましたね。そのとき、ジェームズ卿が学費を負担しているという話をした。普通では考えられないことです。どうしてイギリス人の雇い主が家政婦の子供の学費を出さなきゃならないのか。先にお話ししたように、ジェームズ卿の人格者ぶりはいささか誇張されすぎています」口もとに皮肉っぽい笑みを浮かべて、「われわれは息子さんがパンヴェルの〝聖母の御心学園〟という寄宿学校に在籍していることを突きとめました。入学の手《て》筈《はず》を整えたのはマダン・ラルです。彼はジェームズ卿の会計士に嘘をついて、学費を用立てていました。つまり雇用主から金をかすめとっていたということです。ジェームズ卿は事件当夜この事実をアンドリュー・モーガンという会計士から知らされました。それで、ラルと口論になった。ジェームズ卿は怒り心頭だったはずです。もしかしたら、グプタを馘にすると言ったのかもしれない」ここでラルのほうを向いて、「あなたとしたら、そんなことを受けいれるわけにはいかない。当然でしょう。彼女を愛しているのだから」

　注目の的になるのは今度はラルの番だった。眼鏡の奥で目をしばたたいていたが、次の瞬間にはそこに挑むような光が宿っていた。手は身体の両脇で固く握りしめられている。

「どうです。ちがいますか」

「ええ。そのとおりです」ラルはしわがれた声で言い、グプタを守ろうとするかのようにその横に立った。

「ドゥリープはわたしの友人でした。インパールではわたしの命を救ってくれました。そして、そのためにみずからの命を落とすことになったのです。そのとき、わたしは一瞬正気を失いました。あの日、ジャングルでやったことは悔やんでも悔やみきれません。

　ジェームズ卿はわたしを営倉入りから救ってくれました。その恩に報いるため、彼の下で働くことにしたんです。そのときはそれでよかったと思っていました。ジェームズ卿は立派な人物だと信じていましたから。でも、それはとんでもない間違いでした。実際のところは見さげはてたひどい男だったんです。助けてもらった恩をかえすのは並大抵のことじゃありませんでした。

　ラバーナム館に来て一年ほどたったときのことです。わたしはシンからドゥリープの奥さんがボンベイで生活苦にあえいでいるという話を聞きました。夫がわたしの命を救うために死に、寡婦になったせいです。借りはかえさなきゃなりません。それで、彼女とその子供のために一肌脱いだのです。後悔はしていません。そのあとわたしと彼女のあいだで起きたことについては、予期も意図もしていませんでした」

「あなたはジェームズ卿を憎んでいた。いまではもうなんの幻想も抱いていない。先日はあなたの愛する女性にまで累が及びかけた」

「わたしは殺していない」

「でも、人殺しはあなたの第二の天性なんじゃありませんか。あなたはジェームズ卿に恩義があった。なのに、あなたはそれを負担に思うようになった。いつまでも言いなりになっていることに耐えられなくなった。けれども、自分では何もできない。おかしなことをしたら、真っ先に疑われる。あなたのような過去の持ち主ならなおさらのことです。それでシンをボンベイに呼んだわけですね」

「いったいなんの話をしているんです」

「シンの妻の話だと、あなたから電話が来て、ボンベイで働かないかと誘われたそうです。なぜいま？　何年ものあいだ音信不通になっていたのに。あなたはシンがイギリス人を憎んでいることを知っていた。父親のことも知っていた。戦地で同じ部隊に所属していたときに知ったのでしょう。シンが除隊したのはそのためです。父親がジャリアンワーラ・バーグでダイアー准将に命じられて同胞を殺害したという話が隊内に広がり、仲間たちに白い目で見られるようになったことに耐えられなくなったのです。だから除隊したんです。

　あなたはそういったシンの鬱屈した感情を利用することにした。それで、ジェームズ卿の運転手を盗みの容疑で馘にして、かわりにシンを雇った。そしてシンには、ジェームズ卿の信頼を得るようにと言い含めた。どこかの時点で導火線に火をつけ、爆発するのを離れたところからながめているつもりだったのでしょう。それで、あなたは自由になれる」

グプタが声をあげた。「ちがいます！　そんなことはしていません。兄をボンベイに呼んだのはわたしのためで……」

ラルが遮った。「それ以上は何も言わないほうがいい」

グプタは悲しげな目をラルに向けた。「本当のことを言うべきときよ、マダン」そして大きく息を吸った。「ジェームズ卿はわたしに手をかけようとしました。一カ月前のことです。どうやらひどく酔っぱらっていたようです。だから、そのときはなんとか逃げることができました。それからしばらくは何も起きませんでした。でも、わたしをどんな目で見ているかはあきらかでした。また手を出すのは時間の問題です。わたしはあのひとを何年も間近で見てきました。女癖の悪さはよくわかっていました。それまではおかしな真似をすることはなかったんですが……とにかく恐ろしくて。それでマダンに話しました。いまは話さなければよかったと思っています。彼は憤《いきどお》り、話をつけてくると言って、ジェームズ卿のところへ行こうとしたので、わたしはそれを押しとどめました。ジェームズ卿の怒りを買えば、ふたりとも路上に放りだされ、明日の生活にも困ることになります。わたしは夫を亡くしてから爪に火をともすようにして暮らしてきました。そんな生活は二度とごめんです。それ以上に息子のこともあります。わけもわからないまま、学校から追いだされてしまうのです。どんなことがあっても、それだけは避けなければなりません」

「しばらくのあいだ、わたしはこう思っていました」ペルシスは言った。「事件当夜、書斎にいた謎の女性はあなたではないか。ジェームズ卿はラルの不正に気づき、あなたにふたたび迫ったのではないか。あなたは息子さんを守るために言われたとおりにするしかなかったのではないか」

「いいえ。まさか」

「あなたはジェームズ卿を殺しましたか」

「いいえ」

ペルシスはふたたびラルのほうを向いた。「あなたはあの夜シンにジェームズ卿を殺させようとしましたか」

「ジェームズ卿に危害を加えるなんてことはまったく考えていませんでした」ラルは絶望的な顔でまわりを見まわした。「どうか信じてください」

「では、実際はどうだったんです」

「わたしがシンを呼び寄せたのは、ラリータを守ってもらうためです。わたしがいつもそばにいてやることはできない。でも、シンがここにいれば、おかしなことにならないようジェームズ卿をつねに監視下に置いておくことができる。あのまま放っておくわけにはいかなかったんです。あの男はゲスのきわみです。わたしは何人もの女性が破滅のふちへ追いやられるのを見てきました。あの男は富と名声に守られていました。騒ぎたてる女性がいれば、その口を封じるのがわたしの仕事でした」ラルはぶるっと身震いした。これまで自分がさせられてきた下劣な行為の数々を思いだしたのだろう。

もちろん、そんなことをするためにヘリオットの下で働くことにしたわけではないのだろう。でも、それは罠のようなもので、はまると、グプタとその息子のこともあって、抜きさしならなくなってしまった。そもそもヘリオットがインパールでラルに救いの手をさしのべたのは、あとでいいように利用するためだったにちがいない。

「あの夜、ジェームズ卿と言い争ったあと、あなたは考えた。グプタは解雇される。自分も間違いなくお払い箱になる。身の破滅は免《まぬが》れない。会計士は話を聞いて、かすめとった金をかえせと迫るにちがいない。それで、あなたは自暴自棄になった。もう一度訊きます。あなたはジェームズ卿を殺害するためにシンを書斎に向かわせましたか」

「いいえ」

「なぜシンは自白したんです」

「わかりません」

「彼がジェームズ卿を殺したと思いますか」

ラルは目をしばたたいた。「可能性はあるでしょう」

その隣でグプタがすすり泣きはじめた。

ペルシスはラルの表情をうかがっていたが、ひるんだような様子は見受けられない。

「話を先に進めます。わたしはジェームズ卿の死にはこの数カ月の出来事が関係しているのではないかと考えるようになりました。ジェームズ卿はインド政府から分離独立時の犯罪の調査を依頼されていました。混乱に乗じて悪事を働く者を歴史は許さないということを証明するためです。調査資料には、告発された残虐行為のリストが含まれていました。そのなかにあった犯罪のひとつが、ジェームズ卿をパンジャブ州のジャランプールという村に向かわせたのです。調査対象は地元の大地主シカンダル・アリ・ムムターズ太守《ナワーブ》邸で起きた火災です。先祖代々の屋敷は全焼し、妻子を含む家族全員が焼死したとのことでした。地元の警察は事故と結論づけたが、実際はそうではないという目撃者の手紙がデリーに届いていたのです。

わたしはジェームズ卿のあとをたどってジャランプールへ足を運びました。そこで目撃者という人物から話を聞くと、ナワーブ一家は殺されたとのことでした。そして、その理由も話してくれました。

ナワーブは自分の土地を売り払って、パキスタンに移り住むつもりだったようです。でも、そんなことをされたら、古くからの小作人の多くは路頭に迷うことになる。ナワーブはイスラム教徒でしたが、小作人の大部分はシク教徒かヒンドゥー教徒です。インドとパキスタンの分離独立という背景を考えたら、衝突が起こるのは避けられないことでした。

その目撃者の話によると、一家殺害の首謀者はインド人の小作人の息子で、スラト・バクシーという名前の男です。動機もわかっています。屋敷からナワーブの先祖伝来の宝物を盗みだすところを目撃されていたのです。宝物のなかには、値段もつけられないような高価な宝石が多数含まれていました。

バクシーは自分の家族がイスラムの暴徒に殺された数日後に姿を消しました。そのときそこで盗まれた宝石のひとつが、ジェームズ卿の死の謎を解く鍵になります。動機は愛国心でも、情痴でもありません。単なる貪欲です。

ジェームズ卿は破産寸前の状態にありました。西インド諸島での農園経営に失敗して大きな負債をかかえ、にっちもさっちもいかなくなっていたのです。そんなある日、ボンベイで新聞を見ていたときに、豪華なネックレスをつけた女性の写真に目がとまった。エメラルドがちりばめられ、二羽の孔雀があしらわれた金のネックレスです。それを見て、身体に電気が走ったにちがいありません。それは知っているものでした。デリーから送られてきた、ナワーブ一家殺しの目撃者の手紙のなかに記されていたものです。では、なぜそんなものがボンベイにあったのか。

ジェームズ卿は慎重にことを進めました。まずは記事から女性の身元を探りあて、そのネックレスが婚約者からの贈り物だということを突きとめた。次に婚約者の男に接近をはかり、友だちづきあいをするようになった。進むべき方向は間違っていない。それでパンジャブまで足をのばし、そこで証拠を見つけだした。

その時点で、これまで疑っていたことが確信に変わった。孔雀のネックレスの持ち主であり、ボンベイで接近をはかった男は、殺人者であり盗っ人であるスラト・バクシーそのひとだったのです。

では、ジェームズ卿はそのことを当局に報告したか。答えはノーです。ジェームズ卿の頭のなかにあったのは、ナワーブの先祖伝来の宝物のことだけです。一家を皆殺しにした事件などはどうでもよかった。それで、ボンベイに戻ると、その男に連絡をとり、自分が見つけだしたことを話した。そして、取引を申しでた。宝石をよこしたら黙っておいてやるというわけです」

「脅したってことか」キャンベルが驚きの表情で言った。

「そうです。この点については推測にすぎませんが、わたしはこう考えました。ジェームズ卿は十二月二十八日にパンジャブから戻ってきて、翌日、スラト・バクシーだと確信した男と会う約束をした。そのとき、バクシーはジェームズ卿に何もかも知られてしまったことを確信した。

二日後、バクシーはジェームズ卿の大晦日のパーティーに出席した。盗んだ宝石のひとつを持って。例の孔雀のネックレスです。その価値を鑑定するため、そこにはヴィシャール・ミストリーという地元の宝石商が呼ばれていました。かねてより盗品の買いとりをしているという噂のある業者です。バクシーがその店を何度も訪れていたことは確認ずみです。ナワーブ邸から盗みだした宝物をそこで少しずつ売りさばいていたのでしょう。

事件当日の夕方、ミストリーは書斎でジェームズ卿と会っているのを見られています。そして、その翌日に殺害された。おそらく、バクシーの仕業でしょう。自分の犯罪のあとをたどられたくなかったからです」

ペルシスはここでいったん言葉を切った。「ジェームズ卿はあるところで計算違いをしました。沈黙の代価として求めたものがあまりにも大きすぎたのです。それがバクシーに殺す決心をさせてしまったのです」

「いったい全体、バクシーっていうのは誰なんだね」キャンベルが声をあげた。

「その質問にお答えするまえに、ナワーブ邸から盗まれたもうひとつの宝物についてお話しします。何代にもわたって受け継がれてきた古い短剣です。曲がり刃、宝石がちりばめられた象牙の柄。それがなぜ重要なのか。ふたつの理由があります。ひとつは、ジェームズ卿の殺害に使われた凶器は曲がり刃だったということです。もうひとつは……それは以前からずっと気になっていたことなんですが、事件当夜、屋敷の敷地内をどんなに探しても凶器が見つからなかったことです。犯人はどうやってそれをラバーナム館から持ちだしたのか」ここでまたペルシスは間をとった。「わかったのは、スラト・バクシーの写真を見たときです。わたしもボンベイでバクシーに会ったことがあるとわかったのもそのときです。

短剣の刃は特別あつらえのステッキに仕こまれていました。短剣の取っ手はそのままステッキの持ち手になります。犯人はジェームズ卿を殺害したあと、短剣をステッキに戻し、それを持ってラバーナム館をあとにしたのです。

それが決め手になりました。ここにいる方々の多くには、ジェームズ卿を殺害する動機と機会があります。けれども、手段があったのはひとりだけです。そうじゃありませんか、スラト」

そして、ペルシスはアディ・シャンカールのほうを向いた。

全員の視線が同じところに向かう。

感心なことに、シャンカールは平静を保っていた。話を聞いたことを示すのは、肩のこわばりだけだ。右手はステッキの湾曲した持ち手を握りしめている。

「単なる憶測です、警部。それ以上のものではありません。忘れたんですか。わたしにはジェームズ卿を殺すことなどできない。事件が起きたときには、ジャズバンドのなかに入って演奏していたんですからね。文字どおり何十人という目撃者がいます」

「あなたのアリバイについてはあとで触れます。わたしの仮説は単なる推測ではありません」ペルシスはポケットに手を入れ、アムリットサル・ジャーナル紙の切り抜きを取りだした。

「これがスラト・バクシーの写真です。よく似ていると思いませんか」

「そんなものはなんの証拠にもなりませんよ」シャンカールは言ったが、このときは動揺を隠せなかった。

「ボンベイにやってきて、これまでとは別の人格として暮らしている者は大勢います。それは犯罪じゃありません」

　ペルシスはまたポケットに手を入れ、別の二枚の切り抜きを取りだした。そのうちの一枚には、ナワーブの妹サキナ・ベイグの首にかけられた孔雀のネックレスが写っていた。「これはナワーブの妹の写真です。一九四七年に殺害されるまえに撮られたもので、孔雀のネックレスをつけています」もう一枚は捜査にとりかかったときにジェームズ卿の机のなかから見つかった新聞の切り抜きだった。「これは二カ月前のタイムズ・オブ・インディア紙に載っていた、グルモハール・クラブのオープニング・パーティーの記事です。アディ・シャンカールの婚約者ミーナクシ・ライが同じネックレスをつけています」そして、シャンカールに視線を固定させた。「死んだ女性のネックレスが――殺人犯に盗まれたネックレスが、どうしてあなたの婚約者の首にかけられていたんです」

「古い新聞の切り抜きだけでわたしを有罪にする法廷はどこにもありませんよ」

「あなたを有罪にするのは、新聞の切り抜きではありません。ステッキです」

ここでアーチー・ブラックフィンチが口をはさんだ。

「近年の法科学の成果には驚くべきものがあります。どんなに気をつけても、すべての血痕を除去するのは不可能といっていい。あなたが持っているステッキを調べれば、あなたが犯行にかかわったことはあきらかになる」

みな啞然《あぜん》として何も言うことができない。シャンカールは石のように顔をこわばらせていたが、どうやらここで腹をくくったみたいだった。

「いつも不思議に思うことがあります。神の御名《みな》においてであれば、何千人殺してもなんとも思わない。しかるに、欲得のためにひとりを殺したら、とんでもなく大きな良心の呵責にさいなまれる。たしかに、わたしはナワーブとその家族を殺しました。因果応報というものです。連中はわたしの父のような者の血と汗によって富を築いた。ひどい話です。だから宝物を奪った。その何がいけないのか。わたしにはそうする権利がある」シャンカールは言いながら顔をしかめた。「グルモハール・クラブのオープニング・パーティーの夜、ミーナクシにあのネックレスをつけさせなかったら、こんなことにはならなかったはずです。不覚でした。

そこがケチのつきはじめです。あなたの言ったとおりです、警部。ジェームズ卿は新聞記事でネックレスを見て、もしかしたら調査資料に出ていたのと同じものかもしれないと思った。それで、調べることにした。わたしに近づき、ジャランプールへ行き、そこで答えを見つけだした。それがスラト・バクシー——つまり、わたしです」

「その後どんなことがあったんですか」

「十二月二十九日にジェームズ卿はわたしの家にやってきました。わたしがスラト・バクシーであることを示す写真を見せ、調査資料のことや自分で探しあてたことを話し、沈黙の代価を要求しました。盗んだ宝物の半分とナイトクラブの株式の五十パーセントです。そう、この部分もあなたが指摘したとおりです。そのときに、わたしは殺さなければならないと思いました。さしだすのが半分ということなら応じてもいいのではないかと思うかもしれません。でも、あのような男の場合はそれだけですむわけがない。最終的にはすべてを奪いとられてしまうのは間違いありません。

　ジェームズ卿は孔雀のネックレスを持ってパーティーに来るようにと言いました。そのとき取引に応じるかどうか正式に返事をすることになっていたのです。もちろん答えは最初から決まっていました。でも、考える時間をつくるために、少し待ってくれと言ってあったのです。

　パーティーの夜、ジェームズ卿にネックレスを渡したとき、その場にはヴィシャール・ミストリーがいました。ネックレスの価値を鑑定してもらうために呼んでおいたのです。あとはおわかりでしょう。ミストリーを生かしておくわけにはいかない。そこから綻《ほころ》びが生じるかもしれません」

「では、あなたがジェームズ卿を殺害したのですか」

と、ペルシスは訊いた。

「そうです。わたしはジェームズ卿からパーティーに顔を出すようにと言われていました。そこで友人のような振るまいをしておけば、ナイトクラブの株式を取得したことを発表したとき、それが友情の証しであり、自然ななりゆきのように見えるからです」

「あなたの説明にはひとつ問題があります。あなたにはアリバイがあるということです。あなた自身が指摘したとおり、あなたにはジェームズ卿を殺すことができません」

「わたしが殺したんです。ステッキに仕こんだ短剣で。わたしは自分がやったと自分で認めているんです」

「いいえ、あなたにはできません。でも、あの夜のパーティー会場には、できる人間がいました。それはあなたが全幅の信頼を置いている人物です。そして、あなたがジェームズ卿に脅されていることを知っていたもうひとりの人物です」ペルシスは言って、ミーナクシ・ライのほうを向いた。「あなたです。あなたがジェームズ卿を殺したんです。愛するひとを守るために」

全員の目が一点に集中する。黒いサリー姿のミーナクシは身をこわばらせ、頰を小刻みに震わせている。

「ミーナクシ、何も言うな」シャンカールは必死の形相で言った。

「嘘。全部、嘘だったんです」

「ミーナクシ！」

ミーナクシは無視して続けた。「アディはこう言いました。分離独立時の騒動の際、自分を守るためにひとを殺した。正当防衛だけど、誰も信じてくれない。それでボンベイに逃げてきて、名前を変えた。でも、ジェームズ卿に見つかってしまった。そして、脅された。古い写真を見つけた、証拠は揃っていると言って。面倒なことになりたくなければアディの先祖伝来の宝物をよこせというわけです。そのなかには、婚約のしるしにわたしがもらったネックレスも含まれていました。放っておいたら、骨の髄《ずい》までしゃぶりつくされると、アディは言いました。

バンドのステージにあがったとき、何をどうするかを再確認して、アディはわたしにステッキを渡しました。もちろん、そのときまでに計画はまとまっていました。最初に話を聞いたときには耳を疑いましたが、最終的にはほかに方法はないと思うようになってしまったのです。

ジェームズ卿を見つけると、わたしは耳もとでささやきました。あなたがほしい、書斎でふたりだけで会いたいと。彼がわたしをどんな目で見ているかはかねてより承知していました。断わられることはないと確信していました。

彼は書斎で待っていて、すぐにわたしを押し倒そうとしました。わたしは押しかえして、最後にもう一度ネックレスをつけたいと申しでました。それが彼の手に渡っていることは、アディからまえもって聞いていました。彼は面白がって応じてくれました。それで、机の後ろの絵をはずし、金庫の扉をあけ、ネックレスを取りだして、わたしの首にかけてくれたんです。そのとき、金庫のなかにファイルの束が入っているのが見えました。肌をあわせるのは虫唾《むしず》が走るくらいいやだったけど、ここまで来たら引きさがるわけにはいきません。最後までやりとげなきゃならない。

ことが終わると、もうわたしには見向きもしませんでした。椅子にすわり、目を閉じて、葉巻をふかしているだけです。ズボンは床に落ちたまま。下半身はむきだしのままで。無防備そのものでした。

わたしは短剣が仕こまれたステッキを拾いあげました。

彼は目をあけ、わたしを見て、笑いました。胸が悪くなるようなにやにや笑いです。自分には力があり、なんでも思いどおりにできるという思いからでしょう。

わたしは短剣で喉を突き刺しました。即死でした。

それから、金庫のなかを見て、そこにあったスラト・バクシーの写真とファイルを取りだしました。でも、アディについての記述があるファイルを探している時間はありません。全部のファイルを誰にも気づかれずに持ちだすのも不可能です。それで、そのすべてを写真といっしょに暖炉で燃やしたんです。時間は数分しかかかりませんでした。でも、わたしは焦っていました。それで、金庫の扉を閉めたあと、鍵をかけ忘れたんです。急いで絵を壁に戻すと、すぐに部屋を出て、パーティー会場に戻りました」

ペルシスは一連の出来事を頭のなかで整理した。

四カ月前、ジェームズ・ヘリオット卿は分離独立時の犯罪の調査を依頼され、そのための資料を受けとった。それに目を通していたとき、シカンダル・アリ・ムムターズ太守《ナワーブ》の殺害に関する記述に出くわした。そこには、盗まれた貴重な宝物のことが記されていた。そのひとつが孔雀のネックレスだった。

それからいくらもたたないときに、西インド諸島での資産運営に失敗したことが判明した。ヘリオットは莫大な負債をかかえ、破産寸前の状態に追いこまれた。

そこに頼みの綱が投げられた。ボンベイの新聞記事に、孔雀のネックレスをつけた女性の写真が出ていたのだ。それがその記事を保管していた理由だ。そこからグルモハール・クラブのオーナーであるアディ・シャンカールにたどりついた。それで、その店を訪れ、シャンカールと懇意になった。疑惑は深まるばかりだった。その疑惑をたしかなものにするためには北へ向かう必要があった。パンジャブには事件の目撃者がいる。

そこで行きついたのがジャランプールという村だった。村に着いたのは十二月二十五日。イギリス人がナワーブの死について調べているという噂がすぐに村中に広がった。その夜、目撃情報を寄せたマンガルがゴールデン・テンプル・ホテルにヘリオットを訪ねてきて、手紙には書かれていなかった詳細を洗いざらい話した。そのなかにはナワーブ一家の殺害犯の名前も含まれていた。

スラト・バクシー。

ヘリオットはホテルのメモ用紙に〝バクシー〟と走り書きした。

翌日、メモ用紙を破りとり、それを持ってジャランプールに戻った。もう少しバクシーについて調べる必要があると思ったのだろう。土地台帳の登記簿を見て、バクシー一家の借地の区画番号を書きとめると、そこへ行って、廃屋となったバクシーの生家を見つけだした。家族を殺害され、村を出たとき、盗んだ宝物のすべてを持ち去る時間はなかったはずだから、もしかしたら金目のものが見つかるかもしれないと思ったのだろう。

　金目のものは見つからなかったが、それと同じくらい価値のあるものが見つかった。

　スラト・バクシーの写真だ。

　ヘリオットはボンベイに戻り、その写真を使って、バクシーすなわちアディ・シャンカールを脅した。シャンカールをパーティーに招待したのは、提示した取引内容をその場で最終的にのませるためだ。相手は自分の言いなりになると信じきっていた。

　予想だにしていなかったのは、シャンカールが婚約者のミーナクシ・ライを使う計画を立てていたことだった。彼女の父は軍人だった。父から武器の使い方を教わっていたとしても不思議ではない。ヘリオットを即死させられるような短剣さばきにも習熟していたにちがいない。

　そのあと、ロバート・キャンベルが書斎にやってきて、ビジネス・パートナーが死んでいるのを見つけた。娘からヘリオットと関係を持ったという話を聞いていたので、自分や娘に殺害の容疑がかけられるのではないかと思い、あわてて部屋を出て、だんまりを決めこんだ。

　そのすぐあとに、シンが書斎にやってきた。

　ヘリオットの死に対するシンの反応もやはり普通でなかった。もちろん、危害を加えるつもりはなかった。だが、そのときヘリオットの死体を見て、家族の名誉を回復する好機だと思いついた。それで本能的に行動を起こした。犯罪の証拠となるよう、ヘリオットのズボンに血をこすりつけて部屋から持ちだし、それからラルに死体を見つけたことを報告した。ラルはヘリオットとの関係がこじれていることから、捜査の矛先が自分に向かわないようにする必要があると考えた。もしかしたら、本当にシンが殺したのではないかと思ったのかもしれない。そのときに、シンが自白をするつもりだと言ったのかもしれない。いずれにせよ、ラルは何も言うなと含めたはずだ。シンの妹であり、自分の恋人でもあるグプタの未来を危険にさらすわけにはいかない。

シンがすぐに自白しなかったのはそのためだ。さらには、後日、真犯人が逮捕されないともかぎらないと考えたせいもあるだろう。

ラルがマラバール署に通報したのも同じ理由からだ。経験も能力もない者たちが集まっているところなら、捜査は進展せず、ヘリオットを殺害したのはどこの誰とも知れない侵入者とされ、事件は静かに幕をおろすことになると踏んだのだ。

数日後にシンと会ってズボンのことを問いつめたときには、それ以外に捜査の突破口になりそうなものは何も見つかっていなかった。シンはそのことを知っていた。その場で罪を認めたら、それで法的にはきれいに片がつき、捜査は打ち切られる。シンはジェームズ卿を殺した男として名前を残すことができる。結局そうなったのは自分がズボンのことを問いつめたからだ。

シンの自白にラルは泡を食った。それで、シンの尋問に同席したいと言い張った。が、幸いにも、シンは自分が犯人だということ以外は何も言わなかった。これ以上の捜査が行なわれないかぎり、面倒なことは何も起こらない。ラルがシンに罪を負わせることにして、そこに疑問をさしはさむのを懸命に拒んだのはそのためだ。

それにしても、なぜシンは犯してもいない罪を認めたのか。おそらく、殉教者になりたかったからだろう。理屈ではわりきれないかもしれないが、気持ちはわかる。イギリス人を殺したら、ジャリアンワーラ・バーグで殺された者の復讐を果たすことができる。それで家族の名誉を回復することができる。

答えが出ていない問題はまだいくつか残っている。ペルシスはミーナクシのほうを向いた。「例のネックレスはどうしたんです」

「つけたままラバーナム館を出ました」

「ジェームズ卿の書斎で、あなたの指紋は検出されていません」

「手袋をはめていたからです。それも仮装の一部でした」

「ミーナクシー——」シャンカールが言った。

振り向いたとき、彼女の目には涙があふれていた。

「嘘だったのね。あなたはナワーブの家族を皆殺しにした。子供まで殺した」声が詰まる。「そして、わたしを殺人犯にした。あなたは——あなたは怪物よ」

「よさないか！」

ミーナクシは顔をそむけ、それ以上は何も言わなかった。

シャンカールの口から苦悶《くもん》の声が漏れる。

ブラックフィンチが前に進みでて、手をさしだした。

「ステッキを渡してもらおう」

シャンカールは目を細めた。その顔には剣呑《けんのん》な表情がある。手が素早く動き、ステッキの持ち手をはずす。誰も何もできないうちに、ブラックフィンチの手首をつかんで、その身体を反転させる。そして、片方の手を首にまわし、もう一方の手で喉もとに短剣を突きつける。ブラックフィンチはうめき声をあげてもがいたが、首にかかった手を振りほどくことはできない。

シャンカールは後ずさってドアのほうへ向かった。

「追いかけてくるな。イギリス人の死はひとりで充分だ。そう思わないか」

ここで何を言っても説得することはできないだろう。シャンカールの逃走ルートを予測するのはむずかしくない。ドアの前の小道をたどって、車をとめてある教会の正面にまわるにちがいない。ブラックフィンチもそこまで連れていかれる。そして、そこで放免されるか、でなければ殺される。殺されなければならない理由があるとは思えないが、シャンカールは追いつめられている。追いつめられた者は往々にして間違った判断を下す。

シャンカールはドアの前で立ちどまった。「待っていてくれ、ミーナクシ。かならずきみを迎えにいく。おれはかならずきみといっしょになる」

ミーナクシは虚ろな目で見つめただけだった。

シャンカールは人質を連れてドアの向こうに姿を消した。みなぽかんとした顔をしてそれを見ている。

ペルシスはすぐさま行動を起こした。ミーナクシ・ライを指さして、「身柄を確保しておいて」と言い残すと、ホルスターからリボルバーを取りだして、ドアのほうに走っていく。そして、まぶしい陽ざしの下に出ると、一瞬立ちどまって自分がいまいる位置を確認してから、駐車場に先まわりするため建物の反対側へまわる。

そこに着くと、花《か》崗岩《こうがん》の聖母像のかたわらに立ち、教会の西翼ぞいの小道に目の焦点をあわせる。聖母像に寄りかかって拳銃をかまえる。石の熱が肩に伝わってくる。気持ちを落ち着けるために深く息を吸いこむ。

シャンカールが教会のへりをまわって姿を現わした。まだブラックフィンチを引きずっている。いまなら背中を撃って、すべてを終わらせることができる。が、銃弾が貫通して、ブラックフィンチに当たったら？

拳銃の狙いをつける。そのとき、足もとで木の小枝が折れた。静けさのなかで、ライフルの銃声かと思えるほどの音が響く。

シャンカールが身体の向きを変えた。ブラックフィンチの身体も同じようにまわる。口から毒づく声が漏れる。

シャンカールは目を大きく見開き、短剣の切っ先をブラックフィンチの喉に押しつけた。一筋の血が短剣の刃を伝う。シャンカールの目には残忍な光が宿っている。そこにはナワーブの家族を皆殺しにしたときと同じものにちがいない殺戮への欲求がある。理屈は通用しない。スラト・バクシーは品のいいアディ・シャンカールになりかわったかもしれないが、そのおぞましさは変わらない。人格の根っこにある残忍さは元のままだ。

人格は運命を意味する。

ペルシスは拳銃の狙いを定め、引き金をひいた。

29

一九五〇年一月二十五日

マラバール署は異常なくらい静かだった。予想はしていた。明日は共和国記念日なのだ。同僚たちのほとんどは家族とお祝いの準備をするために休暇届を出している。ペルシスも休みをとるつもりだったが、そうはならなかった。停職期間が昨夜で終わると、数時間でも職場にいたいという説明のつかない欲求に打ち勝てなかったのだ。

停職処分。苦々しさはまだ心に残っている。頭では仕方がないとわかっていた。聖トマス・アングリカン大聖堂であのようなことがあったからには、警察の上層部に選択の余地があるはずはない。

シャンカールと対決した二日後に、査問委員会に呼びだされた。議長はアミット・シュクラ副本部長で、その席には犯罪捜査部部長のラヴィ・パトナガルも同席していた。

驚いたことに、さほど刺々しい空気は流れていなかった。ペルシスは最悪の事態を想定し、前夜は制服を脱がなければならないのではないかと肝を冷やしていたのだ。

だんだんわかってきた。何か別の力が働いたにちがいない。お偉方たちがこの席を設けたのは、叱責のためではない。みずからの保身のためなのだ。

セトが言ったとおりだった。今回の事件の捜査の過程で、連中はペルシスを笑いものにしようとしていた。だが、ペルシスは結果的に国民的な英雄になった。だとすると、自分たちの非を認めずに部下を咎《とが》めだてるわけにはいかない。マーン・シンの無実を公表して釈放すると、警察の面子《メンツ》は丸つぶれになる。かといって、ペルシスが上司の命令にそむいて行なった捜査で見つけだした証拠を無視することもできない。

それで査問は何時間もの長丁場になった。意外なことに、シュクラ副本部長は警察官としての好奇心を失っておらず、ペルシスが種々の手がかりをつなぎあわせて真相解明に至ったいきさつを説明したときには、身を乗りだして聞いていた。パトナガルはそこまでの関心を示さなかった。

話が終わると、外に出ているようにと言われた。

一時間後に呼び戻された。待っているときには、これほど心細い思いをしたことはなかった。ドアの向こうでどんな議論がなされているのか気が気でならなかった。部屋に入ったときには、心臓が口から飛びだしそうになっていた。ペルシスはお偉方たちの顔を見つめ、その表情から判定結果を読みとろうとした。

「警部、われわれはきみに振りまわされつづけてきた」と、シュクラは言った。「きみは上司のじきじきの命令にそむき、禁じられた捜査を続行した。すべての警察官がきみのような行動をとれば、どんな混乱が生じるか想像できるかね」ここでいったん言葉が途切れた。

　大声で沈黙を破りたいという気持ちを抑えるのは容易でなかった。この人たちはなんにもわかっていない。なんにも。

　シュクラはペルシスの胸のうちを読みとったように話を続けた。「きみはまだ若い。なにも皮肉で言ってるんじゃない。きみの理想は警察の基礎を支えるものだ。きみはバガット・シンを知っているな。殉教者のバガット・シンだ。その言葉のなかに、〝法の尊厳は民意にもとづくかぎりにおいてのみ維持される〟というのがある。だが、人々の心は気まぐれだ。民は神話や伝説を信じている。文字どおりの英雄や悪党の存在を信じている。ギリシア人のように悲劇を愛してはいない。英雄はつねに絶対的なものだと考えている」ため息が漏れる。「本委員会はきみを短期間の停職処分に付し、それ以上の制裁は課さないことを決定した。復職したときの処遇については追って裁定を下す。それまでは現状のままマラバール署にとどまるように。個人的には、そんなところできみを燻《くす》ぶらせておくのはもったいないと思っている。だが、だからといって、いまこの時点できみに将来を約束するわけにはいかん。きみは頑なにすぎる、ペルシス。ひそかに拍手を送りたい気持ちはあるとしても、きみは依然としてわれわれの信用を得ていない」

　ペルシスは肩をそびやかした。「シンはどうなるのです。再捜査は？」

　パトナガルが答えた。「捜査は終了している。再捜査はない」

「どういうことでしょう」ペルシスは困惑のていで言った。

「どういうこともこういうことも――」

シュクラが手をあげて制した。「さっきも言ったように、人々は英雄の誤りを良しとしない。われわれが間違いを認めれば、警察は信用を失い、法と秩序の維持はそれだけ困難になる」

「でも――」

シュクラはまた手をあげた。「きみは事件を解決した。それでいいじゃないか。新しい犯人は必要ない」

「でも、シンはどうなるんです。無実だとすれば、釈放されなければなりません」

「わたしはシンと会って、ことの真相を話して聞かせた。だが、シンは釈放を望んでいなかった」

ペルシスは自分の耳を疑った。「そんな……」

シュクラは片方の眉を吊りあげた。「間違いない。シンはジェームズ卿を殺害した者として記憶されることを望んでいる。あの男にはあの男なりの理屈があって、自分が罪を認めることによって、父親が家族に着せた汚名をそそぐことができると考えているんだ」

「罪を犯していないのに処刑されるということですか。そこにどんな正義があるというんです」

口もとに弱々しい笑みが浮かぶ。「正義にもいろいろなかたちがある」

「ミーナクシ・ライはどうなるんです。彼女は罪を認めたんですよ」

シュクラはパトナガルと目を見あわせ、椅子にすわりなおした。「まだ聞いていないようだな。ミーナクシ・ライは昨日独房で自殺した。サリーの肩かけ《ドゥパッタ》で首を吊ったんだ」

驚きで身体が動かなくなる。

「幸いなことに、彼女が逮捕されたことはマスコミに気づかれていない。そのマスコミに関して言うなら、アディ・シャンカールはナイトクラブの資金繰りに行き詰まって自殺したことになっている。婚約者のミーナクシ・ライは悲嘆にくれて後追い自殺をしたというわけだ」

「そんな……ありえないことです」

「すでにそういうことになっている」

「ラルやキャンベルについては？　真相を知っている者はほかにも何人かいます」

「話はついている。みなわれわれの算段に同意してくれた」

　大声で叫びたい衝動を抑えるのは容易ではなかった。怒りといらだちが身体から飛びだして、部屋を焼きつくすのではないかと思ったくらいだ。

　ペルシスは深呼吸をした。この席では将来の転換点となる瞬間がかならず来ると父は言っていた。そのときの受け答え次第で、自分の運命は決まる。怒りを爆発させて一時的な満足を得るか。それとも、節を曲げて、将来に善をなす機会を残すのか。

　ペルシスはまっすぐ未来を見据えた。

　そして答えた。「わかりました」


　思案から覚めたのは、プラディープ・ビルラが部屋に入ってきたからだった。ペルシスを見ると、その浅黒い顔に笑みが広がった。

「どうだい、事件を見事に解決した気分は」

　考えてみれば、そんなことを訊かれたのはこのときがはじめてだった。父親からも訊かれていない。査問と停職処分のことで頭がいっぱいで、自分がみずからに課した任務をまっとうし、ヘリオットを殺害した者の正体を暴いたことを顧みている余裕などまったくなかったのだ。

　ペルシスは目をしばたたいた。「そうねえ。気分は……」ふいにやるせない思いに駆られ、言葉が尻すぼまりになった。自分がこの事件の捜査をまかされたのは、首尾よくいくはずはないとタカをくくられたからだ。そして、ことあるたびに横槍を入れられた。それでも、なんとかここまで来られた。

けれど……ミーナクシ・ライは殺人者ではあるが、その死にはやりきれなさを覚えずにはいられない。美しい〝社交界の華〟は欺《あざむ》かれ、操られ、愛するひとを守るために最悪の犯罪に手を染めてしまった。一方、マーン・シンは犯してもいない罪のために絞首刑に処されようとしている。

真実は歪められ、舌には苦い味が残っている。だが、それこそがほかの何にもまして自分が正しい選択をした証しなのだ。自分は単なるインド警察初の女性刑事ではない。法の守り手なのだ。

「うちに食事に来てもらいたいと女房が言っているんだが。あんたがわたしの上司だと知って大喜びでね。思いのほかの進歩派なんだよ」少し照れくさそうにビルラは言った。

思いもかけない招待に驚き、ペルシスはビルラの顔を見つめた。どうやら本気らしい。

「ありがとう。喜んで寄せてもらうわ」

ビルラが出ていくと、刑事部屋のいつにない静けさが心地よいものに感じられるようになった。

そこへジョルジュ・フェルナンデスがやってきた。ペルシスの姿を見ると、ぴたりと足をとめ、それから会釈をして、制帽を脱ぎ、自分の席にどさっと腰をおろした。

「共和国記念日のまえに戻ってこられるとは思ってなかったよ」

「わたしもあなたがここに戻ってくるとは思ってなかったわ」

フェルナンデスは困惑のていでペルシスを見つめた。

「あなたのメモ用紙に書かれた数字を見たのよ。それはアラム・チャンナの電話番号だった」

目が大きく見開かれたが、言葉は出てこなかった。手が膝の上でぶるぶる震えている。

「チャンナに情報を与えていたのはオベロイじゃなかった。あなただった」

フェルナンデスは目をあわせようとしない。

「なぜそんなことしたの」

「あんたには理解できないさ」

「いいから言ってみて」

フェルナンデスは顎をあげた。その目には開きなおったような強い光が宿っている。「おれは警察に人生を捧げてきた。命じられたことは何でもやった。なのに、一度ドジを踏んだだけで、梯子《はしご》をはずされてしまった。所払いになり、ここで残りのキャリアを無為に過ごさなきゃならなくなった。そこへチャンナが現われて、返り咲きを約束してくれたんだ。犯罪捜査部長のラヴィ・パトナガルにコネがあると言って。あんたがやっていることを逐一報告し、最終的にはあんたを警察から追いだすことができたら、本部に戻れるよう話をつけてやるとのことだった」

「わたしのキャリアなんかどうでもいいってわけね」

「あんたにここにいる権利はない。あんたはただ単に売名行為をしただけだ。警察に女の居場所はない。あんたはいったいどんな未来を思い描いているんだ。男たちがあんたの命令に黙って従うと本気で思っているのか」

ペルシスは呆気にとられた。温厚そうなフェルナンデスがこのような偏見の持ち主であるとは想像もしなかった。これもまた貴重な教訓のひとつだ。

ペルシスは顔をこわばらせて立ちあがり、制帽をかぶった。「あなたがやったことはシュクラ副本部長に話してあるわ。そのうちに呼びだしがかかるはずよ。わたしだったら、返り咲きより、まず馘が飛ばないようにと祈るでしょうね」

言いたいことはほかにもあるが、今回はこれでも充分だ。

本当にもう充分。

30

一九五〇年一月二十六日　共和国記念日

鳩の糞まみれになったテクニカラーの超大作映画の広告板の上の木の枝に、一匹の猿がすわって、ペルシスがそこにジープをとめて午後の陽ざしのなかに足を踏みだすのをじっと見つめている。前方には、ゴシック様式の霊廟を思わせるグレーの煉瓦造りの建物が、街を睥睨《へいげい》するようにそびえている。

ペルシスは足早に玄関口を抜け、警備員に用件を伝えて、なかに入っていった。

〝法医科学研究室〟と記されたドアの前で、気持ちを落ち着けるために一瞬立ちどまる。ブラウスの胸もとの皺をのばし、ほつれ髪を耳の上に掻きあげてから、部屋に足を踏みいれる。

ブラックフィンチは作業台に身を乗りだしていた。フランネルのズボンに袖まくりした白いシャツ姿で、眼鏡を頭の上にあげ、顕微鏡を覗きこんでいる。ペルシスが部屋に入ってきたことには気がついていないようだ。だが、すぐにはかける言葉が見つからず、ひとしきり沈黙の時間が続いた。

決断を促すように、窓をコツンと叩く音がした。振り向くと、一羽のカラスが窓の下枠にとまって、窓ガラスを突ついている。

ブラックフィンチはまわりを見まわし、ペルシスの姿に気づくと、身をこわばらせた。右の耳はまだ包帯で覆われている。一瞬目があったが、ブラックフィンチはすぐまた顕微鏡に戻った。

ペルシスは前に進みでた。このときには、自分の身なりが気になって仕方なくなっていた。ここにドレスを着てきたのは間違いだったかもしれない。一年前にヌッシー叔母さんがプレゼントしてくれた靴も、おしゃれではあるが、はき心地が悪い。

「あなたがここにいるとは思わなかったわ。イギリス人の友人たちといっしょに共和国記念日のお祝いに出かけているとばかり思っていた」

「ここはぼくの国じゃないよ」ブラックフィンチは振りかえりもせず、ぶっきらぼうに答えた。

「それはどうかしら。ロカールの原理を知ってるでしょ。すべての接触にはかならず痕跡が残る。イギリス人は三百年もここにいたのよ。それって、かなりの接触じゃない」

ブラックフィンチはうなるような低い声を漏らし、その視界にペルシスが入ってくると、灯台の明かりのようにくるりと背中を向けた。

ペルシスはため息をついた。「まだ怒ってるの？」

「どうしてぼくが怒らなきゃいけないんだい。ぼくを狙って撃ったわけじゃないのに。それとも何かい。実際にぼくを狙って撃ったのかい」

「なんて言えばいいのかしら……本当にごめんなさい。まさかあなたの耳に当たるとは思ってなかったの」

「もう少しで死ぬところだったんだぜ」

「リスクの計算はできていた。シャンカールがあなたを連れて車に乗れば、どんなことになるかわからない。一方、誤射する恐れはほぼゼロといっていい。警察学校での射撃訓練で、わたしは九十六パーセントの命中率だったのよ」

「それを聞いて気が安らいだよ」

「本当にごめんなさい。引き金をひいたとき、あなたはほんの少し顔を動かした。動かしていなかったら、耳に当たってなかったはずよ」

「ぼくのせいだと言うのかい」ブラックフィンチは真っ赤になった顔をペルシスのほうに向けた。

怒っているときは特に魅力的に見えると、ペルシスは言いたい衝動に駆られたが、なんとか思いとどまった。いまそんなことを言っても、喜んではもらえない。

「きみは無謀すぎる。いつか誰かを殺してしまうかもしれない。きみが大事にしている誰かを」

唇から言葉が出てきそうになったが、ペルシスはなんとかそれを呑みこんだ。自分がここに来た理由は複雑すぎていまでもよくわからない。おそらく、もう少し距離をとったほうがいいのだろう。

「早い回復を祈ってるわ。捜査に協力してくれてありがとう」ペルシスはそっけなく言って、踵をかえし、タイルの床にヒールの音を響かせながら研究室をあとにした。

外に出ると、先ほどの猿がまた木の枝から見つめているのがわかった。ペルシスは車に向かい、口のなかでぶつぶつ言いながら乗りこんだ。そして、目を閉じ、座席にもたれかかった。

しばらくして窓を叩く音がした。見ると、そこにはブラックフィンチの顔があった。

ペルシスは窓をあけ、用件を告げられるのを待った。

「花火大会に招待されているんだ。午後六時。３６０クラブで。いっしょに行く気はないかい。スピーチのあと食事が振るまわれることになっている。おそらくダンスもできる」

ペルシスは目をそらした。道ばたに、赤ん坊にお乳をやっている女性がいる。その目は乳白色に淀んでいる。それは新生共和国下でも珍しくない生活困窮者の特徴のひとつだ。

「そうね。考えておくわ」と、ペルシスは答えた。

分離独立の亡霊

われわれはインドとパキスタンの分離独立を過去の重要事項ととらえ、その範疇《はんちゅう》のなかで民族国家や大局的な政治や世界的な著名人を論じがちだ。が、実際のところ、それは個々人の生活に大きな影響をこれまでと同様いまも与えつづけている。無数の人々が死に、無数の人々が家や仕事やそれまでの生活を失った。ある調査によれば、分離独立時の混乱の際に、パンジャブ州だけで二百万から三百万の人間が行方不明になり、その後も消息はあきらかになっていないという。

混乱の責任はマウントバッテンやイギリスの政策だけにあるのではない。責任の一端はインド亜大陸の政治家たちにもある。さらには、一般市民にもある。多くの者が憎悪と宗教的な嫌悪の念を焚きつけられ、何十年、ときには何百年ものあいだ友情を拒絶しつづけてきた。みな血に飢え、剣と炎で隣人や同胞を襲い、男も女も子供も皆殺しにしてきた。その残虐さはいまでもとうてい理解の及ぶところではない。

わたしの父は子供のころパンジャブの村から追放されたことをおぼろげながら覚えていた。父は幸運だった。暴力沙汰に巻きこまれることもなく、あとにした故郷と鏡に映したようなパキスタンの村に移り住むことができた。そして、二十代のときにイギリスに渡り、ロンドンに居を構えた。わたしはそこで生まれた。

父は昨年八十二歳で亡くなった。インドよりもイギリスでの暮らしのほうがずっと長かった。父はイギリス人でもありパキスタン人でもあったが、生誕の地であるインドを忘れたことはなかった。わたしは、二十三歳のときに、ふと思いついてインドへ旅をし、そこで暮らし、仕事をし、気がついてみれば、十年の滞在になっていた。父はそれを好意的に見てくれていたが、母はそうでもなかった。パキスタンに生まれ、いまでもことあるごとに隣国の民と対立し憎しみあう環境のもとで育ったからだろう。

それこそが分離独立が残した負の遺産なのだ。それは本来ひとつであったふたつの国の人々の心を歪め、その憎悪と偏見は国境の両側の為政者が体制批判をかわすための手段として使われている。

われわれは時間が過去の傷を癒《い》やすことを祈るしかない。そのときはじめて、分離独立の亡霊が消え、数百万の死者や行方不明者が安らぎを見いだせるようになると信じている。

ヴァシーム・カーン

ロンドン、二〇二〇年三月

謝辞

シリーズ物に着手するときはいつも不安を覚える。新たな登場人物に命を吹きこみ、新たに構想を練るたびに、わたしはその作品をふたたび愛してもらえるよう祈らなければならない。頭の片隅に浮かんでは消えていたペルシス・ワディアに生身の人間のリアリティを与えるのに手を貸してくださったすべての方々にお礼を申しあげる。

わたしのエージェントであるＡ・Ｍ・ヒース社のユアン・ソーニクロフト、編集者のジョー・ディキンソン、広報チームのスティーヴン・クーパーとマディ・マーシャル。最初からわたしに付き添ってくれたルース・トロスとケリー・フード。

また以下の方々にも謝意を表したい。ホッダー社の製作担当のレイチェル・サウジーとオーディオブック担当のドム・グリベン。ユアンのアシスタントのジェシカ・サイニョル。そしてもちろん、本書の表紙を素晴らしいものにしてくれたジャック・スマイス。

最後に、レッド・ホット・チリ・ライターズの、アビール・ムカジー、アイシャ・マリク、アミット・ダーンド、イムラン・マムード、アレックス・カーンにも心からの感謝を。レッド・ホット・チリ・ライターズのポッドキャスト（まだお聞きになっていなければ、ぜひ！）に優れた作品を公開してくれていることに対して。さらには、どの作家にも必要とされる癒やしを与えあえる仲間でいてくれることに対して。

本書が心躍る新たな旅の始まりとなりますように。

当方は準備オーケー。あなたは？

訳者あとがき

本書は二〇二一年度のCWA（英国推理作家協会）賞ヒストリカル・ダガー賞を受賞した、インド系イギリス人作家ヴァシーム・カーンによる本格派の色濃い歴史ミステリである。

舞台はインド随一の国際都市ボンベイ（現ムンバイ）。

時代設定は一九五〇年の年頭。三百年にわたるイギリスの支配のくびきから解き放たれた新生インドの揺籃期《ようらんき》。

被害者はジェームズ・ヘリオット。サーの称号を持つ人品卑しからぬイギリス人。人当たりのいい社交家で、誰からも好かれ、有能な外交官として高く評価されている。

ところが、この人品卑しからぬイギリス紳士は、自宅の書斎で死体となって発見されたとき、腰から下には何も身に着けていなかった。しかも、はいていたはずのズボンはどこかに消えている。さらに、屋敷内のどこを捜しても、犯行に使われた凶器は見つからない。争った形跡もなければ、防御創もない。書斎の暖炉には大量の紙が燃やされたあとが残っていた。同じ部屋の隠し金庫に鍵はかかっておらず、なかには何も入っていなかった。

奇妙なことだらけだ。

事件当夜、ジェームズ卿の屋敷では毎年恒例の年越しパーティーが開かれていた。招待客は四十八人。そこに二十人近くの屋敷の使用人や楽団員が加わる。建物は有刺鉄線を張りめぐらせた高さ十五フィートの高い塀に囲まれていて、ゲートには複数の警備員が常駐していた。誰もそこからこっそり出ていくことはできない。犯人は間違いなく建物のなかにいる。

もちろん、その夜のパーティに招待されていたのは街の上流人士ばかりで、礼を失するようなことはできず、事情聴取さえままならない。捜査が難航するのは必至だ。

しかも、殺されたのはイギリス人であり、独立したばかりのインドには、つい先日まで宗主国であったイギリスの威光が薄れることなく残っている。〝権力の回廊では、数万のインド人が殺されても、わずかに眉が吊りあがる程度にしかならないが、殺されたのがたとえひとりでも、それがイギリス人であれば、そこにいる者たちは大騒ぎし神の名を呼ぶ〟。事件の捜査には万全を期す必要がある。失敗することは許されない。

そんな厄介な仕事を仰せつかったのが、インド初の若い女性刑事ペルシス・ワディア警部だ。〝富と権力があれば殺人を犯しても逃げおおせる国に公平な尺度をもたらしたい〟という強い思いから警察官になった正義感の持ち主である。

警察学校ではクラストップの成績をおさめたが、女性に警察官の仕事は務まらないという根深い偏見のせいで、落ちこぼれ刑事たちの寄りあい所帯と言われるマラバール署に配属になっている。そのマラバール署にとつぜんけたたましい電話の音が鳴り響いた。一九五〇年一月一日、年があけて一時間ほどたったころのことだ。その夜ひとりで当直の任についていたペルシスが電話をとったのが、すべての始まりだった。

　先に述べたように、犯行現場にはあきらかに異常と思える事柄がいくつもあった。どこかにそれをつなぐものがあるはずだが、それが何かはまったく見当もつかない。最初に電話をとったいきがかり上捜査の指揮をとることになったが、やっかみや性差別的な反感から同僚の協力はほとんど得られない。その点でも捜査は難渋する。

けれど、ペルシスは負けていない。捜査を進めるにつれて、きれいごとの裏に隠されている醜悪なものが次々にあきらかになり、次から次に疑わしい人物が出てくる。プロットは錯綜し、伏線はいたるところに張りめぐらされている。解けない謎はてんこ盛りだ。

　ペルシスの容易ならざる謎解きの旅は続く。そして、その旅の途中で徐々に暗い翳《かげ》を落としはじめるのが、あまりにも重い歴史――インドとパキスタンの分離独立によってもたらされた混乱と悲劇だ。

　本文中でも折りに触れて語られているが、ここでその重い歴史を復習あるいは予習のため簡単に俯瞰しておこう。

　ジェームズ卿の殺害事件が起きたのは一九五〇年一月一日。その二十五日後、インドは共和国憲法の施行によって、独立時の立憲君主制から正式に共和制に移行することになる。

そこに到るまでの道程は途轍もなく長く、そして険しかった。独立運動に対する宗主国の弾圧は苛烈で、一九一九年三月には悪名高いローラット法が発布され、破壊活動容疑者に対する令状なしの逮捕や裁判ぬきの投獄が公然と行なわれるようになった。また同年四月には、インド北部の街アムリットサルで、女性や子供を含む一万数千人の平和的な集会参加者に対して、イギリス人のレジナルド・ダイアー准将率いる百人ほどの兵士がいきなり発砲を始め、千人近く（正確な数はいまもって不明）の死者を出した。

そういった理不尽な強権の発動によって、インド人の反英感情は急速に悪化し、独立を求める気運はいっそう高まることになった。

過剰な弾圧は、裏をかえせば、権力の怯えの証しでもある。そのころイギリスの財政状態は、第二次世界大戦のための莫大な戦費の支出によって著しく悪化し、国力はかつてないほど弱体化していた。もはやインドの独立運動の大波に抗しきれる力は残っていない。そこで、当時の英国首相クレメント・アトリーはとうとうインド亜大陸の植民地支配を諦め、一九四七年八月十五日、ヒンドゥー教徒とシク教徒が多く住む地域はインド連邦として、イスラム教徒が多く住む地域はパキスタンとして、それぞれ国際法上の独立を認めた。

問題は両国の分割線をどのように決定するかだった。

その線引きをしたのが、政治家でも地理学者でもなく、さらにはインドを訪れたことさえない、シリル・ラドクリフという法廷弁護士だった。その作業のために充てられた時間はわずか五週間。なんともいい加減な話だが、これがそのまま国境になった。もちろん、インド側に居住するイスラム教徒や、逆にパキスタン側に居住するヒンドゥー教徒にしてみれば、たまったものではない。それぞれの安住の地を求めての大移動と大量の難民化が始まった。ただでさえ小競りあいが絶えなかった宗教対立は、これを機に一気に激化、数えきれないほどの暴動や、虐殺事件が発生し、双方におびただしい数の犠牲者が出た。本書によると、最終的に二百万人以上が命を落とし、一千万人が家を失ったという。

　インドは独立し、自由を手に入れた。人々は維新の熱に浮かされた。だが、熱はいつか冷める。ペルシスに言わせれば、〝街の薄汚さは以前と少しも変わっていない。美と醜はつねに隣りあっている。ボンベイはそういったコントラストが際立つ街で、カーストや貧富や社会的慣習によって明確な線引きがなされている。(中略)革命が生んだ束《つか》の間の結束は、その後の内紛のあいだに雲散霧消《うさんむしょう》し、旧来の狭量《きょうりょう》な偏見が驚くほどの勢いで蘇生しつつある〟。

　当然ながら、警察においても事情は変わらない。上層部では保身と事なかれ主義が幅をきかせ、現場の刑事たちはみずからの利得のために仲間を蹴落とすことすら厭《いと》わない。正義感や使命感などは二の次三の次だ。そして、そこは完全な男社会であり、女性への偏見は一般社会と同様、あるいはそれ以上に強い。ペルシスは持ち前の勝ち気さと胆力を頼りに高い壁にぶつかっていく。正義をまっとうしたいという思いの一途さはまぶしいくらいだ。若さゆえか、ときとしてトンガリすぎではないかと思わせる節《ふし》さえある。年は二十七歳。幼いころ母を独立運動の混乱のなかで失い、書店を営む父の男手ひとつで育てられた。ボンベイ生まれで、両親ともパールシー人である。ちなみに、ペルシスという名前には〝ペルシアから〟という意味があり、その昔、彼らが先祖代々の土地ペルシアを追われたことを示唆する言葉であるらしい。

ここでパールシーについても簡単に触れておこう。

パールシーとは〝ペルシア人〟を意味し、十世紀のなかごろイラン東部からインドに移住したゾロアスター教徒のことをいう。偶像ではなく、火を最高神の象徴として崇拝している。また、遺体を鳥に食べさせる鳥葬を現在も続けていることでも知られている。総人口は十数万人で、そのうち八万人は現在ムンバイに居住している。人数的には圧倒的に少数派だが、経済的にも文化的にも大きな影響力を持ち、多数の著名人を輩出している。インド最大の財閥タタ・グループの創始者や、指揮者のズービン・メータ、そしてクイーンのフレディ・マーキュリーもそのひとりだ。

ふたたび本書に戻ろう。

署では孤立ぎみだが、ペルシスには心強い相棒《バディ》がいる。ロンドン警視庁付きの犯罪学者で、いまはボンベイ警察犯罪捜査部の顧問をしているイギリス人アルキメデス（アーチー）・ブラックフィンチだ。切れ者だが、ひ弱で、少しおっちょこちょいなところがある。おたがいに少しずつ魅かれあっていくようだが、時代のせいか、お国柄のせいか、ふたりの仲はもどかしいほど少しずつしか進展しない。

ペルシスはいささか頼りない相棒の力を借りながらも、実質的には単騎で複雑な謎解きに挑み、数多くの伏線を小気味よく回収していく。

そして大詰め。ジェームズ卿を殺害した可能性がある者全員を勢ぞろいさせて、「どうしてもあなたたち全員にひとつところに集まってもらう必要があったのです。わたしはここでジェームズ卿を殺した犯人をあきらかにするつもりです」とエルキュール・ポアロばりの大見えを切ってみせる。

痛快ではないか。

最後に著者のヴァシーム・カーンについて一言。

一九七三年にロンドンで生まれる。両親はパキスタン人。ロンドン・スクール・オブ・エコノミクスで会計学と財務を学ぶ。その後、二十三歳のときに、著者本人が語るところによると、〝ふと思いついてインドへ旅をし、そこで暮らし、仕事をし、気がついてみれば、十年の滞在になっていた〟。そして、二〇〇六年にイギリスに戻ると、それ以降はユニバーシティ・カレッジ・ロンドンに勤務。セキュリティおよびクライム・サイエンス学科で、現在も調査研究活動に従事している。執筆活動との二本立てである。

作家として一歩を踏みだしたのは二〇一五年。現代のインドを舞台にしたムンバイ警察の元刑事チョプラと赤ちゃん象ガネーシャを主人公とする *The Unexpected Inheritance of Inspector Chopra*（チョプラ警部補の予期せぬ贈り物）が出世作。タイムズ紙の書評欄でトップテン・ベストセラーに選ばれるなど高い評価を得てシリーズ化され、これまでに五点の長篇と二点の短篇がある。

そして、二〇二〇年には、本書『帝国の亡霊、そして殺人』*Midnight at Malabar House* を発表。これもシリーズ化され、二〇二一年には *The Dying Day*、二〇二二年には *The Lost Man of Bombay* が相次いで刊行されている。

二〇二三年一月

HAYAKAWA POCKET MYSTERY BOOKS No. 1988

田《た》村《むら》義《よし》進《のぶ》

1950年生，英米文学翻訳家

訳書

『阿片窟の死』アビール・ムカジー

『流れは、いつか海へと』ウォルター・モズリイ

『帰郷戦線―爆走―』ニコラス・ペトリ

『窓際のスパイ』『死んだライオン』『放たれた虎』

ミック・ヘロン

『ゴルフ場殺人事件』『メソポタミヤの殺人〔新訳版〕』

アガサ・クリスティー

『エニグマ奇襲指令』マイケル・バー＝ゾウハー

（以上早川書房刊）他多数

この本の型は、縦18.4センチ、横10.6センチのポケット・ブック判です。

〔帝国《ていこく》の亡霊《ぼうれい》、そして殺人《さつじん》〕

2023年2月10日印刷　　2023年2月15日発行

著　者　ヴァシーム・カーン

訳　者　田村義進

発行者　早川浩

印刷所　星野精版印刷株式会社

表紙印刷　株式会社文化カラー印刷

製本所　株式会社川島製本所

発行所　株式会社　早川書房

東京都千代田区神田多町2－2

電話　03-3252-3111

振替　00160-3-47799

https://www.hayakawa-online.co.jp

（乱丁・落丁本は小社制作部宛お送り下さい
送料小社負担にてお取りかえいたします）

ISBN978-4-15-001988-4 C0297

Printed and bound in Japan